Lucy Clare

Septemberwünsche

Lucy Clare

September-wünsche

Roman

Aus dem Englischen
von Sonja Schuhmacher

Knaur

Originaltitel: Making Waves
Das Zitat aus »Song« von Christina Rossetti wurde entnommen aus: Lyrik des Abendlandes, übersetzt von Hans Hennecke. München: Hanser, 1978.

Über die Autorin:

Lucy Clare studierte Theatermanagement und Schauspiel in London und arbeitete als Regieassistentin und Maskenbildnerin, bis das erste ihrer vier Kinder zur Welt kam. Sie schrieb Kolumnen und gab das Magazin *Living South* heraus. Inzwischen sind ihre Kinder erwachsen, und sie lebt mit ihrem Mann im Südwesten von London und in Leicestershire.

Besuchen Sie uns im Internet:
www.droemer-knaur.de

Redaktion: Antje Nissen
Umschlaggestaltung: ZERO Werbeagentur, München
Umschlagabbildung: © Susan Fox
Satz: Adobe InDesign im Verlag
Druck und Bindung: C. H. Beck, Nördlingen
Printed in Germany
ISBN 978-3-426-66313-4

2 4 5 3

Teil eins

London

Kapitel eins

»Ich bin diejenige, die gehen muss. Das ist mir jetzt klargeworden.«

Sally sah Thebes in die Augen und lächelte tapfer. »Er liebt dich, nicht mich – du bist die Richtige für ihn. Ich darf seinem Glück nicht im Weg stehen.« Sie griff nach ihrem Mantel. »Mit dir kann ich mich nicht messen. Und mach dir keine Sorgen um uns. Die Kinder und ich kommen zurecht. Ganz ehrlich, ich wünsche euch beiden viel Glück.« Sally verließ das Weinlokal, ohne einen Blick zurückzuwerfen.

Leider war das Phantasie. Unglücklicherweise sprachen Ehefrauen im echten Leben nur selten die erlösenden Worte für die Geliebte ihres Mannes.

Thebes spielte mit einer anderen Phantasie, in der sich herausstellte, dass Sally ebenfalls untreu war, aber Thebes mochte diese Vorstellung nicht so sehr, weil Max darin nicht gut wegkam. Du liebe Güte, warum sollte Sally einen anderen Mann wollen, wenn sie Max hatte? Für Thebes war das unvorstellbar.

An einem Samstagmorgen im September lag Thebes Cranfield im Bett und träumte sich ihre Zukunft zurecht. Nur so konnte sie sich von der deprimierenden Vorstellung ablenken, dass Max und Sally unterdessen die glückliche Wochenendfamilie spielten.

»Sally möchte, dass ich Zeit mit den Kindern verbringe«, hatte Max in einem Tonfall behauptet, als hätte seine Frau einen völlig innovativen Einfall geäußert. Thebes, die Max seit über vier Jahren kannte, vermutete, dass er in den gemeinsam verbrachten Stunden Zeitung las, während die Kinder im selben Raum fernsahen. So wunderbar Max in Thebes' Augen auch war, so hatte sogar sie erkannt, dass er als Vater wenig taugte. Jetzt dachte sie an ihre beiden eigenen, schon viel älteren Kinder, die noch in den Federn lagen. In letzter Zeit fragte sie sich häufig, wie sie je hatte glauben können, nur kleine Kinder würden unablässig Aufmerksamkeit und Zuwendung fordern. Wie war sie nur auf die Idee gekommen, der Stress würde nachlassen, sobald die Zwillinge groß und selbständig waren? Was für eine unsinnige Vorstellung, dass sie, Thebes, sich weniger Sorgen machen würde, je älter die Kinder wurden. Als Tess und Sam klein waren, hatte sie alle Probleme mit mütterlicher Zärtlichkeit, Ablenkung oder einem Bonbon lösen können, aber Oberstufenschüler waren für solche Zuwendungen unzugänglich.

Wenn sich Tess in ihrem Zimmer einschloss und herzzerreißend heulte, weil die Beziehung mit ihrem neuesten Freund in die Brüche gegangen war, durfte ihr Thebes höchstens eine Tasse Tee anbieten – alles andere wurde schroff abgewiesen.

»Du hast doch keinen blassen Schimmer! Du bist viel zu alt, um das zu verstehen!«

Wenn Sam litt, verbarrikadierte er sich hinter männlichem Schweigen, das im ganzen Haus die Temperatur absinken ließ. Solidarische Unterstützung durch seine

Mutter akzeptierte er nur im Fach Geschichte, und auch das nicht immer, weil sie schließlich Französisch unterrichtete und nicht Geschichte. *»Du hast ja keine Ahnung, Mum. Geschichte wird heute ganz anders aufgezogen.«*

Niemand stellte mehr Forderungen und war gleichzeitig so herablassend wie junge Erwachsene, dachte Thebes. Gegen Mittag würden Sam und Tess aus ihren Zimmern kommen, in die Küche schlurfen, sich an den Tisch setzen und missmutig ihren Tee trinken. Dann, gestärkt durch Tess' Pfannkuchen – das einzige Gericht, das sie freiwillig zubereitete –, würden die Zwillinge ihre allwöchentlichen Verhandlungen um das Geld beginnen, ohne das ihr Wochenende in eine komplette Katastrophe ausartete. Dass Thebes tief in die Tasche greifen würde, war eine ausgemachte Sache, die Frage lautete nur, wie viel sie herausrückte und welche Haushaltspflichten dafür erledigt werden mussten.

Triumphierend würden Tess und Sam daraufhin ihr Frühstücksgeschirr auf dem Tisch zurücklassen und anschließend um Dusche und T-Shirts streiten. Und wenn dann endlich ihre laute Musik ausgeschaltet und die Haustür zweimal ins Schloss gefallen war, während der Geschirrspüler unausgeräumt zurückblieb – *»Tut mir leid, Mum, hab ich vergessen. Ich muss jetzt los. Lass nur, ich mach's später«* –, verwandelte sich die erlösende Ruhe allmählich in bedrückende Stille.

Dann dachte Thebes an die Tests der siebten Klasse, die sie benoten musste, und an die Unterrichtsvorbereitung für nächste Woche und beschloss, erst einmal Lebensmittel für Mahlzeiten zu kaufen, zu denen ihre Kinder erscheinen würden oder auch nicht.

Die Trennung von Rick vor neun Jahren, als Sam und Tess acht waren, hatte Thebes nie bereut. Ob betrunken oder nüchtern, Rick hatte seine Kinder als *Idee* immer geliebt, der chaotischen Wirklichkeit ging er aber, wenn möglich, aus dem Weg. Als die Zeit kam, in der er immer häufiger betrunken als nüchtern war und Thebes ihn rauswarf, schien er über den Abschied ebenso erleichtert zu sein wie sie.

In letzter Zeit ertappte sich Thebes aber dabei, dass sie wünschte, Rick wäre da und würde ihre Sorge teilen, wenn Tess spätabends noch unterwegs war und ihr Handy ausgeschaltet hatte. Auch hätte sie seine Unterstützung dabei gebrauchen können, Sam auszureden, dass er vor dem Studium ein Jahr lang Indianerflöte spielend an einem thailändischen Strand abhängen wollte. Aber Rick hatte die Kinder seit sechs Jahren nicht gesehen und rief nur zu Weihnachten und am Geburtstag der Zwillinge an, und diese Gespräche waren kurz und ziemlich steif. Rick lebte jetzt mit seiner zweiten Frau Lisa in Amerika, und diese erinnerte ihn offenbar hin und wieder an Thebes und die beiden Teenager im Süden Londons. Wenn ein Scheck von Rick eintraf, kaufte Tess Klamotten, Sam Dope, und Thebes ging in den Supermarkt.

Vom warmen Nest ihres Betts aus sah Thebes ihre Schulkleidung auf dem Stuhl, die sie gestern Abend dort achtlos abgelegt hatte, als sie hastig in ihre bequeme Trainingshose geschlüpft war, um es sich auf dem Wohnzimmersofa gemütlich zu machen. Den Freitagabend verbrachte sie immer vor dem Fernseher – nach einer Woche Unterricht war sie zu nichts mehr zu gebrauchen. Thebes unterrichtete moderne Sprachen an der Gesamtschule in ihrem Viertel – was ihre Kinder, die dieselbe Schule besuchten, wenig erfreulich fanden.

Mit fünfundvierzig sollte sie eigentlich Fachbereichsleiterin sein, aber sie war es nicht, und manchmal drängte sich ihr das Gefühl auf, dass in ihrem Leben vieles nicht so lief, wie es sollte. Sie hätte einen besseren Abschluss machen, sie hätte mehr reisen, sie hätte netter zu ihren Eltern sein und selbst mindestens sieben Kinder bekommen sollen. Sogar ihr Name hätte eigentlich anders lauten sollen. Als sie zur Welt kam, schrieb ihr Vater, der im Ausland arbeitete, an ihre Mutter, er freue sich schon darauf, seine Erstgeborene zu sehen, und schlug vor, sie Phoebe zu nennen. Leider war der Blick ihrer Mutter durch Tränen des Stolzes und der Sehnsucht nach ihrem Mann getrübt, so dass sie statt Phoebe Thebes las, ohne die Frage zu stellen, warum ihr Mann die kleine Tochter nach einer altgriechischen Stadt benennen wollte. Als Thebes' Vater heimkehrte, war der Name des Babys schon eingeführt, so blieb es dabei, dass sie Thebes oder Thee gerufen wurde.

Ihren vierzigsten Geburtstag vor fünf Jahren hatte sie mit einem rauschenden Fest gefeiert und damals beschlossen, dass vierzig zu sein doch halb so schlimm war. Ein paar Monate später hatte sie Max kennengelernt, und die Zukunft schien plötzlich ungeahnte Möglichkeiten zu versprechen, die bislang jedoch nicht eingetroffen waren. Und nun ging es in rasantem Tempo auf die fünfzig zu, während Thebes' Leben ziemlich öde aussah – bald würden die Kinder ausziehen, eine traurige Aussicht, und erfreuliche Abwechslung bot sich kaum, abgesehen von den heimlichen Bettfreuden mit Max.

Thebes beobachtete eine nicht mehr ganz junge Taube auf den Zweigen der Eibe draußen vor dem Fenster und überlegte, ob das Leben als Taube nicht viel leichter wäre. Taubenküken wohnten nicht achtzehn Jahre lang zu Hause, trieben ihre Eltern nicht zum Wahnsinn und gingen dann plötzlich weg, so dass sich eine beklemmende Ruhe ausbreitete. Und Taubenmütter litten nicht am Leere-Nest-Syndrom. Sie bauten einfach im nächsten Jahr ein neues und bekamen wieder Nachwuchs. Die Glücklichen.

Im Sommer fing für Tess und Sam ein neuer Lebensabschnitt an – die Schule war vorbei, sie wurden erwachsen –, eine kurze Phase völliger Freiheit, ehe das echte Leben begann und Hypotheken abzuzahlen waren. Natürlich ging auch für Thebes etwas zu Ende – aber einen Neuanfang gab es für sie nicht. Bald würde das Haus immer so ruhig und leer sein wie an Samstagen.

Thebes zog sich die Decke bis zu den Ohren. Sie wollte nicht an ihre Zukunft als Lehrerin in den Wechseljahren denken, die täglich von der Arbeit nach Hause kam und nur eine Tasse und einen Teller in den Geschirrspüler stellte. Liebe Güte, wenn Tess sie nicht mehr mit Adleraugen beobachtete, dann würde sie womöglich im Anorak herumlaufen oder, schlimmer noch, Kniestrümpfe zum Rock tragen. Mit einem Mal hörte sich Sams Plan, ein Jahr an einem thailändischen Strand zu verbringen, ziemlich verlockend an. Wäre es seltsam, wenn sich eine Mutter mit ihrem Sohn eine Auszeit nahm? Wahrscheinlich schon. Und hatte die Mutter nicht die Pflicht, das Haus zu hüten, bis die Kinder heimkamen, weil ihnen das Geld ausgegangen war? Das Leben nach den Kindern bedurfte wirklich einer gewissen Überlegung, wenn Thebes nicht als traurige, alte Frau enden wollte.

Sie kuschelte sich in die Bettdecke ein und schloss die Augen. Noch ein Nickerchen, noch eine Phantasie über Max, um lebensverändernde Entscheidungen aufzuschieben und den Beginn eines vorhersehbaren Samstags hinauszuzögern.

Für Effie Washington, die mit ihrem jungen australischen Liebhaber im Bett lag, begann dieser Samstag dagegen vielversprechend. Eric lag unter der Decke und schlief tief und fest wie ein Kind. Was Effie am Altwerden hasste, war, dass man auf den erholsamen Tiefschlaf verzichten musste. Durchzuschlafen fiel ihr neuerdings schwer, denn mindestens zweimal die Nacht weckte ihre Blase sie auf. Jetzt war es erst acht Uhr an einem wertvollen Ausschlaftag, und sie war hellwach und wünschte sich, Eric würde aufwachen, damit sie den Tag gemeinsam im Bett anfangen konnten, wie es sich gehörte.

Bald würden ihre Untermieter aufstehen und auf dem Treppenabsatz verliebt miteinander wispern. Aus Rücksicht auf Effie und ihren Freund (noch dazu einen so hübschen jungen Mann wie Eric, den sie schon seit Monaten mit lüsternen Blicken betrachteten) zogen sie die Toilettenspülung nur einmal. Dann würden sie die Treppe hinunterschleichen, und der Duft des Toasts, den sie unten zubereiteten, würde ihr in die Nase steigen. Später würde sich die Haustür leise schließen und der Motorlärm des albernen pinkfarbenen Käfers heraufdringen, mit dem sie die Straße hinunterholperten. Tom und Jerry – in Wirklichkeit hießen sie natürlich anders – waren vor achtzehn Monaten eingezogen, als Effies jüngste Tochter endlich aus dem Haus war. Nun waren zwar die Toilettensitze immer hochgeklappt, aber wenigstens wusste Effie, dass sie ihre eigene Unterwäsche trug. Schwul mochten Tom und Jerry sein, aber sie waren keine Transvestiten, und es hatte sich herausgestellt, dass es sich mit ihnen leichter leben ließ als mit Effies Töchtern – die beide keinen Respekt vor dem Eigentum anderer Menschen besaßen.

Außerdem hatte Effie eine Schwäche für schwule Männer, seit der Vater von Violet, ihrer ältesten Tochter, sie vor vielen Jahren wegen des Postboten verlassen hatte. »Er hat sich selbst Päckchen geschickt, für die er unterschreiben musste.« Effie hatte diesen Treuebruch mit Humor genommen.

Der Vater von Nancy, ihrer zweiten Tochter, war durch und durch heterosexuell, aber auch er verließ Effie, um in einer Kommune in Tibet zu leben, als Nancy zwei Jahre alt war. Fünf Jahre später brachte ein Brief die Nachricht, er sei auf einem nepalesischen Berg verschieden. Sie fand, es sei typisch für Terry *zu verscheiden,* statt zu sterben. Sterben ist eine aktivere Handlung als verscheiden, und Terry war nie aktiv. Bei verscheiden dachte man an die Vergänglichkeit von

Gegenständen wie Wärmflaschen und Gummibänder, die allmählich unbrauchbar wurden – aber bei näherer Betrachtung musste man sagen, dass Terry im Grunde nie so recht zu etwas zu gebrauchen gewesen war.
Wenn Effie meinte, sie habe es durch ihre Nachlässigkeit selbst verschuldet, dass ihr in so kurzer Zeit zwei Männer abhandengekommen waren, dann gab sie es nicht zu, aber in einem Anfall von Ehrlichkeit räumte sie gelegentlich ein, dass sie bei Männern keine glückliche Hand hatte. (Nach wie vor erzählte ihre Mutter nicht einmal ihren besten Freundinnen in Hazelmere, Australien, unter welchen Umständen ihre Tochter geheiratet hatte: einmal auf einer Lichtung voller Waldhyazinthen, und einmal an einem Lagerfeuer in Indien. Beide Zeremonien waren rein rechtlich ohne Bedeutung gewesen.)
Effie rechnete nicht mehr damit, den wahren Seelenfreund zu finden, und deshalb bevorzugte sie jüngere Männer, die in der Regel außerhalb des Betts gut zu zügeln und im Bett völlig zügellos waren – die Kombination gefiel ihr. Allerdings hielt sie sich an einen strengen Moralkodex: Sie hatte nie mehr als einen Liebhaber gleichzeitig, und sie schlief nie mit jemandem, den sie nicht liebgewonnen hatte – zu lieb durfte sie ihn aber auch nicht haben. Nach all den Jahren traute sich Effie nicht mehr zu, eine Liebesgeschichte anzufangen, ganz zu schweigen von einer festen Beziehung, dafür war sie schon zu lange allein.
Während ihrer chaotischen Kindheit schien es Violet und Nancy nicht weiter gestört zu haben, dass sie ohne Vater aufwuchsen, aber Effie wurde den Verdacht nicht

los, dass die vaterlose Jugend mit dafür verantwortlich war, wie schnell die Mädchen erwachsen geworden waren. Manchmal dachte sie, sie hätte ihnen schlichte Namen geben sollen, wie tüchtige Menschen sie trugen, zum Beispiel Jennifer oder Susan. Seit die beiden etwa zehn Jahre alt waren, wirkten sie sehr viel reifer und umsichtiger als ihre Mutter, und jetzt gingen beide einer vernünftigen Tätigkeit nach. Wie vorausschauend ihre Töchter ihr Leben planten, beeindruckte Effie – Violet hatte mit neunzehn begonnen, in ihre private Altersvorsorge zu investieren, und Nancy war es gelungen, von ihrer Ausbildungsbeihilfe Geld beiseitezulegen.

Effie gab zu, dass sie anfangs erleichtert gewesen war, als Nancy ihre Prüfung als Krankenschwester abgelegt und eine Wohnung gefunden hatte. Beide Mädchen tauchten von Zeit zu Zeit auf, verdrehten die Augen und tadelten den lockeren Lebensstil ihrer Mutter. Ohne die ständige Überwachung und Kritik ihrer Töchter konnte Effie miserable Fernsehserien anschauen, abgelaufene Lebensmittel essen und auf dem Wohnzimmersofa Sex haben.

Bei dem Gedanken rieb sie behutsam ihren Fuß an Erics Bein. Eric sagte, er sei nur auf der Durchreise – das war in den letzten Monaten in regelmäßigen Abständen vorgekommen. Er hatte außerdem noch eine feste Freundin in West Norwood und eine Verlobte in Sydney.

»Wir sind einfach Freunde, die miteinander vögeln, oder?«, sagte er zu Effie, und jetzt wünschte sie, er würde aufwachen und genau das tun.

Bis er das tat, lag sie neben ihm im Dunkeln und dachte über all die Dinge nach, die sie tun sollte: In ihrem Atelier stand ein Gemälde, das sie fertigmalen sollte, und sie sollte ihr Bad neu streichen. Das Schuljahr hat gerade angefangen – also sollte sie sich mit den neuen Prüfungsanforderungen für die Mittelstufe und mit dem Oberstufenlehrplan beschäftigen. Als Kunstlehrerin hatte sie den Vorteil, dass die Schüler, die sich für eine Prüfung in Kunst anmeldeten, das Fach mochten. Effie seufzte und überlegte, ob sie diesen September wohl ebenso viel Energie und spontane Begeisterung aufbringen konnte wie ihre Schüler.

Effie wartete sozusagen auf eine Wiedergeburt. Früher war das Leben immer zu ihr gekommen – eine äußere Kraft hatte ihre Handlungen beeinflusst, und sie stellte sich gern vor, dass sie sich vom Wind des Zufalls treiben ließ. Als die Kinder klein waren, hatte sie, angeregt durch eine feministisch orientierte Meditationsgruppe, beschlossen, den Rucksack zu packen und mit ihren Töchtern für zehn Monate in Indien zu leben. Danach war sie, wieder in England, verschiedenen Beschäftigungen nachgegangen: Sie hatte das Design für einen Kalender entworfen, nur weil sie mit dem Fotografen geschlafen hatte, sie hatte als Bühnenbildnerin gearbeitet, nur weil sie im Bus mit einer Frau ins Gespräch gekommen war, und dann hatte sie noch eine Weile in einer Kommune in Frankreich verbracht und vier Monate in Amsterdam mit einem Straßenmaler gelebt. Effie blieb nie lange genug bei einer Sache, um Dinge richtig zu durchdenken, ehe sie sich fröhlich in das nächste Abenteuer stürzte. Aber das Vagabundenleben hatte ein Ende, als Violet in der Mittelstufe darauf bestand, sich in Ruhe auf ihre Prüfungen vorzubereiten, so dass Effie eine Stelle als Lehrerin annehmen musste. Heute, zwölf Jahre später, unterrichtete sie immer noch und fühlte sich schrecklich geschützt vor dem Wind des Zufalls, wenn sie darüber nachdachte, was sie allerdings tunlichst vermied – sie fühlte sich im Alltagstrott gefangen, sie steckte fest wie ein Gummistiefel im Schlamm und fand nicht die Motivation, etwas an ihrer Situation zu ändern.

In vier Jahren wurde Effie sechzig, und obwohl sie behauptete, dass Zahlen ihr nichts bedeuteten, konnte sie den Gedanken nicht abschütteln, dass sechzig eine Art Wendepunkt war und sie sich in irgendeiner Form darauf vorbereiten musste. Ihr Körper zerfiel zwar nicht gerade in seine Bestandteile, aber er war sicherlich nicht mehr so straff wie früher, und er funktionierte auch nicht mehr so reibungslos. Manchmal waren am Morgen ihre Finger steif, von ihren Knien ganz zu schweigen …

Dann waren da die Frage des Sex und die Behauptung, das Verlangen würde abnehmen, je älter man wurde. Diese Erfahrung hatte Effie noch nicht gemacht – im Augenblick dachte sie etwa vier- bis fünfmal täglich an Sex, und das immer mit großem Vergnügen. Sex war ihr wichtig, vor allem seit ihr Traum, die Welt der Kunst im Sturm zu erobern, im Sande verlaufen war. Aber sie machte sich keine Illusionen und hielt eisern an der Theorie fest, dass man Sex regelmäßig praktizieren sollte und nicht zulassen durfte, dass das Verlangen allmählich vor der grauen Strickjacke kapitulierte. Graue Strickjacken machten Effie Angst. Ihrer Ansicht nach waren sie ein Symbol für das Älterwerden, die Resignation und das Nachmittagsfernsehen. Sie wusste, dass sie ihr Potenzial nicht ausgeschöpft hatte, ihr war nie der Turner-Preis verliehen worden, und nach dem Können ihrer Schüler zu urteilen, würde sie auch nie als die Mentorin einer neuen Tracy Emin gefeiert werden. Hatte sie also ihr Leben vertan? Alles in allem wohl nicht. Immerhin hatte sie zwei großartige Töchter – auch wenn sie sich manchmal benahmen, als wären sie nicht Effies Kinder, sondern ihre Mütter –, finanziell könnte es ihr schlechter gehen, und sie hatte viel guten Sex. Aber es bestand die Gefahr, dass sie ihr nächstes Lebensjahrzehnt verplemperte.

Nun ging sie auf die sechzig zu, wartete auf göttliches Eingreifen und hing Tagträumen über die Zukunft nach. Sie malte sich aus, mit sechs Gänsen und einem Schwein auf dem Land zu leben, oder sie plante eine Kanureise auf dem Amazonas. Zuweilen führte sie ein einfaches Leben in Südfrankreich, oder sie brach zu einer Weltumseglung auf – dass sie Boote hasste, tat dem Traum keinen Abbruch, das war ja gerade das Schöne am Spiel der Phantasie. Wenn Effie träumte, hatte sie das Gefühl, etwas an ihrem profanen Leben zu ändern, obwohl in Wirklichkeit alles viel zu problematisch und zu anstrengend für einen echten Neuanfang war.

Etwas kratzte ungeduldig an der Tür. Ihr Mischlingsspaniel Ivordog hatte zu spät erkannt, dass ein Konkurrent seinen Platz im Bett seines Frauchens eingenommen hatte, und beklagte sich. Sein Kratzen und Jaulen hatte Erfolg, wo Effie versagt hatte – Eric wachte auf.

»Hi Babe.« Er setzte sich in einer geschmeidigen Bewegung auf, faltete ein Kissen zusammen, lehnte sich dagegen und zündete sich eine Zigarette an.

»Fahren wir nach Wales. Ich glaube, ich habe irgendwo in Wales Verwandte.«

Offenbar hatte Eric keine Ahnung, wie weit es vom Londoner Süden nach Wales war, noch dazu mit Effies altem Wagen. Und ihr fiel ein, dass sich Violet für morgen zum Mittagessen angemeldet hatte.

»Das ist zu weit. Fahren wir ans Meer, nach Eastbourne. Da war der Hund noch nie.«

»Okay.« Es Eric recht zu machen war wirklich nicht schwer.

Effie vergaß erst einmal die Scharten in ihrem Leben und verbrachte den Samstag mit Eric und Ivordog in Eastbourne. Und was war schon dabei, weiterzumachen wie bisher, nachdem immer noch kein Gott sich herabließ, dazwischenzufunken?

Scilla Learmonth versuchte, am Samstag auszuschlafen – wenigstens bis halb acht. Sie war schon von jeher ein Morgenmensch gewesen, und sobald sie die Augen aufschlug, war sie wach und bereit für den Tag. Aber was für ein Tag erwartete sie? Einen Moment lang siegte die Hoffnung über die Erfahrung, und sie malte sich aus, wie sie vormittags mit Robert im Park spazieren ging, während das Herbstlaub unter ihren Füßen raschelte, dann folgte ein Mittagessen im Pub, und nachmittags besuchten sie eine Ausstellung oder eine Kunstgalerie. Doch dann meldete sich die Realität, und Scilla seufzte. Der Samstag würde anders aussehen, weil Robert keine Zeit hatte. Er hatte zu tun.

Robert führte mit Scilla eine Art Teilzeitehe. In erster Linie war er mit seiner Arbeit verheiratet, in die er offensichtlich seine ganze Energie steckte. Zu Hause lud er nur den Akku auf – sein Ladegerät war der Fernseher. Wenn er nicht fernsah, dann las er Manuskripte. Er war Lektor für wissenschaftliche Fachliteratur, und er liebte seine Arbeit über alles. Seine Aktentasche war sein Schildkrötenpanzer, seine Behausung. Man fügte ein Sandwich und saubere Unterwäsche zu den Papieren hinzu, die sie enthielt, und er hatte alles, was er zum Leben brauchte.

Scilla und Robert waren seit neunundzwanzig Jahren verheiratet, und sie hatte das Gefühl, dass ihre Rolle darauf reduziert war, für die Bequemlichkeit ihres Mannes zu sorgen. Irgendwie hatte es sich im Lauf der Jahre so eingespielt, dass ihr gemeinsames Ziel darin bestand, Robert instand zu halten.

»Unsere Ehe ist wie unsere Teekanne«, hatte Scilla einmal einer Freundin erklärt. »Ich fülle sie auf, und er leert sie.«

Nicht dass Robert offiziell Rücksichtnahme verlangen würde – er war ein sanfter Mann –, es war eher so, dass er Scillas Aufmerksamkeit freundlich, aber unerbittlich in Anspruch nahm. In letzter Zeit hatte sich Scilla überlegt, ob sie beide sich eigentlich noch an die Liebe erinnerten, die sie einmal verbunden hatte. Langweilten sie einander mit diesem Leben auf parallelen Bahnen, diesem vertrauten, anspruchslosen Leben, in dem sie nur noch gelegentlich die Mahlzeiten teilten?

Hin und wieder spielte Scilla mit der Vorstellung, dass Robert vielleicht eine Geliebte hatte, aber im Grunde konnte sie sich nicht vorstellen, dass er die Energie oder bei seinem vollen Terminkalender auch nur die Zeit dafür aufbringen würde. Es war ein ernüchternder Gedanke, dass Scilla zwar einerseits gern die Probleme in ihrer Ehe bereden würde, sie sich aber andererseits nicht den Konsequenzen stellen wollte, die es hätte, wenn sie laut ausspräche, wie grauenhaft ihre Nichtbeziehung war. Jedenfalls hatte sich so viel angestaut, das sie Robert sagen wollte, dass er, schlechter Zuhörer, der er war, wohl nicht lange durchhalten würde. Sie müsste schon ein obskures Traktat über Quantenphysik verfassen, um die ungeteilte Aufmerksamkeit ihres Mannes zu erhalten. Dass Robert von ihrer Unzufriedenheit nichts ahnte, verstärkte nur Scillas heimlichen Groll.

Ihr Ehemann drehte sich um, und sie wandte sich ab, damit sein heißer Atem ihr Gesicht nicht berührte. Vor zehn Jahren hätte sie die Hand nach ihm ausgestreckt und unter seinen Pyjama gefasst, und er hätte sich auf sie gelegt, um in der sexuellen Lust allmählich wach zu werden. Wie sich diese Lust anfühlte, wusste Scilla kaum noch. Sex spielte für Robert anscheinend keine Rolle mehr, und weil sie es leid war, abgewiesen zu werden, hatte sie es aufgegeben, die Initiative zu ergreifen. Jetzt konnte sie von Glück reden, wenn sie noch einmal mit einem Mann schlief, bevor sie starb.

Scilla stand auf, ging nach unten und setzte Wasser auf. Dann sah sie ihre E-Mails durch, und tatsächlich war die allwöchentliche Nachricht von Crispin da. Scilla und Robert hatten sich ein zweites Baby gewünscht, aber es hatte nicht sein sollen – zu viele Fehlgeburten,

es hatte keinen Sinn gehabt, es weiter zu versuchen. Und jetzt lebte Crispin, ihr einziger Sohn – und zurzeit vielleicht das Einzige, was sie noch verband –, in Japan, wo er Karriere als Finanzexperte machte.
Während sie am Küchentisch ihren Tee trank, beobachtete sie, wie die Katzen von nebenan auf der Gartenmauer Scillas Katze giftige Blicke zuwarfen. Der September hüllte den Garten in Nebelschleier, und das neue Schuljahr hatte gerade angefangen.
Lehrerin war nicht ihr Traumberuf gewesen. Sie wäre gern Restaurantköchin geworden, doch Anfang der sechziger Jahre, als sie von der Schule abging, war sogar die beliebte Fernsehköchin Fanny Craddock eine seltene Ausnahme, und Mädchen wie Scilla wurden Krankenschwester, Sekretärin oder Lehrerin. Scilla hatte sich für die Schule entschieden.
Als jedoch vor sieben Jahren ihre Mutter gestorben war – Scilla ging zu der Zeit auf die fünfzig zu, und Crispin war gerade von zu Hause ausgezogen –, stand für sie fest, dass die Zeit für eine Veränderung reif war. Ermuntert von ihrem Vater, hatte Scilla der Schule den Rücken gekehrt und eine Ausbildung zur Köchin gemacht, um anschließend einen Catering-Service auf die Beine zu stellen. Zur Malerin, Bildhauerin oder Schriftstellerin fühlte sie sich nicht berufen, aber sie wusste, dass sie sich mit Essen auskannte und ein Händchen fürs Kochen hatte – darin lebte sie ihre Kreativität aus, und den Kurs schloss sie als Beste ab.
Was war dann passiert? Warum hatte sie sich nicht wie geplant selbständig gemacht? Scilla schenkte sich noch eine Tasse Tee ein und blickte traurig auf ihre Schulta-

sche, die über dem Stuhl hing. Nach dem Kurs hatte sie eine Weile lang für Partys von Freunden gekocht und war für ihre Kuchen und Nachspeisen bekannt geworden. Durch Mundpropaganda hatte sie immer mehr Kunden gewonnen, doch bald hatte sich herausgestellt, dass Robert dachte, Zweck der Ausbildung seiner Frau sei es, die Dinnerpartys für seine Autoren noch professioneller zu gestalten. Robert hatte sich auch eingehend mit den strengen Gesundheits- und Sicherheitsvorschriften für Gastronomen beschäftigt und darauf hingewiesen, wie gering die Gewinnspannen bei einem kleinen Catering-Service waren. Scilla wähnte sich in dem Glauben, er sei aufrichtig hilfsbereit gewesen, denn Robert war von Natur aus ein netter Mensch, aber die freundlich negativen Kommentare, denen sie permanent ausgesetzt gewesen war, hatten sie zermürbt. Seine Unterstützung hatte letztlich zur Folge, dass sie sich wieder als Aushilfslehrerin einstellen ließ und an derselben Schule, die sie so hoffnungsvoll verlassen hatte, als Mutterschaftsvertretung arbeitete. Im tiefsten Innern wusste Scilla, dass ihr Mann nicht allein die Schuld trug, denn sie hatte kräftig an der Legende mitgebastelt, dass er ohne seine Frau im Haushalt aufgeschmissen sei. Obwohl er ganz bestimmt im Krisenfall ein sauberes Paar Socken finden und sich ein hartes Ei zum Abendessen kochen konnte. Aber sie hatte auf seine Bedenken gehört und gezögert. Dieses Zögern war fatal gewesen, und der Augenblick war ihr ungenutzt durch die Finger geglitten. Auch jetzt trauerte sie noch der verpassten Chance nach. Außerdem hatte sie durch ihre Feigheit ihren Vater unendlich enttäuscht.

Harry Waldegrave hatte selbst schon immer gern gekocht, und er gab zu, dass er Scilla bei ihrer Ausbildung nicht nur aus selbstlosen Gründen unterstützt hatte. »Ich dachte, wir könnten alle davon profitieren«, hatte er gemeint. »Ich wollte schon immer lernen, wie man richtigen Blätterteig macht.«

Jetzt bewirtete Scilla auf ihren Dinnerpartys nur noch Roberts Autoren und Kollegen, oder sie kochte kleine Gerichte für zwei, von denen oft eine Portion im Ofen vertrocknete, weil Robert länger als erwartet im Verlag blieb.

Heute Abend war wie an den meisten Samstagen eine Dinnerparty geplant. Durch das Kochen fand sie unausweichlich ihr seelisches Gleichgewicht wieder, und jetzt begann sie die Speisenfolge zu planen. Aus den Brombeeren, die sie gestern am Bahndamm gesammelt hatte, würde sie ein Gelee herstellen. Londoner Brombeeren, zweifellos mit Abgasen verseucht, aber eines Tages … eines Tages, wenn sogar Robert in den Ruhestand gehen musste, wollte Scilla aufs Land ziehen und einen eigenen Gemüsegarten haben. Das Problem war nur, was sollte sie dort mit Robert, oder genauer gesagt, was sollte Robert dort anfangen? Er war ein Stadtmensch vom Scheitel bis zur Sohle, sie konnte ihn sich einfach nicht in Freilandhaltung vorstellen.

Ihre Eheprobleme lagen ihr wie ein schwerer Klumpen im Magen, aber es gab Mittel und Wege, den Klumpen zu vergessen – das eine war Schuhe kaufen, das andere Kochen. Scilla begann die Brombeeren zu verlesen, sortierte die unreifen Früchte und die kleinen Zweige aus. Diese Arbeit erinnerte sie immer an ihre Mutter, die im Sommer und Herbst mit Hingabe pflückte, was die Hecken der Umgebung hergaben, und körbeweise Brombeeren, Schlehen, Holunderbeeren und Hagebutten mit nach Hause brachte. Brombeeren mochte sie am liebsten, und Scilla erinnerte sich, dass ihr Vater klaglos all die brombeerinspirierten Speisen verdrückt hatte. Ihre Eltern hatten ganze Tage in der Küche verbracht und Brombeermarmelade, Brombeergelee, Brombeerquark, Apfelbrombeerkuchen, Brombeermousse zubereitet, und wenn sie alle bekannten Rezepte durchhatten, schufen sie eigene ausgefallene Kreationen.

Als Scilla den Marmeladentopf aus einem oberen Regal holte, beschloss sie, am nächsten Tag ihren Vater in Kent zu besuchen, statt Robert wieder einmal den lieben langen Sonntag beim Arbeiten und Fernsehen zuzusehen. Robert würde anbieten mitzukommen, aber hoffen, dass sie sein Angebot ausschlug.

Nach Kent fuhr man nur eine Stunde, und weil ihr Vater außer Scilla niemanden mehr hatte, dachte sie, sie sollte ihn öfter besuchen. Zwar war sie nicht seine Lieblingstochter gewesen – nicht dass sie je Streit gehabt hätten –, aber es bestand eine Distanz zwischen ihnen, die es zwischen ihm und Carol nie gegeben hatte. Scillas ältere Schwester Carol ersetzte ihrem Vater den Sohn, den er nie gehabt hatte, sie teilte seine Lust am Abenteuer und an der freien Natur – die beiden sahen sich sogar ähnlich. Gemeinsam hatten Vater und Tochter Enid-Blyton-Abenteuer durchlebt, sie zelteten, kletterten, schwammen in kalten Seen – immer gingen sie körperlich an ihre Grenzen, während Scilla, die sich nicht viel zutraute, daheim bei ihrer Mutter blieb. Die sechs Jahre ältere Carol hatte eine gute Universität besucht und eine vielversprechende Karriere an der Börse begonnen, die ein tragisches Ende fand, als sie mit nur fünfundzwanzig Jahren bei einem Unfall an einer Kletterwand in Wales starb. Siebenunddreißig Jahre war das jetzt her. Jeder rechnete damit, dass entweder der Ehepartner oder er selbst allein zurückblieb, aber das eigene Kind zu überleben war eine schreckliche Vorstellung. Irene Waldegrave brach der Tod ihrer ältesten Tochter das Herz, und auch Harry war völlig verzweifelt. So große Mühe sich Scilla und ihr Vater auch gaben, Scilla wusste, dass sie die Lücke, die Carol hinterlassen hatte, nicht annähernd füllen konnte. Das war ein Grund mehr, warum Scilla sich schämte, dass sie ihren Vater enttäuscht hatte und in die Sicherheit des Lehrerberufs zurückgekehrt war. Manchmal war es nicht nur ihr Mann, sondern auch ihr Vater, von dem sie sich alleingelassen fühlte.

Scilla wusste, dass ihr Vater nur selten ein Wochenende allein zu Hause im Laundry Cottage verbrachte. Seit dem Tod seiner Frau war er ziemlich unternehmungslustig geworden und machte häufig ausgedehnte Besuche bei Freunden. Scilla hätte interessiert, wer diese Freunde waren, aber Harry erzählte von sich aus wenig, und Scilla war froh, dass er beschäftigt und offensichtlich glücklich war. Also würde sie sich ein Rezept aus ihrem neuen Kochbuch aussuchen und die Zutaten besorgen, so dass sie und ihr Vater es gemeinsam zubereiten konnten. Das tat sie öfter, weil die Liebe zum Essen jene Kleinigkeit darstellte, die die beiden wirklich miteinander verband. Wenn Scilla in der Küche arbeitete, ganz vertieft in ihre Kochkunst, saß jeder Handgriff. Bis zum Mittagessen würde sie mit den Dinnervorbereitungen fertig sein, also würde sie sich heute Nachmittag ein ausgefallenes Paar Schuhe gönnen. Scillas Leidenschaft für Schuhe war aus ihrem Leben nicht wegzudenken, seit sie als kleines Mädchen ihre molligen Füßchen in die roten Stöckelschuhe ihrer Mutter gesteckt und damit in der Küche herumstolziert war. Sie glaubte sogar, sich an das Klappern der Absätze auf den Fliesen zu erinnern. Zurzeit besaß Scilla siebenundsechzig Paar Schuhe aus allen Stilrichtungen, und sie konnte sich jederzeit ein Paar aussuchen, das genau zu ihrer Stimmung passte. Ihrer Ansicht nach konnte man gar nicht genug Schuhe haben, aber manchmal, wenn ihre Laune auf den Tiefpunkt sank, überlegte sie, ob dieser Schuhtick nicht einfach nur dazu diente zu beweisen, dass sie nicht so langweilig war, wie die anderen vielleicht glaubten.

Scilla begann, die Eier für die Roulade heute Abend zu schlagen, und freute sich auf das hedonistische Vergnügen des Schuhkaufs. Eine vergnüglichere Beschäftigung für einen einsamen Samstagnachmittag konnte sie sich beim besten Willen nicht vorstellen.

Kapitel zwei

Thebes sank in einen der fleckigen Sessel im Lehrerzimmer. Ihre große Schultasche, die sie über der Schulter getragen hatte, glitt zu Boden.

»Warum riecht es in Lehrerzimmern eigentlich immer nach Instantkaffee und Acrylsocken? Igitt.«

»Versuch es mal bei den Kunstlehrern, da riecht es nach Zigarettenrauch und Arabica.« Effie nippte an ihrem Kaffee.

»Nichts stinkt so schlimm wie Desmond Crocker am Montagmorgen, das kann ich euch versichern.« Scilla reichte Thebes eine Tasse.

Thebes beobachtete zwei der neuen Lehrer. Es war ihre erste Anstellung, und sie hatten noch keine Narben aus der Bildungsschlacht davongetragen, wirkten blitzsauber und ernst, hielten glänzende neue Ordner und unversehrte Füller in der Hand. Gekleidet waren sie modisch, sie sahen frisch und gut vorbereitet aus, kaum älter als die Kinder, die sie unterrichten sollten. Thebes hatte oft das Gefühl, dass sie zwischen allen Stühlen saß – hier die junge Generation, kinderlos, energisch, abends in Karaokelokalen anzutreffen, dort die älteren Lehrer, deren Kinder schon aus dem Haus waren, wie bei Effie und Scilla.

Thebes hatte die beiden vor neun Jahren nach ihrer

Trennung von Rick kennengelernt, als sie neu an die Schule kam und Scilla noch fest angestellt war. Im Lauf der Jahre hatte sie sich mit beiden angefreundet, und Thebes schätzte die inzwischen recht enge Beziehung sehr. Gelegentlich behandelten Scilla und Effie sie wie eine jüngere Schwester, was Thebes irgendwie guttat.

»Gestern habe ich meinen Vater besucht.« Scilla machte es sich auf dem Sessel bequem. »Nur eine Stunde Fahrt, und schon ist man draußen auf dem Land: Hopfendarren, Schafe auf der Weide, elisabethanische Pubs. Und es war ein schöner Tag. Mir ist wieder einmal klargeworden, wie gern ich von London weg möchte. Aber Robert wird sich nicht ohne weiteres darauf einlassen. Seinen Alltagstrott zu ändern ist so schwierig, wie einen Ozeandampfer vom Kurs abzubringen.«

»Lass dir ja nicht einfallen, aufs Land zu ziehen. Was sollen wir ohne dich anfangen?«, protestierte Effie.

»Das Landleben finde ich grässlich.« Thebes schnupperte angeekelt an ihrem Kaffee. »Zu viel Grün. Ich würde sterben vor Langeweile. Ich möchte hin und wieder mal ins Kino oder einkaufen gehen, ohne meilenweit über schlammige Feldwege zu tuckern.«

»Ich spreche von Kent, du Stadtpflanze, nicht vom schottischen Hochland.« Scilla sah, dass Thebes ihre Tasse wegstellte. »Stimmt etwas nicht mit dem Kaffee?«

»Er schmeckt mir heute Morgen nicht. Nein, ich war immer ein überzeugter Stadtmensch. In der Großstadt kann man so viel unternehmen – gib mir grauen Beton, und ich bin glücklich.«

»Und du nutzt London so richtig aus«, spottete Effie.

»Wann warst du zuletzt im Theater? Hast du schon mal einen Rundgang durch die City gemacht? Hast du gestern eine Kunstgalerie besucht?«
»Gestern war Sonntag. Ich musste für Tess und Sam kochen. Sie sind im letzten Schuljahr«, verteidigte sich Thebes. »Ich muss für meine Kinder da sein.«
Dass sie den ganzen Sonntag auf ihre Kinder gewartet hatte, die Zwillinge aber unterwegs gewesen waren, erwähnte sie lieber nicht.
Natürlich hätte sie ins Museum oder ins Kino gehen können, allerdings hatte Max sie eines Sonntags angerufen – zwar nur einmal, und es war Monate her –, weil seine Frau mit den Kindern einen Ausflug gemacht hatte. Das kam nicht oft vor, wie er betont hatte, aber von diesem Tag an blieb Thebes am Wochenende lieber erreichbar, nur für alle Fälle.
»Ich habe einen super anspruchsvollen Film im Fernsehen gesehen«, sagte sie. »Südamerikanisch, völlig unerklärlich, worum es ging.«
Sie verschwieg außerdem, dass sie am Samstag allein mit einer Flasche Wein und einer Packung Fruchtgummis im Wohnzimmer gesessen und sich eingeredet hatte, dass Tausende von Frauen das Wochenende so wie sie frustriert zu Hause saßen und das Gefühl hatten, das Leben gehe an ihnen vorbei. Der Gong ertönte, und Effie stand auf.
»Tja, und ich habe den Sonntag mit meiner ältesten Tochter verbracht und mir angehört, wie sie mir freundlich darlegt, was mit meiner Lebensweise nicht stimmt. Ich liebe Violet heiß und innig, aber …«, Effie hob theatralisch die Hände, so dass die großen Armreife an ihren

Handgelenken klirrten, »ich bitte euch. In meinem Alter muss ich mich doch nicht von meinen Kindern drangsalieren lassen. Ich mische mich nicht in ihr Leben ein, und den Gefallen könnten sie mir auch tun.«

»Dann wird es also nicht besser?«, fragte Thebes. »Das Mutterdasein? Wenn die Kinder aus dem Haus sind?«

»Nein, warum sollte es?« Effie schnippte mit den Fingern. »Gehen wir heute Abend ins Pub«, schlug sie vor.

»Am Montag?« Scilla runzelte die Stirn.

»Warum nicht?«

Scilla zuckte die Achseln. »Stimmt, warum nicht.« Sie sah Thebes an. »Und du? Oder musst du heute Abend etwa korrigieren?«

Thebes zögerte. Montagabend. Und wenn Max anrief? Sie konnte nie recht abschätzen, ob Max sie zu sich zitierte – sein Verhalten war ziemlich unberechenbar. Oft rief er vom Pub aus an – »Komm sofort zu mir« –, und Thebes ließ alles stehen und liegen, erfand eine Ausrede für die Kinder und schminkte sich im Auto. Wenn sie abends bis neun nichts von ihm gehört hatte, um die Uhrzeit wurde er zu Hause erwartet, konnte sich Thebes entspannen und aufhören, ihr Handy zu belauern.

»Ja, gute Idee, treffen wir uns.«

Effie kniff die Augen zusammen. Offensichtlich wusste sie genau, was in Thebes' Kopf vorging.

»Du meinst natürlich, wenn der Halbgott Max nicht vorher anruft.« Sie lächelte versöhnlich. »Ist schon gut, du darfst uns versetzen, Thebes. Wir machen dir keinen Vorwurf. Also um sieben im *P and P*, das Lokal neben der Drogerie. Bis dann.« Effie nahm sich einen Keks

aus der Dose. »Vorausgesetzt, ich überlebe den heutigen Unterricht.«
Als Thebes die Treppe zu ihrem Unterrichtsraum hinaufging, überlegte sie, dass nach Murphys Gesetz Max bestimmt heute Abend anrufen würde, wo sie doch so gern den Abend mit ihren Freundinnen verbracht hätte.

Scilla fand es bedrückend, wenn sie nach der Schule ihr großes leeres Haus betrat, das ihr in letzter Zeit steril wie ein Hotel erschien. Der Anrufbeantworter blinkte. Zwei Nachrichten, eine davon stammte wahrscheinlich von Robert, der ankündigte, dass er spät nach Hause kam. Scilla drückte den Knopf und lauschte.
»Tut mir leid, Schnuckelpuff«, diesen Kosenamen benutzte er, wenn er es darauf ankommen ließ, sie zu enttäuschen, »ich habe heute Abend eine Besprechung, es hat sich gerade erst ergeben. Ich besorge mir hier etwas zu essen. Bis später. Hm, noch etwas wollte ich dir sagen, ach ja, morgen muss ich auf die Beerdigung eines Autors – ist mein schwarzer Anzug aus der Reinigung zurück, und habe ich eine schwarze Krawatte?«
»Hallo, Scilla!« Die nächste Nachricht kam von einer alten Freundin und ehemaligen Nachbarin. »Hier ist Rosie. Ich wollte nur ein bisschen schwatzen … hören, wie das neue Schuljahr läuft, und dich einladen. Du musst dir unbedingt meine neuen Zwerghühner ansehen … sooo süß … Und mit meinem Porree habe ich bei der Herbstausstellung im Dorf gute Chancen auf den ersten Preis. Kannst du dir das vorstellen? Ruf mich bald an.«
Als sie durch die Hintertür in den Garten ging, sah

Scilla vor ihrem inneren Auge Hühnerhäuser, Gemüsegärten, Rosenranken neben der Haustür und Dorfausstellungen. Dass Rosie unmittelbar nach ihrem Tag auf dem Land anrief, entfachte erneut ihren Wunsch, ihr Leben zu ändern und die Stadt hinter sich zu lassen. In ihrem Garten, der für Londoner Verhältnisse groß war, setzte sich Scilla auf die Bank, um die letzten Strahlen der Spätnachmittagssonne zu genießen, und überlegte, ob ein Haus auf dem Land wohl für immer ein Traum bleiben würde.

»Wenn ich nicht da bin, könnt ihr doch herkommen«, hatte ihr Vater gestern vorgeschlagen. »Warum benutzt ihr Laundry Cottage nicht als Wochenendhaus? Dann siehst du, ob du wirklich aufs Land ziehen möchtest. Vielleicht verliebt sich ja auch Robert in das Landleben.«

»Ich fürchte, da besteht wenig Hoffnung«, hatte sie erwidert und versucht, sich an eine Zeit zu erinnern, in der Robert noch die Leidenschaft besaß, sich in irgendetwas zu verlieben.

Ihr Vater hatte enttäuscht gewirkt und das Angebot nicht wiederholt, als sie ging.

Schatten legten sich über die Bank, und Scilla stand auf, um die Dahlien zu jäten. Sie mochte die buschigen, auffälligen Blüten, die in schamlos grellen Farben leuchteten und dem herannahenden Winter trotzten. Am Garteneich griff sie nach dem Netz und fischte die Wasserlinsen ab. Voller Mitgefühl stellte sie sich vor, wie sich das Rotauge tief auf dem Grund des Teichs im Dunkeln verbarg und nirgends hinkonnte.

Wenn sie an die siebenundzwanzigjährige Lehrerin

dachte, die den gutaussehenden jungen Mann geheiratet hatte, der am Anfang seiner Verlagskarriere stand, erinnerte sie sich nur, wie sehr sie Robert geliebt hatte und wie aufregend sie es fand, mit ihm Vater-Mutter-Kind zu spielen. Auch Robert war hocherfreut, dass er eine Partnerin für das Spiel gefunden hatte, und viele Jahre lang war es gut gelaufen. Sie liebten einander, und wenn ihre Beziehung auch in die Kategorie sicher, aber langweilig fiel und nicht gerade von flammender Leidenschaft zeugte, waren sie beide doch zufrieden. Robert lebte für seine Arbeit, und er hatte Verständnis für Scillas abgrundtiefe Trauer nach jeder Fehlgeburt, auch wenn er sie nicht teilte. Bei dem Verlag, für den er jetzt arbeitete, hatte er es durch großes Engagement zum Cheflektor gebracht, und seine Arbeit beanspruchte ihn so, dass sich seine häusliche Tätigkeit darauf beschränkte, die Rechnungen zu bezahlen, während Scilla sich damit zufriedengab, ihre Künste als Mutter, Köchin und Haushälterin zu perfektionieren. Erst als Crispin ins Ausland gegangen war und sie nach ihrer Ausbildung zur Köchin die Selbständigkeit wieder aufgegeben hatte, fühlte sie sich allmählich wie das Rotauge, das unbeachtet im Gartenteich festsaß.

Schließlich gab sie die Sisyphusarbeit mit den Wasserlinsen auf und ging nach oben, um sich die passenden Schuhe für den Besuch eines Weinlokals auszusuchen – ein kleiner Trost immerhin.

»Gestern ist alles von Anfang an schiefgegangen.« Effie hatte Wein nachgeschenkt und lehnte sich auf ihrem Stuhl zurück. »Es war meine Schuld. Wir hatten ver-

schlafen, und Violet kam zu früh, als Eric noch damit beschäftigt war, meinen Fahrradschlauch zu flicken.« Sie zog eine Grimasse. »Natürlich ist sie seinetwegen ausgerastet.«
»Woher wusste sie, dass er nicht nur ein hilfsbereiter Nachbar ist?«, fragte Scilla.
Thebes und Effie sahen ihre Freundin mitleidig an.
»Vielleicht weil Violet Effies Tochter ist?«, meinte Thebes.
Effie und Eric hatten einen schönen Tag in Eastbourne verbracht. »Am Meer zu leben wäre auch nicht schlecht«, hatte Effie bemerkt, als sie Ivordog durch die Wellen toben sah.
»Meer?«, sagte Eric abfällig. »Das ist doch kein Meer. Du solltest zu mir nach Australien kommen, dann zeige ich dir das richtige Meer.«
»Gut, dann komme ich zu deiner Hochzeit rüber, was meinst du?«
»Welche Hochzeit?« Eric machte ein aufrichtig ratloses Gesicht.
»Australien? Deine Verlobte? Wer verlobt ist, feiert meistens irgendwann Hochzeit.«
»Ah ja, stimmt. Ja, gute Idee.«
Sie hatten am Strand *fish-and-chips* gegessen, geflippert und sich, inspiriert durch die zahlreichen Beerdigungsinstitute der Stadt, auf ihrem Strandspaziergang phantasievolle Einäscherungs- und Beerdigungsfeiern für sich selbst ausgemalt.
Als Eric weg war und der Duft des Maronenauflaufs die Küche erfüllte, hatte sich Violet immer noch nicht beschwichtigen lassen.

»Jetzt mal ehrlich, Ma. Wer war das?« Sie verdrehte die Augen. »Muss das sein? Er ist so alt wie ich, in Gottes Namen.«

»Es reicht, Violet.« Effie, die sonst so gut gelaunt war, wenn ihre Töchter zu Besuch kamen, hatte keine Lust mehr, sich kritisieren zu lassen. »Spar dir deine Moralpredigt.«

Als sie sah, dass ihre älteste Tochter nur mit Mühe die Tränen zurückhielt, erschrak sie.

»Violet, mein Schatz.« Sie schloss sie in die Arme. »Es tut mir leid, ich wollte dich nicht anschnauzen. Was ist los? Du kannst mich kritisieren, solange du willst, wenn du nur nicht weinst ...«

»Ich will dich nicht kritisieren«, stieß Violet schluchzend hervor. »Ich will auch nicht die ganze Zeit so langweilig sein, aber ich kann nicht anders. Ich möchte ein Freigeist sein, aber ich weiß nicht, wie ich es anfangen soll. Ich bin dreiunddreißig und ... ich bin ... Buch... hal...terin.«

Die Geschichte klang lustig, als Effie sie Thebes und Scilla erzählte, aber am Tag zuvor war ihr Violets Kummer sehr zu Herzen gegangen.

»Wir haben zwei Flaschen Wein aufgemacht und geredet«, berichtete sie ihren Freundinnen. »Und dann hat Violet erzählt, und ich habe zugehört. Da kam er heraus, der ganze Mist, den sie mir schon vor Jahren hätte erzählen sollen oder den ich als Mutter eigentlich von selbst hätte wissen müssen. Mir war nie klar, wie sehr sie das ruhelose Leben gehasst hat. Sie hat uns immer wieder als Nomaden bezeichnet.« Effie runzelte die Stirn. »Das klingt wie Landstreicher. Jedenfalls stellte sich heraus, dass sich das arme Kind immer nur gewünscht hat, einen grauen Faltenrock und weiße Söckchen zu tragen und nach der Schule von einer Mutter mit Schuhen und Handtasche abgeholt zu werden.« Effie zuckte traurig die Schultern. »Während ich dachte, dass ich den Horizont meiner Töchter erweitere und ihnen neue aufregende Erfahrungen vermittle, war mindestens eine von ihnen zutiefst beunruhigt und hat sich nach und nach zur Buchhalterin entwickelt.«

»Das war ja nicht anders zu erwarten.« Thebes tätschelte mitfühlend Effies Arm. »Wir vermurksen unsere Kinder, so dass sie die entgegengesetzte Richtung einschlagen wie wir. Das ist wohl Teil der Evolution.«

»Ja, vielleicht«, erwiderte Effie düster, »aber ich habe trotzdem das Gefühl, dass ich mir als Mutter nicht gerade Lorbeeren verdient habe. Violet meint, dass sie als unmittelbare Folge ihrer Kindheitserfahrungen langweilig, verklemmt und ständig besorgt sei. Deshalb hat sie sich entschlossen, mit einer alten Schulfreundin für ein paar Jahre nach Südasien zu gehen und bei einem humanitären Projekt mitzuarbeiten. Offensichtlich hat sie beschlossen, ihr Leben zu ändern und etwas Sinnvolles zu tun.«

Effie wollte keine intimen Einzelheiten aus einem Gespräch mitteilen, das sehr persönlich gewesen war. Ihre älteste Tochter hatte gestern eine Verletzlichkeit an den Tag gelegt, die sie seit Jahren so sorgfältig versteckt hatte, dass Effie nichts davon geahnt hatte. »Ich will nicht immer erwachsen sein«, hatte Violet gejammert. »Aber es ist zur Gewohnheit geworden.«

»Ich glaube, sie hat eine gute Entscheidung getroffen.« Scilla verteilte den Rest der Flasche auf die Gläser.

»Ja.« Effie stützte die Ellbogen auf den Tisch und beugte sich vor. »Aber das war noch nicht alles. Dann fing sie nämlich mit mir an. Diesmal nicht aggressiv, sondern eher, als würde sie mit einer geistig Zurückgebliebenen reden. Offenbar sollte ich auch mein Leben ändern. Dem stimme ich zu. Aber herumzusitzen und auf ein Zeichen zu warten, ist alter Hippiequatsch, der im 21. Jahrhundert nicht mehr funktioniert.«

Bei der zweiten Flasche Wein und einem leicht angebrannten Maronenauflauf hatte sich Violet für ihr Thema ereifert. »Es hat keinen Sinn, sich immer nur etwas auszumalen, Ma, du musst dich hinaus ins Leben wagen. Schau mich an, mir ist klargeworden, dass ich es mir in der Sackgasse gemütlich gemacht habe, also habe ich etwas unternommen, um da rauszukommen. Ich habe ernsthaft darüber nachgedacht und dann die Sache in Gang gesetzt. In ein paar Monaten werde ich am anderen Ende der Welt sein und etwas völlig anderes tun. Du lehnst dich einfach zurück und wartest auf ein Zeichen aus heiterem Himmel. Ich weiß, du hast es schon immer so gemacht, aber du bist diejenige, die etwas ändern muss. Du musst die Chancen an den Hörnern packen und hier rauskommen. Es geht darum, dass du selbst Wellen schlägst und dann oben auf ihnen schwimmst. Du darfst nicht einfach am Strand stehen und darauf warten, dass sie dir den Boden unter den Füßen wegziehen. Geh und mach selbst eine Welle. Leg die Angst vor Veränderungen ab und pack die Gelegenheit beim Schopf.«

»Am Ende war ich wie erschlagen von all den Klischees«, sagte Effie, verdrehte die Augen und hielt die leere Flasche in die Höhe. »Noch Wein?«

Scilla nickte, Thebes schüttelte den Kopf.

»Alles in Ordnung, Thee?«, fragte Scilla.

»Ich möchte einfach nichts mehr.« Thebes wedelte den Zigarettenrauch vom Nebentisch weg.

»Ich glaube, Violet hat einen wunden Punkt getroffen«, sagte Scilla nachdenklich. »Hört euch doch an, wie wir reden, ständig jammern wir über unser Leben. Ich tue das wenigstens, aber ich unternehme nichts dagegen.«

»Ich warte darauf, dass die Dinge auf mich zukommen, dass etwas geschieht, so dass ich darauf reagieren kann«, stellte Effie fest. »Violet hat recht. Ich sollte Wellen schlagen, aber«, sie seufzte, »ich habe das dumpfe Gefühl, dass ich in meinen Gewohnheiten festgefahren bin. Zum Beispiel habe ich erst kürzlich von meiner Mutter erfahren, dass die Eltern meines Vaters nach Brasilien gegangen sind, als sie frisch verheiratet waren, und sie kamen erst zurück, als mein Vater achtzehn war. Ich würde gern mehr erfahren. Dad kann ich nicht mehr fragen, also sollte ich hinfahren und sehen, was ich herausfinde. Als ich jünger war, hätte ich sofort meine Koffer gepackt, aber jetzt denke ich nur noch, dass ich das Geld für ein neues Dach zurücklegen sollte. Und was wird aus Ivordog, wenn ich nicht da bin?« Effie hielt entsetzt die Hände vor sich ausgestreckt. »Das Schlimmste ist, ich denke, dass ich unbedingt mein Lieblingskopfkissen mitnehmen müsste. Ich komme mir schon vor wie ein Fossil.«

Auch Scilla seufzte, lächelte aber, als sie sagte: »Ich bin wohl nicht dafür gemacht, Wellen zu schlagen – ich jammere nur, phantasiere mir ein Leben auf dem Land zusammen, jammere wieder, und dann gehe ich und kaufe mir ein fabelhaftes Paar Schuhe.«
Effie und Scilla sahen Thebes erwartungsvoll an.
»Ach, ich? Ich muss auf meine Veränderung noch warten«, erklärte Thebes. »Ich kann noch nicht mit Max zusammenleben.«
»Thee, sei ehrlich.« Scilla sah sie stirnrunzelnd an. »Aus dir und Max wird nichts. Das weißt du doch selbst. Wie viele Jahre seid ihr schon zusammen? Glaubst du nicht, dass ihr schon längst miteinander durchgebrannt wärt, wenn es hätte sein sollen?«
Effie und Scilla waren sich einig, dass Max nicht viel taugte, aber bisher hatten sie vor Thebes mit ihrer Meinung hinterm Berg gehalten.
»Ich weiß, dass ihr mich für blöd haltet, aber ich glaube wirklich, dass wir später irgendwann zusammen sein werden«, entgegnete sie trotzig. »Ihr dürft nicht vergessen, dass seine Kinder noch ziemlich klein sind.«
Effie beobachtete, dass Thebes in einer Art konditioniertem Reflex ihr Handy anstarrte. »Heute Abend hat er wohl nicht angerufen?« Sie fand es erstaunlich, dass Thebes so fest an Max glaubte, konnte sich aber auch in ihre Freundin einfühlen.
»Es ist schon ein bisschen spät. Seine Frau legt nämlich Wert darauf, dass er hin und wieder zum Abendessen erscheint.«
»Das leuchtet mir ein«, murmelte Scilla.
»Thebes«, sagte Effie freundlich, »du weißt so gut wie

ich, dass laut Statistik meistens die Frauen die Männer verlassen, und nicht umgekehrt. Ein Mann ist zu faul dafür. Er macht sich nicht die Mühe, seine Frau sitzenzulassen, weil er sich im Grunde nur ein leichtes, stressfreies Leben wünscht.«

»Und es wäre viel zu anstrengend, eine neue Frau einzuarbeiten«, fiel Scilla ein.

»Warum gehst du nicht zu einer Partnervermittlung?«, schlug Effie vor. »Oder versuch's im Internet. Die Leute erzählen doch ständig, dass sie ihren Partner im Internet kennengelernt haben. Du musst dich nur mal aus deiner Höhle wagen, Thee, und jemanden finden, mit dem du eine Zukunft hast.«

Wie leicht es doch war, das Leben anderer Menschen mit einer Klarheit zu sehen, die in der eigenen Existenz völlig fehlte.

Effie fühlte sich geradezu beflügelt, als die Idee, die ihr vorschwebte, konkretere Gestalt annahm. »Wisst ihr was, ich finde, wir sollten ein richtiges Projekt auf die Beine stellen.« Noch während sie darüber nachdachte, kamen ihr die Worte. »Wir schließen einen Pakt. Nächstes Jahr um diese Zeit haben wir alle drei ein paar Veränderungen in Gang gesetzt. Im September fängt für mich das neue Jahr an – das liegt daran, dass ich jetzt schon so lange unterrichte, und im Januar ist es ohnehin saukalt und viel zu trist, um einen Neuanfang zu wagen.« Sie sah ihre beiden Freundinnen erwartungsvoll an. »Wollen wir das abmachen? Wir nehmen uns vor, dass wir alle drei bis nächsten September unser Leben geändert haben. Wir befolgen Violets Rat, und jede von uns sattelt ein Wellenpferd.«

»Ich will ja nicht pedantisch sein, aber sagtest du nicht eben, dass wir selbst Wellen schlagen sollen?«, wandte Thebes ein. »Und nicht nur auf eine aufspringen, die gerade vorbeikommt? Weichst du nicht dem Problem ein bisschen aus? Ich meine, willst du wirklich radikal etwas ändern, oder planst du nur einen Plan?«
Effie hob beschwichtigend die Hände. »Ja, stimmt, du hast recht. Als meine Mädchen klein waren, habe ich ihnen immer gesagt, sie könnten ruhig ein Zündholz anmachen, um die schöne Flamme zu sehen, aber sie würden riskieren, sich die Finger zu verbrennen. Sie hatten die Wahl: Ist die hübsche Flamme verbrannte Finger wert, oder ist es besser, auf Nummer sicher zu gehen und auf die Flamme zu verzichten?«
»Diese Erziehungsmethode ist ziemlich unverantwortlich«, fand Scilla.
»Nancy hat sich einmal ziemlich schlimm die Hand verbrannt.« Effie grinste, hieb dann aber frustriert auf den Tisch. »Was ich eigentlich sagen wollte, ist, dass ich ihnen das alles damals erklärt habe, und jetzt habe ich selbst mein ganzes Feuer verloren.«
»Manchmal geht es bei großen Veränderungen nur darum, dass sich kleine Veränderungen anhäufen.« Scilla schien laut zu denken. »Ich vermute, es geht vor allem darum, die Denkgewohnheiten und die eingefahrenen Muster zu ändern.«
»Eingefahrene Muster.« Thebes lächelte ihre Freundinnen verlegen an. »Das sagt mir etwas. Ich habe mir angewöhnt, zu viel Zeit damit zu verbringen, auf Max' Anruf zu warten. Und eigentlich weiß ich selbst, dass er seine Frau wohl nicht verlässt. Ich weigere mich nur,

die Hoffnung aufzugeben.« Thebes verzog das Gesicht. »Ich habe mich an ihn gewöhnt, und ich sollte versuchen, mein Leben nicht so stark auf ihn auszurichten. Das könnte meine Veränderung sein. Für mich wäre es ein großer Schritt, aber ich werde versuchen, Max an mein Leben anzupassen statt umgekehrt. Gut, wollen wir morgen Abend ins Kino gehen – die Sechsuhrvorstellung?«

»Ja, vielleicht.« Scilla runzelte die Stirn. »Ich bin mir nur nicht sicher, ob Robert nicht morgen Abend eher heimkommt und mit mir essen möchte.«

Effie warf Scilla einen kritischen Blick zu.

Da klingelte Thebes' Handy, das auf dem Tisch lag. Sie ging ran, und Effie bemerkte, wie ihr Blick weich und ihre Stimme sanft wurde.

»Hallo, Max. Morgen Abend? Du hast nur morgen Abend Zeit? Ich wollte eigentlich …« Thebes sah Scilla entschuldigend an. »Wo? Welche Uhrzeit? Gut, wunderbar, bis dann.«

Effie tauschte einen Blick mit Scilla, und beide verdrehten die Augen.

Kapitel drei

»Was willst du mit einem Baby, verdammt noch mal? Du hast doch schon zwei Riesenbabys zu Hause.«

Max und Thebes saßen in einem SUV-Geländewagen mit Kindersitzen auf der Rückbank. Er traf sich mit ihr immer im Wagen seiner Frau statt in seinem heißgeliebten AC Cobra. »Sie darf nicht mit meinem Auto fahren, wenn ich ihres nehme, sitzt sie also zu Hause fest. Nicht einmal Sally kommt auf die Idee, die Kinder in einen Buggy zu packen und die Straßen nach mir zu durchkämmen. So bin ich außer Gefahr. Man nennt das Überlebensstrategie.«

Sie parkten in einer der am schlechtesten beleuchteten Straßen, die im Süden Londons zu finden waren.

»Diese verdammten Antivergewaltigungslampen«, brummte Max.

»Stimmt. Ich würde dem Erfinder der Natriumdampflampen gern einen Tritt verpassen.« Thebes kam bei diesem Thema schnell in Fahrt. »Ich hasse die Dinger, sie sind so hässlich, dieses scheußliche orangefarbene Licht überall, mit kleineren Leuchtlämpchen überall war es bestimmt viel hübscher ...«

Thebes merkte, dass Max sie verständnislos anstarrte. »Was, zum Henker, redest du da? Leuchtende Lampen? Ich spreche von Leuten, die im Auto eine Nummer schieben wollen und nicht wissen, wohin.«

Nach einer ziemlich unbequemen »Nummer« fragte sich Thebes, ob es wohl irgendjemanden gab, der es im Auto tun *wollte*.

»Das ist übrigens illegal«, gab sie zu bedenken. »Ich meine, es im Auto zu machen.«

Sie war immer nervös, schließlich konnte jederzeit jemand vorbeikommen. Womöglich jemand, der ihn oder sie kannte.

»Formaljuristisch gilt das auch für Analverkehr.«

»Wir könnten wegen anstößigem Verhalten oder unsittlicher Entblößung oder so etwas angezeigt werden – wie peinlich das wäre.«

»Ich würde außer Landes fliehen und dich die Sache ausbaden lassen.« Max sagte es im scherzhaften Ton, aber Thebes wusste, dass er es todernst meinte.

»Oh, vielen Dank.«

»Keine Ursache.« Nicht einmal das harte Orange der Straßenbeleuchtung konnte seinem betörenden Lächeln etwas anhaben. Er küsste ihre Hand – eine untypisch zärtliche Geste. »Dann sollten wir uns lieber nicht erwischen lassen. Aber was soll das Gerede über ein Baby? Du willst doch kein Baby.«

»Nein, ich sage nicht, dass ich eines möchte. Ich war nur neugierig, wie du reagieren würdest, wenn ich versehentlich schwanger würde …«

»Du bist zu alt für ein Baby.«

»Fünfundvierzig – so alt ist das nicht, danke.«

»Tja.« Max lehnte sich zurück. »Natürlich darfst du gern mein Kind bekommen …«

»Wie großzügig!« Thebes lachte.
»Aber ich bin nicht interessiert. Ich kann Babys nicht ausstehen. Und dieses würde mir gar nicht ins Konzept passen. Sally würde das nicht gut finden. Und ich würde es auf keinen Fall anerkennen. Du bist doch nicht etwa schwanger, Thee?«
»Wie kommst du auf die Idee?«
Das war nur eine halbe Lüge. Sie konnte mit ihrer Befürchtung natürlich vollkommen danebenliegen.

Scilla stand in der Küche und buk einen Kuchen für ihren Vater. Ihre Eltern hatten sich von jeher am Dorfleben beteiligt, und Harry hatte es immer mit erstaunlicher Fassung und Geduld ertragen, dass seine Frau sein Leben – und das ihrer Mitmenschen – organisierte.
»Harry hilft Ihnen sicher gern, den Weg anzulegen … das Gemeindeblatt zu redigieren … Ihren Zaun zu reparieren … die Jauchegrube zu leeren« – die Angebote nahmen kein Ende, und Harry hatte sich allen Aufgaben mit seiner gewohnten Energie gewidmet.
Scilla vermutete, dass ihr Vater immer noch im Dorf sein Arbeitspensum für alle leistete, als wäre seine Frau noch am Leben. Also dachte sie, der Kuchen sei für eine Gemeindefeier bestimmt, aber Harry hatte gerade angerufen und gesagt, dass er ihn auf der Durchreise mitnehmen werde, weil er das Wochenende auf dem Land verbrachte. Offensichtlich war es ein ganz besonderer Kuchen, weil er ihr genaue Anweisungen für die Dekoration gegeben hatte: Die Seiten sollten mit Tamariskenblättern verziert werden, die Oberfläche mit

Myrtenlaub. Er hatte ihr sogar ein Pflanzenbuch als Vorlage geliehen.

Robert schlug die Haustür zu und kam in die Küche. Überrascht blickte sie auf. Er war früh dran, und noch erstaunlicher, er hielt ihr ziemlich unbeholfen einen Blumenstrauß in Zellophan entgegen.

»Für dich.«

»Oh, danke.« Sie schnupperte an den Freesien.

»Du magst doch weiße Blumen, oder?«

Sie nickte.

»Vor allem, wenn sie duften.«

Ihr fiel auf, dass er sie richtig ansah, und es ging ihr durch den Sinn, wie selten Paare, die schon lange zusammen waren, einander wirklich ansahen. Das Gesicht des anderen war zu bekannt – man sah, was man zu sehen erwartete, und nicht die kleinen Veränderungen, die sich im Lauf der Jahre allmählich einstellten. Jetzt bemerkte Scilla die Fältchen um die Augen ihres Mannes, die leicht erschlafften Wangen und die Nase, die ein wenig dominanter wirkte als früher. Schon wollte sie die Hand ausstrecken und das vertraute Gesicht streicheln, aber Robert wich unwillkürlich zurück. Wenn sie ihn nicht so gut kennen würde, hätte sie glatt behauptet, dass er nervös war.

»Trinken wir etwas, einen Aperitif.« Er ging ins Wohnzimmer und hantierte dort mit Flaschen und Gläsern herum.

Doch rückte er erst nach dem Essen mit der Sprache heraus. »Ich werde für eine Weile drei Tage die Woche in unserer Niederlassung in Lille arbeiten. Mit dem Eurostar ist das ein Katzensprung, aber die Unterbrin-

gung ist geregelt. Das heißt, dass ich regelmäßig zwei Nächte die Woche nicht zu Hause bin«, fügte er hinzu, falls sie nicht ganz begriffen hatte.
Das war also der Grund für die Blumen – er hatte sie gnädig stimmen wollen, bevor er es ihr sagte – und für seine Nervosität. Das erstaunte Scilla, denn sie konnte sich nicht vorstellen, dass es einen großen Unterschied machte, ob Robert nun drei Tage in Lille oder die ganze Woche in London war. »Das klappt schon, ich werde in einem kleinen Hotel übernachten«, sagte er, als habe sie Sorge geäußert, ob er zurechtkommen würde.
»Die Leute sagen doch immer, dass Lille sehr schön ist«, bemerkte Scilla. »Wir sind immer nur durchgefahren oder dort umgestiegen …«
»Du könntest auch einmal mitkommen und dir die Stadt ansehen, in Lille soll es wunderbare Weihnachtsmärkte geben.« Robert, der weder zu Weihnachten noch sonst gern einkaufen ging, hatte offenbar nähere Nachforschungen über Lille angestellt. »Ich werde Dienstag bis Donnerstag dort sein …«
»Unter der Woche kann ich nicht kommen«, wandte sie ein. »Das weißt du doch. Ich bin in diesem Halbjahr voll eingeplant.«
»Ach, wirklich?« Er wirkte verstimmt. »Herrje, kannst du dir nicht freinehmen? Wenigstens für eine Woche?«
»Nein, Robert, ich kann mir nicht freinehmen. Ich bin Lehrerin von Beruf.«
Sie hatte ihn eigentlich darauf hinweisen wollen, dass in ein paar Wochen Herbstferien waren, aber seine Unterstellung, ihre Arbeit sei nicht wichtig, machte sie wütend, wenn sie auch nicht ihren Traumjob ausübte.

»O natürlich, tut mir leid.« Er wirkte aufrichtig zerknirscht. »Das war unüberlegt, wie dumm von mir. Vielleicht klappt es ja in den Weihnachtsferien.«
»Vorher sind noch Herbstferien«, erklärte sie freundlich. »In der Woche könnte ich vielleicht mitkommen.«
»Ja, großartig, gute Idee.« Er wirkte so beeindruckt, als hätte sie gerade die Atomspaltung erfunden. »Du arrangierst alles. Wir könnten zusammen hinfahren, dann schaust du dich ein bisschen um, und anschließend nehme ich mir ein paar Tage frei, und wir erforschen gemeinsam die Gegend.«
Im Prinzip leuchtete das, was er sagte, ein, aber dieser Satz war wenigstens aus Roberts Mund so verblüffend, dass Scilla nicht gleich begriff, was er da anregte.
Robert opferte nie freiwillig etwas von seiner wertvollen Arbeitszeit.
»Ich möchte unbedingt, dass du Lille kennenlernst«, fügte er hinzu.
Wenn Scilla in diesem Augenblick nachgedacht hätte, dann hätte sie sich fragen müssen, warum er so erpicht darauf war.

Thebes bewahrte den Schwangerschaftstest zehn Tage lang ungeöffnet in ihrer Wäscheschublade auf. Jeden Morgen sah sie ihn an und schob den Augenblick der Wahrheit noch ein wenig hinaus. Das Ergebnis würde ihr entweder Panik und Entsetzen oder, schlimm genug, Kummer und Trauer bringen. So oder so wollte sie keine klare Antwort, aber sie konnte das Problem auch nicht endlos vertagen.

Effie hatte sie schließlich dazu gebracht, etwas zu unternehmen.

»Ich habe nie verstanden, warum du Sam und Tess nicht von Max erzählst«, sagte sie, als Thebes von ihren heimlichen Treffs im Auto erzählte. »Du bist geschieden. Einen Freund zu haben ist dein gutes Recht, und dass er verheiratet ist, brauchen sie ja nicht zu erfahren ...«

»Das könnte ich nicht!« Thebes war von der Vorstellung entsetzt gewesen. »Max würde es nicht gut finden, wenn jemand eingeweiht wird. Er würde durchdrehen, wenn er wüsste, dass ich es überhaupt jemandem erzählt habe.«

»Das kann er vergessen«, meinte Effie verächtlich. »Und wenn er nur einen Funken Ahnung von Frauen hätte, wäre ihm klar, dass du deine Freundinnen einweihst. Und wenn die Kinder Bescheid wüssten, könntet ihr euch bei dir treffen und aufhören, euch wie Teenager zu benehmen, die nicht wissen, wohin. Hättest du nicht gerne mal wieder Sex unter der Bettdecke?«

»O doch.« Es war Monate her, seit Max und sie die Wohnung eines Freundes von ihm hatten benutzen können. »Aber ich glaube wirklich nicht, dass es Tess und Sam gefallen würde ...«

»Natürlich nicht«, fiel Effie ihr ins Wort. »In der Hinsicht sind alle Kinder gleich. Wenn es nach ihnen ginge, könnte deine Vagina nach ihrer Geburt mumifiziert werden.«

»Kann sein, dass ich schwanger bin«, platzte Thebes heraus.

»Scheiße.« Effie war entsetzt. »Wie weit bist du? Hast du einen Test gemacht? Mach einen Test, Thebes. In Gottes Namen, mach einen Test.«

Das war vor einer Woche gewesen.

Den Test wollte Thebes schließlich bei Scilla durchführen und war mit einer Flasche Wein und der Tüte aus dem Drogeriemarkt bei ihr aufgekreuzt. Die beiden saßen im Wohnzimmer – einem gediegen eingerichteten Raum mit Bücherschränken, einer Sofagarnitur und Regalen mit gerahmten Familienfotos. Beim Anblick der Schachtel, die Thebes feierlich auf den Kaffeetisch stellte, wäre in diesem Raum niemand auf die Idee gekommen, dass sie eine tickende Zeitbombe enthalten könnte.

»Trinken wir zuerst etwas«, bat Thebes.

Sie wollte es wirklich noch nicht wissen. Sie hatte sich schon an das herzerwärmende Gefühl gewöhnt, dass sie vielleicht ein Baby von Max bekam. Mit dieser Phantasie war sie glücklich. Der Traum durfte nur nicht Wirklichkeit werden.

Ihr Blick fiel auf Scillas und Roberts Hochzeitsfoto in einem großen Silberrahmen. Es würde noch genauso an seinem Platz stehen, wenn sie am Ende dieses Abends Gewissheit hatte. Robert würde immer noch feierlich und berührt dreinblicken, und Scilla würde etwas oder jemandem hinter dem Fotografen zulachen, einen Fuß hochgestellt, um ihre modischen Riemchenpumps zu präsentieren. Nicht Bescheid zu wissen war viel besser, dann konnte Thebes sich ihre Phantasiewelt so einrichten, wie sie wollte.

Scilla las ihre Gedanken.

»Los, fangen wir an. Wir können es nicht ewig aufschieben.«
»Warum nicht?«, jammerte Thebes.
»Soll ich die Anleitung vorlesen?« Scilla griff nach der Schachtel und zwinkerte. »Es hat keinen Sinn, ich brauche meine Brille.«
Thebes kramte in ihrer Handtasche, holte ihre eigene Brille heraus und nahm Scilla die Schachtel ab.
»Schau uns an.« Scilla prustete vor Lachen. »Zwei Frauen in den besten Jahren – tja, ich wenigstens, du noch nicht … die heimlich wie die Teenager einen Schwangerschaftstest machen und nicht einmal die Anleitung ohne Brille lesen können.«
Der Test war positiv, was Thebes kaum überraschte.

»Jetzt musst du Tess und Sam von Max erzählen. Die beiden glauben bestimmt nicht an die unbefleckte Empfängnis ihrer Mutter.«
Effie sah Thebes mitleidig an und unterdrückte den Impuls, sie an den Schultern zu packen und zu schütteln. Seit einer halben Stunde hörte sie zu, wie Thebes über ihre Schwangerschaft sprach, ohne sich die Möglichkeit oder viel eher die Tatsache einzugestehen, dass Max für sie und dieses Baby nicht alles liegen und stehen lassen würde.
Wer hatte nur die Behauptung aufgestellt, dass man aus Erfahrung klug wurde? Verliebt war derjenige jedenfalls nicht gewesen.
»Und wenn es ein Junge wird? Max hat sich immer einen Sohn gewünscht.«
»Aber wahrscheinlich nicht mit dir, Thee.« Effie ver-

suchte, es ihr freundlich beizubringen. »Das wäre nämlich zu kompliziert. Männer mögen keine Komplikationen.«

»Ich brauche Sam und Tess doch nichts zu sagen, wenn ich es nicht bekomme«, sagte Thebes.

»Hurra. Das ist der erste vernünftige Gedanke, den du seit längerer Zeit von dir gibst.«

»Ein Baby zu haben wäre ziemlich unpraktisch, das weiß ich selbst.«

»Da hast du vollkommen recht.« Effie warf einen Blick auf die Uhr an der Wand. Die Mittagspause verging wie im Flug.

»Aber ich finde es toll, schwanger zu sein und Babys zu haben. Für Sam und Tess zu sorgen war göttlich. Mit kleinen Kindern kann ich umgehen, auf dem Gebiet war ich echt gut.«

»Ich war gut im Radschlagen, ich war sogar die Beste an meiner Schule, aber das heißt nicht, dass ich es heute noch mache.«

»Ich habe mir immer viele Kinder gewünscht, eine ganze Kinderschar. Sieben hätte ich gern gehabt«, erklärte Thebes wehmütig. »Ich wollte eine Erdmutter sein.«

Effie hatte das Gefühl, mit einem kleinen Mädchen zu sprechen, das sich die Sterne vom Himmel holen wollte.

»Tess oder Sam werden irgendwann eine Erdgroßmutter aus dir machen, warum gibst du dich nicht damit zufrieden?«

»Ich hatte eine Abtreibung, nach Tess.« Effie hörte die Trauer in Thebes' Stimme. »Es war von Rick, aber er wollte kein Baby mehr, außerdem waren wir ziemlich knapp bei Kasse. Und sechs Monate später hat er sich ohnehin aus dem Staub gemacht.«

»Thee, Schätzchen.« Effie legte ihr den Arm um die Schulter. »Du kannst dieses Kind nicht bekommen, um eines zu ersetzen, auf das du vor fünfzehn Jahren verzichtet hast – das ist nicht nur unlogisch, sondern grenzt an Wahnsinn. Du bist schließlich berufstätig.«

»Ich kann ohne die Schule leben, glaub mir.«

»Ja, aber nicht ohne das Geld, das du verdienst.« Effie fürchtete, dass sie schon wie ihre eigene Mutter redete, oder, besser gesagt, wie ihre Töchter.

»Aber die Sache ist die, wenn ich es bekomme, dann müsste sich Max um mich kümmern.«

»Nein, Thebes, er müsste es nicht, und das weißt du auch.«

Thebes schwieg. Effie sah Tränen in ihren Augen glitzern.

»Ja, stimmt«, gab Thebes schließlich zu. »Also geht es eigentlich darum, ob ich dieses Baby allein haben will«, dachte sie laut. »Ich weiß, das hört sich blöd an.« Sie machte ein schuldbewusstes Gesicht. »Aber wenn ich jetzt nicht ehrlich bin, wann dann … Irgendwie wünsche ich mir ein Geschenk von Max: eine Erinnerung, ein Andenken – etwas, das er mir gegeben hat.«

Effie verdrehte die Augen zum Himmel.

»Aber er hat dir dieses Baby doch nicht freiwillig gemacht, oder? Er weiß noch nicht einmal Bescheid. Wenn du es auf ein Geschenk abgesehen hast, dann lass dir von Max ein goldenes Armband kaufen. Goldarmbänder muss man nicht stillen, man muss ihnen nicht

den Hintern abwischen, und sie brauchen kein Handy.«
Thebes rang die Hände. »Du hast ja recht, ich bin unreif und schrecklich und mitleiderregend ...«
»Nein, eigentlich nicht.« Effie seufzte. »Du liebst Max, du kommst von ihm nicht los, und da ist es oft schwer, die Dinge so zu sehen, wie sie sind.«
»Ich will die Dinge nicht so sehen, wie sie sind, wenn es um ihn geht.« Effie konnte Thebes' kläglichen Tonfall kaum ertragen. »Ehrlich, manchmal wünschte ich, ich hätte den miesen Kerl nie kennengelernt. Ich weiß jetzt, was ich tun sollte. Ich stelle mir nur gern vor, es wäre anders«, fügte sie zerknirscht hinzu.
Effie bedauerte ihre Freundin, aber sie atmete auf, als die Mittagspause vorbei war und sie das Café verließen.

Also war die Entscheidung getroffen. Oder doch nicht? So einfach und eindeutig war es nun auch wieder nicht. Als hätte der positive Test ihrem Körper die Erlaubnis gegeben weiterzumachen, bemerkte Thebes die ersten Anzeichen: Ihre Brustwarzen wurden empfindlich, ihr Magen rebellierte gegen bestimmte Nahrungsmittel, und sie konnte nicht anders, als sich zufrieden und fruchtbar zu fühlen.
»Du darfst deinen biologischen Stolz nicht mit geistigem Stolz verwechseln«, meinte Effie. »Hör nicht auf deinen Bauch, er erfüllt nur seine natürliche Funktion. *Er* denkt bestimmt nicht rational, das muss schon dein Kopf übernehmen.«
»Pass auf, Thebes«, mahnte Scilla, »du denkst doch nicht etwa, dass dieses Baby die Lücke füllt, nachdem

Tess und Sam ausgezogen sind, oder? Denn wenn es darum geht, macht ein Welpe sehr viel weniger Arbeit als ein Baby.«

»Und er braucht kein Taschengeld«, fügte Effie hinzu. Die beiden waren wie Scylla und Charybdis.

»Lass dir mal die praktischen Aspekte durch den Kopf gehen«, drängte Scilla. »Stell dir vor, wie du dich mit einundsechzig fühlst, wenn du einen Sechzehnjährigen hast, der sich in Kneipen herumtreibt und Drogen nimmt. Dann bist du am Ende deiner Kräfte.«

»Es wird vielleicht ein ganz braver Teenager.«

»Ein braver Teenager ist ein Widerspruch in sich«, erklärte Effie säuerlich. »So ähnlich wie fröhliche Weihnachten.«

»Denk daran, dass du deine Freiheit verlierst«, gab Scilla zu bedenken. »Mit einem Kind bist du angebunden, das darfst du nicht vergessen, du kannst dann nicht mehr weggehen und tun, was du tun möchtest. Genauer gesagt, du kannst nicht mehr davonstürmen, sobald Max anruft ...«

Aber letztlich war es Max, der Thebes' Entscheidung völlig unbeabsichtigt zementierte.

Ohne zu ahnen, dass er bereits ein weiteres Kind gezeugt hatte, saß er mit ihr im Pub und schimpfte über seine Frau.

»Sie zickt rum, weil sie noch ein Kind möchte. Ihr Frauen seid alle gleich, ihr wollt nur Sex, um ein Baby zu bekommen.«

Thebes holte tief Luft, um sich gegen eine so ungerechte Anschuldigung zu verteidigen, aber Max war schon in Fahrt. »Versteh mich nicht falsch. Ich liebe meine

Kinder, jetzt wo sie da sind, aber ich war nie scharf drauf, sie in die Welt zu setzen. Gegen einen Sohn hätte ich nichts gehabt, aber wir können doch nicht Babys am Fließband produzieren, bis wir einen kriegen. So oder so«, fügte er angeekelt hinzu, »kann ich persönlich schwangere Frauen nicht ausstehen. Da vergeht einem jede Lust.«
Am nächsten Morgen vereinbarte Thebes einen Arzttermin.

Scillas Vater starb ganz unerwartet, aber in aller Stille, ohne irgendwelche Umstände zu machen. Er hatte einen schweren Schlaganfall, während er allein bei einem Whisky im Sessel saß – der Milchmann hatte beim Ausliefern früh am nächsten Morgen seine reglose Gestalt durchs Fenster gesehen.
Weil es Dienstag war und Robert um 6:30 Uhr den Eurostar nach Lille nahm, war Scilla schon auf. Als sie ans Telefon ging, vermutete sie, dass es Robert war, der von Waterloo aus anrief. Er hatte sich angewöhnt, sie anzurufen, während er an der Waterloo Station auf seinen Zug wartete – ein erstaunliches Phänomen bei einem Mann, der Handys als Teufelswerk ansah und nur eines bei sich hatte, weil seine Sekretärin darauf bestand. Kaum als sie die Stimme des Nachbarn ihres Vaters hörte, wusste Scilla, was er sagen würde: Ihr Vater war ins Krankenhaus eingeliefert worden … ein Herzanfall … sie sollte am besten gleich kommen … aber nein, es war vorbei. Ihr Vater war bereits tot.
Wie betäubt saß Scilla am Küchentisch und zerfledderte die Blumen, die sie gerade in die Vase gestellt hatte.

Sie fühlte sich innerlich völlig erstarrt und konnte sich nicht bewegen. Sie überlegte, ob sie vielleicht darauf wartete, dass jemand kam und ihr sagte, was sie tun sollte. Bisher hatte sie nur zwei Todesfälle erlebt – den ihrer Schwester und den ihrer Mutter –, und beide Bestattungen waren von ihrem Vater organisiert worden. Scilla hatte versprochen, sofort zu kommen, aber was sollte sie zuerst tun? *Alles regeln*, das machten Menschen, wenn jemand gestorben war. Sie stand auf und setzte, ohne nachzudenken, Wasser auf. Während es heiß wurde, stand sie daneben und beobachtete die Vögel, die vor dem Meisenkolben an der Magnolie herumflogen. In ihrem Kopf herrschte eine seltsame Leere. Als sich der Wasserkocher ausschaltete, fasste sie versehentlich an das Metall statt an den Kunststoffgriff. Erschrocken fuhr sie zusammen, und dann fing sie an laut zu schluchzen.

Das Telefon klingelte, und als sie danach griff, war sie überzeugt, dass es der Nachbar war, der ihr sagen wollte, dass es sich um einen grauenhaften, peinlichen Irrtum handelte.

Aber es war Robert, der bereits im Zug saß und ihr berichten wollte, dass man ihm heute Morgen einen Platz in der ersten Klasse angeboten hatte.

»Mein Vater ist tot«, unterbrach sie ihn. »Paul von nebenan hat angerufen.«

»Ach, deshalb bin ich nicht durchgekommen.« Die Worte waren ihm anscheinend herausgerutscht, aber Robert fasste sich sofort. »Ach, Schnuckelpuff, mein Liebling, es tut mir so leid. Was für ein Schock, und völlig unerwartet. Er war doch kerngesund.«

»Ein Schlaganfall. Paul meint, er hatte einen Schlaganfall.«
»Das war ein schneller Tod. Wahrscheinlich hat er nichts gespürt.« Robert verstummte, und Scilla wartete darauf, dass ihr Mann sich besann. Er tat es.
»Wir fahren gleich in den Tunnel, aber ich nehme in Lille den nächsten Zug zurück nach Ashford. Du brauchst mich nicht abzuholen, ich komme mit dem Taxi.«
Scilla atmete erleichtert auf – er ließ sie nicht im Stich. In einer Krise konnte man sich auf Robert verlassen, obwohl er eine Weile brauchte, bis er zur Tat schritt.
»Danke«, sagte sie.
Bevor Scilla aus dem Haus ging, schrieb sie eine E-Mail an Crispin. Als sie ihrem Sohn vom Tod seines Großvaters berichtete, wurde die Wahrheit greifbar.

»In Ordnung, Mrs. Cranfield.« Der Arzt, kein vertrautes Gesicht in der großen Praxis, war kurz angebunden. »Ich regle das mit der Klinik, aber es dürfte schwierig werden, bald einen Termin zu bekommen. Es könnte ein paar Wochen dauern.«
»Ein paar Wochen? Nicht sofort?« Thebes war entsetzt. »Ich kann nicht einfach ins Krankenhaus gehen und eine Ausschabung machen lassen?«
»Nein. Beim Nationalen Gesundheitsdienst ist es zurzeit üblich, bis nach der siebten Woche zu warten. Dann schlucken Sie eine Tablette, vierundzwanzig bis achtundvierzig Stunden später wird ein Pessar eingeführt, und dann werden Sie nach Hause geschickt …«
Thebes hörte kaum zu.
»So lange kann ich nicht warten«, fiel sie ihm ins Wort.

Die Vorstellung, noch einige Zeit mit diesem Menschen zu leben, der in ihr heranwuchs, ging über ihre Kräfte, so viel stand fest.
»Natürlich könnten Sie als Privatpatientin sofort eine Ausschabung …«
»Dann mache ich es so«, entschied Thebes.
»Gut.« Der Arzt wandte sich seinem Computer zu. »Zuerst muss der Ultraschall gemacht werden …«
»Ultraschall? Wozu brauche ich denn Ultraschall?« Ihre Stimme war schrill vor Panik.
Der Arzt sah sie voller Sorge an. »Mrs. Cranfield, sind Sie sich mit Ihrer Entscheidung ganz sicher? Ich habe den Eindruck, dass Sie sich noch ein bisschen Bedenkzeit nehmen sollten …«
»Nein, nein, ich brauche keine Bedenkzeit. Ich bin sicher, ganz sicher.« Thebes beugte sich auf ihrem Stuhl nach vorn, wie um ihren Bauch zu verstecken.
»Es geht nur darum, dass Sie überzeugt sein sollten, dass Sie das Richtige tun. Sie sind völlig gesund, und obwohl fünfundvierzig an der Obergrenze liegt, ist eine Schwangerschaft in diesem Alter keineswegs ungewöhnlich. Und«, fuhr er mit einem Blick auf den Bildschirm fort, »ich sehe, Sie haben schon zwei Kinder. Ach ja, Zwillinge. Das ist natürlich auch wieder eine Möglichkeit.«
»Hör auf zu reden und lass mich hier raus!«, hätte Thebes am liebsten geschrien.
»Aber Sie leben nicht mit dem Vater Ihrer Kinder zusammen, ist das richtig?« Er sah sie forschend an.
Offenbar ging es ihm darum, ihre Situation besser zu verstehen. Sie nickte.

»Und mit diesem Kind würde ich auch allein dastehen.« Ihr resoluter Tonfall überraschte sie selbst.
»Ich verstehe.« Der Arzt schien zu akzeptieren, dass die Entscheidung gefallen war. »Also eine Privatbehandlung oder Nationaler Gesundheitsdienst, Mrs. Cranfield?«
»Privat.«
»Ich fürchte, ich kann keine Rechtfertigung für einen medizinisch begründeten Abbruch angeben, Mrs. Cranfield, deshalb wird keine Krankenkasse die Kosten für den Eingriff übernehmen.«
Aber gibt es denn, überlegte Thebes, als sie über den Parkplatz ging, überhaupt eine Rechtfertigung für den Eingriff?

In der Nacht nach dem Tod von Scillas Vater tat Thebes kein Auge zu. Gequält von schrecklicher Übelkeit, Kopfweh und Bauchschmerzen, saß sie auf der Toilette und dachte über Leben und Tod nach. Völlig erschöpft vom dauernden Erbrechen, verwirrten sich ihre Gedanken immer mehr, bis sie zu glauben begann, sie sollte diesem Baby das Leben schenken, um den Menschen zu ersetzen, der heute gestorben war – ein Leben für ein Leben? War der Tod eines alten Mannes ein Zeichen dafür, dass sie die falsche Entscheidung getroffen hatte, oder ging ihre Phantasie mit ihr durch? Natürlich war das nur Einbildung – was in aller Welt hatte Scillas Vater mit ihrem Embryo zu tun? Leben und Tod schienen sich untrennbar zu vermischen, als ihr Fieber stieg und sie zu zittern und zu schwitzen begann.
Thebes hatte den Eindruck, dass sie sich stundenlang übergeben hatte, bis in ihrem Bauch nichts mehr war

außer ihrem befruchteten Ei. Und dann kam die Panik – womöglich war es auch verschwunden, womöglich verlor sie ihr Baby. Sie betastete ihre Brüste und fand es tröstlich, dass sie noch weh taten. Sie suchte nach Anzeichen einer Blutung und wünschte sehnlich, dass ihr Baby in ihr blieb. In den frühen Morgenstunden schleppte sie sich fröstelnd aus dem Badezimmer in ihr Bett, rollte sich ein, wie um ihren Bauch zu schützen, und beschloss, Max' Baby zu bekommen.

Effie sah Thebes an und wusste, was sie sagen würde, noch bevor sie den Mund auftat. Thebes sah so richtig glücklich aus, als hätte jemand die Vorhänge aufgezogen und das Tageslicht hereingelassen.

»Es soll Mitte Mai kommen«, berichtete sie mit leuchtenden Augen, und Effie konnte den Impuls, Thebes' Lächeln zu erwidern, nicht unterdrücken. Wenn ihre Freundin dieses Kind wirklich wollte, dann würde Effie sie natürlich nach besten Kräften unterstützen.

»Dann musst du wohl Tess und Sam einweihen. Mein Gott.« Sie machte spaßeshalber ein entsetztes Gesicht. »Du wirst deinen Kindern erklären müssen, dass du mit einem Mann geschlafen hast. Kannst du dir vorstellen, wie empört sie sein werden? Oder bleibst du bei der Version von der unbefleckten Empfängnis?«

Thebes überhörte das. »Dann ist das wohl meine Welle«, sagte sie vergnügt. »Wer hätte geahnt, dass mir das passiert?«

Effie musste ihr recht geben. Wenigstens hatte eine von ihnen eine Welle.

Eric, der sich für Effies Wellentheorie begeisterte, präsentierte jedes Mal, wenn er auftauchte, eine neue Idee für einen Richtungswechsel in Effies Leben. So hatten sie bereits die Vorteile einer Tätigkeit als Löwenbändigerin, Goldsucherin und Politesse erörtert.

»Tut mir leid, ich weiß, es ist verrückt, aber Polizeiuniformen machen mich an. Natürlich nur, wenn sie von Frauen getragen werden«, fügte er hinzu.

An diesem Abend schlug er ihr vor, Opernsängerin zu werden.

»Ich bin vollkommen unmusikalisch«, protestierte Effie. »Die Nationalhymne erkenne ich nur daran, dass alle aufstehen.«

Sie lag auf dem Sofa, die Füße auf Erics Schoß, und sah einen Actionfilm, bei dem sie vor ungefähr einer Stunde den Faden verloren hatte. Es hätte etwas für sich, dachte sie, mit jemandem zusammen zu sein, der hin und wieder ein Nachrichtenjournal sieht. Einen so beschaulichen häuslichen Abend verlebte sie nur selten mit Eric. Meistens kam Eric nach seiner Nachtschicht im Pub vorbei, und sie gingen direkt ins Bett.

»Weißt du was«, verkündete sie in der Werbepause, als sich Eric vom Bildschirm losreißen konnte, »ich überlege mir ernsthaft, ob ich mich nicht für ein Jahr beurlauben lasse. Ich könnte reisen – mich vielleicht für einen gemeinnützigen Zweck engagieren. Wenn meine Tochter das kann, warum nicht auch ich?«

»Du willst mit Violet fahren?«, fragte er entsetzt.

Violet würde die Idee bestimmt noch sehr viel beunruhigender finden als Eric.

»Natürlich nicht. Warum sollte ich mit Violet fahren? Sie ist meine Tochter, nicht meine Freundin.«

»Stimmt.« Er stand auf und holte sich ein Bier aus dem Kühlschrank. »Ich gehe nach Brasilien«, rief sie, um den Fernseher zu übertönen, »und sehe mir an, wo mein Vater aufgewachsen ist. Vielleicht kann ich dort auch eine ehrenamtliche Arbeit übernehmen.« Der Gedanke war ihr gerade gekommen.

»Also verkaufst du das Haus und machst dich aus dem Staub.« Eric stand in der Tür und grinste. »Gute Idee.«

»Das Haus brauche ich nicht zu verkaufen, ich bin ja nur für ein paar Monate weg, oder für ein halbes Jahr.«

»Das sind Ferien und keine Welle. Du machst Ferien – ist ja toll.« Eric ließ sich wieder aufs Sofa fallen und trank sein Bier in großen Schlucken.

»Na gut, ich fahre für ein Jahr.« Allmählich wurde sie übermütig. »Ich genehmige mir ein Jahr Freiheit und reise durch Südamerika. Aber danach brauche ich dieses Haus, damit ich ein Dach über dem Kopf habe.«

»Stimmt.« Erics Blick war wieder starr auf den Fernseher gerichtet. »Wenn du meinst.«

»Aber was wird aus Ivordog?« Sie streichelte den Kopf des Hundes, der schwer auf ihrem Knie lag.

»Heutzutage kann man Hunde im Flugzeug mitnehmen.«

»Für ein ganzes Jahr in Übersee ist er zu alt.«

»Ich nehme ihn.« Eric tätschelte Ivordog den Rücken, ohne sich vom Bildschirm abzuwenden.

So gern Effie Eric hatte, ihren Hund hätte sie noch eher einem Kleinkind anvertraut als ihrem Freund.

»Wahrscheinlich ist das nicht das richtige Jahr für eine Reise«, sagte sie düster, weil ihr plötzlich bewusst wurde, dass sich ihre Gedanken im Kreis drehten. »Anscheinend bin ich zu alt, um für ein Jahr meine Bequemlichkeit aufzugeben.«

»Natürlich bist du zu alt«, erklärte Effies Mutter seufzend bei ihrem nächsten Telefongespräch. »Du bist sechsundfünfzig Jahre alt und hast zwei erwachsene Kinder. Warum, in Gottes Namen, willst du eine ausgezeichnete Stelle aufgeben, um als Rucksacktouristin durch die Welt zu gondeln?«

Wenn an der Grundschule nicht die Windpocken ausgebrochen wären, hätte es wohl Monate gedauert, ehe Thebes und Max mehr als eine Stunde miteinander verbringen konnten. Wie Max immer voller Stolz verkündete, ließ seine Frau ihn aus Mangel an Vertrauen lieber nicht allein. Aber jetzt hatte sie offenbar beschlossen, dass die Vorteile frischer Landluft stärker wogen als das Risiko, Max von der Leine zu lassen, und war mit den Kindern zur Erholung zu ihrer Mutter gefahren. So kam es, dass Max Thebes zu sich nach Hause zu einem selbstgekochten Essen einlud. Das war noch nie vorgekommen.

Überrascht stellte sie fest, wie unbehaglich ihr in der Küche einer anderen Frau zumute war, umgeben vom Krimskrams einer anderen Familie.

»Hey, entspann dich.« Max fühlte sich beim Kochen offenbar rundum wohl. »Sally taucht auf keinen Fall hier auf, okay? Sie hat schon angerufen, sie und die Kinder sind wohlbehalten in Darlington angekommen, und ganz ehrlich, in ganz England gibt es keinen Ort, der vom Londoner Süden weiter entfernt ist. Sie erwischt uns nicht, also mach ein fröhliches Gesicht.«

»Was ist, wenn ein Freund von dir vorbeikommt?«
»Na und?« Max füllte vergnügt die Gläser und würzte das Fleisch. Er reichte Thebes einen Gin and Tonic. »Die Faustregel lautet: Gib nie etwas zu, es sei denn, du wirst auf frischer Tat ertappt. Wenn ich mir schon keine Sorgen mache, warum solltest du es dann tun?«
Max begriff nicht, wie nervenaufreibend diese Umgebung auf Thebes wirkte, wie merkwürdig es war, Kinderzeichnungen am Küchenschrank zu sehen. Zeichnungen, wie alle Kinder sie machen, nur dass diese hier von *seinen* Töchtern stammten, die Thebes nicht kannte und noch nie gesehen hatte. Die handgeschriebenen Zettel, die Schnappschüsse und Zeitungsausschnitte an der Pinnwand, all das erinnerte Thebes daran, dass Max zu einer Familie gehörte und wie viel Intimität damit verbunden war. Die Magnetwörter am Kühlschrank fügten sich zu Sätzen und Scherzen, die offenbar etwas bedeuteten, nur dass Thebes sie nicht verstand. Ein Blick auf das Radiogerät verriet ihr, dass Max und seine Familie Radio 2 hörten. Es waren all die kleinen persönlichen Dinge, die zum Leben eines anderen gehörten, die Thebes nahegingen. In dieser Umgebung fühlte sie sich völlig fehl am Platz. Mit einem Mal schien der in einer Seitenstraße geparkte SUV doch eine attraktive Alternative zu der Bequemlichkeit im Haus einer anderen Frau zu sein.
»Krabben in hausgemachter Mayonnaise.« Max stellte die Schale mit einer schwungvollen Bewegung auf den Tisch. »Das steigert die Lust.« Er beugte sich über Thebes und ließ die Hand zwischen ihre Schenkel gleiten, die sie bereitwillig öffnete. Als seine Finger in ihr war-

mes, feuchtes Zentrum vordrangen, stöhnte sie leise vor Verlangen.

»Mmm, reizend.« Seine Stimme, so zärtlich wie seine Hand, überredete sie, ihre Vorbehalte zu vergessen. Jetzt hätte sie am liebsten auf das Essen verzichtet, um gleich ins Bett zu gehen. »Und anschließend gibt's Beef Wellington.« Seine Stimme war immer noch weich und verführerisch.

Er küsste Thebes, so dass sie fast den Verstand verlor, dann sprang er plötzlich auf und trat rasch an den Herd.

»Kochen ist keine Kunst. Ich weiß wirklich nicht, warum ihr Frauen deshalb immer so ein Theater macht.« Er grinste sie an, denn er wusste, dass sie verrückt nach ihm war. »Beruhige dich doch, um Himmels willen«, sagte er und häufte Krabben auf ihren Teller. »Wir haben noch die ganze Nacht vor uns.«

Erst viel später, als sie nach göttlichem Sex verschwitzt unter der Decke lagen, unterlief Thebes der klassische Fehler. Sie hätte berücksichtigen müssen, dass ein Mann seine Geheimnisse vor dem Sex auspackt, um zum Ziel zu kommen, während eine Frau die ihren anschließend teilen will – wenn der Mann in der Regel schläft. Und sie hätte sich einen Lieblingsspruch von Max in Erinnerung rufen sollen: *»Frauen werden eines nie lernen und nie akzeptieren, dass ein Mann dafür geschaffen ist, zu säen und dann weiterzuziehen.«*

»Weißt du was«, sagte sie und schmiegte sich an Max' Rücken, »ich bekomme tatsächlich ein Baby.«

»Von wem?«, murmelte Max schlaftrunken.

»Was glaubst du wohl?«

»Keine Ahnung.« Er streckte die Hand nach hinten aus und legte sie zwischen Thebes' Beine. »Von mir kann es nicht sein. Ich bin unfruchtbar.«
»Sehr komisch. Ich habe im Mai Termin.«
»Ein netter Monat. Schade, dass es nicht im April kommt«, witzelte er, jetzt war er eindeutig wach. »Dann wäre es ein Aprilscherz geworden.«
Thebes schüttelte sanft seinen Kopf.
»Also ...?«
Max drehte sich auf den Rücken und starrte mit ausdruckslosem Blick vor sich hin.
»Also? Was also? Was soll ich deiner Meinung nach tun?«
»Ich sage es dir nur. Ich dachte, es könnte dich interessieren.« Thebes hatte sich zu weit vorgewagt, um noch einen Rückzieher zu machen.
Max klopfte sein Kissen zurecht und setzte sich auf.
»Hast du etwa gedacht, ich würde deshalb irgendetwas unternehmen? Thebes, ich habe dich gewarnt. Ich habe dir gesagt, wie der Hase läuft. Was das Kind betrifft, komme ich vielleicht auf seine Hochzeit – wenn ich sonst nichts zu tun habe. Das ist mein bestes Angebot. An deiner Stelle würde ich es wegmachen.«
»Ich habe mich entschieden, es zu behalten.«
»Dann stehst du allein damit da, Schatz. Du kannst doch kein Baby gebrauchen, was willst du damit anfangen?« Er verkroch sich wieder unter die Decke und zog ein Kissen über seinen Kopf. Die Botschaft war eindeutig.
Mutiger, als sie sich fühlte, sagte Thebes: »Ich werde es aufziehen, und ich habe es übrigens nicht darauf ange-

legt, schwanger zu werden. Das ist nämlich gar nicht so einfach in meinem Alter.«

Max lugte unter seinem Kissen hervor, und jetzt lächelte er.

»Ha, ich hatte ja schon immer muntere kleine Kaulquappen.«

Offensichtlich beschränkten sich Max' Zuneigung und Bewunderung ausschließlich auf seine maskulinen Spermien.

»Du … du … Flachwichser.«

Überwältigt von Wut, Frustration, Enttäuschung – und Panik, stand Thebes auf und begann sich anzuziehen. Sie schämte sich für ihre unsägliche Dummheit. Eigentlich hatte sie doch immer schon gewusst, wie Max war, natürlich hatte sie das. Sie hatte sich die ganze Zeit etwas vorgemacht. Aber sie würde es ihm zeigen, sie und das Baby würden ohne ihn zurechtkommen. Sie brauchten ihn nicht.

»Nachdem ich ausscheide, wem willst du es dann anhängen?« Max setzte sich wieder auf. Er klang amüsiert. »Was willst du deinen Kindern erzählen? Dass es der Milchmann war? Oder der Kohlenhändler?«

»Keine Bange, Max, ich werde dich bestimmt nicht kompromittieren«, zischte Thebes. »Ich werde diesem Baby nicht einmal sagen, dass du existierst.«

Max nickte zufrieden.

»Weiter so, Thee, du hast etwas dazugelernt. Gut gemacht.«

Hastig nahm sie ihre Ohrringe und ihre Uhr vom Nachttischchen und überprüfte, ob auch kein verräterischer Gegenstand aus ihrer Handtasche gefallen war.

Sie zögerte einen Augenblick und erwog, ihr Höschen auf Sallys Seite unters Kissen zu schieben.
»Schlag es dir aus dem Kopf«, sagte Max. Thebes erschrak – konnte er etwa Gedanken lesen?
»Was?«
»Komm ja nicht irgendwann auf die Idee und bitte mich um … irgendetwas.« Er hob die Hände, als wollte er sie wegstoßen. »Dir ist hoffentlich klar, dass ich meine Meinung nicht ändern werde, Thebes? Ich will nichts davon wissen. Das dürfte dir nicht neu sein. Ich habe es dir immer gesagt. Zwischen uns ist alles unverbindlich. Es hat Spaß gemacht mit uns, aber, hey, du hast es verbockt.« Jetzt sprach er wie ein Kind in einer Art Singsang und winkte ihr nach. »Bye-bye, Dummerchen.«
Die Situation hätte nicht eindeutiger und verletzender sein können. Ihr Zorn über sein kindisches Benehmen war so groß, dass sich das letzte Flackern der Hoffnung darin auflöste. Und in diesem Augenblick war Thebes so wütend, dass es sie nicht einmal störte.

Kapitel vier

Die Tage, an denen man auf eine Beerdigung wartet, sind oft leer und ereignislos, aber Scilla schien es irgendwie ungehörig, das Haus ihres Vaters jetzt schon auszuräumen. Dafür war die Zeit nicht reif, es wirkte anmaßend, seine Sachen anzurühren, wo man doch hätte meinen können, dass er, wie so häufig, für ein paar Tage zu Freunden gefahren war.

Doris, Harrys Putzfrau, hatte an jenem Vormittag ebenfalls einen Anruf von dem Nachbarn bekommen, und sie hatte sofort angefangen, die Anweisungen auszuführen, die Harry auf einem Zettel für sie hinterlassen hatte. Als Scilla eintraf, war der Arzt bereits da gewesen, und das Beerdigungsinstitut hatte ebenfalls schon angerufen. Bei einer ziellosen Wanderung durch das Haus fand sie alles in bester Ordnung. Die Regale in der Speisekammer waren bis auf die nötigsten Vorräte leer, die Kleider ihres Vaters waren fein säuberlich zusammengelegt, seine Papiere lagen auf einem Stapel, die Rechnungen waren bezahlt. Offenbar hatte sich Harry Waldegrave darauf vorbereitet, jederzeit sterben zu können, und wollte Scilla die Erledigung der Formalitäten so leicht wie möglich machen. An diesem ersten Tag leisteten ihr die freundlichen Mitarbeiter des Beerdigungsinstituts Beistand, die es nicht weiter verwunderlich fanden, dass Harry höchst detaillierte Anweisungen für seine Beisetzung gegeben hatte. Nur die engste Familie und Freunde aus dem Dorf sollten eingeladen werden, er wünschte keinen Gottesdienst, keinen schweren Holzsarg, keine großen Blumenarrangements – diese Beerdigung sollte eine schlichte und humane Angelegenheit werden. Ihr Vater wollte nackt in einen Sarg aus Weidengeflecht gelegt und in einem Ruheforst ohne Grabstein bestattet werden. Auf seinem Grab sollte lediglich eine Tamariske gepflanzt werden. Die Beerdigung selbst würde mit den Beisetzungen seiner Frau und seiner Tochter, die Harry organisiert hatte, wenig gemein haben – für beide hatte ein traditioneller christlicher Gottesdienst stattgefunden, obwohl Carol erklärte Atheistin gewesen war. Scilla hatte damals den Impuls verspürt, sich dafür zu entschuldigen, dass sich ihre Familie so an Konventionen klammerte – nicht nur bei Carol, sondern auch bei ihren Freunden aus der Stadt, die gekommen waren, um von ihr Abschied zu nehmen. Ihre Mutter war eine treue Stütze der Kirche gewesen, und Scilla hatte geglaubt, das träfe auch auf ihren Vater zu. Was war in den Jahren seit dem Tod ihrer Mutter in ihm vorgegangen, oder war er etwa schon immer weltlich gesinnt gewesen und hatte sich nur seiner Frau wegen angepasst? Jetzt ging Scilla auf, dass Kinder oft erst beim Tod ihrer Eltern merken, wie schlecht sie sie kennen. Überrascht stellte sie fest, dass sie der Verlust ihres Vaters mehr schmerzte als die Trauer um ihre Mutter. Durch seinen Tod ging so vieles verloren – jetzt war keine Zeit mehr, die Kluft zwischen ihnen zu überbrücken, es war zu spät, um ihre Beziehung zu stärken.

In diesen ersten Tagen war Scilla froh gewesen, dass Robert ihr beistand. Er hatte sie in die Kirche begleitet, in der Harry aufgebahrt war, und er hatte ihre Hand gehalten, als sie in das leere Gesicht ihres toten Vaters blickte. Und weil Robert spürte, dass sie sich fehl am Platz fühlte und nichts mit sich anzufangen wusste, bestand er darauf, dass sie einen Spaziergang machten – auf einem Lieblingsweg ihres Vaters. Als Scilla oben auf dem Hügel stand und auf das Cottage ihres Vaters hinunterblickte, wurde ihr erst richtig bewusst, dass sie jetzt als Einzige noch übrig war, und diesmal weinte sie um Carol. Seltsamerweise ließ der Tod ihres Vaters den leeren Raum neben ihr, wo ihre Schwester hätte sein sollen, noch gewaltiger erscheinen als bei deren Tod. Obwohl sie sich nicht sehr nahegestanden hatten, fühlte sich Scilla ohne ihren Vater wie eine Pflanze, der man die letzte Stütze weggenommen hat. Konnte sie allein stehen, jetzt wo sie keine Angehörigen mehr hatte, die älter waren als sie und mit denen sie gemeinsamen Erinnerungen nachhängen konnte?

Robert hatte am ersten Abend vorgeschlagen, im Restaurant zu essen, aber Scilla wollte im Haus bleiben, es hüten, es warm und lebendig erhalten, damit ihr Vater zurückkehren konnte.

»Ich muss im Büro anrufen …«, Robert schnitt das Thema vorsichtig an, als sie das Bett in Harrys Gästezimmer bezogen, »und Bescheid sagen, was ich diese Woche mache. Natürlich bleibe ich, solange du mich brauchst, solange ich mich hier nützlich machen kann …«

Ihr Mann tat sein Bestes, sich nicht anmerken zu lassen, dass er liebend gern zu seiner Arbeit zurückgekehrt wäre, und er machte seine Sache gut. Scilla erbarmte sich seiner und entließ ihn zwei Tage später nach Lille. Auch sie fuhr bei dieser Gelegenheit nach London, packte ein paar Kleider ein und kehrte sofort nach Kent zurück.

Scilla war nicht in diesem Cottage aufgewachsen. Ihre Eltern hatten es kurz nach Carols Tod bezogen, deshalb wurde Scilla nicht von Erinnerungen überwältigt, als sie mit dem Ausräumen begann. Es ging ihr nur zu Herzen, wie schnell sie mit ihrer Arbeit vorankam. In den letzten Jahren hatte Harry sehr einfach gelebt und die meisten sentimentalen Andenken und Fotos, mit denen seine Frau die Regale gefüllt hatte, entfernt.

»Es ist zu umständlich, das alles abzustauben«, hatte er erklärt.

Nur auf dem Kaminsims standen drei silbergerahmte Fotos, eins von Carol als Baby auf einer Decke, eins von Harry und Irene, die die kleine Scilla hielten, und eins von den beiden Mädchen, sechs und zwölf Jahre alt, am Strand, wahrscheinlich Camber Sands. Dort hatten sie gestritten, aber das Foto zeigte sie Arm in Arm. Der Unterschied zwischen den Schwestern stach ins Auge: Scilla, das kleine ernste Gesicht von blonden Wuschelhaaren umrahmt, hatte große Ähnlichkeit mit Irene. Carol, dunkelhaarig wie Harry, lächelte fröhlich, so dass Grübchen auf ihren runden Backen entstanden. »Schneeweißchen und Rosenrot« nannte ihre Mutter sie, als sie klein waren.

Den Schreibtisch räumte Scilla ganz zuletzt auf; sie

wollte sich nicht eingestehen, dass ihr Vater hier nie wieder sitzen würde. Dads Schreibtisch war immer unantastbar gewesen. Niemand hatte sich daran gewagt, nicht einmal seine Frau, und jetzt war der kleine Sheraton-Sekretär der einzige persönliche, private Aspekt, der vom Leben ihres Vaters noch übrig war.

Als sie sich an den Schreibtisch setzte, sah sie, dass alles wie erwartet perfekt geordnet und die Unterlagen übersichtlich abgeheftet waren. Sie bemerkte nichts Außergewöhnliches, aber als sie einen Ordner öffnete, auf dessen Etikett in der makellosen Schrift ihres Vaters *Haus* stand, entdeckte sie eine Grundschuldbestellungsurkunde für Laundry Cottage, was sie höchst verwunderlich fand. Die Hypothek war acht Monate nach dem Tod ihrer Mutter aufgenommen worden, aber Scilla wusste ganz genau, dass dieses Haus ohne Kredit bezahlt worden war – warum hatte ihr Vater also in der Folge das Cottage belasten müssen? Er war immer so vernünftig mit Geld umgegangen, und die Familie war nie in finanzielle Bedrängnis geraten.

Sie hätte mit Robert über die Sache sprechen können – er diskutierte immer gern über Geldfragen –, aber als er abends anrief, stellte sich bald heraus, dass er selbst etwas auf dem Herzen hatte.

»Wenn ich den Rest der Woche in Lille bleibe, am Wochenende noch arbeite und am Tag vor der Beerdigung zurückkomme, könnte ich die ganze nächste Woche bei dir sein. Was meinst du?«

Umständlicher ging es nicht, aber aus langjähriger Erfahrung wusste Scilla, dass er schon eine Entscheidung getroffen hatte, von der sie ihn nur abbringen würde, wenn sie schluchzend am Boden lag.

»Mach, was du für richtig hältst.« Sie hatte nicht die Kraft, von ihm zu verlangen, dass er jetzt kam. »Ich habe hier fast alles durchsortiert, und eigentlich bin ich gerade ganz gern allein. Es ist, als wäre ich ein letztes Mal bei meiner Familie«, sagte sie und stellte erstaunt fest, dass sie sich tatsächlich so fühlte.

Robert hatte noch mehr zu berichten.

»… da wäre noch etwas, was du dir überlegen könntest.« Er sprach äußerst behutsam. »Ich weiß, ich hätte es dir schon früher sagen sollen. Mir ist klar, dass es keinen ungünstigeren Zeitpunkt gibt, und es tut mir leid, dass ich es jetzt erwähnen muss …«

»Was denn? Was musst du erwähnen, Robert? Was ist passiert?« Scilla stellte im Bruchteil einer Sekunde die wildesten Vermutungen an, bis sie überzeugt war, dass Robert versuchte, ihr zu sagen, dass er in Lille eine Geliebte hatte. Das leuchtete ein. Während sie und Robert einander bis zum Überdruss langweilten, hatte er sich aufgemacht und eine andere Frau kennengelernt, die ihn nicht langweilte. Sie fühlte sich seltsam distanziert, als habe sie unbewusst schon seit einiger Zeit mit dieser Beichte gerechnet.

»Ja, wie gesagt, da dein Vater gerade gestorben ist, ist dies eine schwierige Zeit für Entscheid…«

»Robert, zu wem hast du das gesagt? Sprich es bitte aus, bring es hinter dich.«

»Die Möglichkeit besteht ja schon seit einiger Zeit«, jetzt überstürzten sich seine Worte, »die Sache ist die, Grove Books braucht einen Leiter für die Niederlas-

sung in Lille, und der Vorstand hat mir den Posten angeboten.«
Es dauerte eine Weile, bis sich der Gedanke *»Ich verlasse dich wegen einer anderen Frau«* durch die Vorstellung einer Dauerposition in Lille ersetzen ließ und Scilla erkannte, dass Robert als Cheflektor zweifellos Einfluss auf die Entscheidung gehabt hatte. Sie entsprach also offensichtlich seinen Wünschen.
»Ich habe dem Vorstand natürlich erklärt, dass ich es mit dir besprechen muss. Ich habe vorgeschlagen, dass wir erst einmal für ein Jahr nach Lille gehen und sehen, wie es uns gefällt.« Jetzt war er versöhnlich. »Aber es hängt von dir ab, und du brauchst Zeit, um darüber nachzudenken. Es tut mir leid, ich weiß, das ist ein denkbar schlechter Zeitpunkt, aber der Vorstand wartet auf meine Entscheidung. Würdest du … könntest du dir vorstellen, es dir zu überlegen, so dass wir vielleicht nächste Woche darüber reden können?«
Es ist erstaunlich, wie schnell das menschliche Gehirn Visionen heraufbeschwören kann, wenn man es mit bestimmten Informationen füttert, und Scilla ertappte sich dabei, dass sie sich bereits ein Leben in Lille ausmalte, während Robert weitersprach.
»Wir suchen uns eine Wohnung, und vielleicht ist es ja eine höhere Fügung, eine Chance für dich, etwas Neues, etwas völlig anderes zu sehen, so dass du leichter über den Tod deines Vaters hinwegkommst. Das Haus in London könnten wir vermieten. Soviel ich höre, kann man zurzeit sehr gute Mieten erzielen, und wenn wir Laundry Cottage verkaufen und wir uns in Lille wirklich wohl fühlen, könnten wir vielleicht dort etwas

kaufen. Allmählich finde ich mich in der Stadt ganz gut zurecht, und ich bin mir sicher, dass es dir gefallen wird, hier zu leben …«
Roberts Redeschwall nahm kein Ende, und Scilla stellte fest, dass sie es sehr viel weniger beunruhigt hätte, wenn es tatsächlich um eine andere Frau gegangen wäre.

Die Morgenübelkeit machte Thebes zu schaffen, und unangenehmerweise blieb sie auch abends nicht davon verschont. Wenn es nach Gebratenem oder Geröstetem roch, drehte sich Thebes der Magen um, und sie verzichtete auf Alkohol und auf Kaffee – untrügliche Anzeichen einer Schwangerschaft, die jeder Mensch bemerkt hätte, der kein ichbezogener Teenager ist. Sam und Tess ahnten nichts von dem Zustand ihrer Mutter, aber Thebes war klar, dass sie mit ihnen sprechen musste, bevor die Schwangerschaft so deutlich sichtbar wurde, dass sie sogar ihren Kindern auffiel.
Zwar hatte sie keineswegs zu hoffen gewagt, dass sich die beiden überschwenglich auf ein kleines Geschwisterchen freuen würden, aber mit diesem unverhohlenen Unglauben hatte sie nicht gerechnet.
»Du machst Witze, oder?«, sagte Tess.
»Na klar, Mum, du nimmst uns auf den Arm.« Sam grinste sie an.
Offensichtlich glaubten ihre Kinder, sie sei eine verblendete alte Frau, die sich in einem Wahnzustand, ausgelöst durch sexuelle Entbehrungen, einbildete, schwanger zu sein.
»Ich bin schwanger«, wiederholte Thebes ganz langsam.

»Was wirfst du zurzeit ein, Mum?«, wollte Sam wissen.
»Vitamine«, scherzte sie, um die Atmosphäre aufzulockern. »Es kommt im Mai.«
»Mum, du kannst nicht schwanger sein«, widersprach Tess sanft. »Wie solltest du schwanger geworden sein?«
Das war nicht der rechte Augenblick für Witze über unzureichende Aufklärung.
»Auf dem üblichen Weg.« Thebes, die sich ihrer Verantwortung als Vorbild bewusst war, bog die Wahrheit ein wenig zurecht. »Ich war ein paar Jahre lang mit jemandem zusammen.« Sie hob die Hand, um einen Einwurf von Tess abzuwehren. »Wir lieben einander, aber er ist nicht frei, und wir haben beschlossen, dass wir im Augenblick keine Beziehung haben können …«
»Er ist verheiratet, oder?«, fragte Tess resigniert, als wäre sie der Welt überdrüssig. »Ehrlich, Mum, du machst Witze – in deinem Alter?«
Kinder sind die strengsten Moralwächter, wenn es um ihre Eltern geht, und weil im Augenblick die Rollen vertauscht waren, musste Thebes dem Impuls widerstehen, den Kopf hängen zu lassen und zuzugeben, dass sie eine große Dummheit begangen hatte.
»Stimmt, ja, er ist verheiratet.« Sie rang um Fassung. »Ich fürchte, das kommt hin und wieder vor, aber es spielt jetzt keine Rolle, weil wir uns, wie gesagt, nicht mehr treffen. Ich habe es nicht darauf angelegt, schwanger zu werden, es war auch für mich ein Schock.«
»Das glaube ich einfach nicht«, murmelte Sam. Er hatte, während sie sprach, eingehend seine Hände betrach-

tet, und Thebes bemerkte, dass ihr Sohn die Situation vor allem unendlich peinlich fand.

»Aber ich bin froh, dass es passiert ist.« Thebes stand auf, jetzt war der richtige Zeitpunkt, um mit Würde abzutreten, damit ihre Kinder die Information, die sie eben erhalten hatten, ungestört verdauen konnten. »Ich wünsche mir dieses Baby wirklich, und es wird zu unserer Familie gehören. Ich hoffe, dass ihr beide das versteht und euch genauso freut wie ich, wenn ihr euch an den Gedanken gewöhnt habt.«

Als sie die Küchentür hinter sich schloss, hörte sie Tess flüstern: »Hoffentlich wird es ein Mädchen.«

Und dann Sam: »Mum bekommt ein Baby? … Das ist doch völlig abgefahren.«

Scilla stand neben dem Sarg ihres Vaters und wünschte, sie hätte Crispin doch gebeten, aus Japan zur Beerdigung anzureisen. Wäre er da gewesen, hätte Harrys kleine Familie unter den Freunden aus dem Dorf, die quer durch Kent zu diesem kleinen Ruhewald angereist waren, etwas mehr Zusammenhalt beweisen können. Auf dem Gelände, einem Waldgrundstück, auf dem junge Bäume die Gräber markierten, herrschte eine freundlich heitere Atmosphäre. Man hörte nur das Gezwitscher der Amseln und das gedämpfte Brummen des Verkehrs auf einer nahen Landstraße. Scilla fand, dass ihr Vater eine gute Wahl getroffen hatte.

Die Anweisungen, die ihr Vater für seine Beisetzung hinterlassen hatte, fand Scilla irgendwie beunruhigend, und als sie nun auf seinen Sarg blickte, wünschte sie, sie könnte aufhören, sich seinen völlig nackten Körper vorzustellen, der darin lag. Er hatte von jeher sehr auf Kleidung geachtet, und in seiner Nacktheit wirkte er in diesem luftdurchlässigen Korbsarg verletzlich. Scilla wollte, dass er bald mit warmer, heimeliger Erde bedeckt wurde, wie man ein Kind für die Nacht unter Decken steckt.

Der ernste junge Mann, der die Zeremonie leitete – Messe konnte man es wirklich nicht nennen –, hatte Harry nicht gekannt. Seinen Vorschlag, dass Angehörige und Freunde etwas über Harry sagen sollten, hatte Scilla abgelehnt, und jetzt las er das Gedicht von Christina Rossetti, das sie ausgesucht hatte: *Bin ich einst tot, mein Liebster, sing keine Trauermessen; pflanz mir zu Häupten Rosen nicht noch schattige Zypressen …*

Sie hatte es in einem Gedichtband gefunden, aus dem Harry ihr und Carol vorgelesen hatte, als sie klein gewesen waren, und es schien ihr für dieses Begräbnis angemessen. Für Carol war es eine kleine Entschädigung für ihre christliche Beerdigung. Anschließend dachte Scilla, dass Worte und Rituale für die Beisetzung ihres Vaters eigentlich unerheblich waren. Der blaue Himmel, das bunte Laub der Bäume, die Krähen, die ihre Kreise drehten, und die braune Erde, die ihren Vater bedecken würde – das alles sagte bereits, was über Leben und Tod zu sagen war. Bei dem zwanglosen Leichenschmaus in einem Pub in der Nähe wurde Scilla die Anstrengung, für jeden ein Lächeln parat zu haben, bald zu viel. Der Tag war wie ein Gummiband – er zog sich endlos in die Länge.

Ein älterer Mann mit dichtem grauen Haar und dunklem Anzug kam auf sie zu. Er gehörte offensichtlich nicht zu Harrys Freunden aus dem Dorf, die ihr im Lauf der vergangenen Tage in Laundry Cottage einen Besuch abgestattet hatten.

»Mrs. Learmonth? Donald Harris«, stellte er sich mit leichtem schottischem Akzent vor. »Der Anwalt Ihres Vaters. Ich habe Sie am Freitag angerufen und eine Nachricht hinterlassen.«

»Tut mir leid. Ich bin noch nicht dazu gekommen.« Sie zuckte bedauernd mit den Schultern. »Und dann war Wochenende.«

»Ich muss mit Ihnen über das Testament Ihres Vaters sprechen.«

»O ja, ich habe es gefunden, vielen Dank. Es lag in seinem Schreibtisch …«

Der Mann lächelte sie an. »Ich glaube, Sie werden feststellen, dass es sich dabei um das Testament handelt, das er unmittelbar nach dem Tod Ihrer Mutter aufgesetzt hat. Es gibt noch ein neueres, das ich in meiner Kanzlei habe. Könnten Sie zu mir kommen – meine Kanzlei ist in Ashford. Würde es Ihnen morgen passen?« Er reichte ihr seine Visitenkarte. »Sagen wir, morgen um elf?«

Scilla lehnte Roberts Angebot ab, sie zu dem Termin zu begleiten, und ließ ihn mit seiner Aktentasche und dem Versprechen, die Garage auszuräumen, in Laundry Cottage zurück.

Donald Harris, der nun anstelle der Trauerkleidung einen Tweedanzug mit gelber Weste trug, sah aus wie ein Gentleman vom Land. Sein Haar, das sein Gesicht nun wie ein grauer Heiligenschein umrahmte, hatte er offenbar eigens für die Beerdigung gebändigt. Nach Scillas Einschätzung durfte er kaum jünger als ihr Vater sein.

»Harry war es wichtig, dass ich für Fragen zur Verfügung stehe.« Er reichte ihr das Dokument und stand auf. »Ich lasse Sie allein lesen und kümmere mich inzwischen um den Kaffee …« Er zog die Tür hinter sich zu.

Scilla las das Testament durch. Es schien sich kaum von dem zu unterscheiden, das sie zu Hause hatte. Es gab mehrere zusätzliche Legate, und die Zuwendung an Doris war erhöht worden. Überdies ging ein nicht unerheblicher Betrag an eine Wendy Hazel Coulston, von der Scilla noch nie gehört hatte, auch wurden mehrere Wohltätigkeitsorganisationen bedacht. Der Rest von Harrys Besitz war wie im vorherigen Testament für Scilla bestimmt. Donald Harris und Scilla wurden als Testamentsvollstrecker eingesetzt. Es waren noch weitere Papiere angeheftet. Das eine war ein Grundbuchauszug, das andere eine Art Pachtvertrag. Scilla überflog die Unterlagen, die zu einem Besitz in Devon gehörten und offenbar versehentlich hierher geraten waren. Sie entfernte die Büroklammer und ließ die Papiere auf dem Tisch liegen.

»Kaffee«, verkündete Donald und kam mit einem Tablett herein. »Ich weiß aber nicht, wie er schmeckt. Meine neue Teilzeitsekretärin hat die Feuerprobe noch nicht bestanden. Allerdings konnte sie mit Keksen aufwarten.« Er stellte das Tablett vor Scilla ab, warf einen Blick auf die Unterlagen, die sie auf den Tisch gelegt hatte, und schob sie ihr wieder zu.

»Das gehört Ihnen.«

»Nein. Es hat nichts mit dem Letzten Willen meines Vaters zu tun …«

»Doch, durchaus, Mrs. Learmonth. Es gehört zum Besitz Ihres Vaters.«

»Wie bitte?« Scilla starrte den Anwalt an. »Was soll das heißen?«

Donald nahm Platz und räusperte sich.

»Ihr Vater hat dieses Anwesen gekauft.« Er vergewisserte sich mit einem Blick auf die Papiere, die zwischen ihnen lagen. »Quayside 11, Weston Burrows in Nord-Devon. Es ist schon ein paar Jahre her …«

»Sind Sie sicher? Er hat mir nichts davon erzählt. Warum, in aller Welt, sollte er plötzlich auf die Idee kommen, ein Haus in …«, sie nahm die Unterlagen zur Hand, »Weston Burrows zu kaufen?«

»Haben Sie hin und wieder die Sommerferien in Devon verbracht?«

»Gelegentlich, aber soweit ich mich erinnere, nie an diesem Ort. Nie gehört. Es muss sich um einen Irrtum handeln.«

Der Jurist holte zu einer Erklärung aus. »Kurz nach dem Tod Ihrer Mutter nahm Ihr Vater eine Hypothek auf sein Cottage in Kent auf und kaufte auf Ihren Namen diesen ansehnlichen Besitz in Weston Burrows. Soviel ich weiß, liegt Weston Burrows am Meer, und das Erdgeschoss des Hauses kann kommerziell genutzt werden.« Jetzt sprach er wie ein Immobilienmakler. »Ich glaube, von der gegenwärtigen Pächterin wird es in der Saison als Teestube genutzt.«

»Aber warum?« Scilla hörte auf, nervös mit den Fingern auf den Tisch zu trommeln. »Warum belastet er sein Haus für ein anderes in Devon, in dem er nicht wohnt? Warum kauft er es auf meinen Namen und sagt mir nichts davon? Das begreife ich nicht«, sagte sie ungehalten.

Donald Harris stützte das Kinn auf die Hände und sah Scilla an.

»Ich habe eine Tochter«, sagte er nachdenklich, »ungefähr in Ihrem Alter. Sie ist jahrelang zu Hause geblieben, hat fünf Kinder aufgezogen, und dann plötzlich vor sieben Jahren entschloss sie sich, Hebamme zu werden – das war schon immer ihr Wunsch gewesen.«

Scillas Gesichtsausdruck verriet offenbar, dass sie sich nicht besonders für die Tochter des Anwalts interessierte, denn nun legte er die Hände auf den Schreibtisch und fuhr in lebhafterem Ton fort:

»Ich erzähle Ihnen das nur, weil ich mich deutlich an ein Gespräch mit Ihrem Vater über unsere Töchter erinnere. Ich weiß noch, dass er sagte, er kaufe dieses Haus für Sie, er wolle aber warten, bis Sie es *brauchen*. Ihr Vater war ein kerngesunder Mann, er hatte keinen Grund, mit seinem plötzlichen Ableben zu rechnen. Offensichtlich hatte er vor, mit Ihnen zu sprechen, aber leider …«

»Warum dachte er bloß, dass ich ein Haus in Devon brauche?«, fragte Scilla ratlos.

»Mit kommerzieller Nutzung im Erdgeschoss«, fügte Donald Harris hinzu. Er schien darauf zu warten, dass Scilla etwas sagte. Als sie stumm blieb, griff er nach dem zweiten Dokument. »Wie Sie sehen, gibt es eine Pächterin – sie heißt Elizabeth Sturner. Sie hat das Anwesen gepachtet, seit es im Besitz Ihres Vaters ist. Vermutlich wohnt sie noch dort.«

»Aber es sind nirgends Einnahmen verzeichnet.« Scilla fand das merkwürdig. »Das weiß ich genau, weil ich alle seine Kontoauszüge durchgesehen habe. Zahlt sie denn keine Miete?«
»Meines Wissens hatten Miss Sturner und Ihr Vater eine Vereinbarung.«
»Eine Vereinbarung? Was für eine Vereinbarung?«
»Sie ist für die Instandhaltung des Gebäudes zuständig, bezahlt alle Rechnungen, und sie führt die Teestube.«
»Und was passiert nun mit dieser Frau, nachdem das Haus mir gehört?«
»Ihr Vater hat geregelt, dass sie bis zu sechs Wochen nach seinem Tod im Haus bleiben kann. Das ist im Pachtvertrag festgehalten. Es war ihm äußerst wichtig, dass Sie das Anwesen so bald wie möglich übernehmen können.«
Der Jurist beantwortete ihre Fragen so mechanisch und teilnahmslos, dass eine geradezu hypnotisierende Wirkung von seiner Stimme ausging.
»Aber warum dachte er, dass ich ein Haus in Devon brauche?« Diesmal stellte Scilla die Frage wie im Selbstgespräch. »Jedenfalls vielen Dank.« Sie griff nach den Papieren und stand auf.
Donald Harris hüstelte, das Gespräch war noch nicht ganz beendet.
»Zweifellos sind die Immobilienpreise erheblich gestiegen, seit Ihr Vater gekauft hat ...« Er warf einen Blick auf den Pachtvertrag. »Quayside 11. Eine ausgezeichnete Investition, selbst wenn man die kleine Hypothek bedenkt, die er aufnehmen musste, und das bringt mich auf eine andere Angelegenheit.« Mit einer

vagen Geste forderte er Scilla auf, wieder Platz zu nehmen.

»Mrs. Sturner hat sich an mich gewandt, weil sie sehr daran interessiert ist, das Anwesen zu kaufen. Sie hat diese Offerte gemacht, also muss ich sie Ihnen vorlegen. Offenbar ist sie bereit, deutlich mehr als den Marktpreis zu bezahlen. Ich warte auf ihr schriftliches Angebot, aber sie legte großen Wert darauf, dass ich Sie persönlich so bald wie möglich über ihr Interesse an dem Haus informiere.«

»Woher weiß sie, dass mein Vater gestorben ist?«

»Ich habe sie unterrichtet. Ihr Vater hat mich angewiesen, sie im Falle seines Todes sofort zu informieren.«

Scilla stand auf. Sie hatte plötzlich das Bedürfnis, die stickige Kanzlei zu verlassen.

Donald Harris stand ebenfalls auf, aber er hatte noch mehr zu sagen. »Ich muss hervorheben, dass Miss Sturners Angebot, falls sie es in dieser Form bestätigt, sehr gut ist, aber nach meiner Überzeugung war es der Wunsch Ihres Vaters, dass Sie sehr genau darüber nachdenken und es sich durch den Kopf gehen lassen, ob Sie überhaupt verkaufen wollen.« Als er ihr die Hand schüttelte, sah er ihr bedeutungsvoll in die Augen, als wolle er ihr etwas klarmachen, was er nicht in Worte fassen konnte.

»In einer solchen Zeit wird man oft zu überstürzten Entscheidungen gedrängt. Mein Rat lautet, lassen Sie sich nicht drängen. Nehmen Sie sich Zeit, Ihre Entscheidung sorgfältig zu überdenken, bis Sie sicher sind, dass Sie den richtigen Weg einschlagen.«

Für Robert, der im Laundry Cottage auf sie wartete, stand zweifelsfrei fest, wie die richtige Entscheidung aussah. »Gut gemacht, Harry – er hatte schon immer einen Blick für ausgezeichnete Investitionen. Wir sollten das Haus sofort auf den Markt bringen.«
Aber Scilla war nicht so sicher. Sie glaubte, dass Donald Harris versucht hatte, ihr einen Wink zu geben. Aber in welche Richtung?

»Du fährst doch hin und schaust dir das Haus an, oder?«, fragte Effie.
»Ich glaube, das ist eigentlich nicht nötig«, erwiderte Scilla gedankenverloren. »Offensichtlich hat diese Frau ein fabelhaftes Angebot gemacht, und Robert meint, die Mühe könnte man sich sparen. Er ist überzeugt, dass Dad das Haus als Investition gekauft hat.«
»Robert hat anscheinend keinen Funken Phantasie und ist kein bisschen neugierig«, erwiderte Effie und fügte hinzu: »Oder er ist zu sehr damit beschäftigt, dich nach Lille zu locken, um sich ernsthaft Gedanken über das Haus zu machen.«
»Mein Gott, darüber rede ich doch gar nicht.«
Scilla ließ die Schultern sinken, und Effie sah die Sorgenfalten auf ihrer Stirn.
»Natürlich musst du es dir ansehen.« Effie versuchte, ihre Stimme weniger aggressiv klingen zu lassen. »Niemand verkauft ein Haus, ohne zu wissen, was er anbietet. Jedenfalls niemand, der bei Trost ist.«
»Ich glaube, ich habe nicht genug Zeit. Diese Pächterin will eine Antwort, bevor sie in sechs Wochen ausziehen muss. Das kann ich verstehen. Laundry Cottage haben

wir schon zum Verkauf angeboten«, sagte Scilla, die sich keine Mühe gab, ihren Ärger zu verhehlen. »Robert wartet nur darauf, dass ich ihm sage, wie gern ich nach Lille ziehen würde.«

»Diese Entscheidung musst du doch bestimmt nicht sofort treffen. Du kannst später immer noch nachkommen. Geht er nicht sowieso?«

»Er behauptet das Gegenteil, aber ich bin mir nicht ganz sicher, ob er nicht schon zugesagt hat und hofft, dass ich treu und brav mitkomme.«

Scilla hatte es nicht leicht, und Effie empfand aufrichtiges Mitgefühl, aber sie konnte sich nicht helfen, sie war auch ein bisschen neidisch – so schlimm es war, den eigenen Vater zu verlieren, wenigstens tat sich in Scillas Leben etwas. Bei Scilla und bei Thebes bahnte sich eine Veränderung an, und Effie schämte sich zutiefst, dass sie ihre Freundinnen beneidete, obwohl die eine im Begriff war, alleinerziehende Mutter zu werden, und die andere ihren Vater verloren hatte.

Effie befürchtete, sich zur gespaltenen Persönlichkeit zu entwickeln. In ihrem Gehirn waren zwei widersprüchliche Ideen am Werk: Bald betrachtete Effie Weltkarten und plante ihre Brasilienreise, dann wiederum strich sie ihre Küche lindgrün und schaffte sich eine Töpferscheibe an – nicht gerade ein praktisches Zubehör für eine Weltreise.

Sie hatte zwar ihren Pass verlängern lassen, aber das Gespräch mit dem Schulleiter wegen ihres Urlaubsjahres oder sogar einer Frühpensionierung hatte sie bisher gescheut. Unlängst hatte sie sich auch noch einen neuen Wäschekorb fürs Badezimmer gekauft.

»Du bist in materiellen Dingen gefangen, das ist dein Problem, Effie«, meinte Eric.
Er war allerdings momentan von all seinen materiellen Dingen befreit, weil ihn seine Freundin in West Norwood vor die Tür gesetzt hatte und er gerade bei Effie wohnte. Das war kein ungetrübtes Vergnügen, weil sie gern ihren Freiraum hatte, und jetzt lagen in ihrem Schlafzimmer Socken und Boxershorts herum, und neben dem Sofa stapelten sich leere Bierdosen. Manchmal fühlte sie sich wie in einem Jungeninternat.
Am Sonntag war sie zu ihrer Mutter nach Woking geflüchtet, wo wenigstens kein Fußball im Fernsehen lief.
»Und wenn ich nicht bald in die Gänge komme, *werde* ich wie meine Mutter«, versicherte sie Thebes am Montagmorgen. »Meine Mutter trägt den Lippenstift zu dick auf, trinkt zu viel Sherry und malt unsägliche Aquarelle. Wenn ich nicht aufpasse, werde ich zu dieser Frau.«
Thebes war ungerührt.
»Letzten Endes werden wir doch alle wie unsere Mütter, oder?«
»Du bekommst noch ein Baby und schiebst damit den Reifeprozess hinaus. Es kann noch lange dauern, bis du wie deine Mutter wirst.«
»Sie ist sowieso schon tot.«
»Mist, wie dumm von mir. Tut mir leid, was bin ich blöd. Gestern Abend hab ich mich dabei ertappt, wie ich mir im Internet alte Mühlen in Derbyshire angesehen habe.« Sie schnitt eine Grimasse. »Was ist das nur?«
Insgeheim wusste sie genau, dass es Faulheit und Feigheit war. Im Kopf schmiedete sie Pläne, aber angetrie-

ben von ihrem Herzen, unternahm ihr Körper vorsätzlich allerhand, was sie behinderte. Dazu gehörten auch die Anschaffungen, die der Veränderung im Weg standen. Effie blockierte quasi ihre Räder. Verdrossen dachte sie darüber nach, dass sie die Idee mit dem Wellenschlagen aufgebracht hatte, jetzt aber diejenige war, die stagnierte – und zwar aus eigener Schuld.
Mit einem Blick auf die alte Schwarzweißaufnahme, die in ihrem Schlafzimmer hing, entschuldigte sie sich bei dem Kind, das mit leuchtenden Augen in die Kamera lachte. Es tat ihr leid, dass sie die Hoffnungen der kleinen Effie nicht erfüllt hatte, dass sie irgendwann in den fünfzig Jahren, die seit dem Foto vergangen waren, in die mittleren Jahre gekommen war und peinlich eingefahrene Gewohnheiten angenommen hatte.

Scilla war froh, dass sie wieder unterrichtete – in der achten und neunten Klasse Geschichte zu geben, ließ ihr wenig Zeit, über irgendetwas anderes nachzudenken außer über das Problem, wie man unwilligen Teenagern Roosevelts New Deal nahebringt. An Tagen, die sich endlos in die Länge zogen, war die Schule eine kleine Oase. Robert arbeitete in London, seine Aufgaben in Lille wurden momentan von einem Stellvertreter erledigt, so dass er – angeblich – etwas Zeit hatte, um sich das Angebot durch den Kopf gehen zu lassen, oder um, wie Scilla ahnte, seine Frau zu überreden, ihm in seinem neuen Wirkungskreis beizustehen, für den er sich bereits entschieden hatte. Er achtete darauf, jeden Abend früh heimzukommen, und sobald er ins Haus trat, sah er Scilla fragend an, als hoffe er, sie mit Hut und Mantel anzutreffen, umgeben von gepackten Koffern, bereit zur Abreise im Eurostar. Abend für Abend begann er ein Gespräch über die Zukunft, die er ihr in verlockenden Farben auszumalen versuchte.

»Hast du dir schon Gedanken darüber gemacht, dass wir in Lille ein Haus kaufen könnten? Es wäre doch nett, ein eigenes Dach über dem Kopf zu haben, und es könnte sich als gute Geldanlage erweisen.«

Die Kaufpreisschätzung für Scillas Laundry Cottage hatte Robert beeindruckt, und von dem Angebot, das Elizabeth Sturner für das Haus in Weston Burrows gemacht hatte, war er geradezu überwältigt.

»Wir sollten einen Immobilienmakler hinschicken, der das Anwesen in Devon schätzt, damit wir sicher sind, dass wir von dieser Frau auch wirklich das beste Angebot bekommen. Und ich habe noch eine gute Idee«, fügte er selbstzufrieden hinzu. »Ich glaube, wir sollten Laundry Cottage wieder vom Markt nehmen. Im Moment brauchen wir das Geld nicht, und ich weiß, dass du dir immer gewünscht hast, auf dem Land zu leben. Wir könnten es als Wochenendhaus benutzen, auch von Lille aus. Die Anreise von dort aus ist vermutlich fast so leicht wie von London …«

Er ließ nicht locker, und sein Redestrom war so unerschöpflich, dass Scilla schon schwindlig wurde, wenn sie nur Roberts Schlüssel in der Tür hörte.

»Natürlich müssen wir uns nichts in Lille kaufen, wenn du nicht möchtest – das war nur so eine Idee. Ich verstehe es vollkommen, wenn du lieber zur Miete wohnst.«

Am nächsten Abend verkündete er: »Ich habe zufällig mit einem Londoner Immobilienmakler gesprochen.«

Zufällig? Manchmal hatte Scilla den Eindruck, dass ihr Mann sie für beschränkt hielt. »Häuser zur Miete sind in dieser Gegend heiß begehrt. Die Interessenten werden bei uns Schlange stehen.«

Hinter all seinen freundlichen Worten verbarg sich die anmaßende Unterstellung, dass Scilla ihn mit Freuden nach Lille begleiten würde.

Aber eines Abends trieb er es zu weit.

»Hast du schon mit einem Makler in Devon Kontakt aufgenommen? Wir müssen die Sache wirklich voranbringen. Je eher wir eine Vorstellung vom Marktpreis bekommen, umso früher können wir den Vertrag mit der Pächterin unterschreiben. Möchtest du vielleicht, dass ich mich darum kümmere?«

In diesem Augenblick löste sich Scillas innere Lähmung auf, und sie verteidigte wütend, was ihr gehörte.

»Robert, das sind meine Häuser, ich habe sie beide von meinem Vater geerbt.« Sie wandte sich ab, als sie sein verletztes Gesicht sah. »Ich weiß schon, wir sollten alles teilen, nur in diesem Fall möchte ich die Entscheidung selbst treffen. Ich brauche Zeit zum Nachdenken. Dad ist gerade erst gestorben, und das Haus, das er in Devon für mich gekauft hat … Die Sache ist mir einfach ein Rätsel.«

»Das sollte kein Rätsel sein, sondern eine Geldanlage«, gab Robert beleidigt zurück. »Und nachdem wir nicht dort leben wollen, solltest *du*«, er hob das Wort übertrieben hervor, »es verkaufen. Es geht nur darum, dass ich wissen muss, ob du bei meinem Job in Lille mit von der Partie bist. Ich kann den Vorstand nicht länger hinhalten, sie waren sehr geduldig …«

»Bitte, Robert«, erwiderte Scilla empört über seinen Versuch, ihr ein schlechtes Gewissen zu machen, »hör verdammt noch mal auf, mich anzulügen. Ich weiß, dass du für die Stelle in Lille schon zugesagt hast.« Sie sah, dass er den Kopf schüttelte. »Bitte, sei ehrlich zu mir, ich weiß, dass du die Stelle angenommen hast, und das sollst du sogar. Es geht hier nur um die Frage, ob ich mitkomme …«
»Aber ich kann nicht ohne dich gehen«, entgegnete er rasch, und Scilla erkannte, dass er aufrichtig glaubte, was er sagte. »Ich kann wirklich nicht ohne dich gehen«, wiederholte er. Plötzlich war ihm der Wind aus den Segeln genommen.
Etwas sanfter antwortete sie: »Natürlich kannst du ohne mich gehen, und ich glaube, genau das solltest du erst einmal tun. Ich habe hier noch einiges zu erledigen.«
»Wie sollen wir dann unser Haus vermieten?«, gab er zu bedenken. »Du kannst dich doch nicht von einem Tag auf den anderen entscheiden, nach Lille zu kommen, und sofort die richtigen Mieter bei der Hand haben. So etwas braucht Zeit.«
»Weißt du was, Robert, das ist mir vollkommen klar, und ganz ehrlich, ich kann mir im Moment nichts Schrecklicheres vorstellen, als dass Fremde hier in unserem Heim wohnen.« Er wollte ihr ins Wort fallen, aber sie hob abwehrend die Hände. »Ich sage ja nicht grundsätzlich nein, ich sage nur: Ich weiß es nicht.« Sie sprach die Worte überdeutlich aus, um sich ihm verständlich zu machen. »In der letzten Zeit ist unheimlich viel passiert. Ich muss mir das alles in Ruhe überlegen. Zum Beispiel

stellt sich die Frage, was ich in Lille tun soll. Auf jeden Fall würde ich meine Freundinnen vermissen, und zufällig weiß ich, dass ich auch nach Weihnachten als Aushilfslehrerin weiterarbeiten kann.«

»Aber du unterrichtest doch eigentlich nicht gern, Scilla.«

Robert wollte nicht klein beigeben. Und dass sich Scilla einmal behauptete, war so ungewöhnlich, dass sie beide nicht wussten, wie sie aus dem Karussell der Argumente aussteigen sollten.

»Robert«, sagte Scilla, die nicht mehr bereit war nachzugeben. Während sie sprach, wurde ihr klar, was sie dachte, und ihre Entschlossenheit wuchs. »Du gehst im Januar nach Lille, bis dahin sind es noch über zwei Monate, es kann also sein, dass ich dann vielleicht so weit bin, dich zu begleiten. Aber fest versprechen will ich dir das auf keinen Fall, und ich will mich auch nicht unter Druck setzen lassen.«

Als sie sah, wie schockiert ihr Mann war, wurde sie für einen Moment schwach.

»Du sagst ja ganz richtig«, beschwichtigte sie ihn, »dass man durch den Tunnel leicht hin- und wieder zurückfahren kann. Wir können einander oft besuchen, und dadurch habe ich auch die Möglichkeit, Lille kennenzulernen, bevor ich hinziehe.«

»Wenn du es so haben willst.« Robert wandte sich resigniert ab. »Ich kann dich nicht zwingen mitzukommen.«

Zufrieden, dass sie ihre Position verteidigt und Robert ihre Meinung gesagt hatte, wusste Scilla nun, was sie als Nächstes tun wollte.

Erfüllt von neuem Schwung, beschloss sie, nach Devon zu fahren und sich das Haus anzusehen. Sie rief Effie an.

»Was machst du in den Herbstferien? Wie wär's mit einem Ausflug nach Devon?«

Effie begriff sofort.

»Hervorragend. Ich komme auf jeden Fall mit. Was sollte ich sonst in den Ferien machen? Eric hat sich mit seinen Videospielen hier breitgemacht, ich habe kein Zimmer mehr, in dem ich malen könnte, und Ivordog liebt das Meer. Also, warum nicht?«

Scilla vereinbarte einen Termin mit einem Immobilienmakler in Weston Burrows für den folgenden Mittwoch. Dann rief sie Donald Harris an und bat ihn, die Pächterin zu informieren.

»Ich freue mich, dass Sie sich zu dem Besuch entschlossen haben, Mrs. Learmonth.« Donalds schottischer Akzent fiel am Telefon noch mehr auf. »Es wäre schade gewesen, wenn Sie das Haus gar nicht sehen. Ich rufe Miss Sturner gleich an. Mittwoch um elf, haben Sie gesagt?«

Kurze Zeit später rief er zurück.

»Ich wollte Ihnen nur sagen, dass sie Bescheid weiß und da sein wird, um Sie hereinzulassen.« Seine Stimme wurde etwas schroffer. »Offenbar freut sich Miss Sturner sehr darauf, Sie kennenzulernen, aber sie war ein bisschen beunruhigt über den Immobilienmakler.«

»Es ist doch nur vernünftig, erst einmal eine Schätzung einzuholen, bevor ich ihr Angebot annehme.«

»Wenn Sie tatsächlich verkaufen wollen«, gab Donald mit ruhiger Stimme zu bedenken. »Miss Sturner betont, dass Ihr Vater ihr das Vorkaufsrecht angeboten hat. Sie ist sehr daran interessiert, das Haus zu behalten, deshalb hat sie auch so eine großzügige Summe angeboten. Lassen Sie sich auf keinen Fall zu einem Verkauf drängen, Mrs. Learmonth. Ihr Vater hat das Anwesen für Sie gekauft, und ich rate Ihnen dringend, sich die Sache gründlich zu überlegen, ehe Sie eine Entscheidung treffen.«

Scilla wurde das Gefühl nicht los, dass Donald Harris leise und unauffällig versuchte, sie zu beeinflussen.

»Ich wünschte, ich könnte mitfahren«, sagte Thebes am Freitag vor den Ferien wehmütig.

»Und warum kannst du nicht?«, wollte Effie wissen. »Es gibt nichts Besseres für werdende Mütter als frische Luft.«

»Wegen Tess und Sam, ich kann sie schließlich nicht einfach allein lassen.«

»Es ist doch nur für ein paar Nächte!« Effie konnte es nicht fassen. »Jetzt mach mal halblang, die beiden sind schließlich alt genug, um die Feuerwehr zu rufen. Reiß dich zusammen, Thee.«

»Vielleicht könnte ja meine Nachbarin das Haus im Auge behalten …«

»Weiter so, Thee«, lobte Effie. »Schau mal über den Tellerrand. Versteck den Alkohol und kauf Konserven und Cornflakes, um eine mittlere Armee zu verpflegen. Und falls sie über deine Ankündigung, wegzufahren, vor Freude ausflippen, zeig ihnen nicht, wie tief dich das trifft. Wo wir gerade dabei sind«, fügte Effie hinzu und sah die anderen an, »warum fahren wir nicht gleich für ein paar Tage nach Devon? Schauen uns ein biss-

chen die Gegend an und spannen mal so richtig aus. Wir haben doch eigentlich keinen Grund zur Eile. Weil der Haushalt ruft? Wohl kaum. Fahren wir und genießen wir die Meeresluft.«
Also packte Effie am folgenden Dienstag ihren Skizzenblock und Ivordog ein, Thebes nahm ihre Vitamintabletten und Scilla sechs Paar Schuhe mit. Um die Mittagszeit waren die drei schon auf halbem Weg nach Devon.

Kapitel fünf

Weston Burrows zu finden war nicht ganz leicht, aber das lag hauptsächlich daran, dass Thebes den Straßenatlas las und ihr jedes Mal schlecht wurde, wenn sie sich über die Karte beugte.

»Es soll doch an einer Flussmündung liegen, oder?«, fragte Effie, die mit dem Hund auf der Rückbank saß. »Warum suchen wir nicht einfach den Fluss und folgen ihm?«

»Weil es nicht der richtige Fluss sein könnte.« Thebes wünschte allmählich, sie wäre in London geblieben. Effie hatte recht behalten, Sam und Tess hatten sich sehr über die Aussicht gefreut, drei Tage allein zu verbringen. Und ihre Kinder hatten ihr hoch und heilig versprochen, dass sie sich wie vernünftige Erwachsene benehmen würden.

»Wenn du möchtest, wische ich den Küchenboden, während du weg bist.« Dieses unerwartete Angebot kam von Tess, die mittlerweile die Ankunft des Babys aufgeregt erwartete. Thebes wurde jedoch den Verdacht nicht los, dass die Vorfreude ihrer Tochter sich auf eine Phantasiewelt bezog – Tess schlug immer wieder die ausgefallensten und verrücktesten Namen vor, als ginge es um einen Welpen, den man sich vielleicht irgendwann mal anschaffen würde.

»Es tut dir bestimmt gut, wenn du ein paar Tage verreist«, hatte Sam gemeint. Thebes war in letzter Zeit aufgefallen, dass Sam, der nicht gern über das Baby sprach, eine rührende Fürsorglichkeit an den Tag legte. Wenn er sah, dass seine Mutter irgendetwas zu tragen hatte, was schwerer war als ihr Handy, nahm er ihr die Last ab, und er hatte schon zweimal angeboten, sich im Garten zu betätigen.

Thebes hatte viele Nächte wach gelegen und sich Sorgen gemacht. War es egoistisch, dass sie sich für das Baby entschieden hatte? Was sollte werden, wenn ihr etwas zustieß? Wer sollte sich dann um das Kleine kümmern? Verhielt sie sich verantwortungslos? Ruinierte sie womöglich das Leben aller drei Kinder?

Am vergangenen Freitag hatte sie ihre erste Ultraschalluntersuchung gehabt. Unsicher und seltsam schüchtern hatte sie Tess und Sam das Bild gezeigt. Zu dritt hatten sie es schweigend betrachtet.

»Dann ist es also wirklich wahr«, sagte Sam erstaunt, als hätte er bisher gedacht, das Ganze sei ein geschickt ausgeklügelter Jux.

»Wow«, hauchte Tess, »ist das nicht wunderschön. Es gehört uns. Darf ich es meinen Freundinnen zeigen?«

So war das kleine verschwommene Schwarzweißfoto, das jetzt an der Pinnwand in der Küche hing, ein Symbol für die Zukunft geworden, und plötzlich hatte es den Anschein, dass sich die ganze Familie darauf freute.

Nur dass einem Familienmitglied meistens schlecht war und dass es den Geruch von Kaffee immer noch nicht ertragen konnte.

»Alles in Ordnung, Thee?« Scilla warf ihr einen besorgten Blick zu. »Möchtest du, dass ich noch mal anhalte?«
»Sie übergibt sich schon nicht«, meinte Effie. »Das hat sie bis jetzt auch nicht getan. Aber je eher wir ankommen, desto eher kannst du dich hinlegen, Thebes.«
»Danke für deine Anteilnahme, Effie.« Thebes drehte sich um, schnitt ein Gesicht, und schon wurde ihr wieder schlecht. »Igitt.« Vorsichtig trank sie einen Schluck aus ihrer Wasserflasche und versuchte erneut, die richtige Route zu finden.
»Schau, da geht's links, dort unten!« Endlich entdeckte sie die Namen auf ihrer Straßenkarte. »Die Straße entlang, durch zwei Dörfer und nach dem zweiten links.« Sie reichte den Atlas nach hinten. »Übernimm du das jetzt, Effie. Ich kann mich nicht mehr über diese Karte beugen.«

Weston Burrows war, wie Effie fand, atemberaubend schön. Das Dorf schmiegte sich malerisch an die Flussmündung und zog sich dann in einem Gewirr schmaler Gassen den Hang hinauf. Kleine Cottages, in verschiedenen Farben gestrichen, drängten sich aneinander wie eine Kette bunter Lutscher. Es war Flut, die Schiffe schwankten auf Kaihöhe, manche entluden Fisch, andere waren leer und hatten die Schotten dicht gemacht. Die letzten Urlauber des Jahres standen in Grüppchen beieinander und sahen den Fischern zu, andere flanierten die Promenade entlang. An den Wellenbrechern fingen kleine Jungen Krabben.
Am anderen Ufer der Flussmündung ging die Oktobersonne hinter sanften Hügeln unter und tauchte den

Ort in ein rötliches Licht. Am gegenüberliegenden Strand sah man kleine Boote und Surfbretter, die sich an der Ufermauer stapelten. Ein weißes Gebäude, vor dem mehrere Jachten lagen, überragte die Cottages. An der Fassade des Hauses stand in großen Lettern *Horningsea Yacht Club*.

»Es ist genau so, wie ich es mir erhofft habe«, stellte Effie fest, als sie ausstieg. »Das ist äußerst erfreulich.«

Vom öffentlichen Parkplatz aus überblickte man einen Teil der großen Bucht, und in der Ferne brach die Linie der Klippen mit einer Kurve ab und tauchte in noch größerer Entfernung wieder auf. Effie fand, dass Meer und Landschaft beruhigend auf die Seele wirkten. Sie lächelte.

»Ich rieche das Meer«, sagte sie und nahm einen tiefen Atemzug. Sie spürte, wie die intensive salzige Luft tief in ihre Bronchien drang. »Mir gefällt es hier.«

»Wo ist denn dein Haus?«, fragte Thebes und atmete ebenfalls tief durch. Effie sah, dass die Wangen ihrer Freundin allmählich wieder Farbe bekamen, und es tat ihr leid, dass sie so mitleidlos gewesen war.

»Quayside Nummer elf«, antwortete Scilla besorgt, »aber ich möchte erst morgen hingehen.«

»Niemand kann uns daran hindern, an dem Haus vorbeizulaufen. Dann sehen wir es wenigstens von außen«, meinte Effie und nahm Ivordog an die Leine. »Woher sollte jemand wissen, dass du es bist – drei Feriengäste und ein Hund, die auf der Promenade entlangspazieren? Wir könnten x-beliebige Touristinnen sein. Kommt.« Sie setzte sich in Bewegung.

»Ich rufe nur schnell Tess und Sam an«, verkündete

Thebes und nahm ihr Handy aus der Tasche, »um zu sagen, dass wir gut angekommen sind.«
»O ja, das musst du tun«, gab Effie zurück. »Die beiden machen sich bestimmt *unheimliche* Sorgen.«
Thebes zog die Nase kraus. »Sehr komisch. Ich habe versprochen, mich zu melden.«
»Ich bin mir sicher, dass sie auf deinen Anruf warten«, erklärte Effie feierlich.
Sie hatte sich mit Ivordog, der an der Leine zerrte, in Bewegung gesetzt und ging vor Thebes und Scilla weiter die Promenade entlang. An der Straße reihten sich mehrere kleine Geschäfte mit Blick aufs Meer aneinander: Im *Shell Shop* gab es Geschenke und Ansichtskarten, und obwohl die Oktoberluft kühl war, hingen Sandeimer, Schaufeln und Schwimmbretter in grellen Farben vor dem Laden.
Beim nächsten Geschäft waren die Fensterläden geschlossen und mit einem Vorhängeschloss versperrt. Es handelte sich um die Bücherei, die zweimal die Woche – dienstags und freitags von 10–12 Uhr geöffnet hatte. Die Parade der Geschäfte wurde durch ein Familienrestaurant, einen *Fish-and-Chips*-Shop, ein kleines Postamt und einen Händler für Schiffsbedarf fortgesetzt. Ein großes Schild wies den Weg zum Zeitungsladen und zum Lebensmittelgeschäft in der Straße dahinter. Alle Läden, auch der schäbige Friseur, dessen graue Netzvorhänge aus dem Jahr 1955 stammen mussten, boten Clotted Cream und Fondant aus Devon an. Weston Burrows war ein Küstenort wie aus dem Bilderbuch.
»Haben sie dich schon vermisst?«, rief Effie, als Thebes auf sie zukam.

Thebes grinste sie an.
»Ja, unheimlich. Tess kocht Spaghetti Bolognese«, berichtete Thebes erstaunt. »Wer hätte gedacht, dass sie das kann?«
Scilla holte die beiden ein und deutete auf ein Haus jenseits der Straße.
»Das muss es sein. Nummer elf.« Sie las den Namen auf dem Ladenschild. *»Tamarisk Tea Shop.«*
»Ziemlich reger Betrieb«, bemerkte Effie, als ein Paar herauskam und einem eintretenden Mann die Tür aufhielt. Sie musterte das hohe Gebäude. »Ein sehr schönes Haus, aus der Zeit von König Georg«, sagte sie und berührte Scillas Arm. »Das ist also dein Überraschungserbe – wirklich hübsch.«

Scilla betrachtete schweigend das Haus ihres Vaters: ein schmales Gebäude, rosa gestrichen, mit drei Stockwerken und großen Panoramafenstern in den beiden oberen Etagen. Warum er es gekauft hatte, war nicht unmittelbar ersichtlich. Aber der Name, *Tamarisk Tea Shop,* hing vielleicht mit dem Baum zusammen, den er auf seinem Grab gepflanzt haben wollte. Auch der Kuchen, verziert mit einem Tamarisken- und Myrtenmuster, den Scilla ihm vor nur einem Monat gebacken hatte, hing vielleicht damit zusammen. Sollte dieses Anwesen nun tatsächlich nur als Geldanlage dienen, oder gab es einen Grund, warum sich ihr Vater für diesen Ort entschieden hatte?
Effie dachte in dieselbe Richtung. »Glaubst du, dein Vater hat ein Haus gesucht und dieses gefunden?«, fragte sie. »Oder hat er nicht danach gesucht, und das Haus hat ihn gefunden?«

»Ihr bleibt hier«, ordnete Scilla an. »Ich gehe rüber und werfe einen Blick durchs Schaufenster.«
Unauffällig schlenderte Scilla an der Teestube vorbei und spähte durch das große Fenster, das größtenteils durch üppige Vorhänge verdeckt war. Drinnen war es nicht sehr hell, aber es schien viel los zu sein. Sie erhaschte einen Blick auf eine große, schlanke Frau, die sich mit einem Tablett zwischen den Tischen bewegte. Sie hatte lange blonde Haare, gehalten von einer auffälligen Glitzerspange, und trug lose geschnittene, dunkle Kleider. Wahrscheinlich Elizabeth Sturner. Sie ging wieder über die Straße.
»Kommt, suchen wir unsere Pension. Ich könnte eine Tasse Tee vertragen.«
»Dann gehen wir doch rein und trinken Tee«, schlug Thebes vor.
»Nein, das geht nicht, wir haben einen Hund dabei«, erklärte Scilla und schlug den Rückweg ein.
»Das Merkwürdigste ist wirklich, dass sie keine Miete bezahlt hat«, bemerkte Thebes. »Es sei denn«, fügte sie mit leuchtenden Augen hinzu, »sie legt morgen eine Mietnachzahlung für acht Jahre vor. Stellt euch das vor, wäre das nicht super? Du wärst reicher denn je.«
»Ein wunderbares Haus«, seufzte Effie. »Ich würde es auf der Stelle kaufen, wenn ich das Geld hätte. Ich hätte nichts dagegen, hier zu leben, mir gefällt's.« Sie wandte sich an Scilla. »Bist du nicht froh, dass du hergekommen bist?«, fragte sie. »Es wäre doch Irrsinn gewesen, das Haus zu verkaufen, ohne es vorher angesehen zu haben.«
Am nächsten Morgen war Scilla nicht mehr so sicher,

ob Effie recht hatte. Irgendwie war ihr nicht wohl in ihrer Haut, als sie in diskretem Abstand von Nummer elf auf den Makler wartete.

»Mrs. Learmonth?« Ein Mann in mittleren Jahren tauchte neben ihr auf. Er trug eine Breitcordhose, ein Flanellhemd und ein Tweedjackett – Kleidung, wie sie auch Scillas Vater bevorzugte –, hatte widerspenstige graue Haare und helle, freundliche Augen. »David Parker«, stellte er sich vor und warf einen Blick auf ihre Schuhe aus rotem Samt mit strassbesetzten Schnallen, die original aus den zwanziger Jahren stammten. »Was für hinreißende Schuhe« – er grinste sie an –, »aber völlig ungeeignet für einen Herbsttag in Devon. Sind sie bequem?«

»Kein bisschen.«

»Sie sehen auch nicht so aus.«

»Die Form war mir wichtiger als die Bequemlichkeit.« Sie lachten einander an, und Scilla gestand sich ein, dass sie ihn auf angenehme Weise anziehend fand. Der Eingang zur Teestube war geschlossen, die Fensterläden verriegelt, und als sie klingelten, folgte keine Reaktion.

»Haben Sie die Uhrzeit mit der Pächterin vereinbart?«

»Nein, mein Anwalt.« Scilla sah auf die Uhr. »Wir sind ein bisschen zu früh dran.«

David spähte durch die Schaufenster.

»Da tut sich nichts. Ich hätte gedacht, dass sie heute Vormittag geöffnet haben. Wissen Sie was, trinken wir doch eine Tasse Kaffee im *Mariner Arms*. Ihre Schuhe passen hervorragend zu dem neuen roten Plüschteppich, den sie da haben.«

Beim Kaffee verriet David, dass Quayside Nummer elf

lange Zeit im Besitz seiner Familie gewesen sei, bis Scillas Vater es gekauft habe.

»Haben Sie meinen Vater kennengelernt?«

»Nein, nein. Ich hatte mit dem Verkauf nichts zu tun. Es hat einer entfernten Cousine gehört, und damals habe ich ohnehin in London gearbeitet. Ich bin erst vor einem Jahr wieder hergezogen. Aber ich hätte das Haus gern gekauft, als meine Cousine es angeboten hat.« Er machte ein trauriges Gesicht. »Obwohl ich nicht recht weiß, was ich damit hätte anfangen sollen. Für eine Person ist es zu groß. Es war nur eine sentimentale Regung, würde ich sagen.«

»Hat Ihre Cousine dort gewohnt, als mein Vater es gekauft hat?«

»Nein. Die oberen Stockwerke waren vermietet, und ich glaube, der Inhaber des Geschenkeladens nebenan hat das Erdgeschoss genutzt.«

»Es geht nur darum, dass mein Vater das Anwesen auf meinen Namen gekauft hat«, erklärte Scilla. »Und ich keine Ahnung habe, warum. Jetzt ist er tot, und es gibt niemanden mehr, der es mir sagen könnte. Außer der gegenwärtigen Pächterin. Vielleicht weiß sie etwas.«

»Ich bin mir sicher, dass er das Haus als Geldanlage gekauft hat«, erwiderte David entschieden. »In den letzten sieben Jahren sind die Immobilienpreise in der Gegend stark gestiegen. Als Kind habe ich dieses Haus geliebt«, fuhr David fort. »Ich wohnte mit meiner Mutter in London. Sie musste arbeiten, und ich war viel allein. Im Sommer durfte ich hier bei meiner Tante sein. Sie hat auch während des Kriegs in dem Haus eine Frühstückspension geführt. Zu ihren Lebzeiten befand sich unten ein Wohnzimmer mit Bibliothek für die Gäste. Ich glaube, sie hatten keine allzu hohen Ansprüche, es war nämlich immer dunkel und roch muffig – ich habe den Geruch geliebt –, erst viel später wurde mir klar, dass er von den feuchten, schimmelnden Büchern herrührte. Die Düfte jener Sommer und die schönen Wochen der Freiheit am Strand sind mir noch gut in Erinnerung.«

»Ist diese Cousine, von der mein Vater das Haus gekauft hat, das Kind Ihrer Tante?«

David schüttelte den Kopf.

»Nein, sie hatte keine Kinder. Die Cousine war die Nichte des Manns meiner Tante – also eigentlich nur eine angeheiratete Cousine von mir. Meine Mutter hat sich gewünscht, dass ich das Haus bekomme, aber der Mann meiner Tante wollte es seinem Zweig der Familie hinterlassen, was ja verständlich ist. Dennoch habe ich das Haus immer sehr gemocht.« Er stand auf. »Kommen Sie, versuchen wir es noch einmal.«

Als sie wieder vor dem Haus standen, öffnete immer noch niemand.

»Das verstehe ich nicht. Ich habe angerufen, bevor ich in London losgefahren bin, um den Termin …«

»Scilla, meine Liebe?« Eine ältere Frau eilte auf sie zu. »Sie sind doch Scilla, o ja, Sie müssen es sein. Ich bin Elizabeth, Elizabeth Sturner. Es tut mir so leid, dass ich nicht da war.«

Elizabeth Sturner war nicht die große, zart gebaute Frau, die Scilla gestern beim Servieren beobachtet hatte – diese Frau war erheblich älter, hatte kurzes, dichtes graues Haar, dunkle Augen und einen großzügigen

Mund, der den Eindruck erweckte, als könnte sie jederzeit loslachen. Obwohl sie etwas rundlich war, wirkte sie in ihrem maßgeschneiderten Rock und der Strickjacke elegant. Scilla war überzeugt, dass Elizabeth Sturner in ihrer Jugend eine bildschöne Frau gewesen war.

»Ich war nur kurz draußen, und da traf ich eine etwas gebrechliche ältere Freundin, die Hilfe brauchte, um wieder nach Hause zu kommen.« Elizabeth kramte in ihrer Tasche, während sie sprach. »Es tut mir so leid, Sie halten mich bestimmt für sehr unhöflich.«

Offenbar war Scillas Pächterin, die unter tausend Entschuldigungen mit zitternder Hand die Tür aufsperrte, äußerst nervös. »Normalerweise bieten wir im Café natürlich ein Frühstück an, aber ich dachte mir, heute Vormittag mache ich nicht auf, damit Sie sich in Ruhe umsehen können.« Ihre Stimme bebte.

Im Flur stellte Scilla David Parker und Elizabeth Sturner einander vor, und sie schüttelten sich die Hand.

Elizabeth wandte sich Scilla zu, die entsetzt sah, dass in den Augen der älteren Frau Tränen glänzten.

»Sie wissen gar nicht, wie ich mich freue, dass Sie hier sind.« Sie legte ihre Hand auf Scillas Arm und hielt ihren Kopf schräg. »Ich habe das Gefühl, dass ich so viel über Sie weiß. Ihr Vater hat oft von Ihnen gesprochen.«

Es trat eine kurze Pause ein, Scilla nickte und musste plötzlich selbst gegen die Tränen kämpfen.

»Es tut mir leid«, sagte sie und fasste sich. »Ich wusste nicht, dass Sie meinen Vater gekannt haben, ich … ich dachte, Sie seien nur eine Pächterin.«

»O nein, ich kannte Ihren Vater und Ihre Mutter, lange bevor Sie geboren wurden …«

»Miss Sturner, ich glaube, wir sollten jetzt weitermachen, ich bin schon spät dran«, schaltete sich David Parker ein. Seine Stimme klang laut in dem kleinen Flur. Er sah demonstrativ auf die Uhr, warf Elizabeth einen verärgerten Blick zu und schob Scilla in Richtung des Treppenhauses, wobei er die Pächterin geschickt ausschloss.

»Ich wusste nicht, dass sie eine alte Freundin meines Vaters ist«, flüsterte Scilla ihm zu, als er sie ins oberste Stockwerk führte.

»Nein? Sie sollten sich dadurch nicht beeinflussen lassen. Es geht darum, dass Sie einen fairen Preis für das Anwesen bekommen.« Oben angelangt, öffnete er die erste Tür auf dem Treppenabsatz.

»Diese Schlafzimmer haben immer Sonne – schöne große Fenster, sehen Sie?«

»Das hier ist mein Lieblingszimmer.« David zeigte ihr einen kleinen Raum mit Dachschräge. »Man könnte es als fünftes Schlafzimmer bezeichnen, wenn Sie ein kleines Kind oder einen Zwerg hier unterbringen wollen. In der Kammer habe ich geschlafen, solange ich noch reingepasst habe.«

Scilla warf einen Blick in die Kammer.

»Hier hat ja nur ein Bett Platz.«

»Stimmt, aber ich hatte ein Klappbett, man konnte es in einer Art Schrank verschwinden lassen. Ich habe es sehr gemocht.«

Scilla trat ans Fenster, das auf einen Garten blickte. »Unglaublich, wer hätte gedacht, dass sich hinter dem Haus ein so großer Garten versteckt?« Scilla schaute auf den Garten ihrer Träume hinaus: Ein Kiesweg führte um Staudenblumenbeete herum bis zum Ende, wo eine kleine Hütte mit breitem Vordach stand.

»Von hier aus sieht man es nicht, aber die Hütte ist mit Meeresmuscheln aller Art bedeckt«, erklärte David. »Sie sind bestimmt nicht abgefallen. Meine Tante nannte sie ihren Gartenpavillon. Und außerdem« – seine Stimme wurde ehrfürchtig – »ist da noch die Tamariske.«

Er deutete auf die Mitte der Wiese, wo ein knorriger Baum stand, dessen Stamm gespalten und wieder zusammengewachsen war wie bei einem alten Olivenbaum. Seine kahlen Äste reckten sich über den Rasen.

»Wissen Sie, was es mit der Tamariske auf sich hat?« David, der das Fenster öffnete und sich hinauslehnte, wartete Scillas Antwort nicht ab. »Sie ist der Baum des Lebens und hat ganz besondere Eigenschaften. Im Frühling sind ihre Zweige mit weichen rosafarbenen Blüten bedeckt, später ist das Laub wie ein Hauch von Hellgrün. Wirklich sehr schön.« David konnte sich nicht losreißen. »Meine Tante hat immer gesagt, sie sei ein Zauberbaum, und wenn man in der Sonnwendnacht darunter sitzt, würden alle Menschen, die man verloren hat, kommen und bei einem sitzen.«

David schloss das Fenster. »Außerdem gibt es noch vier geräumige Schlafzimmer«, erklärte er, nun wieder ganz der Immobilienmakler, »und ich nehme an, das Badezimmer wurde auf den neuesten Stand gebracht.«

Scilla blieb am Fenster stehen und dachte, wie gern sie diesen Garten besitzen würde.

Das größte Schlafzimmer, das offenbar Elizabeth gehörte, bot einen Blick auf die Flussmündung. Es wirkte sehr fraulich, kein Mann hatte hier irgendwelche Spuren hinterlassen. Alles war an seinem Platz: Toilettenartikel, Haarbürste, Bücher, einige Kleidungsstücke zusammengelegt auf einem Stuhl – nichts, was etwas über die Bewohnerin aussagte, außer einer Sammlung von Kristallen und Duftlampen auf der Kommode.

»Gehen wir nach unten. Im ersten Stock ist es genauso hell.« David legte ungeduldig die Hand auf Scillas Arm.

Scilla sah das gerahmte Foto nur aus dem Augenwinkel, als sie sich umdrehte und David folgte – es stand auf dem Nachttischchen am Fenster, eine alte Schwarzweißaufnahme von einem Baby auf einer Decke. Für einen flüchtigen Augenblick hielt Scilla den Atem an, so vertraut war ihr das Bild – es sah genauso aus wie das Foto von Carol, das ihr Vater besaß. Doch die Vernunft gewann rasch die Oberhand – wie viele Millionen Babys waren seit dem Aufkommen von Fotoapparaten auf eine Decke gelegt und abgelichtet worden?

»Hier sieht es viel besser aus«, rief ihr David aus dem Badezimmer zu. »Neu gefliest, eine moderne Dusche – was Tante Dulcie wohl dazu gesagt hätte? Sie nahm jeden Abend um Punkt zehn ein Bad.«

Sie gingen die Treppe hinunter. »Küche, Esszimmer, ein kleines Arbeitszimmer«, erläuterte David. »Und hier« – er öffnete die letzte Tür – »ist das Wohnzimmer, das ebenfalls auf die Flussmündung blickt.«

Es war ein schöner Raum, in einem angenehmen Cremeton gestrichen. Auf der taubenblauen Holztäfelung spiegelte sich das vom Meer reflektierte Licht. Scilla war begeistert von dem Zimmer. Über dem offenen Kamin hing ein Ölgemälde, das mit seinem dunklen Hintergrund und dem modernen Kieferrahmen den Raum dominierte. Scilla verschlug es den Atem, als sie das vertraute Gesicht ihres Vaters in dem Porträt erkannte. Seit Elizabeth von ihrer Freundschaft mit ihrem Vater erzählt hatte, hatte sie unbewusst darauf gewartet – auf einen Beweis, eine Bestätigung, dass ihr Vater nicht nur zu ihr gehörte, sondern auch in diesem fremden Haus heimisch war.

Schockiert über die nahezu fotografische Ähnlichkeit, riss sich Scilla von dem Gemälde los. Das Zimmer war mit einem Sofa und Sesseln möbliert, die bequem, aber ein bisschen schäbig wirkten. Die dunklen Holzmöbel waren solide, und auf dem Kaminsims standen lediglich zwei Kerzenständer und einige Uhren. Außer dem Porträt gab es in dem Zimmer nichts, was an ihren Vater erinnerte.

Ihr Blick kehrte zu dem Gemälde zurück.

»Eine Freundin von mir hat es gemalt«, sagte Elizabeth Sturner, die hinter ihnen stand. »Ein gutes Porträt, nicht wahr? Als Vorlage diente ein Foto.«

Scilla, die sich umdrehte, sah erstaunt, wie traurig das Gesicht der älteren Frau war. »Möchten Sie sich setzen?«, fragte Elizabeth und deutete auf einen Sessel.

»Ich denke, Mrs. Learmonth sollte sich noch unten umsehen«, drängte David.

»Ich brauche nur einen Moment«, erklärte Elizabeth sanft, aber bestimmt.

David runzelte die Stirn.

»Ich glaube wirklich, es wäre am besten …«

»Vielen Dank.« Elizabeth wirkte in ihrer Entschlossenheit, den Makler loszuwerden, sehr souverän.

David fand sich damit ab. »Ich warte dann draußen«, sagte er und berührte Scilla an der Schulter.

»Ich dachte mir schon, dass es ein kleiner Schock für Sie sein würde, dass Ihr Vater und ich alte Freunde waren, und ich wollte nicht, dass Sie irgendwelche falschen Schlüsse ziehen.« Elizabeth machte ein verlegenes Gesicht. Scilla brachte kein Wort heraus.

»Ihre Mutter und ich waren während des Kriegs sehr eng befreundet«, fuhr Elizabeth fort. »Wir haben in Exeter als Krankenschwestern gearbeitet, aber nach ihrer Heirat haben wir uns aus den Augen verloren. Als ich die Todesanzeige Ihrer Mutter in der Zeitung sah, schrieb ich Harry. Ich ging sogar auf Irenes Beerdigung, kam aber danach nicht zum Leichenschmaus. Damals lebte ich in Exeter, und ich lud Ihren Vater für einige Tage zu mir ein – er wirkte so einsam ohne Ihre Mutter. Nach und nach erneuerten wir unsere Freundschaft, und als er dieses Haus kaufte, kam er auf die Idee, dass ich hier wohnen und eine Teestube eröffnen sollte. So etwas hätte ich schon immer gern gemacht. Jedenfalls gefiel es ihm hier, und er war oft da.« Sie sah Scilla traurig an. »Es war sehr nett, wir haben über alte Zeiten geredet, Karten gespielt. Er hat richtige Moorwanderungen mit mir unternommen, und ich« – Elizabeth grinste plötzlich, als würde sie gleich laut auflachen –, »ich habe ihn mit dem Naturismus bekannt gemacht. Können Sie sich Harry an einem Nudistenstrand vorstellen? Aber er ist auf den Geschmack gekommen …«

»Warum hat er mir das alles nicht erzählt?« Scilla hatte nicht geahnt, dass sie sich so verletzt fühlen könnte.

»Warum hat er uns einander nicht vorgestellt, wenn er so viel Zeit mit Ihnen verbracht hat?«
Elizabeth schüttelte den Kopf, und es blieb offen, ob sie die Antwort nicht kannte oder nichts dazu sagen wollte.
»Für mich steht fest, dass er nicht vorhatte, zu sterben und Ihnen dieses Haus als Überraschung zu hinterlassen«, sagte sie schließlich. »Es ging ihm darum, das Geld gut für Sie anzulegen, so dass Sie finanziell unabhängig sind. Und das ist einer der Gründe, warum ich Ihnen einen so guten Preis dafür biete.«
Scilla saß da und hörte sich an, wie Elizabeth Sturner ihr den Verkauf schmackhaft zu machen versuchte.
»In meinem Angebot steckt auch die Miete, die ich in den letzten Jahren nicht bezahlt habe. Die Teestube ist einigermaßen erfolgreich, und ich habe jemanden, der sie für mich weiterführen würde. Ich bin zu alt, um noch einmal meine Sachen zu packen und umzuziehen, und deshalb würde ich dieses Haus wirklich sehr gern kaufen.« Fast unmerklich war ihre Stimme resolut geworden. »Wie Sie sehen, ist oben, abgesehen von dem Badezimmer, kaum etwas modernisiert worden, deshalb glaube ich nicht, dass es viele Leute gibt, die Ihnen das Haus zu dem von mir gebotenen Preis abkaufen würden.«
Sie verstummte und sah Scilla abwartend an.
»Davon bin ich überzeugt.« Scilla freute sich, dass ihre Stimme so stabil klang. »Und ich verspreche, dass ich Ihnen so bald wie möglich Bescheid sage.«
Scilla, die jetzt die Motive ihres Vaters für den Hauskauf verstanden hatte, wollte das Angebot am liebsten

sofort annehmen, abreisen und nie wiederkommen. So unschuldig die Freundschaft ihres Vaters mit Elizabeth gewesen sein mochte, sie fühlte sich keineswegs verpflichtet, die Verbindung weiter zu pflegen.

»Ich habe so viel geboten, wie ich aufbringen kann.« Elizabeth verzog ihren hübschen Mund, und Scilla wusste nicht recht, ob aus Unmut oder aus Verzweiflung. »Bitte, glauben Sie mir. Ich möchte wirklich nur hier wohnen bleiben.«

Erst als die Eingangstür hinter Scilla ins Schloss gefallen war und sie auf der anderen Straßenseite stand, ging ihr auf, dass sie die Teestube im Erdgeschoss gar nicht besichtigt hatte.

Ein Stück die Straße hinunter stieg David Parker aus seinem Wagen und kam auf Scilla zu.

»Alles in Ordnung?«

»Ja, ja, mir geht's gut. Es war nur eine Überraschung, denn ich hatte damit gerechnet, dass ich eine junge Geschäftsfrau treffe, die nur als Pächterin mit meinem Vater zu tun hatte. Dass mein Vater jahrelang eine so gute Freundin hatte, von der ich nichts wusste, war einfach ein kleiner Schock für mich.«

»Das ist begreiflich.«

»Ich finde es kränkend, dass mein Vater Geheimnisse vor mir hatte, aber andererseits« – sie zuckte die Achseln und lächelte wehmütig – »haben wir ja alle Geheimnisse.«

»O ja, das kann man sagen.« Auch David lächelte. »Nun, ich muss Ihnen sagen, dass Miss Sturners Angebot ausgezeichnet ist. Es liegt über dem Marktwert, und es kommen nur bestimmte Interessenten in Frage, weil das Erdgeschoss zur kommerziellen Nutzung zugelassen ist und die Planer in der Gemeinde zurzeit nicht geneigt sind, aus Geschäften Privaträume zu machen, weil das Dorf vom Tourismus abhängig ist. Es ist ein großzügiges Angebot. Wenn Sie nicht hierherziehen wollen, kann ich Ihnen nur raten, es anzunehmen. Es war schön, Sie kennenzulernen«, fügte er höflich hinzu.

Sie schüttelten sich die Hand, und Scilla stand da und sah ihm nach, als er die Straße überquerte und zu seinem Auto ging. Auf dem Bürgersteig kam ihm die Frau entgegen, die gestern in der Teestube serviert hatte. Scilla sah jetzt, dass sie nicht mehr jung war, ihr langes Haar war silbergrau und nicht blond, und sie war ungefähr in Scillas Alter.

David wurde auf sie aufmerksam und drehte sich um, als sie an ihm vorbeigegangen war, die Frau tat dasselbe. Zur Begrüßung küssten sie sich flüchtig auf die Wange. Scilla hatte den Eindruck, dass sie alte Freunde waren, die sich nach längerer Zeit wieder begegneten. Scilla setzte ihren Weg fort, aber aus irgendeinem Grund sah sie sich noch einmal um und bemerkte, dass die beiden in ihre Richtung schauten. Sie wandten sich sofort ab, Scilla aber beobachtete noch, wie die Frau die Tür zur Teestube aufschloss und den Immobilienmakler einließ. Erst als sich die Tür hinter beiden schloss, ging Scilla weiter die Uferpromenade entlang.

Effie verbrachte den Vormittag am Strand, wo sie Skizzen machte. Sie hatte Thebes in ihrem Hotelbett zurückgelassen und war mit Ivordog am Ufer der Flussmündung entlanggegangen. Es herrschte Ebbe, und die Boote, die am Vorabend so munter auf den Wellen geschaukelt hatten, lagen nun in unsicherer Schräglage im Sand, als schämten sie sich, ihren Bauch zu zeigen. Mit hoch aufgerichtetem Schwanz stöberte der Hund im Unterholz herum. Sie wanderten weiter, vorbei an der Rettungsstation und an der städtischen Müllhalde, bis sich die Landschaft zu weitem Grasland öffnete, das durch große Felsblöcke von einem schier endlosen goldenen Sandstrand getrennt wurde. Effie, die oben auf den Felsen stand, ließ den Blick übers Meer und die Klippen schweifen bis zu dem Dorf, das von hier aus den merkwürdigen Eindruck erweckte, in einer Felsspalte zu klemmen. Die Landschaft schien sich bis in die Unendlichkeit zu erstrecken – so gewaltig und zeitentrückt, dass sich Effie angesichts dieser Größe klein und unwichtig vorkam.

Weiter unten am Strand tobte Ivordog herum, planschte in den Wellen und schnappte nach den Möwen, die unerreichbar über seinem Kopf kreisten. Der Morgen war sonnig und frisch, und während sie dasaß und zeichnete, hin und wieder die Arbeit ruhen ließ, um Kinder zu beobachten, die unverdrossen bei dem Wind Kricket spielten, oder Spaziergänger, die mit Hunden unterwegs waren, stellte sie sich vor, wie es wäre, an einem solchen Ort zu leben. Das wäre wieder ein anderer Lebensentwurf. Sie würde in einem kleinen Cottage mit Meerblick wohnen, und ihr Leben würde einen ganz gemächlichen Gang gehen. Sie würde malen und ihre Werke in den Galerien im näheren Umkreis ausstellen. Nebenbei könnte sie Malkurse für Erwachsene geben, um ihre Rente aufzubessern … Ihre Phantasie ging mit ihr durch. Sie würde dem Landfrauenverein beitreten … und einem Buchclub … mit dem Pfarrer Sherry trinken … meine Güte, sie würde sich, wie sie es immer befürchtet hatte, in ein Ebenbild ihrer Mutter verwandeln.

»Hallo. Hallo, Sie da!« Eine hartnäckige Männerstimme schreckte sie aus ihren Gedanken auf. »In Gottes Namen« – die Stimme kam näher und klang gereizter als zuvor –, »ist das Ihr Hund?«

Effie drehte sich um und sah einen großen Mann mit grauen Haaren und strengen Augen, die so blau waren wie sein Fischerpullover. Er hielt das Ende eines langen Schals in der Hand, an dem er Ivordog, der störrisch auf dem Hintern saß, hinter sich herzog. Nach den Spuren im Sand zu schließen, hatte Ivordog den Großteil des Weges von der Flussmündung bis hierher auf diese Weise hinter sich gebracht.

»Ach, so ein Mist, ja.« Sie stand auf. »Tut mir leid, was hat er angestellt? Hat er Unfug gemacht? Das ist mir wirklich unangenehm.«

Der Mann wartete mit zusammengekniffenem Mund ab, bis sie aufhörte zu plappern. Er wirkte ziemlich ungehalten.

»Ich habe ihn da oben im Wasser gefunden. Er hat Enten gejagt. Was der dumme Hund aber nicht weiß, ist, dass die Kabbelung dort sehr heftig ist und er auf Lundy Island hätte landen können.« Er wies auf seine nassen Beine. »Ich habe ihn auf Kosten meiner Hose gerettet. Jemand hat gesagt, er könnte Ihnen gehören.«

»Er heißt Ivordog«, erklärte Effie.
»Aha. Ich hatte auch einmal einen Hund«, bemerkte er ernst und sah zu, wie Ivordog sein Frauchen begrüßte. »Halten Sie ihn lieber vom Fluss fern, oder Sie haben die längste Zeit einen Hund gehabt.«
Effie zuckte zusammen.
»Tut mir leid. Ich bin Effie Washington. Vielen Dank, dass Sie ihn mir gebracht haben.«
»Ich bin Martin Hepple. Gern geschehen.«
»Die Sache ist die, er ist nicht gerade folgsam.«
»Das kann man wirklich nicht behaupten«, stellte Martin fest. »Machen Sie hier Urlaub?«
»Sozusagen. Eine Freundin von mir schaut sich ein Haus im Dorf an.«
»Sie sucht wohl ein Feriendomizil.« Er schnaubte missbilligend.
»Genauer gesagt, verkauft sie das Haus.« Effie, die sich über den Mann ärgerte, machte Ivordog los und gab Martin seinen Schal zurück. »Das Café am Kai«, erklärte sie kühl. »Herzlichen Dank.« Sie wartete darauf, dass er ging, aber er blieb stirnrunzelnd stehen.
»Hausnummer elf, meinen Sie?«, fragte er. »Es wird verkauft?« Offenbar interessierte ihn die Antwort brennend.
»Ich denke schon. Meine Freundin erfuhr erst, dass ihr das Haus gehört, als ihr Vater starb.«
Martin Hepple runzelte die Stirn. »Wirklich merkwürdig.«
Effie stand so anmutig auf, wie es ihre Gummistiefel und der lange Samtrock erlaubten.
»Noch mal herzlichen Dank, dass Sie meinen Hund ge-

rettet haben.« Sie bemerkte, dass er die Skizze betrachtete, die sie im Sand hatte liegen lassen.
»Zeichnen können Sie jedenfalls«, meinte er anerkennend. Wenn er lächelte, wirkte er viel angenehmer, ja geradezu gutaussehend. Aber das Lächeln verschwand so schnell, wie es gekommen war, und er blaffte Effie noch einmal an. »Passen Sie in Gottes Namen auf Ihren Hund auf. Er hätte leicht ertrinken können.«
Martin Hepple kraulte Ivordog an den Ohren und stapfte ohne ein weiteres Wort über den kiesbedeckten Hang davon.

Thebes hatte den Vormittag mit einem Buch auf ihrem Bett verbracht. Das Buch war nicht besonders fesselnd, aber sie genoss es, befreit von allen Pflichten an einem unbekannten Urlaubsort zu sein, und sie fühlte sich ganz entspannt und hatte nicht einmal mehr unter der Übelkeit zu leiden.
London und Max waren weit weg. Hier stellte sie sich nicht vor, dass er neben ihr im Bett lag, weil er mit diesem Ort nichts zu tun hatte – hier war Max wie ein vager Kopfschmerz hinter den Augen, zwar noch vorhanden, aber nicht aktiv. Ihr Handy auf dem Nachttisch war eingeschaltet, aber nur aus dem Grund, wie sich Thebes entschlossen sagte, damit ihre Kinder sie jederzeit erreichen konnten.
»Mum, sei ganz entspannt«, hatte Sam am Abend zuvor gemeint, als sie noch einmal zu Hause anrief. »Wir sind's auch.«
Und genau davor hatte sie natürlich Angst.
Als Effie mit dem nassen Ivordog, der ziemlich schlimm

roch, ins Zimmer stürmte, musste Thebes schlucken, um die erneut aufsteigende Übelkeit zu unterdrücken.
»Ist Scilla noch nicht wieder da?« Sie ließ sich aufs Bett fallen. »Ich habe gerade den arrogantesten Mann meines Lebens kennengelernt.«
Später unternahmen die Freundinnen einen Spaziergang zu dritt. Sie folgten einem Pfad, der vom Dorf landeinwärts führte, während Scilla von den Erlebnissen des Vormittags berichtete.
»Es ist ja schlimm genug, dass Dad das Haus gekauft hat, ohne es mir zu sagen, aber jetzt stelle ich auch noch fest, dass er jahrelang eine sehr gute Freundin hatte, die er mir verheimlicht hat.« Sie blieb oben am Weg stehen, und die drei blickten auf die Dächer der Häuser hinab, die sie hinter sich gelassen hatten.
»Glaubst du, dein Vater und diese Frau hatten eine Liebesbeziehung?«, fragte Thebes geradeheraus.
»Ehrlich gesagt, weiß ich es nicht. Sie hat von ihm gesprochen, als wäre er nur ein Freund, aber dann ist da dieses Porträt.« Scilla rieb sich die Stirn. »Das sagt doch etwas aus. Ich meine, ich habe auch kein Porträt von euch beiden in meinem Wohnzimmer hängen.«
Scilla lächelte matt, aber Thebes entging nicht, dass die Begegnung mit Elizabeth Sturner Scilla ziemlich durcheinandergebracht hatte.
»Würde es eine Rolle spielen, wenn ja?«, fragte Effie behutsam.
»Nein, ja, keine Ahnung. Sie ist sehr sympathisch, aber ich habe das Gefühl, dass Dad mich hintergangen hat, und das tut mir weh.« Sie blickte auf das Dorf hinunter. »Ich versuche, ihn mir hier vorzustellen, wie er am Kai

fish and chips isst, die Boote beobachtet, sogar schwimmt, er war ein begeisterter Schwimmer. Und« – sie lächelte ein wenig – »ich stelle ihn mir auch ohne Kleider vor. Offenbar war er Nudist geworden, deshalb wollte er nackt beerdigt werden.«

Effie quietschte vor Lachen.

»Das ist ja göttlich. Lieber Himmel, ich hoffe, dass ich meinen Kindern auch noch Überraschungen bereite, wenn ich älter bin.«

Thebes nahm Scilla am Arm.

»Vielleicht hat er dir nicht von ihr erzählt, weil er dachte, du würdest dich darüber aufregen. Das heißt, wenn sie überhaupt eine Beziehung hatten«, fügte sie hastig hinzu.

»Thebes könnte recht haben, Scilla«, meinte Effie. »Aber nach eigener Aussage ist Elizabeth erst aufgetaucht, nachdem deine Mutter gestorben war, ist das also wirklich eine so große Sache?«

Scilla ließ sich ein wenig Zeit mit ihrer Antwort.

»Nein, eigentlich nicht. Dad war erst dreiundsiebzig, als Mum starb. Nein, es geht nur darum, dass er mir von seinem Leben hier unten nichts erzählt hat.« Scilla drehte sich um und schlug den Rückweg ein. »Jedenfalls muss ich mir darüber keine Gedanken mehr machen, sobald ich das Haus verkauft habe.«

»Schade, dass du es nicht behalten und für dich nutzen kannst.« Mit einer ausladenden Geste wies Effie auf das Panorama. »Dieser Ort ist großartig, ich liebe ihn, und dir *gehört* hier ein Haus. Ich gerate in Versuchung, dir selbst ein Kaufangebot zu machen. Weißt du was, Scilla, es ist eine Schande, es zu verkaufen. Ich finde, du solltest es behalten und dieser Elizabeth Soundso vorschlagen, dass sie hierbleibt, aber eine anständige Miete bezahlt. Dann hast du in den nächsten Jahren ein gutes Einkommen, und wenn Robert in Rente geht, könnt ihr hier leben.« Effie schnippte mit dem Finger. »Alles klar, würde ich sagen.«

»Nein, nein, ich sage dir, was du tun sollst«, schaltete sich Thebes ein. »Ich meine, du solltest aus der Teestube ein feines Restaurant machen und es selbst führen. Ich wette, dein Dad würde sich freuen, wenn er wüsste, dass du dich hier unten selbständig machst. Und der Clou ist«, fügte sie mit einem Grinsen hinzu, »wenn du das tust, brauchst du nicht nach Lille zu ziehen.«

Das war natürlich nur als Scherz gemeint.

Kapitel sechs

»Dein Vater wollte ganz bestimmt nicht, dass du deine Siebensachen packst und eine Teestube am Meer führst, das kann ich mir einfach nicht vorstellen.« Robert war völlig verständnislos.

»Robert, es war doch nur eine Idee.« Scilla seufzte. Musste ihr Mann denn alles so wörtlich nehmen? »Es war ein vergnüglicher Einfall von Thebes – ein *Scherz*.«

»Dein Vater hat das Haus als Geldanlage für dich gekauft, und du solltest dir das Angebot dieser Frau nicht entgehen lassen.«

Dass er sie *diese Frau* nannte, hörte sich an, als hätte Elizabeth Sturner einen etwas zwielichtigen Ruf.

Nach London zurückgekehrt, stellte Scilla erfreut fest, dass Robert ihre Entscheidung, vorerst dort zu bleiben, akzeptiert hatte. Ohne auch nur zu erwähnen, dass sie sich ihm anschließen könnte, hatte er eine kleine Wohnung in Lille gemietet.

Aber manchmal ging es im Leben einen Schritt voran und dann wieder mehrere zurück. Während Scillas Abwesenheit hatte sich Robert nämlich eine Chance aufgetan, von der er ihr liebend gern erzählen wollte, aber er achtete sehr genau darauf, unter welchen Umständen das geschehen sollte.

»Die Freemans sind wieder im Lande.«
»Wie schön.« Scilla mochte Roberts Kollegen und dessen Frau. »Wir müssen sie zum Abendessen einladen – ich rede mit Sue. Wo wohnen sie denn?«
»Das ist es ja gerade, sie suchen in London ein Haus zur Miete …«
»Robert, du glaubst doch nicht etwa …?«
»Nein, bitte, hör zu, Schnuckelpuff«, bat er, »ich habe ihnen die Situation erklärt, und dass du noch Zeit zum Nachdenken brauchst. Sie müssen frühestens im Februar, vielleicht auch erst im März hierherziehen. Und sie würden das Haus wirklich gern nehmen …« – als er Scillas Gesichtsausdruck sah, verließ ihn der Mut – »… falls du dich entscheidest, mit mir nach Lille zu kommen«, schloss er lahm.
»Robert«, protestierte sie, »ich habe dir gesagt, dass ich mich nicht unter Druck setzen lasse …«
»Nein, nein, natürlich nicht.« Er wirkte aufrichtig zerknirscht. »Ich dachte nur, es könnte dich interessieren, dass wir, falls du nach Lille ziehen willst, das Haus an Freunde vermieten könnten.«
Nach einiger Überlegung hatte Scilla beschlossen, Laundry Cottage nicht zu behalten, weil ihr das Haus nicht sehr viel bedeutete. Außerdem hatte der Immobilienmakler in Kent inzwischen nicht nur einen ungeheuer hohen Preis für das Anwesen genannt, der Scilla zunächst völlig aus der Luft gegriffen erschien, sondern er hatte tatsächlich auch zahlungskräftige Käufer dafür gefunden. Robert hatte sich größte Mühe gegeben, seine Begeisterung nicht zu zeigen, doch Scilla entging nicht, wie hart er daran arbeitete, ihr zu gefallen.

»Mein Mietvertrag für die Wohnung läuft ab Anfang Dezember«, verkündete er eines Morgens. »Da habe ich mir überlegt, ob wir nicht Weihnachten dort verbringen könnten. Es wäre doch besser, das erste Fest ohne deinen Vater woanders zu feiern, oder? Vielleicht können wir ja auch meine Schwester überreden mitzukommen.«

Scilla fand seine Rücksicht rührend – Weihnachten in diesem Haus ohne ihren Vater und ohne Crispin wäre wirklich eine traurige Angelegenheit.

In der Woche nach ihrer Rückkehr aus Devon unternahm Scilla nichts wegen des Verkaufs des Hauses in Weston Burrows, aber sie wusste selbst nicht recht, warum. Eines Abends kam Robert auf die Sache zu sprechen.

»Ich glaube wirklich, wir« – er korrigierte sich – »*du* solltest dieser Frau so bald wie möglich Bescheid sagen, dass du ihr Angebot annimmst. Sie sitzt bestimmt schon auf glühenden Kohlen. Übrigens«, fügte er hinzu, »für Samstag in einer Woche habe ich Gäste hierher zum Dinner eingeladen.« Er sah sie traurig an. »Wie soll ich nur ohne dich ein Essen für Autoren geben?«

Leider war diese Frage absolut ernst gemeint.

Wenn Robert zu Hause war, was selten genug vorkam, schwieg er sich seltsamerweise über den Umzug nach Lille aus – obwohl Scilla bemerkte, dass er einen Reiseführer auf dem Küchenbüfett plaziert hatte. Eines Abends versuchte sie, beim gemeinsamen Abendessen ihre Wertschätzung auszudrücken.

»Danke, dass du so viel Verständnis zeigst.«

»Aber eigentlich habe ich wenig Verständnis«, gab er müde und gereizt zurück.

»Ich finde schon«, erwiderte sie. »Lille ist aufregend für dich, Robert. Es ist eine Veränderung, eine neue Stadt, eine neue Aufgabe. Aber ich sehe im Moment nicht, was Lille mir zu bieten hätte. Es hieße nur, alle meine Freunde zu verlassen, meine Arbeit, mein ganzes Leben aufzugeben, nur um wegzugehen und in einer fremden Stadt zu leben.«

»Es ist immerhin eine Herausforderung. Du redest doch ständig über Veränderung.«

»Aber ich will eine Veränderung, die *ich* arrangiert habe. Ich will mich nicht an deine Veränderung dranhängen.«

»Willst du mich verlassen?«, fragte Robert abrupt. »Geht es dir darum?«

»Nein, das habe ich nicht gesagt, Robert, warum hörst du mir nie zu …«

»Ich höre dir immer zu …«

»Du *verstehst* aber nicht, was ich sage, und zwar schon seit Jahren nicht mehr, und«, fügte sie aufrichtig hinzu und griff nach seiner Hand, »anscheinend habe ich auch verlernt, wie man richtig zuhört.«

Schweigend saßen sie da, und Scilla betrachtete ihre und seine Hand, beide mit Leberflecken gesprenkelt.

»Mir geht es ganz bestimmt nicht darum, dich zu verlassen«, sagte Scilla mit fester Stimme und sah ihren Mann an. »Absolut nicht. Ich weiß nicht, was ich will, aber ich möchte etwas anderes machen, etwas, das mit *mir* zu tun hat. Bitte versuch, das zu verstehen«, bat sie mit trauriger Stimme.

Das offene Fenster mit dem gesplitterten Rahmen bemerkte sie nicht. Auf den Gedanken, dass in ihrem Haus nicht alles in bester Ordnung war, kam Effie erst, als sie die Eingangstür nicht öffnen konnte – offenbar war sie von innen verriegelt, aber sie wusste genau, dass weder ihre Mieter noch Eric da waren. Sie stand mit Ivordog und ihrem Rucksack auf der Schwelle und rief die Polizei an. Eine enttäuschende Heimkehr aus Devon.

»Sie sollten über Sicherheitsvorkehrungen an der Gartenseite des Hauses nachdenken, Mrs. Washington.« Der Polizist wischte Ziegelstaub und Geißblattlaub von seiner Uniform, als er ihr von innen die Haustür öffnete. »Anscheinend sind die Einbrecher mühelos durch das Küchenfenster eingedrungen.« Er führte sie durch den Flur, als wäre er der Gastgeber.

»Ich fürchte, sie haben ein schreckliches Chaos angerichtet. Diese Ganoven haben keinerlei Anstand.«

Bei einem Rundgang durchs Haus strengte sich Effie an, dem Beamten aufzuzählen, was alles fehlte. Abgesehen vom Schlafzimmer der Mieter, das gewiss ordentlich gewesen war, bevor die Einbrecher es auf den Kopf gestellt hatten, herrschte im Rest des Hauses das ursprüngliche Durcheinander, das sie drei Tage zuvor zurückgelassen hatte. Folglich war auf den ersten Blick schwer zu erkennen, was die Diebe gestohlen hatten. Der Gesetzeshüter war so freundlich, über das Eingeständnis ihrer Schlampigkeit zu lachen.

»Wahrscheinlich haben sie gedacht, es wären vor ihnen schon Einbrecher hier gewesen.«

Sie hatten nicht viel mitgenommen: den Fernseher, den

Computer, vermutlich Erics Computerspiele, ein wenig Silber aus den hinteren Winkeln des Küchenschranks und den DVD-Spieler ihrer Mieter mit den Schwulenpornos. Außerdem hatten sie Erics Gras aus der Dose auf dem Kaminsims mitgehen lassen, was Effie dem Polizisten aber lieber verschwieg.

Den Einbruch, so unmittelbar nach ihrem angenehmen Urlaub am Meer, sah Effie als eine Art Zeichen. In Devon hatte sie einen Vorgeschmack davon bekommen, wie ein anderes Leben aussehen könnte. Als sie sich in ihrem Haus umsah und ein Inventar ihrer mittlerweile angesammelten Besitztümer aufzustellen versuchte, gestand sie sich ein, dass all das Gepäck, das sie sich aufgehalst hatte, sie enorm belastete. Offenbar hatte sie sich unmerklich genau in den Menschen verwandelt, zu dem sie damals in der Flowerpower-Bewegung nie hatte werden wollen – ein Mensch, dem *Dinge* etwas bedeuteten.

In dieser Nacht lag Effie wach und sann über die Zukunft nach, und am nächsten Morgen hatte sie zwar keinen konkreten Handlungsplan, nahm sich aber vor, ihre Kündigung zu schreiben, an den Direktor zu adressieren und in den Briefkasten zu werfen.

»Ich komme gerade noch rechtzeitig hier raus«, sagte sie laut zu ihrem Hund. »Denn in einem Jahr bin ich womöglich schon so weit, dass es mich stört, wenn mein Fernseher geklaut wird.«

Erst als sie am folgenden Wochenende, nachdem winterliche Kälte eingekehrt war, in ihrem Garten das Laub zusammenrechte, kam ihr eine Idee.

Noch am selben Abend rief sie Scilla an und ärgerte

sich, als sie nur die Mailbox des Handys erreichte. Sie legte auf, überlegte es sich aber anders, wählte die Nummer noch einmal und hinterließ eine Nachricht. »Pass auf, Scilla, ich habe darüber nachgedacht, was Thebes gesagt hat. Ist klar, es war nur ein Witz, aber weißt du was, es ist nur so eine Idee – wenn du sie für hundsmiserabel hältst, in Ordnung, und wahrscheinlich ist sie auch dumm, aber denk darüber nach. Wie wär's, wenn du und ich nach Devon gingen und eine Weile das Café führten? Wir könnten es nächstes Jahr im Sommer ausprobieren und sehen, was passiert ... ob es überhaupt funktioniert ...? Nur so eine Idee ...«

Dafür dass Tess und Sam für den Haushalt verantwortlich gewesen waren, war dieser erstaunlich gut in Schuss, die Katze lebte noch, und keiner von beiden war von einem dreitägigen Saufgelage gezeichnet. Natürlich war der Kühlschrank leer, verdächtigerweise waren die Fenster in allen Zimmern weit offen, und Tess' Schulsachen lagen demonstrativ auf dem Tisch – und zwar genau dort, wo sie auch bei Thebes' Abreise gelegen hatten.

Allerdings hielten die Zwillinge Neuigkeiten für ihre Mutter bereit, die wie eine Bombe einschlugen.

»Dad kommt nach London«, verkündete Sam.

»Was, etwa euer Vater?« Thebes, der von der Autofahrt noch ein bisschen übel war, kam nicht ganz mit.

Sam sah sie mitleidig an.

»Ja, *unser* Vater«, erklärte ihr Sohn, als müsse er einer geistig Minderbemittelten auf die Sprünge helfen. »Rick.«

»Aber warum? Warum kommt er nach London?«
»Keine Ahnung.« Sam zuckte mit den Schultern, als wäre der Grund unwichtig und vollkommen uninteressant. »Er hat nur gesagt, dass er kommt und dich anruft.«
»Wann?«
»Wann er kommt oder wann er dich anruft?«
»Sowohl als auch.« Allmählich wurde sie wütend. »Komm schon, Sam, was hat er genau gesagt?«
»Dass er nach England kommt und dich anruft.«
»Bringt er Lisa mit?«
»Hat er nicht erwähnt.«
Thebes setzte sich, um diese außerordentliche Nachricht zu verdauen.
»Wie hat er sich angehört?«
Sam, der anscheinend fand, dass das Thema erschöpfend behandelt war, bewegte sich in Richtung Tür.
»So wie das letzte Mal, als er angerufen hat?«
In den letzten drei Tagen der Herbstferien konzentrierte sich Thebes vor allem auf den Französischlehrplan der zehnten Klasse und kochte Gerichte zum Einfrieren. Mutlos stellte sie fest, dass hier in London der Gedanke an Max kein erträglicher Kopfschmerz hinter den Augen mehr war, sondern ein Feuerwerk von Emotionen auslöste, sobald sie auf etwas stieß, das sie mit ihm in Verbindung brachte: Musik, die sie miteinander gehört hatten, eine Kleinigkeit, die sie an ein Gespräch mit ihm erinnerte, Sex im Fernsehen, ein Ort, an dem sie sich getroffen hatten …
Tatsächlich sah sie ihn zufällig in einem Weinlokal, das nicht zu seinen Stammkneipen zählte. Er saß an einem

Tisch mit dem Rücken zum Fenster und las Zeitung, aber Thebes hätte seinen Charakterschädel überall erkannt. Sie ging an ihm vorbei, aber nach zehn Metern drehte sie sich um. Es war tatsächlich Max, der da saß. Sie kam sich ziemlich dumm vor, was sie aber nicht davon abhielt, noch einmal an dem Fenster vorbeizugehen.
Schließlich war das die Richtung, die sie ursprünglich hatte einschlagen wollen.
Thebes lockerte mit einem raschen Handgriff ihr Haar, und bevor sich die Stimme der Vernunft melden konnte, war sie auch schon eingetreten.
»Ach, hallo, Max«, rief sie mit gut gespieltem Erstaunen, wie sie fand. Er blickte von seiner Zeitung auf, und ihr Herz kam wie gewohnt aus dem Takt, als er ihr zuzwinkerte.
»Du hast dich also doch entschlossen reinzukommen?« Er deutete auf den Spiegel an der Wand vor ihm.
»Ich treffe mich mit jemandem und war mir nicht sicher, ob es hier ist oder in dem Lokal die Straße runter«, faselte sie.
»Ja, natürlich.« Er kannte sie allzu gut. »Möchtest du etwas trinken, wo du schon mal hier bist?«
»Cranberrysaft mit Mineralwasser, bitte.« Sie zog ihren Mantel aus und dankte der Vorsehung, dass sie ihren Mohairpullover mit dem schönen Ausschnitt trug.
»Um Gottes willen, trink etwas Anständiges, noch einen Gin and Tonic, bitte«, rief er dem Barmann zu. Er wandte sich Thebes wieder zu. »Wie geht's dir?« Seine Stimme klang träge.
»Immer noch schwanger.«

Sie sah den Schock in seinen Augen, ehe er sich betont lässig zurücklehnte.
»So.« Er nickte bedächtig.
»Warum sollte ich nicht?«
»Weil du zur Vernunft gekommen bist?«
»Ich habe meine Entscheidung getroffen. Du brauchst dich nicht zu beteiligen.« Sie war froh, dass Max nicht sah, wie sie unter dem Tisch die Hände zu Fäusten ballte, während sie sich um einen fröhlichen Tonfall bemühte. »Wenn du nicht willst«, ergänzte sie, um ihm eine Hintertür offenzulassen.
»Nein, das will ich nicht«, stellte Max fest und grinste.
»Und was hast du sonst noch so getrieben?«, erkundigte er sich.
»Ich war ein paar Tage in Devon am Meer …« Es hatte keinen Sinn, sie musste die Frage stellen. »Bist du denn nicht neugierig auf das Baby? Wie es ist, wem es ähnlich sieht?«
Max wirkte aufrichtig erstaunt.
»Du weißt wohl immer noch nicht, wie Männer ticken, Thebes? Männer empfinden nichts für Babys.«
»Das gilt nicht für alle.«
»Für mich schon. Mich lassen auch die Kinder kalt, die ich zu Hause habe. Wenn sie zu richtigen Menschen werden, die ihre Körperfunktionen kontrollieren können und nicht die ganze Zeit quengeln, dann werde ich bestimmt eine Bindung zu ihnen aufbauen.« Er machte ein finsteres Gesicht. »Du kennst die Abmachung, Thee, ich habe doch alles klargestellt, du stehst allein damit da. Ich ändere weder mein Leben, noch lasse ich mich scheiden, nur weil du einen überentwickelten

Fortpflanzungstrieb hast. An dein Baby werde ich keinen Gedanken verschwenden, glaub mir. Es hat Spaß gemacht, es zu zeugen, aber was mich betrifft, ist das alles.«

»Und was ist mit mir? Willst du an mich auch keinen Gedanken verschwenden?«, platzte Thebes heraus, bevor sie sich ihre Worte zurechtlegen konnte.

Er lächelte sie an.

»Du kommst schon zurecht. Du bist eine Überlebenskünstlerin.« In seiner Stimme lag eine Bewunderung, die ihr bei einem anderen Anlass geschmeichelt hätte. Jetzt war sein Tonfall einfach fehl am Platz.

»Deshalb habe ich dich immer gemocht, Thee. Ich lasse mich nicht auf Liebe ein, wie du dich erinnerst. Das habe ich dir immer gesagt. Ich mag dich, aber du bist nicht die Frau meines Lebens. Noch einen Gin?«

Eine Versöhnung mit Max in letzter Minute war also ausgeschlossen. Überhaupt konnte Thebes die Geschichte mit Max vergessen. Als sie das Weinlokal verließ, ertappte sie sich bei dem Gedanken, dass es eigentlich eine Erleichterung war, nie wieder auf einen Anruf warten oder eine bereits getroffene Verabredung absagen zu müssen.

Als sie an diesem Abend gegen die Kissen gelehnt im Bett lag und um Max trauerte, als sie spürte, wie warme Tränen aus ihren Augenwinkeln auf ihr Haar liefen, kam ihr plötzlich ein Gedanke: Sie weinte aus Gewohnheit, und im Grunde hatte die Vorfreude auf ihr Baby längst die negativen Gefühle weggespült, unter denen sie in der Beziehung zu Max so lange gelitten hatte. Als Thebes am nächsten Morgen aufwachte, war ihr zum ersten Mal in ihrer Schwangerschaft nicht übel, und sie dachte nicht an Max. Sie fühlte sich, als hätte sie sich gerade von einer schweren und langwierigen Krankheit erholt.

Das neue, erfrischende Gefühl der Unabhängigkeit ließ das Leben plötzlich rosig aussehen. Thebes erzählte buchstäblich jedem, der ihr über den Weg lief, von ihrer Schwangerschaft, weil sie ihren Stolz und ihren Enthusiasmus mitteilen wollte. Als einer der eher unangenehmen Schüler aus ihrer Tutandengruppe sie eines Tages auf dem Korridor ansprach und murmelte: »Ich glaube, Sie geben eine coole Mum ab, Miss«, dankte ihm Thebes ernst und eilte rasch weiter, bevor sie in Versuchung geriet, ihn zu adoptieren.

Es stellte sich heraus, dass die Spielregeln einer Schwangerschaft im einundzwanzigsten Jahrhundert nicht mehr ganz so locker waren wie zu der Zeit, als Thebes die Zwillinge erwartete. Jetzt gab es Bücher zu lesen, Hunderte von Ratgebern, die mit strengen Ermahnungen und langen Listen verbotener Speisen und Getränke angefüllt waren. Die Vorstellung, all diese Vorschriften der verschiedenen Mutterschaftsgurus in den Wind zu schlagen, war beängstigend. Die Lektüre fesselte sie so sehr, dass sie sich bereits innerlich darauf einstellte, die nächsten sieben Monate ausschließlich ihrer Schwangerschaft zu widmen. Aber Thebes wurde stutzig, als sie eines Abends auf eine Anleitung stieß, wie sie dafür sorgen könne, dass ihr Baby musikalisch und ausgeglichen wurde. Beim Lesen fiel ihr ein, dass Tess musikalisch war und Sam so gelassen, dass er fast im Gehen einschlief, und zwar ohne dass die beiden im

Mutterleib Mozart oder Walgesänge gehört hätten. Am nächsten Morgen spendete sie die gesamte Literatur wohltätigen Zwecken.

»Hi, Thebes. Ich bin da, wann können wir uns treffen? Es ist lange her.« Die Stimme ihres Ex-Manns am Telefon klang freundlich und hatte einen leichten amerikanischen Akzent. Sie hatte ihn vor neun Jahren zuletzt gesehen. Sam und Tess waren vor sechs Jahren auf seiner Hochzeit mit Lisa in Amerika gewesen. Hin und wieder war davon die Rede gewesen, die Zwillinge und Thebes könnten über die Ferien in die Staaten kommen, aber daraus war nie etwas geworden. Für Thebes war das keine große Überraschung. Rick hatte schon von jeher Schwierigkeiten gehabt, seine Versprechungen zu halten.

Doch der Rick, der schließlich an Thebes' Tür läutete, sah aus wie ein anderer Mensch – offensichtlich hatte er die Kurve gekriegt. Bei ihrer letzten Begegnung war er leichenblass, schmuddelig und bekifft gewesen. Jetzt trat ein typischer Amerikaner mittleren Alters ein – mit rundem, faltenlosen Gesicht und einer unnatürlichen Bräune. Außerdem verdiente er nicht schlecht und hatte den Alkohol aufgegeben.

»Lisa hat mich zu den Anonymen Alkoholikern geschickt«, verkündete er.

Thebes hatte sich gefragt, wie die Zwillinge ihrem Vater begegnen würden, der in den letzten sechs Jahren nur gelegentlich einen Scheck geschickt und ziemlich selten angerufen hatte. Aber das erste Treffen lief nach anfänglicher Schüchternheit ganz gut. Thebes spürte förmlich, wie ihre Kinder allmählich auftauten, als ihnen klarwurde, dass ihr Vater mit guten Absichten kam. Im Lauf des Abends war es, als entdeckten alle vier, dass sie auf ihre Weise immer noch eine Familie waren.

»Wir sind mindestens bis zum Sommer hier«, erklärte Rick. »Wir haben uns schon eine Wohnung genommen. Lisa kann es gar nicht erwarten, euch alle besser kennenzulernen, ihr müsst unbedingt zum Essen kommen. Lisa kocht phantastisch.« Er knuffte Sam am Arm. »Aber ich warne euch schon mal vor, es gibt kein Junkfood. Wir essen kaum Fleisch, und tierische Fette und Zucker kommen bei Lisa nicht ins Haus.«

Kein Wunder, dass Rick so stramm und gesund aussah. Schön für Lisa.

»Ich habe es doch noch geschafft.« Er grinste Thebes entwaffnend an, und sie erinnerte sich, dass sie diesen Mann einmal gemocht hatte, und es sah so aus, als könnte sie dieses Gefühl wiederbeleben.

Als Thebes' Schwangerschaft zur Sprache kam, schien sich Rick aufrichtig zu freuen.

»Wirklich? Das ist großartig, ich wusste gar nicht, dass du eine Beziehung hast.« Er schaute sich um, als erwartete er, dass der Vater von Thebes' Kind plötzlich aus dem Küchenschrank trat.

»Ein Kind allein aufzuziehen kann ganz schön hart werden«, sagte er, als sie ihm die Situation erklärt hatte. »Aber was rede ich da?« Rick lächelte seine beiden Kinder schuldbewusst an. »Wenn ich ehrlich bin, hat eure Mum euch beide auch allein großgezogen, sogar als ich Trottel noch hier war. Und schaut euch an, wie großartig ihr euch entwickelt habt!«

Ein paar Tage später sah Thebes Lisa zum ersten Mal und begriff sofort, wie es ihr gelungen war, Rick auf den rechten Weg zu bringen. Lisa sah zwar jung und kuschelweich aus, aber ihr perfekt proportionierter Körper wurde von einem Rückgrat aus Stahl aufrecht gehalten.

»Ich habe zu Rick gesagt«, erklärte sie mit schwerem Südstaatenakzent, »entweder reißt du dich zusammen, oder die Sache ist gelaufen. Ich brauche einen Mann, auf den ich mich hundertprozentig verlassen kann.«

Außerdem hatte sich Lisa vorgenommen, mit ihnen allen Freundschaft zu schließen.

»Ist es nicht phantastisch, dass wir hier sind? Wir können eine richtige Familie sein.« Und sie lächelte so aufrichtig, dass es Thebes warm ums Herz wurde.

»Und das mit deinem Baby finde ich so spannend«, gestand Lisa. »So ein Glück, dass du Kinder hast, Honey – und jetzt ist noch eine kleine späte Überraschung unterwegs. Das ist einfach wunderbar. Weißt du« – ihre Stimme wurde leiser –, »ich wollte nämlich nie selbst ein Baby. Ich werde einfach nicht damit fertig, was das für Folgen für meinen Körper hätte.« Sie musterte Thebes rasch, und es wurde klar, was sie meinte, aber sie war so freundlich und offen, dass Thebes ihr nicht böse sein konnte. »Ehrlich gesagt«, bekannte Lisa, »muss ich zugeben, dass mir die ganze Geschichte ziemliche Angst machen würde.«

»Was ist mit Rick? Will er denn kein Baby mit dir?«

»Nein, wirklich nicht, er ist cool. Aber wir freuen uns beide für dich. Wir wollen dich unterstützen und Anteil nehmen.«

Von diesem Augenblick an stand fest, dass Lisa die Absicht hatte, Thebes auf ihrer Schwangerschaft zu begleiten. Es verging kein Tag, an dem sie nicht anrief und meldete, dass sie auf neue medizinische Tipps oder unverzichtbare Vitamintabletten gestoßen war. Sie erbot sich, mit Thebes einen Yogakurs zu besuchen, und sie zog los und kaufte all die Bücher, die Thebes weggegeben hatte, noch einmal – innerhalb von Tagen wusste Lisa mehr über das Baby als seine Mutter. Und seltsamerweise hatte Thebes gar nichts dagegen. Lisa strahlte eine mädchenhafte, unschuldige Vorfreude aus, die ansteckend wirkte. Mit ihr machte es Spaß, schwanger zu sein. Offenbar hatte Lisa hier ihr Ersatzbaby gefunden, und sie war entschlossen, jeden Schritt auf dem Weg mit Thebes zu gehen. Sie plante mit ihr die Geburt, sprach mit ihr über das Kind – machte eine Person aus ihm, die bereits als Mitglied der Familie zu ihnen allen gehörte.

Thebes überlegte ernsthaft, ob sie Lisa bitten sollte, bei der Geburt dabei zu sein.

»Wäre es nicht sonderbar, wenn ich die Frau meines Ex-Manns dabeihätte?«, fragte sie Effie.

»Nicht sonderbarer als die Entscheidung, das Baby zu bekommen«, gab Effie zurück.

Als Scilla Effies Botschaft auf dem Handy abhörte, war ihr erster Gedanke, die Nachricht zu löschen und die Idee zu vergessen. Die Nachricht zu löschen war ein Tastendruck, aber Effies Vorschlag ließ sich nicht so leicht abschütteln – er blieb im Hintergrund und wollte einfach nicht verschwinden.

»Es war nur so eine Idee.« Effie drängte nicht. »Ich habe beschlossen, zu Ostern aufzuhören, egal was passiert – meine Kündigung habe ich schon eingereicht. Aber das mache ich für mich, denn wenn ich jetzt nicht gehe, mumifiziere ich mich für den Rest meines Arbeitslebens im Kunstsaal. Wenn wir das Café übernehmen, wunderbar, aber es muss nicht sein. Ich finde schon etwas anderes, was ich in meinem ›Freijahr‹, wie meine Mutter es nennt, machen kann. Wenn ich das nächste Jahr ›frei‹ sein soll, weiß ich allerdings nicht, wie sie sich den Rest meiner Jahre vorstellt.«

Scilla fand es erstaunlich, wie lässig Effie *»wenn wir das Café übernehmen«* sagte, als wäre es die leichteste Sache der Welt. So dargestellt, schien die Idee nicht nur in den Bereich des Möglichen zu rücken, sondern hörte sich sogar ganz vernünftig an.

Auch glaubte sie die Antwort auf die Frage gefunden zu haben, warum ihr Vater das Haus am Kai ausgesucht hatte, und sie befand sich in einer Schachtel mit Andenken, die aus Laundry Cottage stammte. Mit seiner gewohnten Vorliebe für ordentliche Beschriftung hatte ihr Vater ein G für Gefühl auf die Schachtel gemalt, und darin befanden sich, muffig und angestaubt, sein altes Marineabzeichen, eine Pfeife, die Scilla ihn nie rauchen sehen hatte, und ein alter Füllfederhalter. Außerdem entdeckte sie zwei Briefe ihrer Mutter, die aus ihrer Zeit als Krankenschwester im Krieg stammten, und einen kleinen Stapel Schwarzweißfotos, die ihre Eltern gemacht hatten, bevor Carol und Scilla zur Welt gekommen waren. Scilla breitete die Fotos auf dem

Tisch aus und verbrachte eine Weile damit, über das Leben ihrer Eltern vor ihrer Zeit nachzudenken – bevor sie eine Familie wurden, bevor ihre Schwester und sie die Eltern zu Erwachsenen machten. Erst als sie die Bilder wieder einsammelte, fiel ihr auf, dass zwei aneinanderklebten. Vorsichtig löste sie sie voneinander, so dass nur das untere an der Ecke ein wenig beschädigt wurde.

Es war nicht Scillas Art, sich Dinge einzubilden oder irgendeine tiefere Bedeutung in Ereignisse hineinzudeuten, aber sogar sie hatte den Eindruck, dass es einen Grund geben musste, warum ihr gerade dieses Foto in die Hand fiel. Es zeigte ihre Mutter und ihren Vater, er in Marineuniform, sie in der Schwesterntracht. Er hatte den Arm fest um sie gelegt, als fürchte er, dass der Wind sie entführte. An dem hohen georgianischen Haus hinter ihnen stand in Goldbuchstaben auf dem Oberlicht über der Tür *Sea View*, aber es handelte sich zweifellos um das Haus am Kai in Weston Burrows. Scilla drehte die verblasste Aufnahme um und las in der Handschrift ihres Vaters: *Pension Sea View* 1941, *glückliche Augenblicke*.

Was hatte das zu bedeuten? War das der Grund, warum ihr Vater das Haus gekauft hatte? Und waren Gefühle, auch wenn es die Gefühle ihrer Eltern waren, ein Grund, das Haus zu behalten?

Effies Idee, die sich einfach nicht verdrängen ließ, kam wieder an die Oberfläche, und Scilla ertappte sich dabei, dass sie sich ausmalte, mit Effie in Weston Burrows zu leben – eine verlockende Vorstellung, die allmählich in den Bereich des Möglichen rückte.

»Miss Sturner drängt auf eine Antwort, Mrs. Learmonth«, hatte der Anwalt, der mehrmals anrief, immer wieder gemahnt. »Allerdings ist das Anwesen offenbar sehr begehrt. Sie haben nun schon drei Angebote, und eines ist erheblich höher als die anderen.« Scilla hörte, wie er in seinen Unterlagen blätterte. »Einen Moment, ja, es stammt von einem Mr. Martin Hepple. Er ist besonders hartnäckig und bietet noch mehr als Miss Sturner. Ein weniger extravagantes Angebot stammt von einer Firma namens Fishtail, und auch ein Mr. David Parker ist interessiert …«

»Er ist Immobilienmakler …«

»Tja, auch Immobilienmakler müssen irgendwo wohnen«, bemerkte Donald Harris trocken.

»Nein, ich weiß, warum er es möchte. Es hat früher seiner Tante gehört.«

»Die Sechs-Wochen-Frist von Miss Sturners Pachtvertrag läuft bald ab. Ich glaube, Sie müssen bald eine Entscheidung treffen, Mrs. Learmonth. Und bis dahin«, fügte er missgelaunt hinzu, »werde ich diese Leute darauf aufmerksam machen, dass ich von Beruf Anwalt bin und kein Immobilienmakler.«

»Noch drei Angebote?«, sagte Robert. »Du bist in einer starken Position.« Er achtete darauf, nicht den Anschein zu erwecken, als würde er ein Mitspracherecht beanspruchen.

Scilla beschloss, mit Effie auszugehen.

»Wollen wir daruber reden, wie es deiner Meinung nach funktionieren könnte?«, fragte sie vorsichtig. »Nur um die Möglichkeiten auszuloten, damit wir sehen, ob es auch nur entfernt vorstellbar wäre, das Café

zu übernehmen.« Die Idee laut auszusprechen versetzte Scilla in Erregung, machte ihr aber auch Angst.
»Ich denke schon«, erwiderte Effie bedächtig. »Ich sehe das so. Im Februar gebe ich meine Stelle auf, dann fahren wir beide runter und investieren ein paar Wochen in die Renovierung, drücken dem Café unseren Stempel auf, und zu Ostern eröffnen wir dann mit einem Paukenschlag. Wir führen es den Sommer über, sehen, wie es geht, und ziehen am Ende der Saison Bilanz. Als wir im Oktober dort waren, hatten sie noch geöffnet, aber wenn wir die Nase voll haben, können wir schon im September schließen. Oder auch früher. Schließlich ist es dein Geschäft, und das Haus gehört auch dir.«
»Nach meiner letzten Erfahrung habe ich nie wieder darüber nachgedacht, mich selbständig zu machen.«
»Na komm, das letzte Mal hast du es doch gar nicht richtig versucht«, widersprach Effie empört.
»Es macht mir Angst …«
»Sieh es einfach als Möglichkeit, den Sommer an einem wunderbaren Ort zu verbringen.« Effie hielt den Zeigefinger in die Höhe. »Nur einen Sommer. Kein großes Unternehmen, und wenn es in die Hose geht, geben wir auf, und du verkaufst das Haus.«
Aus Effies Mund hörte sich alles so einfach und unkompliziert an.
»Und was soll für dich dabei herausspringen?« Am Morgen hatte Scilla ein Notizbuch gekauft. Es war ein Akt der Zuversicht gewesen. Jetzt holte sie es heraus. »Möchtest du Geld in das Geschäft stecken oder lieber Lohn bekommen?« Sie sah ihre Freundin an. »Um was geht es *dir,* Effie?«

Effie grinste sie an.
»Wenn ich das wüsste«, erwiderte sie unbekümmert. »Aber ehrlich gesagt, bin ich ziemlich sicher, dass ich nicht für den Rest meines Lebens eine Teestube führen möchte, das muss ich zugeben. Ich biete dir nur für eine Saison meine Dienste an, und dafür hätte ich gern Unterkunft und Verpflegung und«, sie hielt inne, »vielleicht könnte ich am Ende der Saison einen kleinen Anteil am Gewinn haben. Was meinst du?«
»Eigentlich finde ich, wenn wir offen haben und alles gut läuft, sollte ich dich anständig bezahlen, weil ich sonst keine Kontrolle über deine Arbeitszeit habe.« Der geschäftsmäßige Ton, den Scilla anschlug, überraschte sie selbst, Effie ebenso.
»Schön, in Ordnung. Du bist der Boss. Allerdings muss ich dich warnen, ich habe seit Anfang der Sechziger nicht mehr gekellnert.«
Scilla wandte sich wieder ihren Notizen zu.
»Ich sollte die Anfangsinvestitionen durchrechnen …«
»Ich glaube kaum, dass Elizabeth Soundso die ganze Kücheneinrichtung mitnimmt.«
»Aber ich weiß nicht, ob die Geräte in Schuss sind, vielleicht muss einiges angeschafft werden. Ich möchte einen richtig guten leichten Lunch anbieten, und natürlich Nachmittagstee. Aber keinen Alkohol, kein Dinner …« Sie bemerkte, dass Effie grinste. »Was ist?«
»Ich bin beeindruckt, Scilla. Offenbar steigst du ein …«
»Wir würden doch nicht etwa böse aufeinander sein oder streiten?« Die Zweifel ließen sich nie ganz unterdrücken. »Es könnte ein völliger Flop werden, und

dann stehst du mit leeren Händen da und hast den ganzen Sommer vertan.«
»Weißt du was, Scilla, mir hat Weston Burrows richtig gut gefallen. Für mich ist es einfach eine Möglichkeit, den Sommer zu verbringen. Wie du dich anschließend entscheidest, bleibt dir überlassen. Was das Geld betrifft, ich würde ja auch nichts verdienen, wenn ich eine Weltreise mache, oder? Da würde ich nur eine Menge ausgeben. Mein Lohn hat Zeit bis zum Ende der Saison. Du sorgst nur für die Verpflegung, alles andere, was ich brauche, kann ich von Erics Miete bezahlen. Ich werde ihm mein Zimmer vermieten. Das Mädchen in West Norwood hat ihm den Laufpass gegeben, also kann er sich genauso gut in meinem Haus niederlassen.«
»Ja, aber was ist mit Eric?«
»Was soll mit ihm sein?«
»Wenn er nicht mehr mit seiner Freundin zusammen ist, willst du dann nicht mit ihm den Sommer verbringen?«
»Mein Gott, nein. Außerdem hat er anscheinend schon wieder eine gefunden – in Penge. Er will nur nicht mit ihr zusammenleben. Wer möchte schon in Penge wohnen? Pass auf, Scilla, ob wir das durchziehen oder nicht, ich gehe auf jeden Fall für mindestens sechs Monate von London weg.«
Scilla kämpfte immer noch mit sich.
»Aber was ist mit all den Leuten, die Schlange stehen, um das Haus zu kaufen? Vielleicht bekomme ich nie wieder die Chance, einen so guten Preis zu erzielen.«
»Scilla«, sagte Effie eindringlich. »Denk doch einmal im Leben nicht voraus, sondern denk darüber nach,

was du *jetzt* tun möchtest. Du hast genug eigenes Geld, du hast die Gelegenheit, und« – Effie sah sie, den Kopf zur Seite geneigt, an – »ich glaube, du wünschst dir eine Veränderung. Denk darüber nach, wäre das nicht eine richtige Welle?«

Effie war eine Überredungskünstlerin.

Die Vorstellung einer eigenen Teestube in dem Haus am Kai nahm in Scillas Kopf Gestalt an, und sie ertappte sich während der Schulstunden dabei, dass sie Tagträumen nachhing. Jeden Abend schrieb sie Listen und schmiedete Pläne. Ein paar Wochen vor Weihnachten, ohne recht zu wissen, wie sie zu der Entscheidung gekommen war und warum ausgerechnet an diesem Tag, rief sie Donald Harris an.

»Es wird Sie vielleicht überraschen«, begann sie bedächtig, »aber ich habe mich entschlossen, das Haus in Devon zu behalten. Es ist nämlich so« – bei dieser ersten offiziellen Ankündigung pochte ihr Herz –, »dass eine Freundin und ich versuchen wollen, im nächsten Sommer die Teestube zu führen.«

Auf das rauhe Lachen des Anwalts war sie nicht vorbereitet. »Hervorragend, Mrs. Learmonth.« Sie konnte beinahe hören, wie er sich die Hände rieb. »Ihr Vater wäre begeistert, wenn er das hören könnte. Ich glaube, genau das hatte er sich vorgestellt …«

»Warum haben Sie mir das nicht schon vorher gesagt?«

»Weil« – seine Stimme wurde wieder so ernst wie gewohnt – »es mir nicht zustand. Er hat es nur erwähnt, als wir sein letztes Testament aufsetzten. Ich wünsche Ihnen aber von Herzen Glück.«

Und dann musste sie noch mit Robert sprechen.

»Ich wusste, dass du dort unten enden würdest«, sagte er resigniert.
»Aber du hast doch nichts von Effies Angebot gewusst, warum hast du dann vermutet, dass ich auch nur darüber nachdenke?«
Robert lächelte.
»Listen, Schnuckelpuff, deine endlosen Listen. Sogar ich konnte mir zusammenreimen, dass wir weder hier noch in Lille eine Teemaschine oder einen Brotbackautomaten brauchen.«
»Es ist einfach eine Gelegenheit, die man sich nicht entgehen lassen darf«, rechtfertigte Scilla ihre Entscheidung. »Ich habe das Geld vom Verkauf des Cottage.« Als sie sah, dass Robert sie unterbrechen wollte, schüttelte sie den Kopf. »Lass mich das noch sagen. Ich stür ze mich nicht in ein tollkühnes Unternehmen, sobald es so aussieht, als würde ich eine Menge Geld verlieren, schließe ich und verkaufe das Haus.«
»Deshalb mache ich mir keine Sorgen«, erwiderte Robert seufzend. »Ich weiß nur nicht, wie ich ohne dich zurechtkommen soll.« Er verstummte und fügte dann gepresst hinzu: »Ich werde dich vermissen, denke ich.«
Scilla hätte erwidern können, dass sie die letzten zehn Jahre damit zugebracht hatte, *ihn* zu vermissen.
»So schlimm wird es nicht«, tröstete sie ihn stattdessen. »Wenn im Oktober die Saison vorbei ist, komme ich und verbringe den Winter mit dir in Lille, und dann sehen wir weiter. Außerdem habe ich vorhin die Freemans angerufen und ihnen zugesagt, dass sie unser Haus ab Februar für ein Jahr mieten können.«
»Sehr umsichtig«, gab Robert zu. »Es ist bestimmt selt-

sam, wenn wir nicht mehr zusammenleben«, fügte er verdrossen hinzu. »Die Leute werden denken, wir hätten uns getrennt.«

Robert wirkte verletzt, und er spielte den Märtyrer, dachte Scilla mit einem Anflug von Boshaftigkeit.

»Aber da liegen sie falsch, nicht wahr?«, erwiderte sie munter.

Er tätschelte ihr den Arm, denn das taten sie beide in den letzten Jahren, wenn Gefühle aufwallten.

Scilla, die sich beschwingt und energiegeladen fühlte, rief Effie an und sprach, ohne Atem zu holen.

»Wir machen es, endgültig! Ich bin ziemlich nervös, aber ich will es wirklich tun, wenn du dir sicher bist. Ich finde, wir sollten sofort fahren, wenn du im Februar aufhörst zu arbeiten.« Als sie auflegte, waren Effies Freudenschreie noch nicht verstummt.

Donald Harris hatte alle Kaufinteressenten informiert, dass das Anwesen nicht mehr zu haben war, und Scilla entschuldigte sich mit einem kurzen Brief bei Elizabeth Sturner, dass sie sich mit ihrer Entscheidung so viel Zeit gelassen hatte. Sie ging allerdings nicht so weit, sich dafür zu entschuldigen, dass sie die Frau praktisch aus dem Haus vertrieb, und sie verzichtete bewusst darauf, ihren Vater zu erwähnen. Sie erwartete und erhoffte auch ein wenig eine Antwort – irgendwie hatte sie das Gefühl, dass es mit Elizabeth noch etwas zu regeln gab –, aber Scilla wusste nicht recht, ob sie eine Beziehung zu ihr aufbauen wollte. Eine Reaktion blieb aus, und Scilla schob den Gedanken beiseite.

Sie war überrascht, als eines Abends David Parker anrief.

»Ich hielt es für richtig, Sie anzurufen, Mrs. Learmonth«, sagte er höflich distanziert, »weil ich sichergehen wollte, dass Sie die Folgen Ihrer Entscheidung überblicken. Sie haben, glaube ich, vier hervorragende Angebote für das Haus erhalten?« Scilla fragte sich, woher er das wusste, obwohl sie ihn nicht mit dem Verkauf des Hauses beauftragt hatte. »Und Sie haben alle abgelehnt. Ich möchte Ihnen in Ihrem eigenen Interesse sagen, dass ich überzeugt bin, dass Sie später keinen so guten Preis mehr für das Haus bekommen werden. Ist Ihnen das klar?« Er flehte sie geradezu an. »Das sind alles einmalige Angebote, da bin ich mir vollkommen sicher.«

»Auch Ihres?«

»Ich fürchte schon. Sie wissen ja, warum ich so enttäuscht bin. Im Frühjahr werde ich mir dann etwas anderes suchen.«

»Das verstehe ich, und es tut mir aufrichtig leid, aber eine Freundin und ich haben beschlossen, in der nächsten Saison die Teestube zu übernehmen.«

Sie hörte, wie David nach Luft schnappte.

»Ach so.« Er wirkte völlig verblüfft. »Mir war nicht klar, dass Sie vorhaben, dort zu leben – ich dachte, Sie wollten vermieten.«

»Nein, wir freuen uns schon darauf, die Sache anzupacken.«

»Ich kenne jemanden, der sehr daran interessiert wäre, die Teestube für Sie zu führen …«

»Nein, das möchte ich selbst machen.« Scilla stellte zufrieden fest, wie selbstbewusst ihre Stimme klang. »Wir werden Ostern anfangen. Ich hoffe, Sie kommen zu unserer Eröffnung.«

Sie legte auf und betrachtete ihre Füße in den göttlichen Jimmy-Choo-Schuhen, die sie zur Feier des Tages gekauft hatte, als der Scheck für Laundry Cottage eingetroffen war. Sie hatte sich auf den ersten Blick in die Schuhe verliebt, und sie waren, fand Scilla, ein wichtiger Ausdruck der Macht.

Sie lächelte in sich hinein und sagte laut: »Ich tue, was ich will. Ich ziehe meine Schwimmflossen an.«

Teil zwei

Devon

Kapitel sieben

Weston Burrows Mitte Februar war kalt, grau und windig, und wenn sich an diesem Tag die Sonne überhaupt gezeigt hatte, so war sie bereits hinter den Hügeln verschwunden, als Scilla und Effie eintrafen. Das Dorf lag im Winterschlaf. Alle Geschäfte am Meer hatten die Fensterläden zugeklappt, so dass der Kai aussah, als hätte er die Augen geschlossen.

Scilla und Effie waren mit zwei Autos unterwegs, beide schwerbeladen und von Scilla gepackt. Effie hatte schon immer gewusst, dass Scilla gut organisiert war, aber die Effizienz und Umsicht, mit der ihre Freundin die Vermietung des Londoner Hauses, den Umzug ihres Mannes nach Lille, den eigenen nach Weston Burrows und den Transport einiger wichtiger Möbel organisiert hatte, erschienen ihr ehrfurchtgebietend.

Effie hatte nur ihre Malutensilien, ein paar Koffer mit Kleidern sowie den Hundekorb zu den Sachen, die Scilla bereits eingeräumt hatte, in ihr Auto gequetscht.

»Warum nehmen wir Kuchenformen mit?«, fragte sie. »Die Küchenmaschine verstehe ich ja noch, aber warum Holzkochlöffel und Backformen?«

»Handwerkszeug«, entgegnete Scilla mit neu gewonnenem Selbstbewusstsein. Noch bevor Effie ausgezogen war, hatten ihre Mieter das Regime in der Küche übernommen. Schon umhüllte den Toaster ein Quiltmäntelchen, und auf dem Holztisch lag ein Gingham-Tischtuch. Wie gut, dachte Effie, dass sich Eric nur selten in die Küche verlief. Sie hatte ihm das Versprechen abgenommen, seine Bierdosen und Essensreste wegzuräumen und mit seinen wilden Sitten nicht den Groll ihrer ursprünglichen Mieter zu wecken. In der Schule hatte man eine schmeichelhaft große Abschiedsparty für sie gegeben, und sie hatte eine letzte Supersexnacht mit Eric erlebt. Und als sie jetzt auf der A303 Richtung Westen fuhr, war sie bereit, sich auf ein Abenteuer einzulassen.

Scilla hatte bereits vor dem Haus am Kai geparkt, als Effie und Ivordog ankamen.

»Bist du auch an der Autobahnabfahrt in den Stau geraten? Ich dachte, wir sitzen die ganze Nacht da fest … und hast du die große Töpferei am Kreisverkehr gesehen? Da könnten wir uns Blumentöpfe für den Garten besorgen. Ich habe mich nämlich schon umgesehen, und ich glaube, wir könnten im Garten ein paar Tische für die Gäste aufstellen …«

Offensichtlich war Scilla völlig überdreht.

»Darf ich meinen Mantel ausziehen, bevor wir den Garten für die Öffentlichkeit zugänglich machen?«

Scilla sah sie reumütig an.

»Tut mir leid. Ich bin nur so aufgeregt … und ein bisschen nervös«, fügte sie unnötigerweise hinzu.

»Ich fände es besorgniserregend, wenn du's nicht wärst.« Effie bemerkte die Atemwölkchen, die im Flur entstanden, und verzichtete darauf, den Mantel auszuziehen. »Ziemlich kalt hier. Zeig mir mein neues Zu-

hause, und dann gehen wir in unsere Pension und anschließend zum Abendessen ins Pub. Einverstanden?«
Oben fanden sie erstaunlich viele Möbel vor.
»Da sind auch Betten.« Scilla öffnete eine Tür. »Wahrscheinlich könnten wir hier kampieren …«
»Ganz sicher nicht, Scilla.« Effie blies sich auf die Finger. »Es ist Winter. Wir ziehen hier erst ein, wenn die Heizung ein paar Tage gelaufen ist und dein Lastwagen mit anständigem Bettzeug eintrifft. Jetzt zeig mir den Rest.«
Effie erkannte sofort, welche Möglichkeiten das Haus bot, wunderte sich aber über die kahlen Zweige, die in allen Ecken des Raums aufgestellt waren.
»Was haben die Bäume hier verloren?«
»Es könnten Tamariskenzweige sein«, meinte Scilla stirnrunzelnd. »Im Garten steht ein Baum, anscheinend ist er beschnitten worden.« Sie schüttelte den Kopf. »Aber ich weiß nicht, warum die Zweige hier sind. Wahrscheinlich hat Elizabeth sie aufgestellt. Jedenfalls müssen sie eine Bedeutung haben. Die Tamariske taucht immer wieder auf.«
»Vielleicht ist es eine Art Willkommensritual.« Effie folgte Scilla ins Café.
»Schau, sie hat die ganzen Gerätschaften und das Geschirr dagelassen. Wie nett.«
»Ich nehme nicht an, dass Elizabeth Sturner in ihrem Alter noch irgendwo ein Café eröffnen möchte.«
»Sie hätte die Sachen verkaufen können.« Effie griff nach einem Umschlag und reichte ihn Scilla. »Für dich.«
Scilla riss ihn auf und holte eine Karte heraus.

»Viel Glück mit der *Tamariske,* alles Liebe, Elizabeth«, las sie vor.
»Lieb von ihr«, meinte Effie. »Aber bitte lass uns den Namen ändern, nennen wir es Coffeeshop und machen kein Café daraus.«
Scilla drehte die Karte um und las die Nachricht auf der Rückseite.
»Ich gehe für eine Weile ins Ausland. Darf ich Sie anrufen, wenn ich wiederkomme? Ich würde sehr gern in Verbindung bleiben.«
»Ach«, sagte Scilla enttäuscht.
»Hast du etwas anderes von ihr erwartet?«
Scilla stellte die Karte auf die Theke und zerknüllte den Umschlag.
»Nein, es ist nur so, dass ich ihr einen ziemlich formellen Brief geschrieben habe, weil ich nicht sicher war, ob ich sie näher kennenlernen will, aber jetzt, nachdem ich tatsächlich hier bin, empfinde ich das anders und würde sie gern sehen. Schließlich«, fuhr sie mit einem Seufzer fort, »ist sie der einzige Mensch, mit dem ich noch über meinen Vater und die Vergangenheit sprechen kann. Und weißt du was, ich glaube, es würde mich gar nicht mehr stören, wenn sie ein Liebespaar gewesen sind.«
»Na, offensichtlich will sie dich treffen, und sie weiß, wo du steckst.« Effie hatte das Gefühl, dass ihr die Kälte in die Knochen drang. »Ich könnte rasch einkaufen gehen, damit wir beim Auspacken etwas zu trinken haben …«
»Ich habe Tee und Milch dabei …«
»Natürlich, aber ich dachte an etwas Stärkeres. Zur Feier des Tages. Ich bin gleich wieder da.«

Beim letzten Besuch hatte Effie enttäuscht festgestellt, dass es hier nur einen kleinen Co-op gab, und keinen kuriosen Dorfladen mit einer Schinkenschneidemaschine und einem Deckel in Katzenform auf der Keksdose, wie sie gehofft hatte. Sie konnte sich zwar nach wie vor nicht für das Geschäft begeistern, aber es lag auf der Hand, dass sich das ganze Dorf zwischen den wackligen Regalen mit Obstkonserven und Putzmitteln traf. In einer Ecke des Ladens war ein trauriges Sammelsurium einheimischer Gemüsesorten und ein Tablett mit Kuchen, Pasteten und Gebäck ausgestellt – die allesamt aussahen, als würden sie jeden Morgen abgestaubt. Neben der Kasse gab es auf drei Regalen alkoholische Getränke: Wein und einheimischen Cidre zu inflationären Preisen.

»Verzeihung?« Eine Frau sprach Effie von hinten an, während sie gebückt die Etiketten im untersten Regal studierte. Effie entschuldigte sich und machte Platz, aber die Frau wiederholte: »Verzeihung?«

Effie blickte auf.

»Ja!« Die Frau sah triumphierend auf sie herab. »Ich dachte mir doch, dass ich Sie kenne. Alison Sefton« – die Frau streckte ihr die Hand entgegen – »Mrs. Washington, nicht wahr?«

Effie nickte, hatte aber keine Ahnung, wer diese Alison Sefton sein mochte.

»Ich bin die Mutter von Gemma Sefton.«

Effie richtete sich auf. Nun musste sie auf der Hut sein. Leute, die sich als Mutter von jemandem vorstellten, waren in der Regel Mütter von Schülern und erwarteten daher, sofort erkannt zu werden. Effie ließ ihre Schülerinnen geistig Revue passieren, um auf Gemma Sefton zu kommen. Es fielen ihr ein paar ein, die in Frage kamen, die unwahrscheinlichsten hingegen verwarf sie.

»Und wie geht es ihr?«, fragte sie vage.

»Sie hat eine Menge Spaß an der Uni. Ich weiß, dass Sie es natürlich gern gesehen hätten, wenn sie auf die Akademie gegangen wäre …« Effie bezweifelte das. Sie erinnerte sich recht deutlich an die wenigen Schüler, die gut genug waren, um Kunst zu studieren, und zweifelsfrei war keine Gemma Sefton darunter gewesen. »Ich meine, Sie haben so viel für sie getan, und sie hatte so gute Noten«, fuhr Alison fort, »aber wir dachten doch, dass es schade wäre, wenn sie ihre akademischen Fähigkeiten nicht ausschöpft. Sie studiert Geschichte in Leeds und macht sich sehr gut.«

»Wie schön, das freut mich.« Effie wandte sich wieder den Regalen zu, aber Alison ließ sich nicht abschütteln.

»Wir haben ein kleines Ferienhaus in Weston Burrows. Sind Sie zu Besuch hier?«

»Ich bin nicht mehr an der Schule. Im Moment helfe ich einer Freundin, die am Kai einen Coffeeshop eröffnet.«

Alison Sefton stieß einen kleinen Freudenschrei aus.

»Ach, die *Tamariske*. Wir haben gesehen, dass geschlossen ist. So ein Zufall. Die Welt ist doch klein. Sie müssen unbedingt zum Abendessen zu uns kommen. Wie nett, ich kann es kaum erwarten, es Gemma zu erzählen. Sie ist bestimmt begeistert, dass Sie hier sind.«

Das konnte sich Effie nicht vorstellen.

»Richten Sie ihr schöne Grüße aus«, erwiderte Effie und ging resolut wieder in die Hocke, um das Gespräch zu beenden.

Alison Sefton blieb hartnäckig. »Wir sollten unsere Terminkalender zusammenbringen.«
Amüsiert sah Effie vor ihrem inneren Auge, wie sich zwei Terminkalender am Kai begegneten.
»Diese Ferien bin ich schon ziemlich ausgebucht«, fuhr Alison erbarmungslos fort, »aber an Ostern kommen wir wieder. Vielleicht könnten Sie es ja in der Woche nach Ostern einrichten? Wäre das eine Möglichkeit?«
»Sagen Sie doch bitte ja«, murmelte ein Mann, der sich hinter ihr vorbeidrängte, »das würde uns alle von unserer Not erlösen, und ich käme vorbei.«
Effie trat zur Seite, und als sie aufblickte, sah sie den Rücken eines großen Mannes in einer schmuddeligen Barbour-Jacke. Er hatte die passende Mütze tief über die Augen gezogen. »Also wirklich, Leute gibt's«, bemerkte Alison gereizt und wandte sich zum Gehen. »Ich komme die Woche mal im Café vorbei, dann machen wir etwas aus.«
»Der ist nicht schlecht«, sagte sie und griff nach dem einzig anständigen Rotwein, den sie finden konnte.
Alison Sefton war offensichtlich schwer abzuschütteln, denn sie tauchte am nächsten Morgen um halb sieben neben Effie auf, als diese mit Ivordog am Kai spazieren ging, während Scilla noch im Tiefschlaf lag. Am Abend zuvor hatten sie ausgepackt und anschließend die Ankunft begossen. Als Effie nun ihre Kopfschmerzen mit frischer Luft bekämpfte, fand sie, dass es eigentlich nicht nötig gewesen wäre, alle Cidresorten auszuprobieren, die es im Pub gab.
Der Tag war grau und feucht, und die Fischerboote, die am Kai lagen, machten sich bereit, mit der Flut hinaus-

zufahren. Weiter oben in der Flussmündung sah Effie ein paar Segelboote und weit draußen die kleine gelbe Fähre, die das Dorf ansteuerte.

»Ach, Sie haben einen Hund. Der ist ja süß!« Alison Sefton trug eine Jogginghose und ein T-Shirt, ihr Gesicht war rot und verschwitzt. »Ich gehe immer gern laufen, wenn ich hier bin. Es ist viel schöner als in London. Ich laufe jeden Tag bis zur Müllkippe und wieder zurück.« Sie joggte auf der Stelle, während sie mit Effie redete. »Ich habe gestern Abend mit Gemma gesprochen. Sie sagt, dass sie in den Osterferien wahrscheinlich kommt, wäre das nicht großartig? Jetzt müssen wir den Termin festlegen ...«

»Ja, unbedingt. Aber ich muss jetzt weiter, mein Hund wird ungeduldig.« Effie sah sich hilfesuchend nach dem ungeduldigen Ivordog um, aber das treulose Biest war eine Mole hinuntergelaufen.

»Ich erinnere mich nicht, ob Sie Kinder haben«, fuhr Alison fort.

»Ja, zwei. Sie sind erwachsen.« Effie suchte nun ernsthaft nach Ivordog. Sie drehte sich um und sah einen Mann winken. Offenbar stand er auf einem Schiffsdeck, denn sie sah nur seinen Kopf mit einem Regenhut über den Kai ragen. Automatisch wandte sie sich um, weil sie vermutete, dass er die Aufmerksamkeit von jemandem hinter ihr wecken wollte.

»Hey!«, rief er und pfiff durchdringend. »Ihr Hund ist hier.«

Effie winkte zurück.

»Tut mir leid, ich muss los. Ich glaube, jemand hat meinen Hund gefunden«, erklärte sie im Gehen.

»Ja, dort drüben. Bis bald«, trällerte Alison und joggte weiter.
Effie ging zur Mole und blickte auf das Deck eines kleinen Fischerbootes hinunter. Ivordog, fest im Griff eines Mannes, der von Kopf bis Fuß in Ölzeug gehüllt war, sah winselnd zu ihr auf.
»Ich begreife nicht, wie er da hinuntergekommen ist. Normalerweise mag er keine senkrechten Leitern.«
Der Mann, der den Hund nach wie vor am Halsband hielt, kam Effie irgendwie bekannt vor.
»Natürlich kann er keine Leiter hinunterklettern, seien Sie nicht albern, ich habe ihn runtergeholt.«
Sie erkannte ihn an der despotischen Stimme. Schon die erste Begegnung mit ihm hatte mit Ivordog zu tun gehabt.
»Ach, Sie sind's«, rief sie unwillkürlich. Wie hieß er gleich wieder? Martin Soundso? »Ich glaube, wir haben uns vor ein paar Monaten am Strand getroffen. Sie haben meinen Hund vor dem Ertrinken gerettet.« Sie deutete auf Ivordog, der sich abstrampelte, um zu ihr zu gelangen.
»Tatsächlich? Ja, ich rette des Öfteren Hunde«, entgegnete der Mann nonchalant. Effie hatte den Eindruck, dass er sich recht gut an die Begegnung erinnerte. »Und jetzt rette ich Sie vor dieser widerwärtigen Frau.«
»Kennen Sie diese Alison?«
Seine Mundwinkel zuckten.
»Nicht viel besser als Sie. Ich war gestern im Laden und habe beobachtet, wie Sie versucht haben, sich zu erinnern, wer zum Teufel ihre Tochter war.« Jetzt lächelte

er breit, und sie erinnerte sich, wie sympathisch sein Gesicht wurde, wenn er das tat.
Effie kletterte die Eisensprossen hinunter, die in der Mauer eingelassen waren, und wurde von Ivordog stürmisch begrüßt.
»Wenn man seine bunte Ahnentafel bedenkt«, meinte der Mann, der das Wiedersehen amüsiert beobachtete, »würde ich sagen, dass er für das bisschen Spaniel ziemlich streng riecht.«
»Das ist nicht seine Schuld, er war im Fluss. Ich bin übrigens Effie Washington.«
»Alle Spaniel stinken. Ich bin Martin Hepple, und wenn Sie nicht mit uns fischen gehen wollen, sollten Sie lieber von Bord gehen. Die Flut kommt bald.«
Effie versuchte, mit Ivordog im Arm die Leiter hinaufzuklettern, aber der Hund, der sich offenbar auf das relativ sichere Deck zurücksehnte, zappelte wild herum.
»So ein Mist, halt doch ruhig!« Effie wandte sich unwirsch an ihren Gastgeber. »Wie soll ich ihn da hinaufbefördern?«
Der Mann wirkte amüsiert.
»Geben Sie mir den Hund, Sie klettern rauf, und ich gebe ihn Ihnen.«
»Er heißt Ivordog.«
»Ja, natürlich. Das war der Name. Ich hatte so ein Gefühl, dass er originell ist, aber er ist mir nicht mehr eingefallen. Und was machen Sie hier so?«
»Meine Freundin übernimmt die Teestube am Kai, ich helfe ihr dabei.«
Erst als sie oben war und ihm den Hund abnehmen wollte, sah sie seine entsetzte Miene.

»Ach, Sie sind das?« Sein Ärger kam aus heiterem Himmel. »Ihr Londoner Zugereisten – ihr nehmt den Einheimischen das Gewerbe weg. Was wisst ihr schon über die Gegend? Wieso bildet ihr euch ein, ihr könntet das Lokal erfolgreich führen, das frage ich mich.« Er verstummte, als suche er nach Worten, überlegte es sich aber anders und sprang wieder an Deck.

»Und baden Sie um Gottes willen Ihren Hund«, rief er. »Er stinkt ekelhaft.«

»Ich habe Sie nicht gebeten, ihn zu entführen«, schrie Effie wütend zurück. »So ein unverschämter Kerl«, brummte sie empört, als sie den Hund an die Leine nahm. »Du gehst auf keinen Fall wieder auf sein Boot, verstanden?«

Eine Weile später fand Effie ein Zeitungspaket auf der Schwelle der Teestube. Darin eingewickelt waren sechs glänzende, gut genährte Makrelen.

Die ersten Tage in Weston Burrows gruben sich für immer in Scillas Gedächtnis ein. Es war eine Zeit, in der sie das Gefühl hatte, sich selbst von außen dabei zu beobachten, wie sie dieses neue Unternehmen anpackte. Nach einem angenehmen Weihnachten in Lille hatte sie sich, nach London zurückgekehrt, ganz auf Robert und seine Bedürfnisse konzentriert. Sie bereitete das Londoner Haus für die Freemans vor, fuhr immer wieder nach Lille, um Roberts Leben zu organisieren, eine Haushaltshilfe für ihn anzulernen und für seinen Gefrierschrank zu kochen. Ihr Haus auszuräumen – Schränke und Schubladen zu leeren – war eine Katharsis für sie gewesen. Skrupellos warf sie Sachen weg, die plötzlich keine Rolle mehr in ihrem Leben spielten, und hatte dabei das Gefühl, nach und nach die Schichten abzureißen, die unbemerkt um sie herumgewachsen waren. Ihr Garten mit dem Teich würde ihr fehlen, und sie hatte einige Stunden damit verbracht, Schuhe auszuwählen, die sie nach Devon mitnehmen wollte. In dem Augenblick, als sie die verbliebenen Sachen im Keller verstaute und die Tür abschloss, holte die Realität ihres neuen Lebens sie schlagartig ein. Sie war froh, dass Robert ihre Angsttränen nicht sah. Das letzte Wochenende in London war merkwürdig gewesen. Robert war, mit Champagner bewaffnet, gekommen, um Abschied zu nehmen, und sie hatten mit einem unbehaglichen Gefühl einen Rundgang durch das Haus mit den leeren Regalen und Schränken gemacht – schon schien es jemand anderem zu gehören.

»Ich fühle mich, als würden wir auf einem Bahnsteig stehen«, hatte Scilla gesagt, und Robert nickte dazu.

»Beide gehen wir auf Reisen und sagen Lebwohl.«

Das Gefühl der Trauer, das von ihnen Besitz ergriff, ließ sich nicht vertreiben. Es fiel ihnen schwer, die rechten Worte für diesen Abschied zu finden.

Robert arbeitete gerade mit einem neuen Autor zusammen und hatte dessen Manuskript dabei.

»Ein wegweisendes Werk über die botanischen Zeichnungen des 18. Jahrhunderts, es wird dich interessieren, Schnuckelpuff, genau deine Richtung …«

»Am Ostermontag geben wir eine Eröffnungsparty für die Teestube. Zu dem Anlass kommst du doch rüber, oder?«

Später dachte Scilla, dass es an dem Abend darum gegangen war, die Ansprüche aufeinander anzumelden – beide wollten dem anderen das Versprechen abnehmen, sich noch weiterhin für das Leben des anderen zu interessieren.

Scilla hatte Roberts Lieblingsessen gekocht, und später, als sie im Bett lagen, machte Robert vorsichtige Annäherungsversuche und schob zärtlich die Hände zwischen Scillas Beine. Nach so langer Enthaltsamkeit fand es Scilla irgendwie peinlich, dass er ihren Körper berührte, sie fühlte sich unbeholfen und aus der Übung. Sie brachten es schnell hinter sich, als würde es Robert leidtun, dass er es angefangen hatte, und Scilla bedauern, dass sie sich darauf eingelassen hatte. Als es vorbei war, schlief Robert laut schnarchend neben ihr ein, und Scilla kam zu dem traurigen Schluss, dass gar kein Sex vermutlich besser war als schlechter Sex und dass alte Ehepaare einander durchaus lieben konnten, ohne es körperlich zu beweisen.

Auf halbem Weg nach Weston Burrows – irgendwo bei Taunton – ging eine Veränderung in ihr vor, und ihre Gedanken, die sich bis dahin mit der Organisation der Vergangenheit beschäftigt hatten, richteten sich auf die Zukunft. In ihrem Magen kribbelte es, als sie von der Autobahn abfuhr – es war fast die sexuelle Erregung, die am Abend zuvor gefehlt hatte.

Aber Weston Burrows war kälter und das Haus am Kai trister, als Scilla es sich vorgestellt hatte. Das Haus stand seit Monaten leer, und es musste erst einmal mit Wärme und Atmosphäre gefüllt werden. Plötzlich fühlte sie sich völlig erschöpft, und die Vorfreude, die sie empfunden hatte, als sie das Schild passierte, das Besucher in Nord-Devon willkommen hieß, war im Begriff zu verfliegen.

Dass Effie hier war, erwies sich als Segen, denn an manchen Tagen dachte Scilla, dass sie ohne ihre Freundin die Flucht ergriffen hätte und nach London zurückgekehrt wäre.

»Nur dass du ohne mich vermutlich erst gar nicht hier wärst«, gab Effie zu bedenken. »So oder so, wenn eine ältere Frau eine Teestube eröffnen kann, dann schaffen wir beide zusammen das auch.«

»Wahrscheinlich hat mein Vater ihr geholfen. Er hat immer angepackt, wenn Not am Mann war«, meinte Scilla.

In den ersten Tagen im Haus am Kai hatte Scilla das deutliche Gefühl, die Anwesenheit ihres Vaters zu spüren – sie malte sich sein Leben hier aus, aber die Details blieben verschwommen. Eine ihrer ersten Aktionen bestand darin, das dunkle Rechteck an der Wand über dem Kamin zu überstreichen, wo das Porträt ihres Vaters gehangen hatte. Ihr war jetzt klargeworden, dass es keine Rolle spielte, ob ihr Vater und Elizabeth eine körperliche Beziehung gehabt hatten oder nicht. Das Einzige, was sie wissen wollte, war der Grund für die Heimlichtuerei, und Elizabeth Sturner war die Einzige, die sie fragen konnte.

»Und damit werde ich wohl warten müssen, bis sie sich meldet.«

»Das macht sie bestimmt«, meinte Effie. »Sie hat es doch angekündigt. Könnten wir jetzt bitte diese Brokattapete entfernen, sonst bekomme ich Klaustrophobie.«

Die *Tamariske* nach eigenen Vorstellungen zu gestalten, machte eine Menge Arbeit. Sie stellten bald fest, dass in der Küche nur eine Basisausrüstung vorhanden war, die allenfalls dafür taugte, auf einem Dorffest für das leibliche Wohl der Gäste zu sorgen.

»Wir brauchen mehr als einen alten Teekessel«, entschied Effie. »Ich meine, wir sollten den Sprung in dieses Jahrhundert wagen und uns eine Cappuccinomaschine zulegen.«

»Glaubst du, wir brauchen neue Tische und Stühle?«

»Nein«, erwiderte Effie. »Wozu bin ich mitgekommen? Ich streiche sie. Wir müssen uns Gedanken über die Farbzusammenstellung machen.«

Zuweilen musste Effies Enthusiasmus ein wenig gedämpft werden.

»Weißes Porzellan«, rief Effie. »Wie langweilig. Ich könnte es bemalen.«

»Oder auch nicht«, entgegnete Scilla energisch.

Scilla und Effie machten endlose Listen, an die sich Scilla streng hielt, Effie hingegen nicht. Effies Ideen waren teilweise gewöhnungsbedürftig, aber sie war nie beleidigt, wenn Scilla widersprach.

Allerdings fand sie Effies Vorschlag gut, den Fußboden abzuschleifen und gemütliche Sofas in die Fenster zu stellen. Nach und nach entstand ein klares Bild des künftigen Coffeeshops, und im Lauf der ersten beiden Wochen fand Scilla zu ihrem Selbstvertrauen zurück.

Der Name des Lokals wurde in langen Gesprächen erörtert, an denen auch Thebes von London aus telefonisch teilnahm.

»Was ist es denn überhaupt?«, fragte sie. »Bisher war es eine Teestube, Scilla nennt es Café, und Effie spricht immer von einem Coffeeshop. Also, was ist es? Welche Identität legt ihr euch zu?«

»Die Frage ist berechtigt«, fand Scilla.

»Coffeeshop klingt schick«, erklärte Effie.

»Und meine Speisekarte ist eindeutig coffeeshopmäßig«, unterstrich Scilla.

»*Elevenses*«, rief Effie, begeistert über ihre Idee. »Es ist Hausnummer elf, also nennen wir es *Elevenses*. Ta-da.«

»Zu gekünstelt«, befand Thebes.

»Bei *Elevenses* denkt man an zweites Frühstück, wir bieten aber auch Nachmittagstee an«, widersprach Scilla, »und außerdem Lunch. Wir haben den ganzen Tag geöffnet, *Elevenses* vermittelt die falsche Botschaft.«

Thebes schlug *The Quayside Coffee Company* vor, aber Scilla und Effie hielten den Namen für etwas zu großspurig.

»Hört sich an, als importierten wir den Kaffee selbst und würden ihn nicht im nächsten Supermarkt besorgen«, meinte Scilla.

Schließlich hatte Robert die zündende Idee.

»Nennt es doch einfach *The Quays*. Das ist schlicht und einleuchtend. Was es ist, braucht ihr nicht zu sagen, das sieht man auch so.«

Vergnügt bestellte Scilla einen Schildermaler, der aus der *Tamariske* das *The Quays* machte. Von diesem Augenblick an hatte sie das Gefühl, dass der Coffeeshop wirklich ihr gehörte.

Während Effie im Erdgeschoss die Wände strich, kochte Scilla oben in der Wohnküche probehalber die Gerichte für ihre Speisekarte.

»Bitte, Thebes, komm zu uns«, bat Effie abends am Telefon. »Du musst mir helfen, Scillas Probemenüs zu vertilgen. Ich bin schon richtig fett geworden.«

Bis zur Eröffnung am Ostermontag waren es noch sechs Wochen, und schon verwandelte sich die beengend wirkende Teestube unter Effies Regie in einen modernen Coffeeshop mit cremefarbenen Wänden und grüngestrichenen Tischen und Stühlen.

»Fahr zur Hölle, Starbucks!«, rief Effie, als die beiden den frisch renovierten Raum inspizierten. »Ich glaube, diese Wand würde sich für ein Effie-Washington-Design eignen«, meinte Effie mit ausladender Geste. »Etwas Klares, Klassisches, schwarze Linien, ein interessanter Blickfang für Gäste, die auf ihr Teegebäck warten. Was meinst du?«

»Auf keinen Fall. Mir gefällt das schlichte saubere Ambiente.«

»Okay.«

Allmählich hielt der Frühling in West Country Einzug, und überall sprossen Zeichen der Hoffnung aus dem Boden. Die Schneeglöckchen im Garten waren fast verblüht, und man konnte den Krokussen und Osterglocken beim Wachsen zusehen. Vor den Läden entlang der Promenade wurden Leitern aufgestellt, und das aus dem Winterschlaf erwachte Dorf erneuerte seine Fassade. Immer wieder tauchten Besucher auf, um sich das neu gestaltete Café anzusehen.

Als Geoff Hoyland, der Inhaber des Shell Shop nebenan, vorbeikam, fand Effie, er sehe genauso aus wie der freundliche Kapitän auf der Fischstäbchenpackung.

»Ehrlich, das ganze Dorf ist die ideale Filmkulisse.«

»Sie haben also den Namen geändert«, bemerkte er mit

einem Blick auf die Ladenfront. Er pfiff durch die Zähne und schüttelte den Kopf. »Das ist ein bisschen riskant. Wenn man ein Schiff umtauft, geht es unter. Seeleute sind ein abergläubisches Volk.«

Immer noch kopfschüttelnd, ging er wieder.

Eines Abends, als Scilla von einem kurzen Strandspaziergang mit Ivordog zurückkam, tauchte David Parker auf. Er begrüßte sie offenkundig erfreut. Anscheinend nahm er es ihr nicht weiter übel, dass sie ihm das Haus am Kai nicht verkauft hatte.

»Ich bin gerade in der Gegend unterwegs, da dachte ich mir, ich sehe mal nach, wie Sie vorankommen.« Er warf einen Blick auf Scillas Füße und registrierte erstaunt ihre leuchtend bunten Gummistiefel. »Wow, das sind die richtigen Stiefel für den Strand.«

»Meine Freundin Effie hat sie für mich bemalt«, erwiderte sie lächelnd. »Ich persönlich finde, sie sehen aus, als hätte ich darauf gekotzt.« Nach einer kleinen Pause sagte sie: »Es tut mir leid, wenn Sie wegen des Hauses enttäuscht waren, aber ich glaube, ich habe die richtige Entscheidung getroffen. Ich finde es wunderbar hier.«

Ivordog zog an der Leine, Scilla ging weiter, und David begleitete sie.

»Ich hoffe wirklich, dass alles glattgeht. Wie gesagt, ich kenne eine Frau, die das Café gern für Sie führen oder auch kellnern würde, wenn Sie Hilfe brauchen. Sie kann auch kochen …«

»Nein, nein, danke. Effie und ich wollen es zu zweit machen. Möchten Sie sehen, was wir verändert haben?«, fragte Scilla impulsiv, als sie vor der Tür von Hausnummer elf standen.

David nickte und trat ein paar Schritte zurück, um die Ladenfront zu begutachten. »Ach, Sie haben den Namen geändert.«
»Ich wollte ihm unseren Stempel aufdrücken, damit es sich von der früheren Teestube unterscheidet.«
»The Quays.« Er sah Scilla an, und sie bemerkte überrascht, dass er ziemlich verstört wirkte. »Schade, dass Sie es verändert haben. Ich fand immer, dass *Tamariske* sehr gut passt.«
»Aber als das Haus Ihrer Tante gehörte, hieß es *Sea View*. Ich habe bei den Sachen meines Vaters ein altes Foto gefunden«, erklärte sie. »Er war während des Kriegs mit meiner Mutter hier. Deshalb hat er es gekauft.«
David lächelte sie an, aber es entging ihr nicht, dass seine Augen ernst blieben. Er berührte kurz und ein wenig zu heftig ihren Arm.
»Sie dürfen es natürlich nennen, wie Sie wollen.« Er spähte, die Hände schützend um die Augen gelegt, durchs Fenster. »Es sieht ja ganz anders aus. Wirklich phantastisch.«
Scilla fragte sich, warum David Parker seine Komplimente in einem so sorgenvollen Tonfall vortrug.
Nachdem sie mit den Vorbereitungsarbeiten ein gutes Stück weitergekommen waren, fuhr Scilla für ein paar Tage zu Robert, so dass Effie sich selbst überlassen blieb. Sie hätte sich gern mehr Zeit zum Malen und Spazierengehen genommen, aber sie hatte versprochen, mit der Renovierung der Coffeeshop-Küche anzufangen.
»Nicht dass ich Robert nicht sehen möchte«, hatte Scilla am Abend vor ihrer Abreise geseufzt. »Ich würde

nur einfach gern hierbleiben und das Café in Ordnung bringen. Es ist noch so viel zu tun.«

Mit dem Ausräumen der Küche kam Effie gut voran, bis sie einen Schrank unter der Theke wegrückte und die halbe Wand dahinter zu einem feuchten Schutthaufen zerbröselte. Effie, die sich, wie sie stolz behauptete, immer zu helfen wusste, verbrachte den ganzen Tag damit, den Schutt wegzuräumen, aber das klaffende Loch, das zurückblieb, stellte ein unlösbares Problem dar und würde Scilla, wenn sie heimkam, wenig Freude bereiten. Effie konzentrierte sich darauf, die restlichen Wände und Oberflächen der Küche vorzubereiten, während sie darauf wartete, dass der Stuckateur zurückrief, dessen Nummer sie aus dem Branchenverzeichnis hatte. Doch schließlich kam ihr ein unerwarteter Retter in der Not zu Hilfe. Als sie abends vom Einkaufen nach Hause ging, riss ihr die billige Plastiktüte, und die Einkäufe kullerten über das Pflaster.

»Verdammter Mist.«

»Kann ich helfen?«

Effie, die auf allen vieren Orangen einsammelte, die auf den Gulli zukullerten, blickte auf und sah einen jungen Mann vor sich. In seinen Jeans und seinem Kapuzenpullover hätte er ebenso gut ein Schüler von ihr sein können. Er ging neben ihr in die Hocke und fing das rollende Obst auf.

»Ihr seid gerade hier eingezogen, oder?« Er deutete mit einer Kopfbewegung auf die Hausnummer elf.

»Ja. Ich heiße Effie. Das Haus gehört meiner Freundin Scilla.«

»Jackson.«

»Okay. Wohnen Sie hier im Dorf, Jackson?«
»Sozusagen.« Sein Akzent klang mehr nach London als nach Devon. »Manchmal«, fügte er rätselhafterweise hinzu und reichte ihr eine Dose Hundefutter, die unter ein Auto gerollt war. »Und wann macht das Café auf?«
»Ostermontag. Wir renovieren gerade …«
»Ich mache Malerarbeiten und so etwas«, erbot sich Jackson. »Ich arbeite für jemanden in Thoroford, zurzeit renovieren wir Wohnungen für alte Leute, aber am Abend könnte ich schon noch was machen, und ich würde Sie nicht übers Ohr hauen.«
»Danke, aber mit dem Malern bin ich praktisch fertig.« Da schaltete sich Effies Gehirn ein. »Das heißt, werden Sie auch mit Löchern in Wänden fertig?«
»Klar, ich kann auch ein bisschen verputzen.«
Ein bisschen war sehr viel mehr, als Effie sich auf diesem Gebiet zutraute.
»Ich glaube, wir müssten auch einen Teil der Wand wiederaufbauen. Der Klempner soll an der Stelle demnächst die Spüle einbauen.«
»Gut, ich schau's mir mal an.«
Nach dem Prinzip, dass ein junger Mann in der Hand besser war als ein Stuckateur aus dem Branchenverzeichnis, der nicht zurückrief, zeigte Effie Jackson die Küche, und als Scilla zurückkam, hatten die beiden die Wand so weit instand gesetzt, dass der Klempner seine Arbeit erledigen konnte. Jackson gab zu, dass er sein Studium abgebrochen hatte und sich ein Jahr der Freiheit gönnte. Es schien ihn zu amüsieren, dass Effie erklärte, sie mache das auch.

Während Scillas Abwesenheit stellte sich noch weiterer Besuch ein. Die Frau tauchte eines Morgens wie aus dem Nichts in der Küche auf – sie war mittleren Alters und hatte die langen, geraden, fast weißen Haare lose mit einem schwarzen Tuch zurückgebunden. Effie bemerkte sofort die leuchtend roten Doc-Martens-Stiefel, die sie unter ihrem langen Rock trug.

»Sie sind nicht die Erbin, oder?« Die Frau betrachtete Effie stirnrunzelnd. Ihre Stimme war leise mit einem leichten Devon-Akzent.

»Wie bitte?«

»Scilla? Sie sind nicht Scilla – oder?«, fragte sie mit Nachdruck.

»O nein, ich bin nicht Scilla. Sie ist zurzeit nicht da. Ich bin ihre Freundin Effie.«

»Winsome Wetherall.« Die Frau streckte ihr eine blasse, schlaffe Hand entgegen. Effie widerstand der Versuchung, eine schnoddrige Bemerkung über den ungewöhnlichen Namen zu machen, der kaum zu dieser wenig gewinnenden Person passte, und wies auf ihre farbbekleckten Hände.

»Entschuldigen Sie, aber wie sind Sie hereingekommen?«, erkundigte sich Effie, und weil das unhöflich klang, fügte sie hinzu: »Ich hoffe nur, dass ich die Vordertür nicht offen gelassen habe. Ich habe nämlich einen Hund und möchte nicht, dass er verschwindet.«

Winsome blickte mit hochgezogenen Brauen auf Ivordog, der in seinem Korb in der Ecke der Küche lag und fest schlief.

»Gut, er ist da«, bemerkte Effie lahm.

»Ich habe geläutet, aber Sie haben nicht geöffnet, und

ich wusste, dass Sie da sind.« Sie zeigte einen Schlüssel vor. »Also habe ich aufgesperrt. Ich wollte mich vorstellen, weil ich hier arbeite.«

»Aha, verstehe – Sie *haben* wohl für Mrs. Sturner gearbeitet?« Ungerührt betonte Effie den Vergangenheitsmodus.

»Ich glaube, Sie werden in der Teestube meine Hilfe brauchen«, stellte Winsome fest, als handle es sich um eine Tatsache, die keinen Widerspruch duldete.

»Ich fürchte …« Effie wusste nicht recht, wie sie die Situation auf freundliche Weise erklären sollte, und wünschte, Scilla wäre hier, um ihr diese Aufgabe abzunehmen. »Ich kann in diesem Fall für Scilla sprechen, weil wir es gemeinsam machen. Wir brauchen keine Hilfe. Wir wollen den Coffeeshop zu zweit führen. Aber vielen Dank für das Angebot.«

»Ach.« Das Gesicht der Frau war merkwürdig ausdruckslos. »Es ist also jetzt ein Coffeeshop? Es war nämlich immer eine Teestube. Und wie ich sehe, haben Sie auch den Namen geändert.«

»Wir wollten dem Projekt eine eigene Identität geben.« Effie wünschte, es würde nicht so klingen, als wollte sie sich rechtfertigen.

»Aber das können Sie nicht machen«, entgegnete Winsome scharf. »Dieses Haus hat schon eine Identität, und die Tamariske ist der Grundpfeiler des Hauses. Wissen Sie denn nicht, dass die Tamariske der Baum des Lebens ist? Ist Ihnen nicht klar, wie wichtig dieser Baum dort draußen im Garten ist?« Winsomes Stimme wurde tief und eindringlich. »Dieses Haus *ist* die Tamariske, diese Teestube ist die *Tamariske* …«

»Tja, nun ist es ein Coffeeshop und heißt *The Quays*«, fiel ihr Effie ins Wort. Diese Sache mit der Tamariske ging ihr allmählich auf die Nerven.

»Sonnwend«, sagte Winsome unvermittelt.

»Was ist mit Sonnwend?«

»Da verwandelt sich die Tamariske tatsächlich in den Baum des Lebens. Elizabeth hat das verstanden. Sie hat alles begriffen, sie war eine wunderbare Frau. Ich hätte keine bessere Mutter haben können als sie.« Winsome sprach, als wäre sie mit den Gedanken woanders.

»Ach so«, sagte Effie überrascht. »Ich wusste nicht, dass Sie Elizabeths Tochter sind.«

»Nein … das nicht …«, entgegnete Winsome für einen Augenblick peinlich berührt. »Jedenfalls« – sie lächelte plötzlich, straffte die Schultern und sprach lebhafter –, »wenn Sie Hilfe brauchen, bitte rufen Sie mich an. Dass ich nicht hier sein kann, macht mich sehr traurig. Ich bin eigentlich Töpferin, aber ich habe immer auch hier gearbeitet, und ich kenne das Haus so gut. Es ist eine zweite Heimat für mich.« Sie zögerte, und Effie sah echten Kummer in ihren Augen. Die beiden Frauen schwiegen, und Effie bewegte sich auf die Küchentür zu, um die Besucherin hinauszubegleiten, aber Winsome schreckte auf, als hätte sie gerade an etwas gedacht.

»Ach übrigens, ich muss Ihnen noch von der Versteigerung in Thoroford nächste Woche erzählen. Da müssen Sie unbedingt hin, man kann dort sehr günstig einkaufen. Jeder geht hin, es ist wirklich ein Ereignis.« Sie ging auf die Tür zu, dann drehte sie sich um und sah Effie fest in die Augen. »Sie vergessen doch nicht, Scilla Bescheid zu sagen, oder? Ich hoffe, dass ich Sie beide dort sehe.«

Effie folgte Winsome in den Flur hinaus.

»Ich gehe auf jeden Fall, ich mag Versteigerungen.« Sie streckte die Hand aus. »Könnte ich den Schlüssel haben?« Und weil sie Mitleid mit der Frau hatte, fügte sie hinzu: »Tut mir wirklich leid, dass wir keine Arbeit für Sie haben.«

Winsome gab ihr den Schlüssel und sah sie eindringlich an.

»Ich weiß, dass Sie mich brauchen werden, wenn viel los ist«, erklärte sie zuversichtlich. »Bis dahin werde ich Ihre beste Kundin sein.« Sie trat durch die Haustür ins Freie. »Vergessen Sie die Versteigerung nicht. Dienstag um halb elf auf dem Pannier Market. Sie kommen doch, oder?«

Es war das erste Mal, dass Scilla nach einer Reise in das Haus am Kai zurückkehrte, und sie freute sich, dass sie wirklich das Gefühl hatte, heimzukommen. Eine sorgfältig getroffene Auswahl der Möbel und Bilder ihres Vaters war von Kent hierhertransportiert worden, und die Zimmer im oberen Stock wirkten jetzt vertraut und gemütlich. Ihre vier Tage mit Robert waren so … wie waren sie eigentlich gewesen? Auf dem Rückflug hatte sie überlegt und entschieden, dass gesellig das richtige Wort war. Robert hatte sich ein langes Wochenende freigenommen, und Scilla hatte bemerkt, dass es viele Jahre her war, seit die beiden die Zeit und, wichtiger noch, Lust gehabt hatten, miteinander zu sprechen. Er hatte Scilla einigen neuen Kollegen vorgestellt und geradezu stolz von dem Coffeeshop erzählt. Sie hatte für ihn gekocht, und ein-, zweimal hatten sie miteinander gelacht. Vielleicht, dachte Scilla, stimmte es doch, dass die Liebe mit der Entfernung wächst, und sie hoffte, dass dies der Anfang einer neu aufkeimenden Freundschaft mit ihrem Mann war.

Scilla wollte mit Robert darüber reden, als sie zum Flughafen aufbrach. »Ich glaube, es tut uns ganz gut, dass wir nicht dauernd zusammenstecken, was meinst du?« Aber damit war sie für ihren Mann schon zu weit gegangen.

»Nein, das kann ich nicht behaupten«, brummte er vor dem Abschiedskuss.

»Was ist passiert, während ich weg war?«, fragte Scilla sofort, als Effie sie in ihrem makellos sauberen Auto vom Bahnhof abholte.

Scilla hatte sich schon immer gewundert, dass Effie, in deren Leben es drunter und drüber ging, in ihrem Wagen immer Ordnung hielt, während Scilla, die sonst alles im Griff hatte, ihren fahrbaren Untersatz zu einem Zwischending aus Abstellkammer und schwarzem Loch mutieren ließ.

»Jeder muss sich in irgendeinem Bereich gehenlassen«, hatte Effie einmal bemerkt. »Und dein Auto ist anscheinend dein Alter Ego, Scilla.«

Effie berichtete von der Küche, von Jackson und von Winsomes Besuch.

»Tut mir leid, aber ich kann nicht glauben, dass jemand Winsome Wetherall heißt«, protestierte Scilla. »Elizabeth Sturners Tochter? Wie ist das möglich?«

»Warum nicht?«

Scilla dachte darüber nach. »Ja, warum eigentlich nicht«, stellte sie fest.
»Sie ist ein bisschen anstrengend – völlig auf Tamarisken fixiert, also war sie es wohl, die das Haus mit den Zweigen geschmückt hat. Ich hätte sie fragen sollen, aber es ist mir erst später eingefallen. Jedenfalls hat sie vor, unsere beste Kundin zu werden, und sie legt großen Wert darauf, dass wir nächste Woche auf eine Versteigerung in Thoroford gehen. Ich habe mir überlegt, dass man dort vielleicht ein paar alte Sofas für die Fensterfront bekommen könnte.«
Scilla runzelte die Stirn.
»Bist du sicher? Sollten wir nicht lieber günstige neue kaufen, das wäre doch sicherer?«
Effie tat den Einwand ab.
»Den Versuch ist es wert. Bei Versteigerungen kann ich sowieso nicht widerstehen. Offenbar sind alle darauf erpicht, dass wir hingehen. Geoff Hoyland hat mir auch schon Bescheid gesagt, und gestern habe ich diesen unhöflichen Klotz, Martin Hepple, getroffen, und er hat mir ziemlich herrisch nahegelegt, hinzugehen.«
»Hepple?« Der Name kam Scilla bekannt vor. »Bist du sicher, dass er Hepple heißt?«
»Ja, Martin Hepple, warum?«
»Ich glaube, dass ein Hepple für das Haus geboten hat.«
»Er sieht nicht so aus, als würde er eine Teestube führen wollen«, erwiderte Effie unbeeindruckt. »Also, diese Versteigerung ist anscheinend ein Ereignis. Ich weiß nicht, was es damit auf sich hat, aber man sollte sich dieses Ereignis nicht entgehen lassen. Sogar Jackson geht hin.«

»Tu mir einen Gefallen«, bat Scilla. »Widersteh bitte der Versuchung, mit diesem Jackson zu schlafen. Das Dorf ist klein, die haben hier kein Verständnis für deine Londoner Lebensart.«

»Entschuldige, ich mag sie jung, aber frisch geschlüpft? Wofür hältst du mich eigentlich?«

Später die Woche rief David Parker bei Scilla an.

»Ich wollte Ihnen nur sagen, dass Sie die Versteigerung nicht verpassen sollten, man kann da echte Schnäppchen machen, und die Waren sind meist hochwertig, einen Besuch ist es wert. Dienstag um halb elf auf dem Pannier Market. Nicht zu verfehlen.« Scilla ahnte, dass er lächelte. »Vielleicht darf ich Sie dort auf einen Kaffee oder zum Lunch einladen? Ich würde nämlich gern herausfinden, welches Schuhwerk Sie zu einer Auktion auswählen.«

»Es steht fest, dass er schwul ist«, verkündete Effie. »Welcher heterosexuelle Mann schert sich um Frauenschuhe?«

Am Dienstagmorgen herrschte in der Kleinstadt Thoroford reger Verkehr. Offensichtlich war die Auktion ein Lokalereignis mit großer Anziehungskraft – Möbel aller Art und jeden Alters stapelten sich an den Wänden der Halle, und in der Mitte waren Tapeziertische mit kleineren Gegenständen und Kisten mit allerhand Ramsch aufgestellt.

»Diese drei Sofas kommen in Frage.« Effie untersuchte die Unterseite einer Couch. Dann warf sie einen Blick ins Programm.

»Diese Partien haben die Nummern hunderteinundzwanzig, -zweiundzwanzig und -dreiundzwanzig. In einer guten Stunde müssten sie drankommen, würde ich sagen.«

Scilla war beeindruckt.

»Woher weißt du das?«

»Ich habe den Mann dort drüben sagen hören, dass der Auktionator in einer Stunde hundert Partien schafft.«

Effie ging zu einem Stapel Bilder, die an einer alten Kommode lehnten. Sie ging in die Hocke und sah sie durch. »Die Bilder sind teilweise miserabel, aber die Rahmen sind nicht schlecht. Ich werde ein paar Gebote abgeben, denke ich.«

Die Auktion begann, und Scilla beobachtete die Szene wie hypnotisiert durch die Geschwindigkeit der Gebote. In der Halle drängten sich Menschen, aber sie sah kurz David Parker, der sich an der Tür mit mehreren Leuten unterhielt. Erst als der Mann vor ihr wegging, wies Effie sie darauf hin, dass eine der Frauen in der Gruppe Winsome Wetherall war. Ein wenig später kam David auf Scilla zu.

»Tut mir leid, können wir den Kaffee verschieben?« Er sah auf die Uhr. »Ich muss los und jemandem eine stillgelegte Feuerwache zeigen«, sagte er und verdrehte die Augen. »Sie ist zum Umbau freigegeben. Aber wir treffen uns zum Mittagessen, ich rufe Sie an.«

Effie konnte tatsächlich bei Auktionen nicht widerstehen. Entsetzt beobachtete Scilla, wie ihre Freundin für Partien bot, die sie nicht einmal richtig in Augenschein genommen hatte.

»Was kann man mit einer Schachtel alter Vinylschallplatten schon falsch machen?«, meinte Effie mit leuchtenden Augen. »Das ist doch geschenkt …«

»Klar, wenn du einen alten Schallplattenspieler hast.«
Effie verschwand und tauchte einige Partien später wieder auf.
»Zehn Pfund für einen Plattenspieler. Super!« Ihre Augen blitzten vor Vergnügen. »Ich habe gerade Jackson getroffen«, berichtete sie, »er hat diese grauenhaften Gartenzwerge ersteigert, aber jetzt fährt er mit dem Bus zurück und möchte, dass wir die Zwerge für ihn mit nach Weston Burrows nehmen, damit ihnen im Bus nicht schlecht wird. Das hielt er für witzig. Anscheinend sammelt seine Schwester Gartenzwerge. Und dieser Martin Hepple ist auch hier«, sagte sie missgelaunt. »Er hat durch mich hindurchgesehen, als wäre er mir noch nie im Leben begegnet. Allmählich denke ich, hier in der Gegend sind alle durch Inzucht schwachsinnig geworden.« Effie betrachtete die Kisten, die vor ihr auf dem Tisch standen. »Haben wir die schon durchgesehen? Partieware, man kann nie wissen, was man da findet. Ich liebe diesen alten Ramsch.«
Scilla beobachtete, wie sich Effie durch die im Lauf eines fremden Lebens angesammelten Gegenstände wühlte: einstige Lieblingsspielsachen, Porzellan, von einer Generation an die nächste weitergereicht, um jetzt Teil einer anderen Familiengeschichte zu werden – die Schätze und Erinnerungen anderer Menschen.
»Schau, den muss ich haben.« Effie hielt einen ausgestopften Wilderpel mit Holzsockel in die Höhe. Sein Gefieder leuchtete noch, und die Federn waren gut befestigt.
»Den brauchst du doch nicht, Effie«, protestierte Scilla, »er hat nicht einmal mehr sein Glasgehäuse.«

»Ich wollte schon immer einen ausgestopften Vogel haben.« Effie war ganz aus dem Häuschen. Scilla streckte die Hand nach der Ente aus, deren Hals verdächtig wackelte.

»Der Hals ist gebrochen, Effie, lassen wir's«, bat Scilla. »Vergiss den Ferkelerpel.«

»Das ist es. Er heißt Ferkelerpel und wird unser Maskottchen. Ich habe mich schon verliebt.« Effie streichelte seinen geschwungenen Hals.

Scilla beklagte sich immer noch über Effies Ente – und den anderen Plunder, den sie ersteigert hatte –, als sie ein paar Stunden später in den Coffeeshop zurückkehrten, wo sie feststellten, dass das gesamte Erdgeschoss überflutet war.

Im Licht der einzigen Deckenlampe sah die Sache düster aus. Das Wasser war im vorderen Bereich des Cafés offensichtlich zurückgegangen, aber die Dielen waren klitschnass, und in der Küche stand das Wasser knöcheltief auf den Fliesen.

»Wo zum Teufel kommt das her?« Effie starrte auf die frisch grundierten Fußleisten, die jetzt rostige Striemen aufwiesen.

»Das müssen die Klempner gewesen sein, als sie die Spüle versetzt haben.« Scilla ging in die Hocke und inspizierte die Rohre. »Hier ist nichts. Haben wir einen Wasserhahn angelassen?« Sie tauschte einen Blick mit Effie. »Glaubst du, es kommt von oben?«

»Die Decke ist sauber und trocken.« Effie schüttelte den Kopf. »Was es auch sein mag, jetzt fließt nichts mehr. Wir sollten hier aufwischen. Handtücher, wir brauchen Handtücher.«

Zwei Stunden lang moppten und schrubbten die beiden, bis sie nicht mehr im Wasser planschten, sondern das Erdgeschoss nur noch sehr feucht war.
Am nächsten Morgen schaute Geoff Hoyland zufällig vorbei, und auch er suchte eine Weile nach der Quelle der Überschwemmung. Er war ebenso verblüfft wie Scilla und Effie, als er einen langen Gartenschlauch entdeckte, der an die Wasserleitung im Garten angeschlossen war und aufgerollt draußen vor der alten Katzenklappe lag.

Kapitel acht

»Ich habe jahrelang darauf gewartet, dass wir uns wie ein echtes geschiedenes Paar benehmen.« Thebes stand an ihrer Eingangstür und beobachtete, wie Rick Tess' Rucksack aus seinem Kofferraum holte. Er sah sie verständnislos an. »Du weißt schon«, erklärte Thebes, »dass wir die Kinder abwechselnd nehmen und ihre Sachen hin- und hertransportieren.«

»Stimmt.« Rick machte ein verlegenes Gesicht. »Ich weiß nicht, was ich sagen soll.«

»Bitte nicht wieder, dass es dir leidtut.« Thebes lächelte ihn an. »Ich glaube, du hast dich für die vergangenen neun Jahre genug entschuldigt. Gut, dass du jetzt da bist.«

Wie sich herausstellte, fanden es alle Beteiligten gut, dass Rick da war. Tess und Sam genossen es, dass sie nunmehr zwei Eltern hatten, die sie gegeneinander ausspielen konnten. Ricks Wohnung lag praktischerweise im Stadtzentrum, und seine Kinder stellten fest, dass es kein Problem darstellte, zwischen Clapham und Kensington auf höchst vergnügliche Weise für mehrere Stunden unterzutauchen. Thebes wusste es zu schätzen, dass sie die Verantwortung für die Kinder teilen konnte, und es stand fest, dass sie auf die Tage, die die beiden mit ihrem Vater verbrachten, nicht neidisch zu sein brauchte. Es gab allerdings Zeiten – Thebes sah das als Widerspruch an –, da schien gähnende Leere im Haus zu herrschen, wenn die Zwillinge bei Rick waren und sie sich ein wenig im Abseits fühlte. Lisa, die stets zur Stelle war und die Schwangerschaft mit Thebes von Tag zu Tag durchlebte, machte es jedoch wieder wett.

»Sie interessiert sich mehr für mein Baby als Tess und Sam«, berichtete Thebes bei einem Telefongespräch mit Scilla. »Aber ich bin mir nicht sicher, ob sie schon die Verbindung zwischen dem kleinen, süßen ungeborenen Baby und dem großen, schlechtgelaunten Teenager hergestellt hat.«

»Schön, dass sie und Rick sich so engagieren«, meinte Scilla. »Auch wenn es ein bisschen spät kommt. Nütz es aus, solange sie hier sind.«

»Das Problem ist nur«, klagte Thebes, »dass ich mich jetzt, wo ich aufgehört habe zu arbeiten, ein wenig langweile. Ich weiß wirklich nicht, was ich mit mir anfangen soll.«

Thebes hatte sich in die Hausarbeit gestürzt, um sich zu beschäftigen. Sie hatte einen gründlichen Hausputz veranstaltet und so lange gescheuert, geputzt und weggeräumt, bis der Schmutz und Krimskrams, der sich im Lauf der Jahre angesammelt hatte, beseitigt war. Sie hatte die Speisekammer aufgefüllt und erstaunt bemerkt, dass der Supermarkt ganz andere Eindrücke bot, wenn man Zeit hatte, sich umzusehen, statt die Gänge auf und ab zu hasten. Die Gartenarbeit war ebenfalls erledigt, und nun fing sie an, Sachen für das Baby zu kaufen.

»Du kannst es dir nicht vorstellen«, versicherte sie jedem, der ein offenes Ohr hatte. »Die Kinderwägen, die ich mir leisten kann, sind wie Heringsbüchsen, und die, die ich mir nicht leisten kann, haben praktisch einen Vierradantrieb. Wusstest du, dass man den Kaufpreis eines kleinen Hauses in ein System mit Tanz- und Singmechanik investieren könnte, das als Kinderbett mit integriertem Wickeltisch anfängt, dann quasi mitwächst, sich in allerhand nützliche Möbel verwandelt, bis es schließlich zu einem Schreibtisch mit Stuhl für einen Oberstufenschüler mutiert. Das Geld ist sicher gut angelegt, obwohl es vielleicht ein bisschen merkwürdig ist, am eigenen Kinderbett fürs Abitur zu lernen.«

»Thebes, du langweilst mit deinem Schwangerschaftsgebrabbel«, erwiderte Effie freundlich. »Warum kommst du nicht für ein paar Wochen zu uns?«

»Die Ferien haben noch nicht angefangen, ich muss mich wirklich um Tess und Sam kümmern.« Noch während sie diesen Einwand vorbrachte, malte sich Thebes Ferien in Devon aus. Wenn sie Scilla und Effie über den Coffeeshop plaudern hörte, fühlte sie sich in letzter Zeit irgendwie ausgeschlossen, während die anderen ihren Spaß hatten.

»Nächste Woche hat Scilla Geburtstag«, drängte Effie. »Kannst du da nicht wenigstens kommen?«

»Ein paar Tage vielleicht schon, aber wir besuchen euch ja sowieso über Ostern zur Eröffnung. Sam und Tess wollen zelten. Sam hat sich einen Neoprenanzug geborgt und möchte surfen gehen. Sie freuen sich schon beide riesig darauf.«

Allerdings nicht so riesig, um deshalb auf eine Reise mit Rick nach Schottland zu verzichten.
»Dad sagt, wir könnten mit ihm und Lisa über Ostern nach Schottland fahren«, verkündete Tess. »Das ist doch in Ordnung, oder?«
»Und was ist mit Devon? Ich dachte, ihr wolltet mitkommen.«
Tess zog eine Schnute.
»Die Sache ist die, in Schottland war ich noch nie, und nach Devon können wir auch ein anderes Mal.«
»Und was ist mit den Schularbeiten?«, warf Thebes, die Lehrerin, ein.
Tess hatte natürlich auch darauf eine Antwort. »Dad sagt, es kann nicht schaden, sich in Edinburgh umzusehen. Universitätsstadt und so weiter.«
»Ich verspreche dir, dass sie etwas für die Schule tun«, mischte sich Rick ein. »Es ist doch nur für zehn Tage.« Da kam ihm ein Gedanke. »Weißt du was, Thee, warum kommst du nicht auch mit? Hättest du Lust?«
Ihren inzwischen ziemlich runden Bauch zu langen Fahrten quer durch Schottland in ein Auto zu zwängen, reizte Thebes nicht besonders, ganz abgesehen davon, dass ein Familienausflug mit Vater, Ehefrau und Ex-Frau doch ein bisschen merkwürdig anmutete. Zwar war die Einladung aufrichtig gemeint, was Thebes durchaus rührend fand, das änderte aber nichts daran, dass sie sich von ihren Kindern, die ihrem plötzlich aufgetauchten Vater den Vorzug gaben, übergangen fühlte.
»Wenn Tess und Sam sowieso über Ostern mit euch nach Schottland fahren«, schlug sie schließlich vor,

»wie wäre es dann, wenn du sie auch für die zwei Schulwochen vor den Ferien nimmst? Ich wollte zum Geburtstag meiner Freundin nach Devon fahren, und so könnte ich die ganzen Osterferien bleiben.«
Rick und Lisa schien die Idee zu gefallen.
»Wir könnten in deinem Haus wohnen«, schlug Rick vor. »Es wäre den Versuch wert, einmal so zu leben, wie du es all die Jahre getan hast«, fügte er mit einem ironischen Lächeln hinzu.
»Ich könnte das Kinderzimmer fertigstreichen«, erbot sich Lisa.
Tess und Sam waren nicht gerade begeistert von der Abmachung, wie Thebes befriedigt feststellte.
»Ich kann doch nicht jeden Tag Lisas Mungobohnen essen«, grummelte Sam.
»Sie geht hoffentlich nicht in mein Zimmer, Mum?«, fragte Tess besorgt.
Als Thebes Abschied nahm, schloss Tess sie in die Arme und barg ihr Gesicht an der Schulter ihrer Mutter.
»Ich hab dich lieb, Mum. Du bist doch nicht böse, weil wir mit Dad nach Schottland statt mit dir nach Devon fahren, oder? Es ist ja nicht so, dass wir nicht gern mit dir zusammen sein wollten, sondern nur …« Sie zögerte, unwillig, ihre Gefühle in Worte zu fassen. »Du weißt schon. Dad ist ja nicht für immer hier, oder? Er geht im Sommer wieder nach Amerika.«
Thebes verstand, was Tess zu sagen versuchte. Nach Tess' bisheriger Erfahrung zu schließen, glaubte sie nicht recht, dass sich Rick auch in Zukunft als zuverlässig erweisen würde. Daraus konnte man ihr keinen Vorwurf machen. Thebes und ihre Kinder waren in ei-

nen Teufelskreis geraten – Tess und Sam wollten ihrer Mutter nicht wegen des Vaters die Treue aufkündigen, und Thebes hatte Angst, dass sich ihre Kinder durch das neue Baby verdrängt fühlten. Vielleicht tat es ihnen allen gut, ein bisschen Abstand zu gewinnen, fand Thebes, und sie war angenehm überrascht, dass sie sich, als sie den Abschied von den Zwillingen hinter sich gebracht hatte und nach Devon unterwegs war, plötzlich frei und unbekümmert fühlte.

Weston Burrows war aus dem Winterschlaf erwacht, das spürte Thebes, als sie ankam. Die Geschäfte kehrten mit einem frischen Anstrich ins Leben zurück, und die Vorfreude auf den Sommer lag in der Luft. Der Tag war klar und kalt, und das harte Licht der Sonne zeichnete die Umrisse der Dinge wie mit Tusche nach.

Scilla und Effie hießen ihre Freundin herzlich willkommen.

»Du kannst mir helfen, Effie zur Räson zu bringen«, sagte Scilla. »Wenn es nach ihr geht, geben wir für die Eröffnungsparty ein kleines Vermögen aus.«

»Gott sei Dank ist jetzt noch eine Versuchsperson da, die Scillas Kuchen testet«, meinte Effie. »Mein Blutzuckerspiegel hat in den letzten Wochen einen ungeahnten Höchststand erreicht.«

An Scillas Geburtstag erforschten die drei die Südküste von Devon. Sie fühlten sich wie Urlauberinnen, die hübsche Dörfer mit anmutigen kleinen Buchten entdeckten, und sie fuhren lange Feldwege entlang, die von hohen, grün überwucherten Mauern gesäumt wurden, so dass man sich wie in einem Tunnel vorkam. Hier fand Thebes die üppig schöne Landschaft, die sie sich unter Devon vorgestellt hatte und die ihr viel besser gefiel als die wilde Gegend um Weston Burrows. Zu Mittag gab es kornische Pasteten, und anschließend gönnten sie sich Tee mit allerhand Gebäck. Auf dem Heimweg hatte Thebes noch Gelüste auf *fish and chips*. Sie setzten sich mit ihrem Abendessen in einem kleinen Fischerdorf auf die Hafenmauer.

»Allmählich erinnerst du mich an die kleine Raupe Nimmersatt, Thee.« Effie nahm sich eine Fritte, und Thebes bot ihr den Rest ihrer Tüte an. »Eine reicht, danke. Ich möchte mich nicht in einen Schmetterling verwandeln.«

»Ist klar, ihr beide meint, es war ein Unfall.« Scilla blickte aufs Meer hinaus, und Effie tauschte einen skeptischen Blick mit Thebes. Beide wussten, was jetzt kam. Scilla und Effie hatten Thebes von der Überschwemmung erzählt. »Aber angenommen, jemand hat uns absichtlich unter Wasser gesetzt? Vielleicht einer von den Leuten, die so darauf erpicht waren, dass wir zur Auktion gehen.«

»Aber warum sollten sie?«, widersprach Effie. »Außerdem waren sie doch alle selbst bei der Auktion, oder?«

»Wir sind ziemlich lange geblieben. Der Täter hätte vor uns zurückfahren können.«

»Scilla, wir waren uns doch einig, dass der Klempner schuld war«, erwiderte Effie geduldig.

»Absichtlich?« Scilla sah die beiden an. »Tut mir leid, ich finde immer noch, dass die ganze Geschichte etwas Merkwürdiges an sich hatte. Dieser Gartenschlauch …«

»Ich weiß nicht, warum du so paranoid bist«, schaltete

sich Thebes ein. »Warum sollte jemand absichtlich so etwas tun? Du hast doch den Klempner nicht verärgert, oder?«

Scilla zuckte die Achseln.

»Ich kann ihn nicht fragen. Er meldet sich nicht auf meine Nachrichten.«

»Genau!« Effie triumphierte. »Es war tatsächlich der Klempner, deshalb ist er untergetaucht. Ich meine, habt ihr je erlebt, dass ein Klempner verschwindet, bevor er sein Geld gekriegt hat? Sonnenklar, er war's. Jedenfalls haben wir die Schlösser ausgetauscht, alles ist trocken und frisch gestrichen, und es ist ein Plus, dass wir die Rechnung nicht zu bezahlen brauchen.« Effie stand auf und half Thebes auf die Füße. »So, und jetzt fahren wir noch zum Supermarkt und geben das Geld, das für die Spüle gedacht war, für leckeres Essen und anständigen Wein aus.« In den nächsten Tagen hielten Scilla und Effie Thebes auf Trab. Sie teilten ihr die Aufgabe zu, den Haushalt zu übernehmen, während sie sich um den Coffeeshop kümmerten. Thebes hatte schon immer gern Hausarbeit erledigt, und hier in Weston Burrows war sie rundum glücklich. Schon verblassten die Erinnerungen an Max, und sie hatte das Gefühl, ein neues Leben anzufangen.

Morgens ging Thebes, um fit zu werden und wieder abzubauen, was sie sich hier angefuttert hatte, mit Ivordog an der Flussmündung spazieren. An diesem Morgen hatten sie das Ufer praktisch für sich. Die Sonne schien, die Luft war frisch, und Thebes spürte, wie ihr Gesicht glühte und ihr im kalten Wind die Nase lief. Die Kirchenglocke rief die Gemeinde zum Gottesdienst, und es herrschte die geruhsame Atmosphäre, die sich an einem Sonntagmorgen über dem Dorf ausbreitete. Ivordog lauerte den Möwen auf, die sich hier scharenweise niedergelassen hatten, und schnüffelte im Sand herum, der nach der Flut noch feucht war. Thebes legte auf ihren Wanderungen immer wieder kleine Pausen ein, und sie saß auf einem Felsen mit Blick über die Mündung und beobachtete die weißen Wellen, die in Reihen gegen den Sandstrand brandeten, als eine leise Stimme sie aus ihren Gedanken riss.

»Ist das dort drüben dein Hund?«

Ein kleines Mädchen mit langen hellen Haaren und großen Augen stand neben ihr. Ihre Kleidung in den verschiedenen Rotschattierungen – von der roten Jacke über die dunkelrote Hose bis zu den roten Stiefeln – passte gut zu ihren rosigen Wangen.

»Er hat nämlich gerade Pipi in meinen Sandeimer gemacht«, stellte das Kind sachlich fest.

»O du meine Güte, das tut mir leid. Ich komme gleich und hole ihn.« Thebes stand auf.

»Ist schon gut, macht nichts. Ich hab's im Wasser ausgespült. Wie heißt er?«

»Ivordog.«

»I've a dog«, wiederholte die Kleine, die aus dem Namen schlau zu werden versuchte. Ihr ernstes kleines Gesicht strahlte plötzlich. »Das ist lustig.«

Thebes rief, und der Hund blickte auf, dachte kurz nach und beschloss dann zu gehorchen. Das kleine Mädchen streichelte ihn.

»Er ist lieb.« Sie schaute auf. »Und wie heißt du?«

»Thebes.«

»Das ist auch ein lustiger Name.« Sie zog die Nase kraus.
»Und du?«
»Delphine Sarah Bell, ich bin sechs, aber ich werde bald sieben. Ich fange Krabben.«
»Hast du schon welche?«
Delphine seufzte schwer.
»Nur zwei. Möchtest du kommen und mir helfen?« Sie hielt Thebes die Hand hin, und sie gingen hinunter zu den flachen Pfützen zwischen den Felsen am Flussufer. »Du nimmst dein Netz und schiebst es am Sand entlang, dann kriegst du sie.« Delphine reichte ihr das Netz. »Mach du.« Thebes mühte sich mit dem winzigen Netz ab. »Du musst dich richtig bücken«, riet das Kind ungeduldig.
»Ich kann mich zurzeit nicht gut bücken. Ich habe einen dicken Bauch.«
»Bekommst du ein Baby?«
»Ja, genau.«
»Meine Mami ist fast gestorben, als sie mich gekriegt hat, aber nur fast.« Delphine verstummte, dann sagte sie sachlich: »Sie ist dafür später gestorben, als ich zwei war.«
»Und wer kümmert sich jetzt um dich?« Thebes war ganz im Bann dieses freundlichen Wesens.
»Mein Dad und ein Au-pair-Mädchen. Sie heißt Francine. Und manchmal passt die Freundin von meinem Vater auf mich auf, aber sie ist langweilig. Dann gibt es noch Elvira, meine große Schwester, und Finn, mein ganz großer Bruder. Wir sind ziemlich weit auseinander«, plapperte sie. »Mein Dad ist Architekt, und Elvi-

ra und ich gehen in London in die Schule. Da wohnen wir, aber Dad und ich kommen oft her. Elvira ist lieber in London bei ihren Freunden, und Finn wohnt mit seiner Freundin zusammen. Hast du Kinder?«

Nachdem Thebes den Eimer mit kleinen braunen Krabben fertig gefüllt hatte, die kaum größer waren als Delphines Fingernagel, wussten die beiden schon eine Menge voneinander.

»Wo ist der Hund?«, rief Thebes, als sie sich etwas verspätet an ihre Verantwortung erinnerte. Am Ufer war keine Spur von Ivordog zu sehen. Die Panik packte sie – auf keinen Fall durfte sie Effies kostbaren Hund verlieren. »Oh, Scheiße!«

»Das sagt mein Dad auch oft.«

»Der verdammte Hund … Ivor«, rief Thebes und setzte sich in Bewegung.

»Er ist nicht schuld«, protestierte Delphine, die rennen musste, um Schritt zu halten. »Er kann doch nichts dafür, dass er sich verlaufen hat.« Sie zerrte an Thebes' Hand. »Komm, wir holen meinen Dad. Er findet immer alles, was ich verloren habe. Komm, er ist ganz in der Nähe.«

Sie führte Thebes zu einem kleinen Haus, trat ein und rief nach ihrem Vater. Thebes lehnte sich, plötzlich außer Atem, an die Mauer. Ihr war schwindlig, und sie fragte sich, ob Delphines Vater mit Leuten, die sich vor seiner Haustür übergeben, genauso gut zurechtkam wie mit Tieren und Dingen, die verlorengingen. Verzweifelt auf der Suche nach einem festen Punkt, an den sie sich halten konnte, richtete sie den Blick auf die kopfsteingepflasterte Straße, während sich alles zu drehen schien. Da sah sie plötzlich einen vertrauten schwarz-weißen Vierbeiner auf sich zutrotten.

»Oh, Ivordog, Gott sei Dank. Komm her.« Sie kniete sich hin, streichelte den Hund, doch da wurde ihr wieder schwindlig, und sie hielt sich an der Regenrinne fest.

»Komm, Dad, du musst ihn finden.« Delphine stürmte aus dem Haus und blieb abrupt stehen, als Ivordog sie erfreut beschnupperte. »Schau, er ist da.«

Thebes blickte auf und sah einen Mann mit Delphines Augen und schütterem strohblondem Haar, der ein besorgtes Gesicht machte.

»Alles in Ordnung?« Seine tiefe, freundliche Stimme schien nicht zu seiner hellen Haut zu passen. Er nahm ihren Arm. »Nein, offensichtlich nicht.«

Zwanzig Minuten später saß Thebes in einem Sessel und trank Wasser.

»Es tut mir so leid. Jetzt fühle ich mich wieder gut. Wo ist Ivordog?« Sie wollte aufstehen, aber Delphines Vater, der sich als Jonty Bell vorgestellt hatte, schüttelte den Kopf.

»Bleiben Sie noch ein Weilchen. Ich fürchte, Delphine hat den Hund entführt. Wir verhandeln nämlich zurzeit ernsthaft darüber, einen Familienhund anzuschaffen. Meine Tochter war bestimmt begeistert, als sie Sie am Strand getroffen hat, weil sich jetzt die Gelegenheit bietet, mir zu beweisen, wie verantwortungsvoll sie mit ihrem eigenen Hund umgehen kann und wie wenig es mich belasten würde.« Jonty grinste. »Also lassen wir ihr die Chance, sich zu bewähren, wenn es Ihnen nichts ausmacht. Wie wär's mit einem Kaffee? Oder Tee?«

Thebes blieb über eine Stunde, und als sie schließlich

aufstand, bemerkte sie, wie ungern sie ging und wie wohl sie sich bei Jonty gefühlt hatte. Er hatte sich nach ihrer Schwangerschaft erkundigt, denn er nahm an, sie habe einen Partner, und Thebes hatte angefangen, ihm ganz unbefangen von Max zu erzählen.

»Wir verlieben uns nicht immer in den besten Menschen«, stellte er nüchtern fest.

Auch die gemeinsamen Erfahrungen als Alleinerziehende boten reichlich Gesprächsstoff.

»Wem sagen Sie das.« Jonty runzelte die Stirn. »Allein ist es ziemlich hart. Mir blieb gar keine Zeit, um Frances zu trauern, als sie starb, weil ich für die Kinder da sein musste. Ich glaube, wir kommen jetzt ganz gut zurecht, aber manchmal hätte ich gern jemanden, der mir sagt, ob ich alles richtig mache. Genauer gesagt, was ich alles falsch mache«, fügte er hinzu.

»Delphine hat erwähnt, Sie hätten eine Freundin.«

»Mehr oder weniger. Eigentlich eher weniger. Helen hat ein bisschen zu viel Power für ein beschauliches Familienleben.«

Als Thebes schließlich ging, gab Delphine den Hund nur widerwillig ab.

»Darf Ivordog nächstes Wochenende wiederkommen?«

»Tja, ich bin eigentlich für seine Verabredungen nicht zuständig«, sagte Thebes. »Aber du kannst auf jeden Fall …«

»Komm doch zum Mittagessen zu uns«, schlug Jonty vor. »Nächsten Samstag? Wenn der Hund an dem Tag etwas anderes vorhat, würden wir dich trotzdem gern sehen – was meinst du, Delph?«

Bis Ostern waren es nur noch zwei Wochen, und die Vorbereitungen für die Eröffnung von *The Quays* waren so gut wie abgeschlossen. Effie hatte sich nur noch zwei Dinge vorgenommen: Sie wollte den Fußboden des Coffeeshops lackieren und sich mit der Bedienung der Cappuccinomaschine vertraut machen.

»Mein Baby kommt koffeinsüchtig zur Welt, wenn ich noch mehr von deinem Kaffee trinke«, klagte Thebes. Sie hatte inzwischen sämtliche leichten Mittagsgerichte durchprobiert, die Scilla anbieten wollte, und sich um Plakate und Handzettel zu Werbezwecken gekümmert. Im Haus am Kai herrschte Hochstimmung – und nachdem die Anfangsarbeiten praktisch erledigt waren und nur noch die Eröffnung bevorstand, kehrte allmählich Ruhe ein. Scilla war oft unterwegs, um Zutaten zu besorgen, Thebes legte sich nachmittags gern hin, und Effie packte ihre Malutensilien aus.

»Ich werde wirklich zu meiner eigenen Mutter«, verkündete sie eines Nachmittags mit düsterer Stimme, als sie vom Strand zurückkam. »Ich habe gerade mein erstes süßes kleines Devon-Landschaftsaquarell gemalt, und eine ältere Frau, die mir über die Schulter schaute, hat vorgeschlagen, ich sollte es bei der Kunstausstellung des Horningsea Yacht Clubs für wohltätige Zwecke verkaufen. Und das Verrückteste ist« – sie sah ihre Freundinnen verständnisheischend an –, »ich habe geantwortet, dass ich das gern tun würde.«

Martin Hepple, der Effie am nächsten Morgen im Coop dabei ertappte, wie sie das Anmeldeformular für die Ausstellung studierte, war offenbar gut aufgelegt.

»Wissen Sie was, ich bringe Sie zu einem Ort, den Sie

bestimmt gern malen würden. Haggard's Point, das ist die Landzunge, die Sie vom Strand aus sehen.«
»Ich versuche ernsthaft, keine Landschaften zu malen, sonst verwandle ich mich noch in meine Mutter«, erklärte Effie feierlich.
Martin lachte.
»Verstehe, aber die Ausstellung ist nur für Landschaftsbilder aus der Gegend.« Er sah sie skeptisch an. »Es ist für einen guten Zweck – das Sterbehospiz –, es wäre ziemlich unfein, da nicht mitzumachen.«
Effie hatte das Gefühl, in der Falle zu sitzen. »Ich spende etwas dafür.«
»Eine Künstlerin, die bezahlt, damit sie nicht malen muss?« Martin wich mit gespieltem Entsetzen zurück. »Machen Sie sich nicht lächerlich. Jetzt füllen Sie das Formular aus, und wir machen einen Ausflug in meinem Boot zum Haggard's Point.«
»Ich lasse mir nicht gern vorschreiben, was ich tun soll«, erwiderte Effie unwirsch und legte das Formular in die Schachtel zurück. »Und mit Booten habe ich es nicht so. Aber vielen Dank für das Angebot.«
»Haben Sie Angst?«, fragte Martin, neugierig geworden. »Ich kann Ihnen versichern, dass Sie mit mir nichts zu befürchten haben. Wir könnten um die Mittagszeit in See stechen, da ist auflaufendes Wasser.«
»Eigentlich sollte ich heute Nachmittag den Fußboden lackieren.«
»Vertun Sie doch nicht den Tag, machen Sie es heute Abend, und kommen Sie mit – wenn Sie genug Mumm haben.«
Kein Zweifel, Martin Hepple hatte mit seinen Necke-

reien eine Herausforderung gestellt, und bei einer Herausforderung sagte Effie nicht nein, am allerwenigsten, wenn sie von einem gutaussehenden arroganten Mann präsentiert wurde.

Ein paar Stunden später stellte Effie, die mit dem wohlbekannten Fischerboot gerechnet hatte, beunruhigt fest, dass ein schmales Segelboot mit Masten für die Fahrt bereitstand.

»Fährt es?«, fragte sie.

»Ob es fährt?« Martin war empört. »Segelboote *fahren* nicht. Das ist die *Augusta*, sie hat meinem Vater gehört.«

»Hat sie einen Motor?« Martin, der Ivordog an Bord holte, ließ sich nicht zu einer Antwort herab. Er hatte darauf bestanden, den Hund mitzunehmen.

»Ich weiß nicht, wie Ivordog sich benimmt, er war noch nie auf einem Boot. Jedenfalls auf keinem, das fährt«, fügte sie hinzu.

»Das ist eine gute Erfahrung für ihn. Am Haggard's Point gibt es Kaninchen.«

Erleichtert hörte Effie, dass beim Ablegen ein Motor anlief, beobachtete aber dann besorgt, dass Martin Segel setzte, sobald sie auf offenem Meer waren.

»Wir können doch immer das Land sehen, oder?«, fragte sie nervös.

Martin grinste sie an.

»Mehr oder weniger.«

»Was soll das heißen?«

»Es heißt, dass es Ihnen nicht viel nützt, wenn Sie Land sehen. So nah kommen wir nicht heran, dass Sie von Bord springen können, außerdem ist die Strömung viel zu gefährlich, Sie würden kaum unversehrt ans Ufer gelangen.«

»Na großartig.« Effie hielt mit einer Hand Ivordogs Halsband fest, mit der anderen klammerte sie sich an den Bootsrand.

Martin lächelte.

»Keine Angst, es kann nichts passieren.« Er hielt lässig die Pinne unterm Arm. »Vielleicht interessiert es Sie ja, dass die *Augusta* Klinkerbauweise, Gaffelbesegelung, zwei Decks und einen kurzen Bugspriet hat. Mein Vater ist mit ihr durch die Karibik gesegelt und hatte nur ein Lunchpaket und einen Papagei dabei.«

Effie hörte nur ungefähr, was er sagte.

»Das ist doch nicht wahr, oder?«

»Nein«, gab Martin zu, »aber unter Seglern gehört es zum guten Ton, ein wenig Interesse an dem Boot zu äußern, auf dem man sich befindet.« Plötzlich erhob er die Stimme. »Sitz und aus, Dummkopf!«

Ivordog, der Anstalten machte, ins Meer zu springen, um Seemöwen zu jagen, setzte sich neben Martin und schaute für den Rest der Fahrt voller Bewunderung zu ihm auf.

Aus Angst, das Boot zum Kentern zu bringen, wagte Effie kaum, sich zu rühren.

Martin beobachtete sie amüsiert.

»Meine Güte, lehnen Sie sich zurück, und versuchen Sie, die Erfahrung zu genießen.«

Es war ein schöner Tag. Effie schmeckte das Salz auf ihren Lippen, und ganz allmählich entkrampften sich ihre Hände, und ihre Schultern lockerten sich. Es machte beinahe Spaß.

Aber dann kamen die Wellen.
»Es wird für eine Weile ein bisschen kabbelig«, erklärte Martin, als er Effie Ivordog wieder anvertraute.
Effie fand, dass kabbelig ein völlig unzureichendes Adjektiv für das Meer ringsum war. Ihrer Ansicht nach war es rauh, gefährlich rauh, und als Kapitän hätte sie auf jeden Fall die Rettungsboote zu Wasser gelassen. Jede Welle türmte sich wie ein Berg vor dem Boot auf, und Effie wartete mit angehaltenem Atem darauf, dass es kenterte oder in zwei Teile barst. Schließlich kehrte sie den herannahenden Wellen den Rücken, sie wollte dem Meerestod nicht ins Auge sehen.
»Sie können in die Kajüte gehen, wenn Ihnen das lieber ist«, schlug Martin vor, aber sie wollte lieber an Deck sterben als in der klaustrophobisch kleinen Kajüte.
Bei jeder Welle sprach Martin ein paar beruhigende Worte, und seine Stimme nahm den Rhythmus des Meeres an.
»Jetzt kommt wieder eine … sie ist da, jetzt hebt sich das Boot, nimmt die Welle und … jetzt zieht sie vorbei … sie ist fort … und da kommt wieder eine …«
»Sie hören sich an wie so eine bescheuerte Hebamme, die die Wehen zählt«, keifte Effie ihn an. Diese Tour war ein einziger Alptraum.
»Gehen Sie nicht ins Wasser!«, schrie Effie entsetzt, als Martin an ihr vorbei zum Bug ging. »Lassen Sie mich nicht allein!«
Nachdem sie die Landzunge umrundet hatten, ließ der Wellengang plötzlich nach. Jetzt war das Meer freundlich, glitzerte tiefblau, und neben ihnen schwammen Möwen dahin. Allmählich konnte Effie wieder ruhig atmen.

»Hat der Wetterbericht den Sturm vorhergesagt?«
»Das war kein Sturm, Schätzchen. Es ist immer so.«
»Und trotzdem haben Sie mich mitgenommen«, protestierte Effie. »Sie haben mein Leben in Gefahr gebracht und«, fügte sie wütend hinzu, »das meines Hundes. Wie konnten Sie das tun, Sie blöder Kerl?«
Das war überreagiert, völlig klar, aber die Angst saß ihr noch in den Knochen.
»Ich würde nie Ihr Leben in Gefahr bringen, machen Sie sich nicht lächerlich«, gab er zurück. Er kehrte ihr den Rücken zu, und Effie sah an der Haltung seiner Schultern, dass er gegen seinen Zorn ankämpfte.
»Tut mir leid«, sagte sie, »wirklich. Ich hatte Angst. Mit Booten kenne ich mich nicht aus.«
Martin antwortete nicht, aber später, als sie auf das Ufer zuhielten, sah er sie an, und seine Lippen zuckten.
»Glückwunsch, dass Sie nicht gekotzt haben. Ich mache schon noch einen Matrosen aus Ihnen.«
Das war eindeutig ein Friedensangebot, und Effie nahm es an.
»Mit dem Kotzen habe ich's auch nicht so, das können Sie mir glauben. Ich würde lieber ertrinken als brechen.«
Über ihnen erhoben sich die grauen Klippen von Haggard's Point, eine grüne Landzunge, die ins Meer ragte wie eine grüne Tischplatte auf grauen Beinen. Martin steuerte das Boot in einen langen Meeresarm und legte an einem kleinen Kiesstrand an. Auf den Dünen oberhalb der Gezeitenlinie wuchs Frühlingsgras. Martin schlug auf dem steilen Weg, der im Zickzack die Klippen hinaufführte, ein flottes Tempo an. Ivordog,

der sich freute, dem engen Boot entronnen zu sein, streunte, die Nase am Boden, den Schwanz in die Luft gereckt, zwischen den Ginsterbüschen umher. Oben auf den Klippen mischte sich der Lärm der Brandung mit dem Sausen des Windes. Effie fand, dass die Luft hart war wie ein Festkörper.

»Ich fühle mich wie ein Ballon, der sich gleich mit Luft füllt und abhebt«, rief sie.

»Da ist Weston Burrows, schauen Sie.« Martin deutete über den Meeresarm, und Effie betrachtete das kleine Dorf, die Häuserreihen am Hang voneinander abgesetzt wie die Bahnen eines Petticoats.

»Es sieht so nah aus.«

»Ist es auch – im Vogelflug.«

Effie entdeckte auf dem kleinen Hügel vor ihnen zwei Wanderer.

»Ich dachte, zu Fuß kommt man nicht hierher.«

Martin vermied es, sie anzusehen.

»Das habe ich nicht behauptet. Ich habe nur angeboten, Sie mit dem Boot herzubringen.«

»Also hätte ich zu Fuß gehen können, ohne mein Leben zu riskieren?«

»Das Schlimmste haben Sie schon hinter sich, der Rückweg ist harmlos.«

»So verängstigt war ich auch wieder nicht«, entgegnete Effie stolz.

»Nein«, erwiderte er ernst, »natürlich nicht. Jedenfalls kommt selten jemand hierher. Als die Kinder klein waren, haben wir hier gezeltet.« Martin deutete auf eine kleine Bucht, zu der ein steiler Weg hinunterführte. »Sehen Sie den Holzhaufen?« Er wies auf Planken, die an einem windzerzausten Baum lehnten. »Das war eine Hütte, die ich vor zwanzig Jahren mit meinen Söhnen gebaut habe. Kommen Sie.« Die Wolken jagten über den Himmel, aber die Sonne schien warm auf sie herab, als sie den Weg quer über die steil abfallende Klippe hinuntergingen, bis sie eine kleine Wiese erreichten, die an die felsige Küste grenzte. Am Wasser sah Effie ein Schiffsskelett, das, verwittert und rostig, auf der Seite lag.

»Ein Fischerboot«, sagte Martin und legte die Segeltuchtasche ab, die er über der Schulter getragen hatte. »Diese Seite der Küste ist wirklich trügerisch. An einem Abend vor sechs Jahren ist hier die *Sarah Jane* gesunken. Sie waren beim Makrelenfischen in einen Sturm geraten, wurden gegen die Felsen geschleudert, und das Boot ist geborsten wie eine Zündholzschachtel. Zwei Mannschaftsmitglieder wurden mit dem Hubschrauber gerettet, aber den Dritten haben sie nicht gefunden.« Martin blickte aufs Meer hinaus. »Der Dritte gehörte nicht einmal zur Mannschaft, er ist nur mitgefahren«, sagte er ruhig. »Er war mein bester Freund. Die Hütte haben wir zusammen mit ihm und seiner Tochter gebaut.«

Welch ein Kontrast zwischen diesem schönen Stückchen Erde, auf dem sie standen, und den Gefahren von Meer und Felsen. Effie fröstelte. Was für eine schreckliche Art zu sterben.

»Vielleicht würde ich doch lieber brechen statt zu ertrinken«, erklärte sie.

»Gute Entscheidung.« Martin lächelte sie an.

Sie stiegen wieder auf die grasbewachsene Klippe hinauf, um zu picknicken. Der Lunch, den Martin auspackte, konnte sich sehen lassen: herzhafte Pasteten, dazu Räucherlachs und ein feiner Salat, anschließend Obst und Käse, dazu wahlweise Wein oder Bier. Sie lehnten sich mit dem Rücken an die Überreste der alten Hütte, die Gesichter der warmen Sonne zugewandt, und Effie erfuhr, dass Martin geschieden war und zwei Söhne und zwei Enkelinnen hatte. Seine Praxis als Urologe hatte er unlängst aufgegeben.

»Ich bin früh in den Ruhestand gegangen, weil ich mit meinem jüngsten Sohn über den Atlantik segeln will, bevor ich siebzig bin.« Er lächelte. »Viele Chirurgen sind leidenschaftliche Segler – eigentlich völlig unvereinbare Beschäftigungen, wo doch die Hände so wichtig sind, aber sehr lukrativ für die Versicherungen.«

Er streckte seine Hände aus, und Effie bewunderte seine langen, schmalen Finger.

»Jedenfalls übernimmt mein älterer Sohn meine Praxis, und ich gönne mir einen Sommer lang faulenzen.« Er warf Ivordog das Endstück einer Pastete hin und lehnte sich zurück. »Aber ich hoffe, dass ich recht bald auf Entdeckungsfahrt über den Atlantik segeln werde. Und Sie?« Er sah sie neugierig an.

»Ach, ich habe zwei unüberlegte Ehen hinter mir, und meine zwei erwachsenen Töchter, die ich über alles liebe, sind extrem herrschsüchtig. Außerdem habe ich eine beklagenswerte Schwäche für junge Männer mit Waschbrettbauch.«

Sie hatte gehofft, Martin damit zum Lachen zu bringen, aber er setzte eine missbilligende Miene auf.

»Ach wirklich.« Er schwieg eine Weile. »Und Ihre Teestube?«, fragte er abrupt. »Wann machen Sie auf?«

»Es ist ein Coffeeshop, und wir eröffnen nächste Woche, am Ostermontag.«

»Haben Sie beide denn Erfahrung mit der Führung eines Coffeeshops?« Sie fühlte sich wie bei einem Vorstellungsgespräch.

»Ich nicht«, erwiderte Effie unbekümmert. »Aber Scilla hatte schon einmal einen Partyservice. Sie kocht phantastisch.«

»Glauben Sie, Sie packen das – zwei Zugereiste aus London?«

»Bitte nicht das schon wieder. Wir haben es nicht darauf abgesehen, Bauernhöfe auf den schottischen Inseln zu übernehmen.« Seine herablassende Art machte sie aggressiv. »Zugereiste? Du meine Güte, wir sind hier in Devon, überall wimmelt es von Londonern – wie Sie zum Beispiel. Warum sollten wir es nicht packen?« Dann fiel ihr das Gespräch mit Scilla wieder ein. »Haben Sie sich eigentlich auch für das Haus interessiert?«, fragte sie mit unverhohlener Skepsis. »Hatten Sie etwa vor, die Teestube zu führen? Das traue ich Ihnen nicht zu. Noch dazu wenn Sie vorhaben, über den Atlantik zu segeln.«

Für einen Augenblick schien er zu lächeln, dann machte er wieder eine finstere Miene.

»Nein, ich hätte jemanden eingestellt. Ich hatte mich schon mit einer einheimischen Frau geeinigt, die auf die Arbeit angewiesen ist.« Er betonte das Wort einheimisch.

»Deshalb haben Sie also eine so negative Einstellung zum *Quays*? Sie wollten das Haus selbst, jetzt sind Sie sauer, weil Sie es nicht bekommen haben, und hoffen, dass wir scheitern.« Der Ausflug ist ein Reinfall, fügte sie in Gedanken hinzu.

»Im Gegenteil«, erwiderte Martin verärgert. »Mir liegt sogar viel daran, dass Sie Erfolg haben. Ich habe nur ein bisschen Lebenserfahrung und weiß, dass kleine Unternehmen – vor allem Saisonbetriebe wie Ihre Teestube – leicht in die Binsen gehen. Ich möchte nur nicht miterleben, wie Sie und Ihre Freundin in Schwierigkeiten geraten.«

»Aber Sie wollten das Haus?«

»Ja, das stimmt«, sagte er, als würde es ihm wenig bedeuten. »Ich dachte, es könnte ganz nett sein, hier ein Geschäft zu haben, aber ich bin nicht böse, dass es nicht geklappt hat, das können Sie mir glauben. Ich hoffe wirklich, dass es ein durchschlagender Erfolg wird.« Er sah sie aufmerksam an. »Ganz aufrichtig.«

Offenbar legte er großen Wert darauf, dass sie ihm glaubte, und Effie fragte sich, warum ihm das so am Herzen lag. Als er lächelte, bildeten sich sympathische Fältchen um seine Augen.

»Wollen wir uns für den Rest des Nachmittags vertragen?«, fragte er.

»Ja, warum nicht«, erwiderte sie. Im Zweifel für den Angeklagten. »Und Sie sind natürlich zur Eröffnung eingeladen. Es gibt den ganzen Tag kostenlos Kaffee, und am Abend für ein paar Stunden auch Wein – das heißt, wenn ich den Fußboden lackiere und ab jetzt aufs Bootfahren verzichte …«

Martin zuckte zusammen.

»Segeln«, korrigierte er. »Schön.« Er stand auf. »Ich muss pinkeln und ein bisschen laufen, und Sie sollten mit der Arbeit anfangen – schließlich sind wir deshalb hergekommen. Die Wohltätigkeitsveranstaltung ist auf Sie angewiesen, und wir müssen uns natürlich nach den Gezeiten richten.«

Er nahm die Picknicktasche und pfiff nach dem Hund. Ivordog, der Martin offenbar ins Herz geschlossen hatte, sprang ohne einen Blick zurück auf sein Frauchen neben ihm her. Die beiden verschwanden über den Hügel, und Effie blickte aufs Meer hinaus und überlegte, ob sie Martin Hepple sehr gern mochte oder überhaupt nicht.

In einem Punkt hatte er jedenfalls recht, diese Landschaft ließ sich wunderbar malen. Aber Effie war auf mehr aus, sie wollte eine Geschichte. Mit ihrem Skizzenblock umrundete sie die verfallene Hütte. Erstaunlicherweise war sie noch nicht ganz eingestürzt, und Effie fand im Inneren die Überreste eines alten Primus-Kochers und einen zerbeulten Kessel. Auf dem Boden lagen halb vergraben ein paar rostige Emaillebecher, und an einer Planke lehnte die untere Hälfte eines Gartenspatens. In der Hocke konnte sie durch die Spalten das Meer sehen, und in der Ferne die Umrisse des Wracks der *Sarah Jane* – nun hatte sie ihre Geschichte. Rasch und sicher brachte sie ihren Entwurf in groben Zügen zu Papier. Sie vertiefte sich so in ihre Arbeit, dass es einige Stunden dauerte, bis sie Martin und Ivordog vermisste. Schließlich sammelte sie ihre Skizzen ein und machte sich zu dem Hügel auf, über den die beiden gegangen waren. Die Sonne schien ihr warm auf den Rücken, als sie, zufrieden über das Erreichte, durch die Ginsterbüsche wanderte und Kaninchen aufscheuchte. Sie fragte sich, warum sie so lange gezögert hatte, die Stadt hinter sich zu lassen. Natürlich wollte sie sich nicht für immer hier niederlassen, das stand fest, aber gerade jetzt, in diesem Sommer, fühlte sie sich frei und unbeschwert und rundum glücklich.

Von Martin und Ivordog fand sie immer noch keine Spur. Effie ging hinunter zum Kiesstrand und stellte beruhigt fest, dass das Boot noch da war. Martin hatte sie also nicht ganz im Stich gelassen.

Sie entdeckte ihn auf der Sonnenseite des Bootes im Sand ausgestreckt, seine Jacke zusammengefaltet unter dem Kopf, eine Hand auf Ivordogs Nackenfell. Beide schliefen tief und fest. Effie bemerkte, wie viel jünger und weicher Martins Gesicht wirkte, und fand es erstaunlich, wie verletzlich auch die größten, stärksten Männer im Schlaf aussehen. Sie hielt ein wenig Abstand, holte leise ihren Block heraus und machte rasch eine Skizze von den beiden, ehe Ivordog aufwachte. Offensichtlich schuldbewusst wegen seiner Treulosigkeit, begrüßte ihr Hund sie überschwenglich, und Martin setzte sich auf.

»Ach, Sie sind's. Gut gearbeitet?«

»Ja, vielen Dank.«

Martin warf ihr eine Dose Bier zu, sie setzten sich in den Sand und lehnten sich ans Boot. Effie erzählte Martin von der Welle, die sie nach Weston Burrows geführt hatte. »Obwohl ich, streng genommen, auf Scillas Welle mitgeschwommen bin, aber nächstes Jahr mache ich meine eigene Welle, ich fahre nach Brasilien … wahrscheinlich, und« – Effie verlor etwas an Schwung – »… auch in andere Länder … um etwas … Sinnvolles zu tun.«

Martin sah sie skeptisch an.
»Sie haben ja schon alles genauestens geplant«, spottete er.
Effie wechselte das Thema.
»Sind Sie hier in der Gegend geboren?«
»Nein.« Martin schüttelte den Kopf. »Sie haben recht, ich bin auch ein Zugereister. Aber es ist schon lange her. Meinen ersten Sommer habe ich als Vertretungsarzt hier verbracht, bevor ich mich auf Chirurgie spezialisiert habe, und als ich Facharzt war, habe ich mein Haus hier gekauft. Ich war ein Stadtkind und habe das Meer vorher kaum gekannt.«
»Aber Sie kennen sich mit den Gezeiten aus und können segeln.«
»Das meiste habe ich mir aus der Literatur angeeignet – *The Ladybird Book of Sailing*. Das ist wahr«, sagte er ernst, als er ihre ungläubige Miene sah.
»Verdammt, und ich habe zugelassen, dass Sie mit mir über die tobende See segeln …«
Martin lachte. »Inzwischen habe ich doch einige Fortschritte gemacht. Ich zeige Ihnen meinen Segelschein, wenn Sie sich dann besser fühlen.«
Er griff nach ihrem Skizzenblock. »Darf ich sehen?«, fragte er. Als Erstes fiel ihm die Zeichnung von sich und Ivordog in die Hand, die Effie gerade angefertigt hatte. »Ein bisschen unfair, dass Sie mich gezeichnet haben, ohne dass ich es mitbekomme.«
»Tut mir leid, ich kann es zerreißen, wenn Sie möchten«, erbot sich Effie.
Martin zuckte mit den Schultern.
»Nein, es ist gut. Machen Sie damit, was Sie wollen.«

Er blätterte die halbfertigen Skizzen durch, bis er auf die letzte von der Hütte und dem Wrack stieß. Die Ausarbeitung des Motivs war schon relativ weit fortgeschritten. Er betrachtete das Bild stirnrunzelnd.

»Eine Landschaft war mir zu wenig«, erklärte Effie. »Ich wollte eine Geschichte erzählen. Hoffentlich macht es Ihnen nichts aus«, schloss sie kleinlaut.

»Nein.« Seine Augen waren traurig, und seine Stimme war ausdruckslos, als er ihr den Block zurückgab.

»Ich muss allmählich zurück.« Sie sah auf die Uhr. »Der Fußboden wartet auf mich.«

»Nehmen Sie sich den Abend frei, und gehen Sie mit mir essen.«

»Das kann ich wirklich nicht«, erwiderte Effie, obwohl sie die Einladung liebend gern angenommen hätte. »Ich habe Scilla versprochen, den Boden zu lackieren. Sie ist schon ein bisschen nervös wegen der Eröffnung …«

»Ach, dieser verdammte Coffeeshop«, rief Martin wütend. »Ich weiß nicht, warum Sie sich damit abgeben.« Er stand auf und schickte sich an, das Boot ins Wasser zu ziehen.

»Können wir es vielleicht ein anderes Mal nachholen?«, schlug Effie fröhlich vor, um die freundschaftliche Stimmung wieder zurückzuholen, aber Martin murmelte nur etwas Unverständliches.

Das Boot umrundete die Landzunge, und obwohl der Seegang nicht mehr so rauh war wie bei der ersten Überfahrt, war das Meer doch so kabbelig, dass sich Effie wieder an den Bootsrand klammerte und gelegentlich leise wimmerte.

Aber diesmal fuhr Martin sie an.
»In Dreiteufelsnamen, Frau, werden Sie erwachsen und jammern Sie nicht so herum. Glauben Sie im Ernst, ich würde Ihr Leben aufs Spiel setzen – oder, wichtiger noch, meines?«
Offensichtlich war jetzt nicht der rechte Augenblick, um Witze über Segel-Handbücher zu reißen, also unterdrückte Effie ihre Angst, so gut es ging, und für den Rest der Fahrt schwiegen sich beide aus.
Am Kai beförderte Martin sie und Ivordog aus dem Boot, als könnte er sie nicht schnell genug loswerden.
»Danke für den schönen Tag«, sagte sie höflich.
»Gern geschehen«, erwiderte er ebenso höflich. »Ich hoffe, Sie kommen gut mit dem Lackieren voran. Offensichtlich ist es Ihnen ja sehr wichtig«, fügte er unwirsch hinzu.
An diesem Abend lag Effie noch eine Weile wach und versuchte, aus Martin Hepple schlau zu werden. Es erschien ihr irgendwie seltsam, dass sich ein Mann seines Alters wegen einer abgelehnten Einladung so kindisch benahm.
Gegen drei Uhr morgens kam Scilla in Effies Schlafzimmer, so dass Ivordog am Fußende des Betts aufschreckte.
»Effie, wach auf. Ich glaube, es ist jemand unten im Laden. Horch.« Scilla hielt die Tür offen, und beide lauschten. Effie hörte nichts.
»Ich bin mir sicher, dass da etwas war«, wisperte Scilla. »Kommst du mit nach unten?«
»Wie wär's, wenn wir einfach die Polizei anrufen, Scilla?«

»Lauschen wir lieber zuerst auf dem Flur – die Verbindungstür ist abgesperrt.«

Die beiden Frauen schlichen mit dem Hund im Schlepptau die Treppe hinunter. Effie schlüpfte rasch in die Küche und kam mit einem Messer wieder.

»Bitte, bring niemanden um«, flüsterte Scilla. »Ich möchte dich nicht im Gefängnis besuchen.«

»So fühle ich mich sicherer.«

»Wir haben doch den Hund.«

»Ja, aber Ivordog hat noch nie mit Einbrechern zu tun gehabt. Außerdem könnte es sich um einen mordlüsternen Irren handeln.«

»Großartig« – Scilla wurde ungehalten –, »genau das wollte ich nicht laut aussprechen.«

Im Flur blieben sie vor der Tür zum Coffeeshop stehen und versuchten zu deuten, was sie hörten. Es war eine Art Blubbern – wie ein anhaltendes Gurren.

»Ich habe noch nie mordlüsterne Irre erlebt, die solche Geräusche machen«, meinte Effie. »Ich glaube, dass irgendein Tier da drin ist. Komm, wir wagen es. Fertig?«

Scilla nickte. Effie öffnete die Tür einen Spalt, und dann drängte sich Ivordog plötzlich mit aller Macht an ihren Beinen vorbei in den Raum. Als Effie die Deckenlampe einschaltete, war lautes Gackern und Flügelschlagen zu hören.

»Gottverdammter Mist!«

Sie öffnete die Tür ganz, und beide starrten auf Effies frisch lackierten Fußboden, den man allerdings kaum sah, denn überall flatterten kräftige Hühner herum, und dazwischen kam nur Hühnerkacke und eine dicke

Schicht Sägemehl zum Vorschein, die auf dem Lack klebte. Ivordog hatte sich vor Freude jaulend mitten in die gackernde Hühnerschar gestürzt, so dass eine Wolke aus Federn und Sägemehl aufstieg.

»Hol ihn«, brüllte Scilla.

»Mach die Tür zu«, schrie Effie, als sie hinter Ivordog herhechtete.

Drei Minuten später winselte der Hund draußen auf dem Flur, das Federvieh hatte sich in eine Ecke verzogen, und Scilla und Effie ließen den Blick über das Chaos schweifen, das in dem ehemals frisch renovierten Coffeeshop herrschte.

»Großer Gott, wer hätte gedacht, dass Hühner bis auf Fußleistenhöhe scheißen können«, bemerkte Effie. Sie hörte, wie Scilla hinter ihr stöhnte. »Schön.« Effie beschloss, die Sache in die Hand zu nehmen. »Wir machen Folgendes: Wir packen alle Schachteln mit Lebensmitteln und Küchenutensilien aus, verstauen den Inhalt irgendwo und packen die Vögel hinein.«

Mit nackten Füßen über Hühnerkacke zu gehen, war eine Erfahrung, die Effie nicht wiederholen wollte. An der Hintertür angekommen, stellte sie fest, dass sie aufgebrochen worden war.

»Ich wollte schon immer Hühner haben, und du?« Effie redete und hielt Scilla auf Trab. »Jetzt haben wir welche. Wir könnten ihnen morgen einen Auslauf im Garten bauen und Omeletts auf die Speisekarte setzen. Ich kümmere mich drum, um die Hühner, nicht die Omeletts. Ich habe nämlich Erfahrung mit Haustieren. Als Nancy klein war, hatte sie eine Schwäche für Kaninchen. Irgendwie haben wir es nie geschafft, das Geschlecht von Kaninchen zu bestimmen, und unser Garten sah jahrelang aus wie *Watership Down …*«

Effie plapperte weiter, während sie systematisch die Kartons leerten und Hühner hineinsteckten. Kein einziges Mal äußerte eine von ihnen die Ansicht, dass es sich eindeutig um Sabotage handelte, und sie spekulierten auch nicht, wer dahinterstecken mochte.

Effie weigerte sich, über die Tatsache nachzudenken, dass Martin Hepple der Einzige war, dem sie von ihrem Vorhaben, abends den Fußboden zu lackieren, erzählt hatte.

»Na schön, jemand will verhindern, dass wir eröffnen«, sagte Effie schließlich, nachdem Scilla es offenbar nicht über sich brachte, die Möglichkeit laut auszusprechen. »Es gibt kein Huhn auf der Welt, das genug Grips hätte, um in ein Haus einzubrechen. Dennoch« – sie sah Scilla streng an – »werden wir *The Quays* öffnen, und wir sorgen dafür, dass der Laden läuft.«

Scillas Traum hatte einen Knacks bekommen. Vor zwei Wochen hatte sie einen Beschwerdebrief wegen des neuen Namens erhalten, aber der Absender erwies sich als nicht existent. Anschließend war ein empörter Beamter erschienen, der dem Verdacht nachging, dass hier ohne Genehmigung ein Nachtclub eröffnen sollte. Mit diesen Unannehmlichkeiten war Scilla ganz arglos umgegangen, aber angesichts der Hühner bekam sie Paranoia, zumal auch der Klempner, aus dem Urlaub zurückgekehrt, seine Rechnung präsentiert und überzeugend versichert hatte, nichts von einem Gartenschlauch in der Katzenklappe gewusst zu haben. Sie fand, dass

inzwischen genug vorgefallen war, um die Polizei zu informieren.
»Was kann die Polizei schon machen?«, meinte Effie. »Die Hühner wegen Hausfriedensbruch verhaften?«
»Auch wenn man nicht beweisen kann, dass letzte Nacht eingebrochen wurde«, stellte Thebes fest, »musst du es der Polizei melden, damit die Versicherung die Hintertür bezahlt.«
Effie hatte dafür gesorgt, dass der Tierschutzverein die Hühner am nächsten Morgen abholte.
»Wenn wir Hühner halten«, meinte sie, »wollen wir welche ohne Vorstrafenregister.«
Sobald die Polizei informiert war, wurde die Hühnerinvasion Tagesgespräch im Dorf, und Scilla war sehr gerührt über all die besorgten Besucher, die den Weg zu ihr fanden.
Jackson schaute herein und begann unaufgefordert, Effie bei der Instandsetzung des Fußbodens und beim Streichen der Sockelleisten zu helfen. Geoff Hoyland kam und setzte eine neue Hintertür ein, und Martin Hepple, die Nettigkeit in Person, brachte einen großen Korb mit Speis und Trank vorbei.
»Ich weiß, das ist, als würde man Kohlen nach Newcastle liefern«, sagte er. »Aber ich dachte, Sie könnten eine Stärkung vertragen.«
Sogar Alison Sefton drückte ihr Mitgefühl aus.
»Wahrscheinlich sollte es eine Art Scherz sein«, meinte sie. »Sie wissen ja, wie die Leute auf dem Land sind. Ist Mrs. Washington da? Ich muss einen Termin mit ihr ausmachen.« Aber Effie versteckte sich im Kohlenkeller.

Eines Morgens kam David Parker mit einer Wagenladung Topfpflanzen.

»Ich habe es gerade gehört.« Er wirkte aufrichtig empört. »Sie haben ja Schreckliches durchgemacht. Ich habe mir überlegt, ob ich irgendetwas Hilfreiches beisteuern kann, und bin auf ein paar schicke Palmen für den schicken neuen Coffeeshop gekommen.« Besorgt sah er Scilla durch die Wedel der Pflanze an, die er trug. »Würden Sie die von mir annehmen?«

Effie stürzte sich begeistert auf die Palmen, und Scilla dankte ihm höflich.

»Sobald das Lokal läuft«, erwiderte David mit einem Lächeln, »müssen Sie sich einen Nachmittag freinehmen und etwas mit mir unternehmen. Ich hole Sie ab.«

Fünf Tage vor der Eröffnung war Scilla allein im Coffeeshop, als jemand ans Fenster klopfte. Scilla sah den Samtmantel und das lange graue Haar und ahnte, dass es Winsome Wetherall war.

»Effie hat mir von Ihnen erzählt, ich freue mich, Sie kennenzulernen.« Scilla ließ Winsome ein, reichte ihr formell die Hand und war überrascht, als ihre Besucherin auf sie zuging und sie küsste. Sie duftete überwältigend nach Patschuli und Lavendel.

»Ich wollte abwarten, bis Sie mit der Arbeit fertig sind, ehe ich wiederkomme.« Mit einer Handbewegung wies sie auf das inzwischen fertiggestellte Interieur von *The Quays,* sagte aber nichts zu den Veränderungen, sondern reichte Scilla ein in braunes Papier gehülltes Päckchen.

»Ich wollte Ihnen einen Teller machen« – sie sah zu, wie Scilla den Keramikkrug auspackte –, »aber dann dachte

ich, ein Krug ist praktischer, man kann Blumen hineinstellen. Nur eine kleine Erinnerung an die Eröffnung.«
Der Krug war mit einem Tamariskenmuster verziert, aber die Inschrift lautete *The Quays* mit dem Eröffnungsdatum.
Scilla war gerührt.
»Das ist lieb, herzlichen Dank. Und«, fügte sie hinzu, »ich bin froh, dass ich Ihnen doch noch persönlich sagen kann, wie leid es mir tut, dass Sie Ihre Stelle hier verloren haben. Ich wusste nicht, dass Sie Elizabeth Sturners Tochter sind.«
»Sie war die beste Mutter, die man haben kann«, erwiderte Winsome leidenschaftlich. »Sie fehlt mir so.«
»Kommt sie denn bald von ihrer Reise zurück?«
»O ja, ich denke schon.«
Scilla hatte irgendwie das Gefühl, Winsome überrumpelt zu haben, doch sie fasste sich gleich wieder. »Erzählen Sie mir doch etwas von sich«, sagte Winsome und tätschelte Scilla mädchenhaft den Arm. »Ihr Vater hat natürlich oft über Sie geredet, aber ich kann es gar nicht abwarten, Sie besser kennenzulernen.«
Hier standen sie also, zwei Frauen, ungefähr im selben Alter, nicht verwandt, aber verbunden durch eine Beziehung zwischen ihren Eltern – eine Beziehung, über die Winsome sehr viel mehr wusste als Scilla. Sie fasste spontanes Vertrauen zu Winsome.
»Anfangs war es ein schrecklicher Schock. Ich hatte nie von diesem Haus gehört, und dass Ihre Mutter und mein Vater sich kannten, wusste ich auch nicht.«
»O ja.« Winsome lächelte. »Sie hatten solchen Spaß miteinander, Elizabeth ist so ...« – Winsome suchte

stirnrunzelnd nach dem rechten Wort – »jung. Sie ist so offen für das Leben und für alles Neue. Es war Ihrem Vater anzusehen, wie beschwingt er wurde. Sie haben einander sehr geliebt. Es ist doch schön« – sie legte den Kopf schräg und lächelte –, »sich vorzustellen, dass sie in ihrem Alter noch eine zweite Chance bekamen, glücklich zu werden.«

Nach diesem Einblick in das Leben ihres Vaters in Devon hätte Scilla gern mehr erfahren, aber sie wurden durch Effie unterbrochen, die offensichtlich etwas loswerden wollte. Sie ließ durchblicken, dass sie keinen Wert auf Winsomes Anwesenheit legte, und sobald sich die Tür hinter der Besucherin schloss, wandte sich Effie mit schuldbewusster Miene an Scilla.

»Ich muss dir etwas sagen.« Sie sah aus, als sei ihr speiübel, und ihre Stimme war leise. »Ich hätte es schon früher erwähnen sollen, aber ich wollte es mir nicht eingestehen.«

»Was denn, Effie?« Jetzt war Scilla besorgt. »Worum geht's?«

»Der Einzige, der wusste, dass ich an dem Abend den Boden lackieren wollte, war Martin Hepple. *Und* er hat mir von der Auktion erzählt. *Und* er war auch an dem Haus interessiert. Außerdem hat er grob reagiert, weil wir es jetzt haben.« Sie verstummte kurz, dann jammerte sie: »Aber ich will nicht, dass er es war.«

Am Karfreitag fuhr Scilla nach Exeter, um Robert vom Flughafen abzuholen. Effie und Thebes gingen unterdessen in Thoroford einkaufen und gönnten sich einen Lunch im Pub.

»Dein Baby hat allen Grund, dir dankbar zu sein.« Voller Bewunderung sah Effie zu, wie Thebes ein Drei-Gänge-Menü vertilgte. »Ich habe noch nie gesehen, dass eine Mutter so hart daran gearbeitet hat, ihr ungeborenes Kind zu ernähren.«

»Ich brauche ja nicht mehr wegen Max auf meine Figur zu achten«, erklärte Thebes mit vollem Mund. »Also kann ich in aller Ruhe das Essen genießen.«

»Stimmt!« Effie freute sich, dass ihre Freundin den Namen des Mistkerls über die Lippen brachte, ohne feuchte Augen zu bekommen.

Kurz vor Weston Burrows wurden sie von einem heranrasenden roten Sportwagen beinahe von der schmalen Straße abgedrängt.

»Der Fahrer ist ja gemeingefährlich«, sagte Effie mit einem Blick in den Rückspiegel. »Oh, ich glaube, das war David Parker.«

Thebes schaute aus dem Fenster. »Als ich klein war, habe ich das Land immer so gemalt.« Sie deutete auf die Wiesen. »Viele Hügel in leuchtenden Grünschattierungen mit braunen Kühen und molligen weißen Schafen darauf.«

Effie fuhr bergab und bog in die Uferpromenade ein.

»Mein Gott, was zum Teufel …?« Sie kam mit quietschenden Bremsen vor Hausnummer elf zum Stehen. Vor der Ladenfront des Coffeeshops lag ein dampfender Misthaufen. Eine kleine Menschenansammlung und einige Hunde standen davor und starrten den Haufen an. Die beiden Frauen betrachteten schweigend die Szene. Ein älterer Mann klopfte mit einem Spazierstock gegen die Scheibe und fragte: »Haben Sie das Zeug bestellt?«

»Nein, haben wir nicht.« Effie schüttelte den Kopf und stieg aus. »Wo … Wo kommt das her?«
»Es wird eine Weile dauern, das wegzuschaffen«, meinte der alte Mann. »Und noch dazu am Karfreitag«, fügte er hinzu, als habe der Tag allen Grund, beleidigt zu sein.
Da kam Martin Hepple mit seinem Handy in der Hand auf Effie zu.
»Endlich«, bemerkte er unwirsch, »wo sind Sie gewesen, verdammt noch mal?«
»Unterwegs«, gab Effie zurück. »Was soll das hier bedeuten?«
»Anscheinend haben Sie Mist bestellt.«
»Es dürfte doch wohl klar sein, dass wir das nicht getan haben.«
»Ist das Ihre Freundin Scilla?« Martin deutete auf Thebes, die mühsam aus dem Auto ausstieg.
»Nein, das ist meine andere Freundin. Die schwangere«, erklärte Effie sarkastisch. »Scilla holt heute ihren Mann vom Flughafen ab. Sie kommt frühestens in einer Stunde zurück.«
»Umso besser. Ich habe einen Farmer aus der Gegend angerufen. Er kommt mit einem Hänger, Schaufeln und ein paar Helfern her.« Er sah Effie stirnrunzelnd an. »Sie sollten lieber mit Ihrer Freundin ins Pub gehen, während wir hier aufräumen.«
Die beiden Frauen setzten sich ins Auto und warteten auf Scilla. Wenn Thebes etwas sagte, hörte Effie ihr nicht zu. Sie war zu sehr mit der Frage beschäftigt, was Martin und ein Haufen Kuhmist am Karfreitagabend vor dem Coffeeshop verloren hatten.

Als Scilla mit Robert eintraf, war von dem Mist nur noch eine dünne Schmutzschicht auf dem Pflaster zurückgeblieben, und Martin und der Farmer mit dem Hänger machten sich wieder auf den Weg.
Effie stieg aus und bereitete sich seelisch darauf vor, Scilla zu sagen, dass jemand ihr als Eröffnungsgeschenk einen Zentner Mist präsentiert hatte.

Kapitel neun

Am Ostermontag öffnete *The Quays* offiziell seine Pforten. Am Nachmittag kamen zahlungswillige Gäste, größtenteils Urlauber, die erst nach dem Eintreten merkten, dass sie zu den ersten Kunden des neuen Coffeeshops gehörten. Als Scilla gegen sechs Uhr den Wein ausschenkte, trafen auch die Einheimischen ein.

Scilla, die hinter der Theke stand und ihr neues Reich überblickte, fand, dass sie allen Grund hatte, stolz zu sein – so riskant dieses Gefühl auch sein mochte.

Es hatte eine Weile gedauert, bis sie begriffen hatte, was ihr Effie zu erklären versuchte, als sie mit Robert am Karfreitag vor dem *Quays* vorgefahren war. Dann hätte sie am liebsten geweint, geschrien oder getobt, aber weil Robert da war und sie nichts sehnlicher wünschte, als dass er sie als verantwortungsvolle Inhaberin eines erfolgreichen Coffeeshops erlebte, zeigte sie ihre wahren Gefühle nicht.

»Ich wusste nicht, dass ich insgeheim einen solchen Stolz besitze«, gab Scilla Effie gegenüber zu. »Ich finde, ich musste so hart darum kämpfen, Robert für dieses Projekt zu gewinnen, dass ich ein *Ich hab's dir ja gleich gesagt* einfach nicht ertragen könnte.«

Über den Zwischenfall mit den Hühnern wusste Robert Bescheid, aber Scilla hatte ihm eine abgemilderte Version geliefert, und die drei Freundinnen waren stillschweigend übereingekommen zu behaupten, die Anlieferung des Misthaufens sei nur ein bedauerlicher Irrtum gewesen. Wie Effie später unter vier Augen mit Scilla besprach, konnte man das durchaus so sehen, und das Gegenteil war ohnehin nicht zu beweisen.

Robert lobte *The Quays* in den höchsten Tönen, obwohl ihn das Haus an sich nicht in Begeisterung versetzte.

»Ich bin beeindruckt. Zweifellos ist das eine ausgezeichnete Investition. Ein typisches Küstendorf – ganz entzückend.« Sein nächster Vorschlag versetzte Scilla in Erstaunen: »Wir könnten uns ein Boot zulegen«, bis er mit der nächsten Bemerkung alles wieder verdarb: »Und es zusammen mit dem Haus an Feriengäste vermieten.«

Scilla hatte den Eindruck, dass es mit Robert immer drei Schritte vor und zwei zurückging.

»Hallo. Bist du in anderen Sphären?« Eine Hand berührte ihren Arm. Jonty Bell mit der kleinen Delphine stand ihr gegenüber auf der anderen Seite der Theke. Scilla fuhr zusammen und lächelte. Effie und Scilla hatten die Familie Bell kennengelernt, als sie zu Beginn der Osterferien in ihrem Ferienhaus eingetroffen waren, und am Samstagabend hatte Jonty Thebes zum Essen ausgeführt. Scilla und Effie fanden ihn beide sehr nett – genau der Richtige für Thebes.

»Das ist ja das Problem«, hatte Effie mit düsterer Stimme bemerkt, »Thebes steht nun mal nicht auf nette Männer.«

Jonty pochte auf die Flasche Champagner, die er mitgebracht hatte.
»Die ist ausschließlich für euch nach Feierabend bestimmt. Das Café sieht großartig aus.«
Scilla bedankte sich mit einem Lächeln.
»Thebes sitzt dort auf dem Sofa und unterhält sich mit meinem Mann.«
Nun tauchten noch mehr bekannte Gesichter auf. David Parker stellte ebenfalls eine Flasche Champagner auf die Theke und begrüßte Scilla mit Küsschen auf beide Wangen. Dann trat er einen Schritt zurück und betrachtete ihre Füße. Sie trug die roten Samtschuhe, die er von ihrer ersten Begegnung in Erinnerung hatte.
»Meine Lieblingsschuhe«, rief David mit einem strahlenden Lächeln.
Scilla runzelte die Stirn.
»Ich wollte mir neue kaufen. Neues Leben, neue Schuhe, aber in Thoroford bin ich nicht fündig geworden.«
David legte ihr besitzergreifend die Hand auf die Schulter. »Wie wär's, wenn wir demnächst nach Exeter fahren? Ich würde unheimlich gern mit Ihnen Schuhe kaufen gehen.«
»Wenn er nicht schwul ist, fress ich einen Besen«, erklärte Effie, die mit einem Tablett Gläser vorbeikam.
Geoff Hoyland überreichte Scilla einen Blumenstrauß von der Tankstelle. »Sie haben das gut hingekriegt, aber es tut mir trotzdem leid, dass Sie mein Angebot nicht angenommen haben«, sagte er und lehnte mit einem Kopfschütteln das Glas Wein ab, das Scilla ihm offerierte.

»Was?« Scilla kam nicht mit. »Sie haben sich für das Haus interessiert? Das wusste ich nicht, tut mir leid.«

»Sie haben abgelehnt – oder Ihr Anwalt in Ihrem Auftrag. Fishtail, das ist meine Firma. Ich hatte vor, dieses Haus und das daneben zu kaufen und aus dem ganzen Komplex ein anständiges Hotel mit Restaurant zu machen.« Er sah sich im Raum um. »Das Dorf könnte ein gutes Hotel gebrauchen.«

Geoff zog sich zurück, als Winsome mit einem Armvoll schöner Blumen hereinkam. Sie küsste Scilla auf beide Wangen.

»Sie hätten eröffnen sollen, wenn die Tamariske blüht«, sagte sie mit gespieltem Ernst. »Aber ich habe ein paar Zweige gefunden, die schon ein klein bisschen rosa austreiben«, meinte sie mit einer theatralischen Armbewegung. »Sie können hier nicht ohne die Tamariske feiern.« Dann wandte sie sich einigen Leuten zu, die in der Nähe standen, und verkündete mit lauter Stimme: »Das ist meine neue Schwester.«

Scilla fing einen skeptischen Blick von Effie auf.

»Tut mir leid, dass Ihre Mutter noch nicht aus den Ferien zurück ist«, sagte Scilla mit leiser Stimme zu Winsome. »Ich hätte mich gefreut, wenn sie zur Eröffnung gekommen wäre.«

»Ich glaube, sie behält das Haus lieber so in Erinnerung, wie es war.«

Scilla schockierte der scharfe Tonfall, aber Winsome fügte sofort sehr viel freundlicher hinzu: »Jetzt sagen Sie mir, wie ich helfen kann.«

Scilla nahm eine Platte mit Häppchen von der Theke und reichte sie ihr.

»Also ist Skinnie-Winny jetzt deine Schwester?« Effie konnte sich kaum halten vor Lachen. »Sei bloß vorsichtig, die wirst du so schnell nicht mehr los.«
»Hör auf, sie so zu nennen. Sie heißt Winsome, und sie tut mir leid. Durch uns hat sie ihre Arbeit verloren, und ihre Mutter hat eine längere Reise angetreten … offensichtlich vermisst sie sie …«
»Bitte gib deiner neuen Schwester nicht meinen Job … so ein Mist, da ist ja diese Alison, ich verschwinde schnell in der Küche, bevor sie mich sieht. Mir fallen allmählich keine Ausreden mehr ein, warum ich ihre Einladung nicht annehmen kann.«
Offenbar hatte sich das halbe Dorf entschlossen, zur Eröffnung zu kommen, denn der Coffeeshop war inzwischen zum Bersten voll.
Als Scilla von Gruppe zu Gruppe ging, bemerkte sie, dass Robert den Gästen nachschenkte – mit unnahbar höflicher Miene wie immer –, und sie sah, dass David Parker mit Winsome im Flur stand. Es kam ihr vor, als hätten die beiden eine Meinungsverschiedenheit – zumindest fuchtelte Winsome aufgeregt herum.
»Wer ist das komische Huhn?« Jonty stand mit einem leeren Glas in der Hand neben Scilla und folgte ihrem Blick.
»Kennst du sie nicht? Winsome Wetherall, Elizabeth Sturners Tochter, sie hat früher hier gearbeitet.«
Jonty prustete los.
»Wenn mich meine Mutter Winsome genannt hätte, würde ich ihr das nicht verzeihen. Winsome Wetherall … wirklich ein ausgefallener Name.« Er sah etwas

genauer hin. »Kann sein, dass ich sie schon gesehen habe. Aber ich war noch nie hier, wir trinken unseren Tee immer zu Hause.« Im selben Moment bereute er, was er gesagt hatte. »Für Nachmittagstee ist ein Kind nämlich schwer zu begeistern. Aber das wird sich jetzt ganz bestimmt ändern.«

Jonty war wirklich nett, dachte Scilla, als sie in die Küche zurückkehrte – leider viel zu normal und viel zu nett, um bei Thebes Eindruck zu machen.

In der Küche traf sie auf Effie, die Kaffee vom Boden aufwischte und vor sich hin fluchte. »Ich würde ja Thebes bitten zu helfen, wenn sie nicht so dick und so müde wäre. Es wird doch hoffentlich nicht jeden Tag so zugehen, was meinst du?«

»Sie stehen wohl mit häuslichen Pflichten auf Kriegsfuß?«, fragte eine amüsierte Stimme.

Scilla sah eine große schlaksige Gestalt im Türrahmen stehen.

Effie blickte auf.

»Ach, Sie sind's. Ich wusste nicht, dass Sie hier sind.« Ihr Tonfall verriet so wenig Begeisterung, dass Scilla sofort wusste, wer der Besucher war.

»Soweit ich mich erinnere, haben Sie mich eingeladen.« Er klang verletzt. »Beten Sie da unten?«

Effie stand auf und wandte sich Scilla zu. »Martin Hepple, Scilla Learmonth.«

Scilla reichte dem älteren Herrn die Hand und versuchte, sich vorzustellen, wie er die Tür aufbrach und zwei Dutzend Hühner in den Coffeeshop schaffte. Er sah aus, als würde er die meisten Dinge mit Schwung anpacken.

»*The Quays* ist wirklich piekfein«, sagte Martin. »Ich

wünsche Ihnen viel Erfolg damit.« Zu Effie gewandt, fragte er: »Wo ist eigentlich Dusseldog?«
»Oben. Verbannt aufgrund von Gesundheits- und Sicherheitsvorschriften.«
Martin verzog das Gesicht.
»Das ist doch lächerlich. Einem Hund wie ihm gefällt es bestimmt auf Partys. Aber ich bin kein Partymensch, ich führe ihn für Sie aus.«
»Etwa jetzt?«
»Ja.«
»Aber Sie nehmen ihn doch nicht mit auf Ihr Boot?«
»Natürlich nicht. Ich gehe mit ihm an den Strand. Nur eine schnelle Runde.«
Effie schien mit sich zu ringen, ob sie das Angebot annehmen und ihren geliebten Hund aus der Hand geben sollte.
»Vertrauen Sie mir etwa nicht?«, wollte Martin wissen.
»Nein, das ist es nicht … ich meine, doch, vielen Dank.« Effie spähte aus dem Fenster. »Es wird aber bald dunkel.«
»Ich verspreche Ihnen, dass ich ihn bis Mitternacht zurückbringe«, erwiderte er feierlich. »In diesem Provinznest sind um diese Uhrzeit nicht so viele Betrunkene unterwegs.«
»Mir geht es darum, dass er allmählich taub wird, und im Dunkeln sieht er Sie nicht mehr.«
Dennoch verschwand Effie nach oben, um den Hund zu holen.
»Ich lasse ihn schon nicht von der Leine«, rief Martin ihr nach, dann wandte er sich an Scilla und fragte eindringlich: »Läuft alles reibungslos?«

»Ja, vielen Dank. Alle haben sich sehr lobend über *The Quays* geäußert.«
Martin nickte.
»Gut, das freut mich. Weiter so, Sie haben das alte Haus richtig aufgemöbelt. Ich hoffe, dass es sich für Sie auszahlt.«
Scilla konnte nicht entscheiden, ob sie Martin Hepples Worten trauen sollte oder ob sie, wie Effie vermutete, den Schuldigen vor sich hatte.

Thebes fühlte sich nicht gut. Ihr war heiß, und alles war ihr unangenehm. Wenn sie stand, tat ihr der Rücken weh, im Sitzen geriet sie in Atemnot, und sie spürte einen dumpfen Schmerz im unteren Rücken. Sie legte sich aufs Sofa, hinter ihr fiel das Licht der Straßenlaternen durchs Fenster herein. Leute kamen, setzten sich eine Weile zu ihr und gingen wieder. Die Frau aus dem Dorfladen, die zwanzig Minuten lang auf sie eingeredet hatte, war soeben weitergezogen, um sich ein anderes Opfer zu suchen, und Thebes genoss einen Augenblick der Ruhe. Sie schloss die Augen und überlegte, ob Scilla wohl gekränkt wäre, wenn sie sich nach oben zurückzog.
»Thebes.« Eine Hand zog an ihrem Rock. Es war Delphine, die nun neben sie auf das Sofa kletterte. »Wach auf. Finn ist da, er steht dort drüben.«
Widerstrebend machte sie die Augen auf und sah, dass Delphine auf ihre ältere Schwester Elvira deutete, die neben einem jungen Mann mit Wollmütze und Parker stand. Für einen Augenblick wünschte Thebes, von Sehnsucht überwältigt, die beiden jungen Leute wären

Tess und Sam. Der Junge kam ihr allerdings bekannt vor.

»Das ist Jackson.«

Als Scilla am Sofa vorbeikam, stupste Thebes sie an. »Scilla, schau, Jackson ist Delphines Bruder Finn …«

Plötzlich spürte sie einen heftigen Schmerz im Bauch.

»Alles in Ordnung, Thee?« Scilla ging neben ihr in die Hocke. »Du siehst ein bisschen gestresst aus. Möchtest du nach oben gehen?«

Thebes hielt den Atem an, während der Schmerz unerträglich wurde, und dann mit einem Mal wurde alles rundum dunkel, und ihre Fruchtblase platzte.

Als das Licht ausging, beglückwünschte sich Effie, dass sie in weiser Voraussicht in der Küche einen Kerzenvorrat deponiert hatte. Nach wenigen Minuten war das Café erleuchtet.

»Im Kerzenschein sieht es noch besser aus«, stellte sie fest. »Wahrscheinlich ist eine Sicherung rausgeflogen.« Sie war im Flur auf dem Weg in den Keller, als Jonty, der sich durch die Menge gedrängt hatte, zu ihr stieß.

»Bei Thebes ist das Fruchtwasser abgegangen. Wir müssen sie ins Krankenhaus bringen.«

»Sie hat doch erst in ein paar Wochen Termin.«

»Ich weiß.« Er fuhr sich nervös mit den Fingern durchs Haar. »Ich hole rasch meinen Wagen. Elvira und Finn bringen Delphine nach Hause. Thebes liegt auf dem Sofa, Scilla ist bei ihr.«

Effie, die zu Thebes eilte, bemerkte Jackson erst gar nicht.

»Dein Jackson heißt in Wirklichkeit Finn und ist Jontys Sohn«, erklärte ihr Thebes.
»Das nenne ich eine Überraschung.« Effie grinste den Jungen an.
»Das ist meine Schwester Elvira«, stellte er das Mädchen neben ihm vor. »Sie sammelt die Gartenzwerge«, fügte er hinzu. »Komm, Delphine« – er nahm das kleine Mädchen bei der Hand –, »es wird Zeit, dass wir heimgehen.«
»Thebes stirbt doch nicht, oder?«, fragte Delphine kläglich, als ihre Geschwister mit ihr hinausgingen.
»Anscheinend wurde nur uns persönlich der Strom abgestellt«, meinte Scilla mit Blick auf die funktionierende Straßenbeleuchtung.
»Wahrscheinlich ist eine Sicherung durchgebrannt, ich wollte gerade in den Keller, als Jonty mir Bescheid gesagt hat …«
»Es tut mir so leid, dass ich das Sofa nass gemacht habe.« Thebes griff nach Effies Hand und zuckte vor Schmerz zusammen. »Es kommt zu früh, ich habe keine Sachen für Frühchen, und es fühlt sich auch nicht an wie eine richtige Wehe.« Plötzlich bekam sie es mit der Angst zu tun. »Ich glaube, ich möchte das doch lieber nicht allein durchstehen.«
»Ich komme mit«, versprach Effie spontan. »Scilla, du musst hierbleiben. Thee, was brauchst du von oben?«
Da hörte man tapsende Schritte, und Effie wurde von einem warmen, feuchten, nach Tang riechenden Tier angesprungen. Ivordog und Martin waren wieder da.
»Spielt ihr Mörder und Detektiv?« Im Kerzenschein wirkte Martins Grinsen geradezu satanisch.

»Der Strom ist ausgefallen, ich nehme an, es ist die Sicherung.« Effie wandte sich wieder an Thebes. »Kannst du mir sagen, was du mitnehmen möchtest?«

»Ich weiß nicht, ich habe nichts vorbereitet, das hätte nicht passieren dürfen.«

Martin, der Thebes' schweißnasses Gesicht sah, deutete die Situation richtig. »Sie fahren mit Ihrer Freundin ins Krankenhaus?« Effie nickte. »Gut, geben Sie mir den Hund, ich bringe ihn nach oben, dann kümmere ich mich um die Sicherungen.« Zu Scilla, die offenkundig nervös neben Thebes saß, sagte er: »Und Sie gehen zu Ihren Gästen zurück und hören auf, sich Sorgen zu machen.« Als sein Blick auf Effie fiel, wurde seine Miene weich. Er berührte sie sanft, beinahe zaghaft an der Schulter.

»Keine Angst, ich bleibe hier, für den Fall, dass ich gebraucht werde.«

Zehn Minuten später saßen Thebes und Effie auf dem Rücksitz, während Jonty den Wagen mit Höchstgeschwindigkeit über schmale Landstraßen lenkte.

»Ich glaube, dein Martin Hepple ist in Ordnung«, bemerkte Thebes.

»Er ist nicht mein Martin Hepple, glaub mir, er ist arrogant, starrköpfig und wenig vertrauenswürdig.«

Thebes verzog vor Schmerz das Gesicht. »Ahhh ... Das war wieder eine Wehe.« Sie klang überrascht.

»Ja, weißt du nicht mehr, eine Wehe nach der anderen, bis du schließlich ein Baby hast«, stellte Effie fröhlich fest. »Reden wir über etwas Interessanteres, damit du auf andere Gedanken kommst.«

»Für einen älteren Mann sieht er ziemlich gut aus«, brachte Thebes mühsam heraus.

»In Gottes Namen atme regelmäßig, Thee. Und ›älterer‹ ist ein grauenhaftes Wort. So alt ist er auch wieder nicht.«

Jonty nahm mit mörderischer Geschwindigkeit eine Kurve, erreichte den beleuchteten Eingang der Notaufnahme und stellte das Auto ab, ohne auf die Verbotsschilder zu achten.
»Was ist, wenn sie hier kein Bett für mich haben?«, jammerte Thebes von jäher Angst überwältigt, als Effie ihr aus dem Wagen half. »Ich weiß nicht, was ich machen soll. Ich möchte nach Hause.«
Mit einem Schlag wurde Effie bewusst, wie unglaublich verletzlich sich eine Frau während der Geburt fühlt. Es war wohl eine natürliche Reaktion darauf, diesem unausweichlichen Vorgang vollkommen ausgeliefert zu sein – ihn durch nichts in der Welt aufhalten zu können. Sie legte Thebes den Arm um die Schulter.
Jonty, der die Autotür aufhielt, wirkte unsicher. »Ich sollte wohl lieber wieder fahren, aber ich könnte auch bleiben … oder wiederkommen. Ihr könntet mich anrufen.«
»Ich möchte dir nicht zur Last fallen«, erwiderte Thebes ebenso zögernd wie Jonty. Beide sahen einander unentschlossen an. Thebes wünschte sich offensichtlich, dass Jonty blieb, und Effie spürte intuitiv, dass auch Jonty gern geblieben wäre.
»Ich bringe Thebes rein, du stellst den Wagen woanders ab«, ordnete sie an. »Du findest uns auf der Entbindungsstation«, rief sie ihm zu, als sie Thebes hineinführte.

Wie durch Zauberhand waren nach wenigen Sekunden eine Schwester, ein Sanitäter und ein Rollstuhl zur Stelle, und beiden fiel ein Stein vom Herzen.

Thebes konnte nicht klar denken, sie verspürte nur das instinktive Verlangen, Jonty bei sich zu haben, wenn das Baby zur Welt kam. Viel später, als alles vorbei war, marterte sie sich mit Vorwürfen, weil sie nicht bedacht hatte, dass Jontys Frau bei Delphines Geburt beinahe gestorben wäre. Bestimmt war es eine Qual für ihn, eine andere Frau in den Wehen zu sehen, und sie schauderte bei der Vorstellung, welche Erinnerungen dadurch für ihn heraufbeschworen wurden.

Aber während dieser langen Nacht war Thebes dankbar für Effies und Jontys Unterstützung. Sobald sie im sicheren Umfeld der Entbindungsstation angelangt waren, ließen die Wehen nach, und für einen kurzen Augenblick fürchtete Thebes, dass man sie wieder nach Hause schicken würde, aber offenbar hatte das Baby nur eine Pause eingelegt, und allmählich wurden die Wehen wieder stärker. Jonty und Effie blieben, setzten sich zu beiden Seiten an Thebes' Bett, wenn sie sich hinlegte, und gingen mit ihr den Flur entlang, wenn sie sich bewegen wollte. Und sie trösteten sie, als sie plötzlich in Tränen ausbrach. »Ich habe Tess versprochen, dass sie das Baby gleich sehen darf, wenn es auf der Welt ist«, schluchzte sie. »Jetzt geht das nicht.«

Die beiden beruhigten sie auch, als die Panik wiederkehrte.

»Das Baby ist einen Monat zu früh dran. Es wird sterben, das weiß ich.«

»Violet wurde auch vier Wochen zu früh geboren«, erklärte Effie. »Und schau, wie gesund und robust sie jetzt ist.«

Die Wehen kamen in unregelmäßigen Abständen, und die Nacht schien sich endlos hinzuziehen.

»Jackson« – in einer langen Wehenpause fiel es Thebes plötzlich wieder ein. »Warum nennt sich dein Sohn Jackson? Er hat nie erwähnt, dass er in Weston Burrows wohnt.«

»Ein Freund hat ihn so genannt, als er zur Schule ging, es hat etwas damit zu tun, dass er wie Michael Jackson tanzt, glaube ich. Zurzeit wohnt er bei seiner neuen Freundin in Thoroford.« Jontys freundliches rundes Gesicht wurde traurig. »Finn hat sein Studium im zweiten Jahr geschmissen. Er hat es nicht gepackt – vielleicht eine verspätete Reaktion auf den Tod seiner Mutter. Die Mädchen haben sofort um sie getrauert, aber Finn hat sich ungefähr drei Jahre lang in sein Schneckenhaus zurückgezogen. Als er sagte, dass er sein Studium abbricht, dachte ich, es würde ihm guttun, sein eigenes Ding zu machen, und wenn es Malern und Tapezieren in Thoroford ist«, sagte Jonty nachdenklich, »soll es mir auch recht sein.«

»Er versteht sich auf sein Handwerk, das kann ich dir versichern«, stellte Effie fest. »Und verputzen kann er auch recht ordentlich. Er überlegt, natürlich nur theoretisch, ob er Bauunternehmer werden könnte.«

»Für solche Sachen hatte er schon immer ein Händchen«, seufzte Jonty. »Ich wünschte nur, er käme ein bisschen öfter rüber, wenn wir hier sind. Ich habe das Gefühl, dass er wütend auf mich ist – dass ich ihn enttäuscht habe. Wenn man alleinerziehend ist, macht man nicht immer alles richtig … ich meine, es kommt vor …« Er lächelte Thebes an. »Ich bin mir sicher, dass du es bei deinen Kindern nicht so vermasselt hast wie ich bei meinen.«

Thebes wollte ihm versichern, dass sie es auch vermasselt hatte, sie wollte den Arm um ihn legen und ihn trösten, aber der Schmerz, der sie durchfuhr, ließ sie aufstöhnen.

»Mist.« Sie atmete tief aus, als die Wehe nachließ. »Der verdammte Max. Ich hasse ihn. Ich wünschte, ich hätte mich für das goldene Armband entschieden. Das würde nicht so weh tun. Du hast recht, ich wollte kein Baby«, stöhnte sie. »Ich wollte ein Armband.«

»Das wäre der rechte Augenblick für das berühmte ›Ich hab's dir doch gesagt‹«, scherzte Effie.

Thebes lächelte gequält.

Doch die Pausen zwischen den Wehen waren inzwischen zu kurz für Scherze. Eine neue Hebamme trat ihren Dienst an und brachte den sauberen Geruch von Duschgel und frischem Deo mit.

»Kommt Papa auch mit ins Geburtszimmer?«, wollte sie wissen.

»Er ist nicht der Papa« – »Ich bin nur ein Freund«, sagten Thebes und Jonty gleichzeitig.

»Ich warte hier auf euch.« Jonty beugte sich über Thebes und küsste sie ohne Vorwarnung auf die Stirn. »Wenn du rauskommst, bin ich hier. Ich wünsche dir eine schöne Geburt«, fügte er hinzu.

Als ihr Bett weggeschoben wurde, sah Thebes, dass Jonty ihr nachschaute. Sie hob die Hand und hatte das merkwürdige Gefühl, dass sie ihn nicht zurücklassen sollte.

»Max ... ich will Max ... ich hasse ihn. Rühr mich nicht an. Ahhhh, Scheiße.« Thebes, die sich gegen das Bett lehnte, wand und krümmte sich vor Schmerz. Es war zu viel. Sie wollte, dass es wegging. »Ich bin zu alt dafür«, schrie sie. »Es soll aufhören.«

Effie stützte sie und rieb ihr das Gesicht mit kühlen Tüchern ab, und Thebes nahm wie von weitem wahr, dass Effie und die Hebamme ruhig und schrecklich vernünftig waren, so dass sie nur noch lauter schreien wollte.

Dann war plötzlich alles vorbei. Um fünf vor halb sechs kam ein sechseinhalb Pfund schwerer Junge zur Welt und fing sofort an zu schreien.

»Na sieh mal einer an. Du bist so schlau. Ist er süß.« Effie betrachtete das Baby in Thebes' Armen. »Und er hat große Ähnlichkeit mit Humpty Dumpty.«

Die Liebesgeschichte zwischen Mutter und Kind begann sofort. Thebes bewunderte ihr verschrumpeltes Baby, das sie aus blauen Augen anstarrte, unbeholfen den Kopf bewegte und saugende Geräusche machte.

»Humpty Dumpty«, flüsterte sie ihm zu. »Effie sagt, du siehst aus wie ein Ei. Ich finde dich schön. Hallo, du.«

Thebes legte ihr Baby an und flüsterte ihm immer noch unsinniges Zeug zu, als Jonty hereinkam.

»Es ist ein Junge und ...« Sie beobachtete, wie ihr Baby – ein weiß verpacktes Bündel in ihrem Arm – erste Anstalten machte, an der Brust zu saugen. »Ich hatte vergessen, dass ich, wenn es um Babys geht« – sie lächelte ihn selig an –, »die reinste Milchkuh bin.«

Die Tatsache, dass *The Quays* jetzt von Kerzen erleuchtet wurde und die Musik ausgegangen war, setzte keineswegs einen Schlussstrich unter die Party. Scilla stand mit Winsome auf dem Flur, als Martin Hepple mit einer Taschenlampe aus dem Keller kam.

»Ich fürchte, wir müssen heute Nacht ohne Licht auskommen. Alle Sicherungen für das Erdgeschoss sind verschwunden.« Er machte ein besorgtes Gesicht. »Für oben sind alle noch vorhanden und funktionieren auch …«

»Hat sie jemand entfernt?«, fragte Scilla.

Martin schien sich unbehaglich zu fühlen, als er antwortete.

»Sieht so aus.«

»Aber das ist ja schrecklich«, sagte Winsome, die neben Scilla stand, und legte ihr den Arm um die Schulter. »Wer in aller Welt kann es darauf anlegen, einen so netten Abend zu verderben?«, rief sie mit mädchenhafter Empörung.

Scilla konnte Martins Gesichtsausdruck, mit dem er Winsome ansah, nicht deuten – er hätte verschwörerisch, mahnend oder arrogant sein können. Erst als sie sich die Szene später noch einmal in Erinnerung rief, begriff sie, dass sie es hier mit zwei Menschen zu tun hatte, die einander ziemlich genau kannten.

»Allem Anschein nach jemand, der nicht will, dass dieser Coffeeshop ein Erfolg wird«, gab er zurück. »An Ihrer Stelle würde ich weiterhin Getränke ausschenken, Scilla, damit der Abend so schön weitergeht, wie er angefangen hat.« Er ging zur Vordertür hinaus und knallte sie hinter sich zu.

Nachdem Thebes und Effie ausfielen und inzwischen auch Robert verschwunden war, nahm Scilla Winsomes Hilfsangebot dankbar an. Später am Abend stocherten sie und ihr Mann in dem Festessen herum, mit dem sie alle gemeinsam die Eröffnung hatten feiern wollen.

»Wo warst du eigentlich, als das Licht ausging, Robert?«, fragte sie.

»Leider war ich oben, ich musste ein Telefonat wegen einer Besprechung später die Woche annehmen.« Er hatte den Anstand, ein schuldbewusstes Gesicht zu machen. »Dann habe ich mir im Fernsehen die Nachrichten angesehen, dabei muss ich wohl eingenickt sein. Zu viel Champagner. Tut mir leid. Oben ist der Strom nicht ausgefallen.«

Scilla stand auf und räumte ab.

»Stimmt.« Sie ließ ihn in dem Glauben, es sei ein Stromausfall gewesen.

»Die Party ist gut gelaufen, nicht wahr?« Robert lehnte sich auf seinem Stuhl zurück. »Alle haben sich sehr wohlwollend über das Café geäußert, und ich muss sagen, es sieht großartig aus.« Scilla entging nicht, dass er ihr nach besten Kräften schmeichelte. »Das Essen war natürlich köstlich«, fuhr Robert fort, als Scilla Obst und Käse auf den Tisch stellte. »Aber etwas anderes hätte ich von dir auch nicht erwartet.« Er lächelte sie liebevoll an. »Der Coffeeshop sieht richtig schick aus, und anscheinend sind alle überzeugt, dass es ein großer Erfolg wird. Ich bin wirklich sehr stolz auf dich, Scilla.«

Sie lächelte ihren Mann an. Manchmal gelang ihm eine Überraschung, und dieses unerwartete, rückhaltlose

Lob lenkte sie ein wenig von den fehlenden Sicherungen ab.

Robert erwärmte sich für sein Thema. »Ich habe heute Abend mit diesem Immobilienmakler gesprochen – David Soundso –, er ist sehr beeindruckt davon, wie du den Coffeeshop gestaltet hast, und da habe ich mir überlegt, dass wir vielleicht auch die oberen Stockwerke renovieren sollten …«

»Wer ist wir, Robert?«, fragte Scilla, misstrauisch geworden. »Du bist im Ausland, und ich werde den Sommer über den Coffeeshop führen und nicht oben renovieren.«

»Selbstverständlich.« Offenbar bemerkte er ihren Argwohn nicht. »Ich dachte nur, das wäre eine Idee für die Zukunft, um den Verkaufspreis oder den Mietwert zu steigern. Ganz wie du möchtest.« Er tätschelte ihre Hand, räumte damit ein, dass es ihre Entscheidung war, schien sich aber sicher zu sein, wie das Ergebnis ausfallen würde. Scilla kannte Roberts Trick, mit einer Hand zu geben und mit der anderen zu nehmen, nur allzu gut.

»Jetzt fällt es mir wieder ein …« Er klopfte seine Taschen ab und sah sich in der Küche um. »Ich brauche meinen Aktenkoffer. Wir müssen nämlich noch Termine absprechen. Ich gebe demnächst ein Autorendinner, deshalb möchte ich, dass du bald einmal kommst … Gibt es eigentlich Nachtisch?«, fragte er zerstreut.

Die Horningsea-Kunstausstellung eröffnete zwei Tage nachdem *The Quays* den regulären Betrieb aufgenommen hatte. In der ersten Zeit herrschte zuweilen Chaos.

Hin und wieder war der Coffeeshop beunruhigend leer, dann wieder strömten so viele Gäste herein, dass Scilla und Effie ihr ganzes Organisationstalent beweisen mussten.
Nach einiger Überlegung hatte Effie das Gemälde von der Hütte am Haggard's Point und die kleine Zeichnung von Martin und Ivordog zur Ausstellung beigesteuert.
»Wenn es ihm nicht passt, kann ich auch nichts machen«, meinte sie. »Das sind die einzigen Bilder, die ich hier gemacht habe und auf die ich halbwegs stolz bin.«
»Wenn niemand sie kauft, möchte ich sie für den Coffeeshop«, erklärte Scilla loyal.
»Ich kann es nicht fassen, dass ich das tue«, murrte Effie, als sie mit Scilla beim Yacht Club am anderen Flussufer ankam, nachdem *The Quays* geschlossen hatte. »Es fehlt nicht mehr viel, und ich trage einen Malerkittel, und schon bald werde ich als lokale Künstlerin bekannt sein, und dann bin ich endgültig ein hoffnungsloser Fall geworden.«
Auf dem Parkplatz trafen sie Martin, der im Begriff war, in einen teuren Sportwagen einzusteigen.
»Ihre Freundin hat ihr Baby ohne Komplikationen bekommen, nehme ich an?« Ohne eine Antwort abzuwarten, sprach er weiter: »Und Sie haben anscheinend wieder Strom, denn als ich gestern durchs Dorf gefahren bin, sah alles nach normalem Betrieb aus. Sogar Hochbetrieb, wenn ich mich nicht irre.«
»Der Elektriker hat die Sicherungen auf dem Boden neben der Kellertür gefunden«, berichtete Scilla.
»Merkwürdig, dass Sie sie nicht entdeckt haben, als Sie

unten waren«, bemerkte Effie mit einem vielsagenden Blick.

Martin wurde weder blass, noch wirkte er im Geringsten schuldbewusst.

»Ich bin mir sicher, dass sie an dem Abend nicht dort lagen. Demnächst fahre ich für ein paar Wochen nach Frankreich zu meinem Sohn, um unseren Segeltörn zu planen. Ich hoffe, *The Quays* läuft weiterhin so gut und das Wetter wird besser …«

Effie fiel auf, dass Martin Hepple unverhältnismäßig viel redete. »Und wir hoffen«, fiel sie ihm ins Wort, »dass jetzt, wo wir geöffnet haben, derjenige, der uns vergraulen will, sein Vorhaben aufgibt.« Ihr Tonfall war so vielsagend wie nur irgend möglich, ohne eine übertriebene Pantomime aufzuführen. Erstaunt sah sie, dass ihre Worte sofortige Wirkung zeigten, denn Martin presste gekränkt die Lippen aufeinander.

»Ja, bei Gott, hoffen wir's.« Er stieg in sein Auto, öffnete aber dann das Seitenfenster und sah Effie an.

»Gehen Sie mit mir essen, wenn ich wiederkomme?« Es klang mehr wie ein Befehl als wie eine Frage, und Effie antwortete, bevor sie wusste, was sie tat.

»Hm, ja, ich denke schon, vielleicht.«

»Gut.« Er ließ den Motor an. »Noch ein Rat, wenn Sie nicht den Verstand verlieren wollen, bleiben Sie nicht zu lange da drin.« Er nickte in Richtung der Ausstellung. »Es mag für wohltätige Zwecke sein, aber da ist so viel Giftmüll unter einem Dach versammelt, es ist furchterregend. Achten Sie auf die Serie Öl auf schwarzem Samt – die sind was ganz Besonderes.«

Effie sah dem Wagen nach, der an der Ausfahrt des

Parkplatzes den Kies stieben ließ, und wusste nicht recht, ob sie seine grobe Art beleidigend oder amüsant finden sollte. Denn Martin Hepple war bestimmt nicht entgangen, dass zwei ihrer Bilder ausgestellt waren.

»Willst du tatsächlich mit ihm essen gehen?«, fragte Scilla.

»Warum nicht«, erwiderte Effie achselzuckend. »Ich werde ihn fragen, warum er sich für den Coffeeshop interessiert hat und warum er so unhöflich und arrogant ist.«

»Ich kann mir nicht vorstellen, dass er es war«, entgegnete Scilla. »Er wirkt offen und ehrlich. Ich mag ihn.«

»Er ist der Einzige, der wusste, dass ich den Boden lackieren wollte, und er war da, als der Mist geliefert wurde und als der Strom ausfiel. Du kannst also nicht leugnen, dass er der Hauptverdächtige ist.«

»Was ist mit der Überschwemmung? Da war er doch nicht in der Nähe?«

»Aber er hat mir von der Auktion erzählt und großen Wert darauf gelegt, dass wir hingehen. Jedenfalls ist er jetzt für ein paar Wochen verreist, also sehen wir mal, ob etwas passiert, während er weg ist.« Effie steuerte den Eingang des Jachtclubs an. »Ich werde beweisen, dass er es war, du wirst schon sehen. Komm, schauen wir uns den gesammelten Giftmüll an.«

Befriedigt stellte sie fest, dass das Gemälde vom Haggard's Point und die Zeichnung einen roten Aufkleber trugen. Gern hätte sie auch erfahren, wer die Bilder ersteigert hatte, aber der Mann an der Auskunft erklärte, die Käufer wünschten anonym zu bleiben.

»Dürfen wir ihn Humpty nennen?«, fragte Delphine, kletterte neben Thebes auf das Sofa und betrachtete andächtig das Gesicht des Babys. »Oder wir könnten ihn Ei nennen. Humpty Dumpty war nämlich ein Ei.«

»Das könnten wir vielleicht, aber erst wenn ich nach London fahre und gemeinsam mit meinen Kindern entscheide, welchen Namen er bekommt.«

Das kleine Mädchen machte ein entsetztes Gesicht.

»Du darfst nicht fahren. Warum musst du dahin? Wir bleiben noch eine Woche. Ich möchte, dass du auch hierbleibst. Du und Humpty.«

Wegen der Frühgeburt war Thebes erst vier Tage nach der Entbindung aus dem Krankenhaus entlassen worden. Sie war sehr erleichtert über die Entlassung und wünschte sich nichts sehnlicher, als Tess und Sam zu sehen, die nun auf dem Heimweg von Schottland waren. Nach der Geburt hatte Effie, unterstützt von Jonty und Delphine, in größter Hektik Sachen für das Neugeborene besorgt, die durch Leihgaben der jungen Mütter im Dorf ergänzt wurden.

»Alle sind so nett«, sagte Thebes, als sie wiederkam und die Wäschestapel sah, die im Haus am Kai abgegeben worden waren. »Ich habe direkt ein schlechtes Gewissen, weil ich nur noch ein paar Tage bleibe.«

Jonty hatte Delphine nach eindringlichen Bitten erlaubt, Thebes zu besuchen, während er zum Metzger ging. Delphine war auf Zehenspitzen ins Wohnzimmer geschlichen, um in das Körbchen zu spähen und das Baby zu bewundern.

»Wo sind seine Augenbrauen?«, fragte sie schließlich.

Thebes freute sich, Delphine zu sehen.

Auf dem Sofa sitzend, streckte das kleine Mädchen die Arme aus, so dass Thebes ihr das Baby geben konnte. Nun saß sie da wie gelähmt, starrte geradeaus und rührte keinen Muskel.

»Du kannst ihn ruhig ansehen«, ermutigte Thebes sie lächelnd. »Du lässt ihn bestimmt nicht fallen.«

»Woher willst du das wissen?«, fragte Delphine mit zusammengebissenen Zähnen. »Ich könnte ihn doch kaputt machen.«

»Du machst ihn ganz bestimmt nicht kaputt.« Thebes legte schützend den Arm um Delphine und das Baby. »Normalerweise lässt niemand ein Baby fallen oder macht es kaputt. Und außerdem bin ich ja da und passe auf dich auf.«

Delphine riskierte einen Blick auf das Baby.

»Hallo, Humpty. Ich bin Delphine«, sagte sie höflich und blickte dann zu Thebes auf, die sofort verstand, dass das kleine Mädchen von dieser schweren Verantwortung erlöst werden wollte.

»Ich möchte, dass du bleibst.« Delphine kuschelte sich an Thebes. »Warum kommen deine Kinder nicht her? Sind sie nicht gern am Meer?«

»Das schon, aber sie müssen wieder zur Schule gehen, sie haben Prüfungen. Aber sie möchten das Baby sehen und sind schon ganz gespannt.«

»Darf ich in London zu euch kommen und das Baby besuchen?«

»Ich weiß nicht, vielleicht, aber ihr wohnt weit weg, auf der anderen Seite der Themse.«

»Dad kann mich fahren.« Delphine steckte den Daumen in den Mund und streichelte mit der anderen Hand den Kopf des Babys, als wäre es ihr Kuscheltier. »Ich bin froh, dass du nicht gestorben bist, Thee.«

»Ich auch«, sagte Jonty, der gerade zur Tür hereinkam, um seine Tochter abzuholen.

Thebes sah in sein freundliches sommersprossiges Gesicht. Trotz ihrer höflichen Abwehr hatte Jonty durchgesetzt, dass er Thebes und ihr Baby in ihrem Auto nach London fuhr und dann mit dem Zug zurückkehrte. Thebes hatte allen Grund, Jonty dankbar zu sein. Seit der ersten Wehe war er da gewesen, ruhig und stark, eine Schulter, an die man sich anlehnen konnte, jemand, der sie verstand und von dem Baby genauso begeistert war wie sie. In London würde sie ihn schrecklich vermissen, das stand fest.

»Ich kümmere mich um Delphine«, sagte Scilla am Abend vor Thebes' Heimreise. »Mir wäre es lieber, du würdest noch bleiben. Wir haben Humpty noch gar nicht richtig kennengelernt.«

Der Name blieb ihm anscheinend.

»Tu mir einen Gefallen und widersteh der Versuchung, das Baby Max zu nennen«, bat Effie.

Natürlich war es Effie, die erkannte, dass Thebes seit der Geburt unaufhörlich an Max dachte. Entsetzt hatte sie festgestellt, dass sie jedes Mal, wenn sie ihr Baby betrachtete, Max vor ihrem innere Auge sah, ihn spürte, ihn begehrte.

»Das sind nur Kindbettgelüste«, erklärte ihr Effie resolut.

Aber Thebes wusste es besser. Sie wusste, dass es ein Grundbedürfnis, ein Urwunsch war, ihren Sohn mit seinem Vater in Kontakt zu bringen.

»Ich blute wie ein angestochenes Schwein, und mein Bauch sieht aus wie ein leerer Einkaufsbeutel. Ich denke kaum an Sex. Mit Sex hat das wirklich nichts zu tun«, widersprach sie. »Jede Mutter möchte instinktiv, dass ihr Baby einen Vater hat.«

»Ich hätte gedacht, dass der *gesunde* Mutterinstinkt das arme Kind vor einem Kerl wie Max beschützen möchte.«

Effie war offensichtlich nicht gewillt, der jungen Mutter alles durchgehen zu lassen.

»Du kennst ihn nicht einmal.«

Effie gab auf.

»In Ordnung, tut mir leid, Thee. Du hast recht, ich kenne ihn nicht. Sei aber vorsichtig, ja?« Sie sah Thebes besorgt an. »In London hast du weder Scilla noch mich, um dich zur Vernunft zu bringen.«

»Ruf uns an«, bat Scilla. »Immer wenn du in Versuchung kommst, ruf uns einfach an, dann öffnen wir dir die Augen, okay?« Sie küsste Thebes auf beide Wangen. »Und verbring den Sommer bei uns, wenn du kannst.«

»Sei vorsichtig, Thebes«, mahnte Effie noch ein letztes Mal. »Lass dich nicht wieder auf eine Geschichte ein, die dich, wie du aus schlimmer Erfahrung weißt, unglücklich machen wird.«

»So einfach ist das nicht«, gab Thebes traurig zu. »Max ist wie Drüsenfieber. Immerzu denke ich, ich wäre über ihn hinweg, und dann kommt er mir wieder in den Sinn und infiziert mich.«

Kapitel zehn

Weston Burrows füllte sich allmählich. Die Schule hatte wieder angefangen, deshalb waren wochentags nur kinderlose Paare oder junge Leute, die zum Surfen kamen, im Dorf. An den Wochenenden und den beiden langen Wochenenden im Mai war *The Quays* gut besucht. Die Ferienwoche Ende Mai war teilweise regnerisch und windig, so dass die Leute gern im Coffeeshop Zuflucht suchten.

Am wichtigsten aber war, dass sich der Saboteur nicht mehr bemerkbar machte, und mit jedem Tag, der ohne Krise vorüberging, wurden die beiden Frauen ein wenig unbeschwerter.

»Sie haben sich wahrscheinlich ins Unvermeidliche gefügt«, meinte Effie mit mehr Zuversicht, als sie empfand. Sie wollte sich nicht der Tatsache stellen, dass zufällig seit Martins Abreise Frieden herrschte.

Scilla und Effie wurden immer mehr ins Dorfleben integriert. Abends spazierten sie mit Ivordog zur Seenotrettungsstelle, und inzwischen wurden sie von vielen Leuten gegrüßt, die ihnen auf den Wanderpfaden und auf dem Küstenweg begegneten.

Ermutigt von dem Erfolg ihrer beiden Bilder bei der Kunstausstellung, warf Effie ihre Prinzipien über Bord und malte in den wenigen freien Stunden, die sie hatte, kleine Landschaftsaquarelle, die sie selbst rahmte und im hinteren Bereich des Coffeeshops an eine Wand auf dem Weg zur Toilette hängte. Bisher hatten die Bilder zwei Käufer gefunden.

»Ich habe meine Seele an den schnöden Mammon verkauft«, stöhnte sie. Die Bilder, die sie schuf, gefielen ihr nicht recht, aber als Zeitvertreib machte ihr die Beschäftigung mit den Aquarellen Spaß.

Für zwei Frauen in mittleren Jahren, die bisher einen eigenen Haushalt geführt hatten, gewöhnten sich Scilla und Effie erstaunlich leicht an das Zusammenleben. Sie fühlten sich, wie Effie feststellte, wie zwei junge, unverheiratete Mädchen, die sich eine Wohnung teilen.

»Nur dass in unserem Leben die Geselligkeit zu kurz kommt«, fügte sie hinzu.

Im Coffeeshop arbeiteten die beiden gut zusammen, obwohl Effie bemerkte, dass ihre Konzentration manchmal nachließ. Beim Bedienen war sie nicht besonders geschickt, und das Geschirr glitt ihr leider viel zu oft aus der Hand. Aber das Geschäft lief nicht schlecht und war jetzt in der Zwischensaison für sie beide noch leicht zu bewältigen.

»Wir sollten darüber nachdenken, für die Sommerferien Aushilfen einzustellen«, regte Effie an, die sich nach einem lebhaften Samstag die Füße massierte. »Ich bin mir nicht sicher, ob ich dieses Tempo jeden Tag durchhalte.« Sie blickte zu Scilla auf, die am Küchentisch stand und Teig knetete. »Bist du eigentlich nie geschlaucht?«, fragte sie voller Bewunderung.

»Zurzeit finde ich jeden Tag wunderbar.« Scilla war das

Glück anzusehen. »Ich bin so froh, dass du mich ermutigt hast, den Coffeeshop zu übernehmen.« Sie griff nach ihrem Weinglas und stieß mit Effie an. »Und wir müssen erst mal sehen, wie es in den Ferien läuft. Aber ich glaube, wir schaffen das, oder?«

Effie nickte, war aber nicht überzeugt. Sie bereute es in keiner Weise, dass sie hergezogen war, aber ihr anfänglicher Enthusiasmus für den Coffeeshop war dem vertrauten Gefühl gewichen, in einem eintönigen Alltag gefangen zu sein. Sie ärgerte sich über sich selbst und dieses Gefühl, da sie ihre Freundin nicht enttäuschen wollte. In Wahrheit war ihr einfach langweilig, und sie fürchtete, dass dies ein Anzeichen fehlender Moral und geringen Stehvermögens war.

Vor ihren Töchtern hätte sie diese allerdings nie zugegeben. Violet kam vor ihrer Abreise nach Asien für zwei Tage nach Weston Burrows. Sie war ruhelos, aufgedreht und sah der Reise, die sie antreten wollte, mit großer Nervosität entgegen.

»Zuerst machen wir ein bisschen Urlaub«, sagte sie, »du weißt schon, für ein paar Tage an einem thailändischen Strand abhängen, und dann geht's weiter in die Erdbebenregion von Pakistan. Das wird eine Herausforderung.« Violet sah ihre Mutter mit glänzenden Augen an. »Ich glaube nicht, dass man je zu alt für eine Herausforderung ist. Schau dich an. Was ihr hier geschafft habt, ist doch großartig.«

Plötzlich ging Effie auf, dass ihre Tochter dem Irrtum unterlag, dieser Coffeeshop in Weston Burrows würde die große Veränderung im Leben ihrer Mutter darstellen. Violet lieferte die Bestätigung für diese Vermutung, als sie vorschlug, dass sich Effie ein Cottage kaufen und hier in Devon niederlassen sollte.

»Nancy und ich haben darüber gesprochen, und wir finden, du solltest das Haus verkaufen. Nancy hat jetzt eine Wohnung in London, und du könntest dir hier unten für den halben Preis, den du für dein Haus bekommst, ein wirklich hübsches Cottage kaufen. Es gefällt dir doch hier, oder? Und wir brauchen einen festen Stützpunkt für die Familie, wo ich meine Sachen lassen und wohnen kann, wenn ich von Pakistan zurückkomme.«

Es war, als hätten Violet und Nancy ihre Mutter aus dem Nest gestoßen, nur um dann festzustellen, dass sie ohne Effie selbst kein Familiennest mehr brauchten. Effie hatte die düstere Vision, den ganzen Winter allein in Weston Burrows ein Haus zu hüten, nur damit ihre Kinder ihre Sachen hier abstellen konnten.

»Und außerdem ist da noch Oma«, fuhr Violet unbarmherzig fort. »Hast du schon darüber nachgedacht, dass sie vielleicht auch gern herziehen und hier leben würde? Dann wäre sie in deiner Nähe, wenn sie zu alt ist, um für sich zu sorgen. Sie liebt das Meer.«

Wenn es nach ihren Töchtern ging, kam eine düstere Zukunft auf Effie zu.

»Ich habe vor, nach Brasilien zu fahren, weißt du nicht mehr?« Sie wollte ihr Recht verteidigen, Effie zu sein, und nicht irgendeine Tochter einer Mutter. »Das habe ich dir erzählt. Ich möchte mehr über Großvaters Familie herausfinden.«

»Schön, aber du hast doch nicht etwa vor, dich dort niederzulassen? Du musst schließlich irgendwo wohnen und dich zu Hause fühlen«, bemerkte Violet ebenso gnädig wie großzügig. »Ich sage ja nicht, dass du keine Ferien machen darfst.«

Effie war geradezu erleichtert, als es Zeit wurde, Violet zum Bahnhof zu bringen, aber als sie den letzten Waggon des Zugs verschwinden sah, wurde sie von Sorge und Liebe zu ihrem ältesten Kind überwältigt.

Um sich wieder ein wenig als Londonerin zu fühlen, fuhr sie in der folgenden Woche für ein paar Tage nach Hause.

Sie stellte fest, dass ihre ursprünglichen Untermieter das Haus sauberer und ordentlicher führten, als es je zuvor gewesen war. Außerdem hatten sie den defekten Geschirrspüler ersetzt, so dass sie sich nicht berechtigt fühlte, etwas gegen die neuen fuchsiafarbenen Küchenvorhänge zu sagen.

»Wir hatten gehofft, dass du nichts dagegen hast«, erklärten Tom und Jerry praktisch im Chor. »Pink ist nämlich das neue Schwarz.«

»Aber ich hatte noch nie Vorhänge in der Küche«, erklärte Effie. »Nicht einmal schwarze.«

Tom und Jerry verkündeten außerdem, dass sie an einem Vorkaufsrecht interessiert wären, falls Effie das Haus je verkaufen wollte.

»Haben euch meine Töchter in die Mangel genommen?«, erkundigte sich Effie.

»Sie wollen den Dachboden aus- und einen Wintergarten anbauen«, berichtete Eric, als er von seiner Schicht im Pub nach Hause kam. »Die beiden haben große Pläne für das Haus. Wenn sie damit fertig sind, wird es wie ein Bordell aussehen.«

Effie freute sich geradezu kindisch, Eric zu sehen, und sie begannen mit Bier und Sex auf dem Wohnzimmersofa und wechselten dann zu Rotwein im Bett.

»Weite Reise für eine Nummer«, meinte er, als er in die Kissen sank.

»Bilde dir nur nichts ein«, log sie. »Ich wollte Nancy treffen, kontrollieren, ob du hier ein Dealernest eingerichtet hast – und mich mal umsehen«, ergänzte sie vage.

»Genau«, sagte er, und schon lag er wieder auf ihr.

Junge Männer sind doch ein Segen, dachte Effie, als sie sich der Lust hingab, sie können einfach immer wieder.

Nancy griff bei einem gemeinsamen Mittagessen das Thema ihrer älteren Schwester auf.

»Du solltest den Jungs das Haus verkaufen«, riet sie. »Für dich allein ist es zu groß, und Scilla und du, ihr könntet doch über eine Coffeeshop-Kette nachdenken. Vielleicht seid ihr die Antwort des West Country auf Starbucks.«

»Bleib lieber bei der Krankenpflege, Nancy«, empfahl Effie ihrer Tochter säuerlich. »Berufsberatung gehört nicht zu deinen Stärken. Nach diesem Sommer werde ich nie wieder in der Gaststättenbranche arbeiten.«

Im Zug nach Devon stellte Effie fest, dass sie einer Entscheidung über die Zukunft keinen Schritt näher gekommen war, aber in der Nacht mit Eric hatte sie zu ihrer Persönlichkeit zurückgefunden.

Zurück in Weston Burrows, erfuhr Effie, dass eine gewisse Jane Gopstall für sie angerufen hatte.

»Sie hörte sich an, als wäre nicht mit ihr zu spaßen«,

berichtete Scilla. »Könntest du sie so schnell wie möglich zurückrufen?«

»Ich bin eine Freundin von Martin Hepple.« Jane Gopstalls Stimme war tief und wohlklingend. »Ich wohne in seinem Haus, während er in Frankreich ist. Er hat mir Ihre Nummer gegeben. Ihre Bilder gefallen mir.«

»Bilder?« Effie kam nicht mit. »Welche Bilder?«

»Die Bilder hier natürlich. Das eine heißt …«, ihre Stimme wurde leiser, dann war sie wieder deutlich zu hören, »Haggard's Point, das andere, das mich für meine Zwecke mehr interessiert, trägt keinen Titel, nur ein Datum. Eine exquisite kleine Zeichnung eines Mannes – Martin, vermute ich – und eines Hundes, die neben einem Boot schlafen …«

»Ja, die Bilder sind von mir.«

»Das weiß ich«, erwiderte Jane Gopstall geduldig.

»Aber ich verstehe nicht, was sie bei Martin verloren haben«, entgegnete Effie entgeistert. »Wie sind sie da hingekommen?«

»Keine Ahnung, aber wenn Sie ihm die Bilder nicht gegeben haben, hat Martin sie wohl gestohlen.« Jane lachte voller Zuneigung. »Der Kerl hat die Moral eines Straßenkaters. Die Sache ist die«, ihre Stimme wurde nun geschäftsmäßig, »ich bin Kinderbuchautorin und suche nach einer Illustratorin für mein neues Buch. Diese kleine Skizze ist genau das, was mir vorschwebt. Ich würde Ihnen gern das Manuskript schicken, damit Sie es sich ansehen können, falls Sie interessiert sind. Martin meinte, es könnte Sie vielleicht reizen. Was denken Sie?«

Effie dachte nur, dass dieses Telefongespräch sie vollkommen aus dem Konzept brachte. Wie kam Martin

Hepple eigentlich dazu, sich ihre Bilder an die Wand zu hängen?

»Ja, ich glaube, das würde mich interessieren, sehr sogar.«

»Ich bin noch dabei, das Manuskript zu überarbeiten, aber ich schlage vor, dass ich Ihnen eine Kopie zuschicke, dann könnten Sie mir ein paar Ideen vorlegen. Ich lege auch ein paar bereits erschienene Bücher von mir bei, damit Sie das Format sehen, das ich gern hätte. Nehmen Sie sich Zeit. Ich möchte, dass es gut wird.«

»Das ist wunderbar, so eine Überraschung. Vielen Dank.«

»Bedanken Sie sich nicht bei mir. Es war Martins Idee. Ich glaube, er hat uns beiden einen großen Gefallen getan.« Jane Gopstall lachte leise. »Ich habe den Eindruck, dass ihm Ihre Zukunft am Herzen liegt und er von Ihrer derzeitigen Beschäftigung nicht viel hält.«

»Warum können wir ihn nicht Humpty nennen?«, fragte Sam. »Ich finde den Namen toll.«

»Wie wär's mit Mungo?«, schlug Tess vor, die das Namensbuch vor sich hatte. »Der Typ hinter der Bar im *The Crown* heißt Mungo, und er ist in Ordnung.«

»Benjamin?«

»Das ist ein Kaninchenname.«

Thebes nannte einen ihrer Lieblingsnamen.

»Silas?«

»Nö, das erinnert an Silage.«

»Jack?«

»Langweilig.«

Thebes nahm Tess das Buch aus der Hand und schlug es zufällig beim Buchstaben D auf.
»Dylan.« Sie las die Bedeutung. »So muss er heißen. Dylan heißt Sohn der Welle ...«
Ihre beiden großen Kinder schauten sie verständnislos an. »Es geht nämlich um Wellen«, versuchte sie zu erklären, »Wellen schlagen, etwas verändern. Scilla, Effie und ich haben darüber gesprochen. Dylan.« Sie sah das Baby in seinem Körbchen zu ihren Füßen an. »Bist du Dylan?«
»Das ist so ein mitleiderregender Hippiename, Mum.« Tess nahm ihr das Buch wieder aus der Hand.
»Nenn ihn doch einfach Tom«, meinte Sam, der allmählich das Interesse verlor.
»Morgan.« Tess probierte den Namen in verschiedenen Stimmlagen aus. »Morgan, Morgan. Schau, das bedeutet *Meer* oder *Großes Leuchten*. Er wurde am Meer geboren, das Meer hat Wellen, und Morgan ist ein super Name.«
Also wurde aus Humpty Morgan.
Es war schön, zu Hause zu sein, so dass Morgan in die Familie hineinwachsen konnte – alles war eitel Sonnenschein. Er war ein zufriedenes Baby, und nach einem mutterlosen Monat benahmen sich Sam und Tess mustergültig, legten sich in der Schule ins Zeug und halfen im Haushalt. Beide fanden ihren kleinen Bruder bezaubernd, aber nach und nach kehrte der Alltag wieder ein, und Morgan fügte sich in das Leben der Zwillinge, während sie sich nicht so sehr nach ihm richteten. Tess und Sam hatten nur noch wenige Schulwochen vor sich, dann legten sie ihre Prüfungen ab und konnten

der Schule für immer den Rücken kehren – beide standen an der Schwelle zum Erwachsenwerden.
Thebes war stolz, dass sie problemlos in die Rolle der Mutter schlüpfen konnte, als läge die Geburt der Zwillinge erst wenige Jahre zurück. Aber nach den ersten Wochen in London wusste Thebes nicht recht, was sie mit ihrer Zeit anfangen sollte. Sie musste sich eingestehen, dass sie sich manchmal einsam und isoliert fühlte, weil sie keine Freundinnen mit Baby hatte. Sie nahm Morgan mit in die Schule, um ihn den befreundeten Kollegen zu zeigen, und sie waren alle begeistert, erklärten aber auch, dass sie Thebes vermissten. Jeder bewunderte das Baby und fragte, wann sie aus dem Mutterschaftsurlaub zurückkäme. Bei der Vorstellung, wieder zu arbeiten und Morgan in einer Tagesstätte zu lassen, wurde ihr bange, aber als sie den Kinderwagen zum Schultor hinausschob, hatte sie das Gefühl, von einer Lebensader abgeschnitten zu sein.
Es waren ausgerechnet Lisa und Rick, die Thebes im ersten Monat den Rücken stärkten. Beide kamen oft vorbei – Rick brachte stets köstliche Delikatessen mit, und Lisa lieferte Ratschläge aller Art.
»Wir haben einen Stapel Babybücher neben dem Bett und kein Baby – ziemlich surreal«, meinte Rick.
Lisa war es aber, die Thebes auf ihre Stimmungsschwankungen ansprach. »Hast du schon mal darüber nachgedacht, ob du unter einer Wochenbettdepression leidest?«, fragte sie nach einem Blick in eines ihrer Handbücher.
»Meine Freundin Effie meint, es handelt sich um Wochenbett*lust*.«

Als Thebes sah, wie Lisa missbilligend den Mund verzog, wünschte sie plötzlich, Effie und Scilla wären hier.

Lisa nahm ihre Rolle als Ersatzmutter sehr ernst.

»Es wirkt beruhigend, wenn man das Baby nach dem Baden mit Traubenkernöl massiert«, las sie vor. »Babys sollten Schwarz-Weiß-Muster betrachten, Farben erkennen sie erst mit drei Monaten.« Und als sie Thebes eines Nachmittags beim Stillen vor dem Fernseher ertappte: »Kein Fernsehen, bis er mindestens zwei ist, sonst wird er hyperaktiv.«

Lisa bemerkte mit Sorge, dass Babys ständig Feuchtigkeit absonderten, und hielt unablässig Ausschau nach auslaufender Milch.

»Honey, er macht es schon wieder, hier ist ein Lappen, rette deine Bluse.«

»Lisa, Babys tun das nun mal«, erwiderte Thebes geduldig. »Wenn ich mir im Moment Sorgen um meine Sachen machen würde, müsste ich den ganzen Tag mit einem Lappen über der Schulter herumlaufen.«

Lisas Gesichtsausdruck ließ erkennen, dass sie die Idee nicht unbedingt schlecht fand.

Thebes vermisste außerdem Delphine und Jonty, und ihre Sehnsucht wuchs, nachdem sich Jonty angewöhnt hatte, sie regelmäßig anzurufen.

»Ich fühle mich irgendwie verantwortlich für dein Baby«, sagte er eines Abends, und sie ahnte seine Verlegenheit, als er hinzufugte: »Ich meine, wo ich Morgan doch so früh im Leben kennengelernt habe.«

Man hatte sich bald geeinigt, dass im Juni, wenn Rick und Lisa nach Amerika zurückkehrten, Tess und Sam sie für ein paar Monate begleiten sollten. Thebes hatte sich sozusagen in das Unvermeidliche gefügt, ohne recht darüber nachzudenken, was das bedeutete; aber als das Abreisedatum näher rückte, bekam sie es mit der Angst zu tun. Ohne ihre Kinder würde das Haus erschreckend leer sein, ein endloser Sommer in der Stadt, furchteinflößend, schmutzig und heiß, lag vor ihr.

»Du kommst mit Morgan zu uns«, sagte Scilla am Telefon, »ich dachte, das wäre beschlossene Sache.«

Natürlich war es nur eine Frage der Zeit, bis Thebes versuchte, Max zu erreichen. Sie war stolz auf sich, dass sie bisher der Versuchung widerstanden hatte. Es gab Tage, da bohrte sie die Fingernägel in die Handfläche, um nicht zum Handy zu greifen und seine Nummer zu wählen. Wenn sie ihr Baby stillte, kämpfte sie gegen den Drang, ihm von seinem Vater zu erzählen. Sie glaubte fest, sobald sie Max' Namen laut aussprach, sei alles verloren.

Aber es war ohnehin schon nichts mehr zu retten – und zwar seit dem Augenblick, als Morgan geboren wurde, das wusste Thebes.

Als Sam und Tess ihre letzten Prüfungen abgelegt hatten und die nächsten vierundzwanzig Stunden durchfeiern würden, wurde Thebes schließlich schwach und rief Max an.

Ihre Begründung lautete, dass sie wissen müsse, ob er im Sommer in London war, bevor sie sich festlegte, nach Devon zu fahren – schließlich konnte es sein, dass er seinen Sohn sehen wollte oder sogar nach ihm verlangte. In den schlaflosen Stunden vor Tagesanbruch war ihr dieser Grund völlig einleuchtend erschienen.

»Hi.« Seine Stimme am anderen Ende der Leitung ließ ihre Knie zittern.

Es klang, als hätte er gewusst, wer anrief, ehe er sich meldete, also hatte er ihre Nummer noch nicht aus seinem Verzeichnis gelöscht. Thebes gönnte sich ein zufriedenes Schmunzeln.

»Weißt du noch, wer ich bin?«, fragte sie mit ruhiger Stimme.

»Lass mich überlegen. Lange Beine, üppige Oberschenkel, großer Busen, sexuell anpassungsfähig – ja, ich erinnere mich dunkel.«

Sie hörte das Lächeln in seiner Stimme und kam ermutigt zur Sache. »Das Baby ist jetzt da – ein Junge.«

Schweigen.

»Er ist früher gekommen als erwartet, in Devon ...«

»Und was hat das mit mir zu tun?«

»Ich finde nur, du solltest es erfahren«, erwiderte Thebes vorsichtig.

»Nicht interessiert, aber das weißt du ja«, entgegnete er prompt, aber Thebes kannte Max inzwischen gut genug, dass ihr die Anspannung in seiner Stimme nicht entging. »Und ich hoffe, du hast nicht vor, mir mit einem DNS-Test zu drohen.«

»Nein, ich hatte nur gehofft, dass wir uns treffen könnten?« Sie zögerte. »Ich fahre nämlich *möglicherweise* über den Sommer nach Devon«, sagte sie, als sei der Plan völlig unverbindlich. Sie wollte sich ein Hintertürchen offenlassen.

»Also ist schon alles verheilt?« Seine Stimme klang wieder heiter. »Du hast wieder Lust auf Sex? Wie sieht dein Busen aus, rund und saftig?«

Thebes ging nicht auf das Ablenkungsmanöver ein. Sie holte tief Luft. »Ich dachte, du möchtest vielleicht deinen Sohn kennenlernen. Schließlich«, fügte sie, plötzlich unsicher geworden, hinzu, »ist es der einzige, den du hast …«

»Verdammt noch mal«, entgegnete er heftig. »Bist du vollkommen begriffsstutzig, du hirnloses Weib? Es ist dein verfluchtes Baby, nicht meines. Hör mir gut zu«, er sprach jedes Wort überdeutlich aus, »und versteh mich diesmal nicht falsch. Es ist mir scheißegal. Du hast das verbockt. Es war deine Entscheidung, und du wirst das nicht auf mich abwälzen. Ich habe klargestellt, wie unsere Beziehung aussieht, und wenn du dich nicht an die Spielregeln hältst, kann ich nichts dafür. Wenn du glaubst, dein Baby würde mir das Herz zerreißen, hast du dich geirrt. Wir haben doch von Anfang an festgestellt, dass ich kein Herz habe. So sieht es aus, Thebes.« Offenbar wollte er das Gespräch beenden. »Du verziehst dich nach Devon oder sonst wohin und bleibst dort. Ich will den kleinen Bastard weder jetzt kennenlernen noch als pickligen Teenager auf der Suche nach einer Vaterfigur.« Da kam ihm ein Gedanke. »Du hast mich doch hoffentlich nicht in die Geburtsurkunde eintragen lassen?«

»Das ging nicht, du warst ja nicht da.« Thebes hätte gern trotzig geklungen, aber ihre Stimme war kläglich. Mit aller Macht versuchte sie sich zusammenzureißen, ehe er auflegte. Sie hätte das selbst tun und der Folter ein Ende bereiten sollen, aber sie brachte es nicht fertig, sie wollte einfach nicht aufgeben.

»Es tut mir leid, dass du so eingestellt bist, Max. Ich dachte nur ...«

»Ich glaube kaum, dass du gedacht hast. Das tun die wenigsten verdammten Weiber. Wenn du Sex willst, Thebes, kannst du mich jederzeit anrufen«, sagte er brutal, »wenn nicht – spar dir die Mühe.«

»Ich würde diesen Mann wirklich gern kennenlernen«, meinte Effie nach einem tränenreichen Telefonat mit Thebes. »Diesen Svengali, der mit seinem Hypnosetrick eine vollkommen intelligente Frau im psychischen Würgegriff hält, möchte ich mal von nahem sehen. Obwohl ich ihn, wenn ich ihn vor mir hätte, am liebsten mit einem großen Messer sexuell deaktivieren würde.«

»Ich hatte gehofft, dass das Baby sie von Max ablenkt.« Scilla hatte Mitleid mit Thebes, die sich am Telefon so tiefunglücklich angehört hatte.

»Ich hätte dir vorher sagen können, dass das Baby allein das nicht schafft – schließlich ist Max der biologische Vater.«

»An dieser Tatsache wird sich aber nie etwas ändern.«

»Genau, Thebes sollte sich von ihm frei machen, ein bisschen Spaß haben und sich nicht binden.«

»Mit einem Neugeborenen dürfte das schwierig sein«, gab Scilla zu bedenken. Sie fand, dass Effie manchmal ziemlich dick auftrug. »Sei nicht so herzlos.«

Seit ihrer Reise nach London und dem Telefongespräch mit der Kinderbuchautorin war Effie wie getrieben; Scilla hatte den Eindruck, dass ihre Freundin mit einem inneren Chaos zu kämpfen hatte, und sie fürchtete, dass Effie es bereits bereute, sich zur Arbeit im *Quays* verpflichtet zu haben.

Scilla genoss es voll und ganz, ihre eigene Chefin zu sein, und sie hatte Spaß an den Bekanntschaften, die sie auch außerhalb des Coffeeshops knüpfte. Zweimal die Woche ging sie morgens ins Schwimmbad, und auf Empfehlung einer Frau, die sie dort regelmäßig traf, schloss sie sich einer Lesegruppe an.

»In London würde ich auch zu keiner Lesegruppe gehen, warum also hier?«, meinte Effie, als Scilla sie bat mitzukommen. »Außerdem habe ich ein Manuskript zu illustrieren.«

Zu Scillas neuem Freundeskreis gehörte auch David Parker, und sie fand es höchst erfrischend, mit einem Mann einfach so befreundet zu sein. Sie waren miteinander im Kino gewesen, und er hatte sie zum Essen ausgeführt. Außerdem überredete er sie zu ihrem ersten Bad im Meer in dieser Saison.

»Wenn es wärmer ist, zeige ich dir, wie man mit dem Bodyboard surft«, versprach er.

Von Sex war in ihrer Beziehung keine Rede, und ob Effie mit ihrer Vermutung, David sei schwul, recht hatte, blieb ungeklärt.

»Er erzählt eigentlich nie von sich«, berichtete Scilla. »Aber ich will sowieso keinen Sex mit ihm, es ist nett, mit ihm zusammen zu sein, und wir bauen eine richtige Freundschaft auf …«

»Außerdem teilt er deine Vorliebe für Schuhe«, neckte Effie.

Scilla genoss den Lebensrhythmus in Weston Burrows, und sie fühlte sich rundum zufrieden und ausgefüllt.

Dieses Glück war allerdings nicht frei von Nebenwirkungen, denn Robert schien nun in weitere Ferne denn je zu rücken. Scilla war zu dem Ergebnis gekommen, dass die Behauptung, die Liebe wachse mit der Entfernung, nur bedingt zutraf. Es ging nicht darum, dass sie Robert weniger gerngehabt hätte, nur weil er fort war. Es war nur, dass sie jetzt getrennte Wege gingen, den Alltag nicht mehr teilten und dadurch der Abstand mit jedem Tag zu wachsen schien. Während sich Scilla im Dorf einlebte und von Leuten erzählte, von denen Robert nie gehört hatte, vertiefte sich die Kluft zwischen ihnen. Wenn sie zum Handy griffen, wirkten ihre Gespräche aufgesetzt, beide nahmen sich in Acht, was sie sagten, und sie telefonierten immer seltener.

»Manchmal hörst du dich wie ein aufsässiger Teenager an«, beschwerte sich Robert. »Ich hoffe, deine neuen Bekanntschaften halten dich nicht von der Arbeit ab«, fügte er herablassend hinzu.

Nach einem besonders erbitterten und unterkühlten Gespräch über ein Missverständnis wegen des Datums von Scillas nächstem Besuch in Lille hatte sie das Gefühl, Robert einen erklärenden Brief schreiben zu müssen, um wieder für eine harmonischere Stimmung zu sorgen.

»Ist das ein schlechtes Zeichen«, fragte sie Effie traurig, »wenn man dem eigenen Mann schreiben muss, um ihm etwas zu erklären?«

Es war Zwischensaison, die Schulferien hatten noch nicht begonnen, und Scilla und Effie stellten fest, dass man mit ein wenig effizienter Vorbereitung die Arbeit im Coffeeshop auch allein bewältigen konnte. Aber

wenn Scilla allein war, tauchte oft Winsome auf und bot ihre Hilfe in einer Weise an, die Scilla nur schwer ablehnen konnte.
»Nicht dass ich Effie ersetzen möchte«, erklärte Winsome. »Es ist nur so, dass ich einfach gern hier bin, und« – sie nahm Scilla am Arm – »ich bin auch gern mit dir zusammen.«
Winsome brachte nicht selten eine Kleinigkeit mit: Blumen, ein Buch, das Scilla gefallen könnte, Pralinen, ein selbstgetöpfertes Stück – und bei jeder Gabe wurde Scilla unbehaglicher zumute. »Du solltest mich nicht mit all den hübschen Sachen beschenken«, protestierte sie. »Das ist nicht nötig.«
»Doch«, entgegnete Winsome. »Dein Vater wollte nämlich, dass wir Freundinnen werden.« Scilla kämpfte mit ihrem Stolz. Einerseits wollte sie alles erfahren, was Winsome über ihren Vater und seine Beziehung zu Elizabeth wusste – eine Beziehung, die sie inzwischen mit Gleichmut sah –, andererseits wollte sie sich dieser Frau nicht zu sehr verpflichtet fühlen, warum, wusste sie selbst nicht recht.
»Sie war nur Bedienung in der Teestube, du meine Güte.« David Parker wurde untypisch aggressiv, als Scilla das Gespräch auf Winsome lenkte. »Was sollte sie schon über die Beziehung deines Vaters wissen?«
»Elizabeth ist ihre *Mutter*«, gab Scilla zu bedenken, aber David machte ein skeptisches Gesicht und weigerte sich, weiter auf das Thema einzugehen.
»Wusstest du nicht, dass dein Vater die Vorstellung hatte, dass ich die *Tamariske* für dich führen soll?«, bemerkte Winsome eines Nachmittags.

»Aber deine Mutter hat gesagt, er habe gewollt, dass *sie* hierbleibt.«
Scilla ließ unerwähnt, dass der Anwalt ihres Vaters meinte, ihr Vater habe das Haus gekauft, damit *sie* hier leben konnte. Offenbar hatte jeder eine andere Geschichte über das Haus am Kai parat.
»Nein, um die praktischen Angelegenheiten hat sie sich kaum gekümmert«, erklärte Winsome. »Sie wurde allmählich ziemlich gebrechlich, deshalb hat sie die Sache weitgehend mir überlassen.«
Scilla hatte Elizabeth zwar nur einmal gesehen, aber sie hatte nicht gerade gebrechlich gewirkt.
Kurze Zeit später unterbreitete Winsome ihr einen Vorschlag.
»Die Kunstgalerie am Ship Lane macht eine Privatausstellung, und ich habe angeboten, dass wir das Catering übernehmen«, verkündete sie mit strahlendem Lächeln. »Sie brauchen Platten mit Häppchen für fünfundsiebzig Personen. Ist das nicht großartig? Da ist mir klargeworden, dass wir expandieren müssen. Wir sollten werben, erst mal nur in der Gemeindezeitung, das kostet nicht viel. Und dann können wir das Geschäft nach und nach aufbauen. Das wäre ein zweites Standbein für uns – Coffeeshop und Catering.«
In dem Augenblick war Scilla so fasziniert von der Idee, dass ihr Winsomes ständiger Gebrauch des Wörtchens *wir* völlig entging.

Auf der Fahrt nach Weston Burrows mit Morgan in seinem Babysitz neben ihr hatte Thebes das merkwürdige Gefühl, heimzukommen. Obwohl die Sommerferien erst in einem Monat anfingen, schien sich das Dorf schon auf die Hauptsaison eingestimmt zu haben. An der Uferpromenade flatterten bunte Wimpel, und in den schmalen Gassen wimmelte es von Leuten, die die heiße Junisonne genossen.

Noch im Hochgefühl, der Schule für immer den Rücken zu kehren, und verkatert von einer durchfeierten Woche, waren Sam und Tess zwei Tage zuvor nach Amerika geflogen, um den Sommer bei Rick und Lisa zu verbringen. Thebes war bei der Abreise ihrer Kinder urplötzlich aufgegangen, dass die beiden jetzt ein freies Jahr vor sich hatten und vielleicht keinen besonderen Grund sahen, bald nach England zurückzukehren.

»Ihr kommt doch im Herbst wieder, oder?«, hatte sie am Flughafen gefragt und versucht, ihre Tränen zu unterdrücken. »Wir müssen über euer Studium sprechen und so weiter«, hatte sie lahm hinzugefügt.

»Ich schicke sie dir schon zurück, keine Sorge«, versicherte ihr Rick. »Vielleicht begleite ich sie sogar, dann können wir eine Familienkonferenz abhalten.« Er machte ein ernstes Gesicht – wie ein richtiger Vater. »Ich möchte nicht, dass Tess und Sam das nächste Jahr einfach verbummeln, wie das so leicht passiert. Wir müssen die Sache gemeinsam richtig planen, findest du nicht?«

Überrascht hatte Thebes festgestellt, wie schwer ihr der Abschied von Lisa fiel.

»Honey, du passt gut auf unseren kleinen Jungen auf, ja?« Lisa schloss Thebes und Morgan fest in die Arme. Ihre Scheu, sich mit gespuckter Milch zu besudeln, hatte sie inzwischen offenbar abgelegt. »Wir bleiben in

Verbindung, ich möchte alles über seine Fortschritte erfahren.«

Für Thebes war es eine merkwürdige Vorstellung, dass sie Rick und Lisa fast ebenso sehr vermissen würde wie Sam und Tess.

Als Thebes vom Flughafen nach Hause kam, schienen die Stimmen ihrer Kinder im leeren Haus noch gegenwärtig, und auf dem Küchentisch standen noch die Cornflakesschälchen mit angetrockneten Resten. Während sie bei einer Wanderung durch die Zimmer herumliegende Kleidungsstücke aufsammelte, fragte sie sich, ob einem überhaupt trostloser zumute sein konnte als ihr in diesem Augenblick.

Der Empfang, den ihre Freundinnen ihr und Morgan bereiteten, als sie im Haus am Kai eintraf, trug viel dazu bei, Thebes aufzumuntern. Innerhalb von einem Tag hatte sie sich in einem der freien Zimmer eingerichtet, und Morgan schlief vormittags in der gesunden Meeresluft in seinem Kinderwagen im Schatten der Tamariske.

»Es ist vorbei. Ich weiß jetzt, wie niederträchtig Max ist«, versicherte sie Effie und Scilla, »und ich werde wirklich über ihn hinwegkommen, und zwar weil ich nie mit einem Mann zusammen sein könnte, der sein Kind nicht anerkennt.«

»Hurra, na endlich«, flüsterte Scilla.

»Stell ihn dir als einen Pickel vor«, regte Effie an. »Drück nicht daran herum, sondern füll dein Leben mit anderen, interessanteren Dingen, so dass kein Platz für ihn bleibt.«

Am folgenden Wochenende fand Thebes etwas, womit sie sich beschäftigen konnte.

»Besuch uns bloß nicht«, warnte Jonty sie, als er am Samstagvormittag anrief. »Delphine ist heute Morgen mit Windpocken aufgewacht.« Er klang, als wäre er mit seinem Latein am Ende.

»Die Ärmste«, erwiderte Thebes voller Mitgefühl. »Aber es wird schon wieder. Bei kleineren Kindern ist das schnell überstanden. Meine hatten die Windpocken, als sie drei waren.«

»Ja, ist schon klar, aber sie hat sich den denkbar schlechtesten Zeitpunkt ausgesucht. Ich muss morgen Abend zurück nach London, weil ein Projekt von mir kurz vor dem Abschluss steht, da muss ich einfach im Büro sein, und das Au-pair-Mädchen ist wieder nach Prag gefahren. Ich dachte, die letzten zwei Schulwochen schaffe ich es irgendwie, aber nicht wenn Delphine krank ist.«

»Wie schrecklich, ich kann mir vorstellen, wie das ist …«

»Ich versuche gerade, Delphines Tante zu erreichen, vielleicht kann sie herkommen. Die Sache ist nämlich die, Elvira fährt am Montag zum Zelten, und Finn verbringt den Sommer in Frankreich …«

»Weißt du was, Jonty« – Thebes nahm die Sache in die Hand, ohne groß darüber nachzudenken –, »ich kann mich um Delphine kümmern. Du fährst nach London, und ich nehme sie unter der Woche. Ich könnte auch bei euch einziehen …« Sie zögerte, denn sie erkannte, dass sie vielleicht zu voreilig war. »Damit ich bei ihr sein kann, meine ich … natürlich nur, wenn sie nicht bei uns bleiben möchte.«

»O Gott, das sollte kein Wink mit dem Zaunpfahl sein«, entgegnete Jonty peinlich berührt.

»Nein, ist schon klar, aber warum nicht? Für mich wäre das kein Problem. Ich würde es gern tun.«

»Und was ist mit Morgan, womöglich steckt er sich an …?«

»Ich stille ihn, also ist er durch mich immun. Außerdem muss er ja nicht mit Delphine zusammenkommen. Er übersteht das schon. Wann brauchst du mich?«

Noch am selben Tag siedelten Thebes und Morgan ins Cottage der Familie Bell um. Delphine, fiebrig und mit Pusteln übersät, begrüßte sie erfreut.

»Darf Ivordog uns besuchen?«

»Das ist so lieb von dir …«, beteuerte Jonty nicht zum ersten Mal, als sie sich zum Abendessen setzten.

»Ich will kein Dankeschön mehr hören«, erklärte Thebes. »Es ist mir ein Vergnügen, und ich verspreche dir, dass ich mich um Delphine kümmern werde, als wäre sie mein eigenes Kind. Und ich kann dir versichern, dass es mir wesentlich mehr Spaß macht, als unter Scillas Aufsicht Sandwiches zu belegen, damit ich nach meinem Liebesdrama auf andere Gedanken komme.«

Thebes genoss es in vollen Zügen, sich eine ganze Woche lang um zwei kleine Kinder zu kümmern, sie machte es sich im Cottage gemütlich und schwelgte in der Phantasievorstellung, dass sie hier am Meer als Mutter einer kleinen Familie lebte.

»Wieder ganz zur Erdmutter mutiert?« Effie, die zu Besuch kam, sah Thebes voller Bewunderung an. »Ich glaube, das ist deine wahre Bestimmung.«

Draußen wurde es wärmer. Delphine erholte sich rasch und hatte bald nur noch unter dem Juckreiz zu leiden. Thebes ging von nun an täglich mit ihr zum Planschen

und Krabbenfangen an den Strand, während Morgan zufrieden gurrend durch das Baumwolldach seines Kinderwagens die Sonne genoss.
Jonty rief täglich an, manchmal zweimal, und sie unterhielten sich jedes Mal ein bisschen länger. Thebes saß dabei im Wohnzimmer auf dem breiten Fensterbrett und beobachtete die Boote, die mit dem Gezeitenstrom ausliefen und wieder zurückkehrten, und hatte das Gefühl, als würde sie sich in einen anderen Menschen verwandeln, oder auch wieder in ihr wahres Selbst, das wusste sie nicht recht.
Am Samstag kam Jonty für eine Nacht, und Thebes räumte vorher auf, kochte und freute sich darauf, einen Erwachsenen um sich zu haben. Als er eintraf, sah er müde und erschöpft aus, und am Sonntagmorgen überredete sie Delphine, ihn ausschlafen zu lassen.
Sie war im Garten, hängte die Wäsche auf – kleine Nachthemden und Babysachen – und lauschte den Kirchenglocken, als ihr bewusst wurde, dass sie einfach glücklich war. Diese Erkenntnis war umso süßer, als sie ihr Glück im Augenblick genießen konnte, und nicht erst im Rückblick.
Da öffnete sich Jontys Schlafzimmerfenster.
»Guten Morgen, Goldmarie«, rief er ihr gutgelaunt zu.
»Ein Garten voller Babys und Wäsche!«, erwiderte sie lachend. »Mehr habe ich mir wirklich nie gewünscht.«
»Das kannst du haben.« Jonty breitete die Arme aus. »Das ist alles für dich, du kannst in alle Ewigkeit hierbleiben.« Er verstummte kurz, dann fügte er hastig hinzu: »Und außerdem lege ich noch Elviras verdammte

Gartenzwergsammlung drauf.« Er deutete auf die in Grüppchen über den kleinen Garten verteilten Zwerge. Thebes wusste nicht recht, wie sie Jontys Angebot auffassen sollte.

Am folgenden Wochenende kam Jonty, um für den Rest der Sommerferien zu bleiben, und Thebes gab mit größtem Bedauern die Verantwortung für Delphine und das Haus ab.

»Ich möchte nicht, dass du und Humpty weggehen.« Delphine kletterte auf Thebes' Schoß und legte ihr die Arme um den Hals. »Warum kannst du nicht bei uns bleiben? Für immer.«

»Du musst nämlich nicht gehen«, regte Jonty schüchtern an. »Wir würden uns freuen, wenn du bleibst.« Er deutete auf Delphine. »Dass du willkommen bist, siehst du doch selbst?«

Thebes dachte über die Einladung nach. Wie gern würde sie den Rest des Sommers in diesem gemütlichen kleinen Haus mit Meerblick verbringen. Für sie und Morgan wäre es wunderbar unkompliziert, sich in den Familienurlaub der Familie Bell hineinzuschmuggeln.

Und dann – als hätte er gewusst, dass Thebes dabei war, sich von ihm zu erholen – rief Max an. Seine Nummer erschien auf dem Display ihres Handys, und für den Bruchteil einer Sekunde war sie versucht, das Ding durch das Fenster ihres Zimmers hinaus ins Meer zu schleudern. Der Augenblick ging vorüber, und die Droge namens Max tat ihre Wirkung.

»Hallo, Max.«

»Du hast meine Nummer also noch nicht gelöscht?« In seiner Stimme lag ein Lächeln.

Thebes schnitt ihrem Spiegelbild eine Grimasse; sie hätte so tun sollen, als wüsste sie nicht, wer anrief.
»Also«, sein Tonfall war so sexy wie eh und je, »wo bist du?«
»In Devon.« Thebes schätzte sich glücklich, dass er sie nicht dabei ertappte, wie sie zu Hause in London saß und sich grämte.
»Soso, das dachte ich mir.«
Thebes' Herz machte einen Sprung. Also hatte er sich gemerkt, wo sie die Ferien verbringen wollte. Das war der unwiderlegbare Beweis dafür, dass er hin und wieder an sie dachte.
»Meine Frau ist nämlich auch in Devon«, fuhr er fort. »In ein paar Tagen fahre ich zu ihr.«
»Ah ja.« Die Fingernägel ihrer freien Hand bohrten sich in ihre Handfläche, als sie darauf wartete, dass er weitersprach.
»Bist du zufällig in der Nähe von Brixham?«
»Könnte sein«, antwortete Thebes aufs Geratewohl; den Namen hatte sie noch nie gehört. »In Devon sind die Entfernungen ja nicht so groß, oder?«, plapperte sie munter drauflos.
»Stimmt.« Max schien angenehm überrascht. »Wir könnten uns irgendwo treffen, wenn du möchtest.«
Thebes versuchte, sich ihre Aufregung nicht anmerken zu lassen.
»Wird man dich bei deinem Familienurlaub nicht vermissen?«
»Noch bin ich nicht im Urlaub. Ich könnte auf dem Hinweg einen kleinen Abstecher machen. Ferien mit Sandeimer und Schaufel kann ich nicht ausstehen, aber

Sally sagt, dass die Kinder für die Karibik noch zu klein sind. Also, was meinst du?«
»Gut.« Sie zögerte nicht einmal.
»Sagen wir, Dienstagnachmittag. Vielleicht bleibe ich für eine gemeinsame Nacht – das kann ich aber nicht versprechen. Besorg uns ein Zimmer in der Nähe von Dartmouth, aber nicht zu nah am Strand. Ich weiß nämlich nicht genau, wo Sally mit den Kindern hinfährt. Ich rufe dich morgen an.«
Max legte auf.
So einfach war das. Thebes setzte sich aufs Bett, das Handy noch in der Hand, und während sie sich schon den nächsten Dienstag ausmalte, wünschte sie, Max hätte nicht angerufen.
Als sie aus dem Fenster sah, entdeckte sie auf der anderen Seite der Flussmündung mehrere kleine Segelboote. Die Abendsonne glitzerte auf ihren roten Segeln, und aus der Ferne betrachtet, schienen sie sich kaum zu bewegen – eine so schöne, friedliche, unkomplizierte Szene. Thebes ging nach unten. Jonty saß mit Delphine im Sessel, hielt Morgan im Arm und las beiden eine Geschichte vor. Sie stand in der Tür, beobachtete die drei und wusste, dass sie vor wenigen Minuten der Versuchung erlegen war und damit den magischen Kreis zerstört hatte.
Jonty blickte auf, als ahnte er, dass sie etwas zu sagen hatte.
»Alles in Ordnung?«
»Gerade hat Max angerufen.« Sie sah, dass Jontys freundliches, rundes Gesicht erstarrte, als sie weitersprach. »Wir treffen uns übermorgen.«

Jonty stand auf, wobei er Delphine beinahe zu Boden stieß.
»Ich kümmere mich jetzt lieber um das Abendessen«, murmelte er und reichte Thebes das Baby.
»Wer besucht dich?«, wollte Delphine wissen.
Thebes hörte, dass die Küchentür geschlossen wurde.
»Humptys Vater, mein Schatz, deshalb muss ich wieder nach Hause.«
»Nach London?«
»Nein, ins Haus am Kai.«
»Warum musst du weggehen? Warum kann Humptys Papa ihn nicht hier besuchen?«
»Weil wir uns woanders treffen.«
»Warum kannst du nachher nicht wiederkommen?«
Delphines kindliche Logik war schwer zu widerlegen.
»Es ist sowieso Zeit, dass ich wieder zu Scilla und Effie gehe, mein Schatz. Sie haben mich doch zu sich eingeladen. Erst heute haben wir darüber geredet, weißt du noch? Ich bin nur gekommen, um auf dich aufzupassen, während du krank warst, und jetzt geht es dir wieder gut.« So viele Gründe zu gehen, aber den wahren Grund erwähnte sie nicht: dass ein Treffen mit Max, solange sie hier wohnte, das häusliche Glück in diesem kleinen Heim trüben würde.
»Aber ich könnte wieder krank werden«, sagte Delphine – eine unverhüllte Drohung.
»Das wirst du aber nicht, und wenn doch, ist jetzt dein Papa da und kümmert sich um dich.«
»Ich möchte, dass ihr euch beide um mich kümmert.« Delphine schob schmollend die Unterlippe vor. »Du musst nicht weggehen.«

Nach einem schweigsamen Abendessen wiederholte Jonty, was seine Tochter gesagt hatte.
»Du musst nicht gehen, nur weil …« Jonty tat sich schwer, die rechten Worte zu finden. »Ich meine, es hat doch nichts mit uns zu tun, du und … Max.«
Thebes hatte das Gefühl, dass es kein Zurück mehr gab, wenn sie am nächsten Tag umzog. Sie wusste, dass sie die falsche Entscheidung traf – sie stand neben sich und schalt sich eine dumme Frau, weil sie so von einem Mann besessen war, dass sie ihr Glück und ihre Zufriedenheit für einen Nachmittag opferte – mit etwas Glück eine Nacht –, der … der … für was eigentlich?
»Es ist einfach nicht richtig« – sie versuchte, Ordnung in ihre wirren Gedanken zu bringen –, »wenn ich mich von hier aus mit Max treffe, ich weiß nicht, warum … ich würde mich einfach besser fühlen …«
»Aber du wirst uns fehlen. Du gehörst doch jetzt zur Familie«, sagte Jonty traurig.
Als Morgan zu seiner letzten Mahlzeit aufwachte, ging Jonty ihn holen, während Thebes den Tisch abräumte. Als sie den Kühlschrank öffnete, sah sie den Teller mit den drei Hühnerbrüsten, die sie gekauft hatte, um sie morgen zuzubereiten.
Da kam Jonty die Treppe herunter und gab Thebes ihr Baby.
»Ich habe ihn gewickelt, er war pitschnass, und dabei habe ich mit ihm besprochen, was heute Abend los war … Nein, ich kann nicht einmal darüber witzeln.« Jonty kniete sich neben Thebes und streichelte den Kopf des Babys, als es sich an ihrer Brust festsaugte. »Ich möchte nur sagen, bitte, verschwinde nicht für im-

mer aus unserem Leben. Und bitte«, ergänzte er, »lass nicht zu, dass du wieder verletzt wirst. Das könnte ich wirklich nicht ertragen.«

Am nächsten Morgen sah Jonty aus, als hätte er kein Auge zugetan. Er war blass und hatte dunkle Augenringe. Dennoch war er schrecklich höflich.

»Lass das schwere Gepäck hier, ich bringe es heute Nachmittag ins *Quays*.«

Delphine schloss Thebes in die Arme und nahm weinend Abschied.

»Du kannst uns jederzeit besuchen, mein Schatz, das weißt du doch.«

»Aber es ist nicht so, als wenn du hier bei uns wohnen würdest.«

Thebes hatte nur zwei Wochen in dem Cottage verbracht, aber sie hatte sich hier wie zu Hause gefühlt, und jetzt war ihr zumute, als würde sie aus der Sonne in den Schatten treten.

Als sie den Kinderwagen die Promenade entlang zum Coffeeshop am Kai schob, fiel ihr ein, dass sie eine von Morgans Babydecken auf der Wäscheleine in Jontys Garten vergessen hatte, und sie wurde mit einem Mal sehr traurig.

Kapitel elf

»Spricht dort Scilla? Hier ist Martin Hepple«, meldete sich eine schroffe Stimme.

Scilla bereitete gerade Tee und Gebäck für ein älteres Paar vor, das soeben bestellt hatte.

»Möchten Sie mit Effie sprechen? Ich kann sie holen, sie arbeitet oben …«

»Nein, nein, keine Umstände«, fiel ihr Martin ins Wort. »Ich bin gerade aus Frankreich zurückgekommen und wollte nur wissen, wie es im *Quays* so läuft.«

»Gut, ausgezeichnet sogar.« Martins Anruf kam für Scilla völlig unerwartet. »Besser, als ich gehofft habe. Hatten Sie einen schönen Urlaub?«

»Ja, vielen Dank«, antwortete Martin knapp. »Also klappt alles?«, hakte er noch einmal nach. »Keine Probleme? Eine Menge Gäste? Alles, wie es sein sollte?« Er wartete auf eine Antwort.

»O ja, ganz genau. Ich freue mich unheimlich und denke sogar daran zu expandieren, und zwar …«

»Schön, das ist großartig«, fuhr Martin dazwischen. »Und nachdem gestern Sonnwend war, ist der Sommer ja praktisch halb vorbei, und Sie sind auf der Zielgeraden.«

»Ich wusste gar nicht, dass gestern Sonnwend war.« Scilla war sich nicht sicher, was sie von diesem Anruf halten sollte. »Und für uns ist ganz bestimmt noch nicht Halbzeit. Wir machen frühestens Ende September zu.«

»Das kann ich mir vorstellen, jedenfalls bin ich auf dem Sprung.« Martin wollte das Gespräch, das er angefangen hatte, offenbar möglichst schnell wieder beenden. »Bis bald …«

»Ich gehe rasch und hole Effie«, erbot sich Scilla. »Sie möchte nämlich mit Ihnen über Ihre Freundin, die Autorin, sprechen, sie hat …«

»Nicht nötig, ich muss jetzt los. In ein paar Tagen komme ich auf einen Kaffee vorbei.« Mit Bedacht setzte er hinzu: »Ich freue mich, dass es so gut läuft.«

Schon hatte er aufgelegt, und Scilla stand ratlos mit dem Hörer in der Hand da. Auf den ersten Blick war Martin Hepples unerwarteter Anruf eine höfliche Geste. Andererseits war er nun über drei Wochen weg gewesen, und die ganze Zeit hatte es im Coffeeshop keinerlei Pannen und Probleme gegeben.

Das schien bedenklich.

»Jetzt setz dich gefälligst an den Tisch, und wenn du das nicht isst, gibt's keine Nachspeise.« Effie stellte den Teller mit Scillas hausgemachten Fischfrikadellen vor einen kleinen Jungen, dann fing sie einen Blick von der Mutter auf, in dem sich Empörung und Bewunderung mischten.

Es war ein heißer Tag gewesen, an dem das Geschäft nur schleppend lief, und diese beiden waren die letzten Gäste. Die junge Mutter hatte ihren Sohn nicht unter Kontrolle, und der Junge war im Coffeeshop herumgetollt, hatte Stühle umgeworfen und war immer wieder in die Küche und wieder hinausgeflitzt. Effie hatte Kopfschmerzen. Sie hatte den ganzen Morgen an den Buchillustrationen gearbeitet, war aber mit dem Ergebnis nicht zufrieden, und dann hatte sich ihre Schicht im Coffeeshop an diesem langweiligen, ruhigen Nachmittag arg in die Länge gezogen. Als der Knirps um einen unbesetzten Tisch herumschlitterte und zwei Teller zerbrach, warf Effie ihre gewohnte Höflichkeit über Bord, und ehe sie sichs versah, war ihr der strenge Tadel herausgerutscht.

»Tut mir leid«, entschuldigte sie sich bei der Mutter. »Das hätte ich nicht sagen sollen. Die Sache ist die …« Sie überlegte fieberhaft. »Wissen Sie, ich habe selbst fünf Jungs aufgezogen, und er erinnert mich so an meine Bande.« Sie strubbelte dem kleinen Jungen das Haar, ohne darauf zu achten, dass er nach ihrer Hand schlug. »Da habe ich einfach vergessen, dass er nicht meiner ist.«

Die Mutter lächelte verständnisvoll.

»Ich fürchte, er ist manchmal ein bisschen überdreht. Wahrscheinlich bin ich zu nachgiebig …«

»Nein, nein, tut mir leid, ich hätte das nicht …« Effie trat den Rückzug an und stieß unversehens mit einem neuen Gast zusammen.

»Fünf Jungs ist ein bisschen übertrieben, finden Sie nicht?«, wisperte ihr eine amüsierte Stimme ins Ohr. »Zwei hätten doch sicher auch gereicht?«

Effie erkannte ihn sofort. Sie drehte sich um, vor ihr stand Martin Hepple.

»Ach, Sie sind's. Was machen Sie denn hier?«

Unbeeindruckt von ihrem mürrischen Ton, lächelte er sie an.
»Ich wollte Sie für heute Abend zum Essen einladen.«
»Oben wartet Arbeit auf mich.«
»Ich dachte, Sie nehmen alles mit, was Ihnen das Leben zuspielt?« Martin runzelte die Stirn. »Ich biete Ihnen das Erlebnis, mit mir flussaufwärts zu segeln und in meinem Lieblingsrestaurant zu essen. Natürlich nur, wenn Sie möchten«, fügte er etwas weniger selbstsicher hinzu.
Effie war auf der Hut.
»Wenn Sie segeln sagen … sind da auch Wellen beteiligt?«
»Ich dachte, Sie sind Spezialistin für Wellen.«
»Nicht für solche Wellen. Nicht für Wellen, die Boote umkippen.«
Martin musterte sie amüsiert, und Effie schnitt eine Grimasse.
»Sie wissen genau, was ich meine. Wellen, in denen man ertrinken kann.«
»Flussaufwärts gibt es kaum lebensgefährliche Wellen, Effie. Höchstens Wehre, aber denen kann man mit etwas Geschick ausweichen. Es ist nur ein kleiner Ausflug den Fluss hinauf zu einem ausgezeichneten Restaurant. Sie können auch Ihren Hund mitbringen.«
»Ich überlege es mir.«
»Müssen Sie jemanden um Erlaubnis fragen?«, erkundigte sich Martin sarkastisch und setzte sich an einen Tisch.
»Ich möchte nur vorher mit Scilla sprechen.«
»Tun Sie das.« Martin griff nach einer Zeitung, die für

die Gäste bereitlag. »Wir müssen in einer halben Stunde los.«

Scilla räumte in der Küche auf.

»Martin hat mich zum Essen am Fluss eingeladen«, flüsterte ihr Effie zu, als sie gemeinsam die Spülmaschine füllten.

»Das habe ich gehört. Gehst du?«

»Es wäre eine Gelegenheit, mit ihm zu sprechen.«

»Du meinst: ›Vielen Dank für die Einladung, und übrigens glauben Scilla und ich, dass Sie den Coffeeshop sabotieren.‹« Scilla machte ein besorgtes Gesicht. »Sei vorsichtig, Effie, du kennst den Mann doch kaum.«

»Scilla, ich glaube nicht, dass Martin Hepple *uns* etwas antun würde. Dem *Quays* vielleicht, aber nicht uns.«

In diesem Punkt war sich Effie vollkommen sicher. Sie wollte nur allzu gern glauben, dass Martin in Ordnung war, das sagte ihr Bauchgefühl, aber andererseits musste sie zugeben, dass ihr Instinkt sie in der Vergangenheit ziemlich oft im Stich gelassen hatte. Aber sie stellte überrascht fest, wie sehr es sie störte, dass sie an Martin zweifelte.

»Und du?«, fragte sie. »Was machst du heute Abend?«

»Winsome hat mich zu sich eingeladen, um über den Partyservice-Auftrag zu sprechen, den sie für uns an Land gezogen hat.«

»Möchtest du das wirklich machen? Oder genauer gesagt, möchtest du es mit dem Irrlicht machen?«

»Ja, das will ich«, nickte Scilla. »Ich bereite gern Partys vor. Ich weiß, dass du Winsome nicht magst, aber ich glaube, die Zusammenarbeit mit ihr könnte klappen. Morgen kann ich dir mehr dazu sagen. Jedenfalls interessiert es mich brennend, wie es bei ihr zu Hause aussieht.«

»Ich wette, die Wände sind purpurrot gestrichen, sie hat Kristalle und Räucherstäbchen und serviert dir Pflaumentee nebst geistiger Nahrung in Form von Walgesängen.« Effie sah auf die Uhr. »Ich frage mich, wie es Thebes ergeht.«

»Je länger sie weg ist, umso besser versteht sie sich vermutlich mit Max.«

Effie stöhnte. »Ich weiß, was passiert. Er tut für ein paar Stunden so, als würde ihm etwas an ihr liegen, und dann verduftet er wieder. Und wir müssen uns nachher stundenlang anhören, dass er wirklich zu ihr steht.«

»Vielleicht sieht es nun anders aus, nachdem Morgan da ist.«

Effie verdrehte die Augen. »Nur weiter so, Scilla. Jetzt verlierst du auch noch den Realitätsbezug«, sagte sie und schloss die Spülmaschine. »Du kommst also mit dem Aufräumen allein klar? Der Teufelsbraten da draußen hat Eis mit Schokoladensauce bestellt. Ich persönlich würde es ihm einpacken und mitgeben, damit er es zu Hause essen kann. Bis später.«

»Bitte, pass auf dich auf, Effie«, mahnte Scilla. »Sag lieber nichts zu Martin, schließlich ist in letzter Zeit nichts vorgefallen. Mach dir doch einfach einen schönen Abend mit ihm …«

»Wie soll es ein schöner Abend werden, wenn er dahintersteckt …«

»*Wenn* er dahintersteckt, wird er es wohl kaum zugeben«, gab Scilla zu bedenken. Dann lächelte sie. »Du gehst mit dem Mann aus, weil du ihn magst, oder?«

Effie blieb ihr die Antwort schuldig. Im Augenblick war ihr schleierhaft, ob sie Martin mochte oder nicht.
Der Abend lief sehr gut an. Das Wetter war Effie gnädig – es kam kein Wind auf, also musste Martin den Bootsmotor anwerfen. Der Fluss glitzerte in der Sonne, und die Häuser auf der Sonnenseite waren in weiches Licht getaucht. Der Himmel strahlte immer noch tiefblau und wolkenlos, und beide Flussufer prangten in üppigem Grün. Mit wachsendem Abstand von der Küste leerte sich der Fluss, bis nur noch ihr Boot auf dem Wasser war. Während Effie mit Ivordog zu ihren Füßen die Sonne genoss und die Finger durchs Wasser streifen ließ, milderten sich ihre Kopfschmerzen. Sie schloss die Augen und überlegte, wann und mit welchen Worten sie Martin zur Rede stellen wollte.
»Die Benimmregeln an Bord schreiben vor, dass Passagiere ein wenig Konversation zu treiben haben«, riss Martin sie aus ihren Gedanken.
»Tut mir leid«, sie setzte sich auf. »Ich wäre beinahe eingeschlafen.«
Auf dem Weg zum Boot hatte sie sich bei Martin dafür bedankt, dass er den Kontakt zu Jane Gopstall vermittelt hatte.
»Sie hat jemanden gesucht, und da sind Sie mir eingefallen«, antwortete er schroff.
Da fiel ihr ein, was sie ihn noch fragen wollte: »Warum haben Sie meine Bilder in Ihrem Haus aufgehängt?«
»Jemand musste sie kaufen, um sie aus ihrer unglücklichen Lage zu befreien. Auf dieser Ausstellung waren sie in schlechter Gesellschaft«, erwiderte er hastig. Wäre Effie nicht überzeugt gewesen, dass ihm Verle-

genheit völlig fremd war, hätte sie vermutet, dass er jetzt damit kämpfte. »Wie wär's mit Musik?« Martin zog einen tragbaren CD-Spieler unter dem Sitz hervor. »Wenn auf dem Fluss nicht viel los ist, höre ich das gern. Natürlich sollten wir dazu rudern, und es sollte ein altes Grammophon mit Kurbel sein.« Martin drückte auf einen Knopf, und die ersten Takte der *Carmina Burana* erklangen. In London malte Effie manchmal zu dieser Musik, die ihr stets ein Lächeln entlockte und ihre Laune hob.

»Das ist wie guter Sex«, bemerkte Martin, als könnte er ihre Gedanken lesen. »Immer wieder Crescendi, auf die dann weiche Übergänge folgen. Ignorieren Sie die Doppeldeutigkeit«, fügte er mit einem Grinsen hinzu, machte den Motor aus und ließ das Boot treiben.

»Schauen Sie.« Martin deutete auf einen Baum am Ufer, auf dem sich weiße Vögel drängten. »Fischreiher, die sich für die Nacht niedergelassen haben. Sieht aus, als hätte der Baum Baumwolle ausgetrieben. Und da!« Ein schillernd blauer Pfeil schoss über den Fluss. »Das ist der Eisvogel.«

Die beiden beobachteten versunken das Naturschauspiel.

»Kommt Winsome Wetherall oft in den Coffeeshop?« Martin brach abrupt das Schweigen.

»Ja, das kann man sagen«, antwortete Effie gähnend. »Ich persönlich finde, die Frau tickt nicht richtig, aber Scilla hat sich mit ihr angefreundet. Anscheinend haben sie vor, einen Partyservice aufzuziehen. Scilla ist ganz in ihrem Element, sie ist ein anderer Mensch geworden.«

»Dann hoffen wir bei Gott, dass es so bleibt«, sagte Martin inbrünstig, als spräche er ein Gebet.

Das war ein gutes Stichwort für Effie. Schon wollte sie loslegen, aber Martin hatte einen kleinen Steg angesteuert, und jetzt sprang Ivordog über den Bootsrand, um an Land zu schwimmen.

Er tauchte unter, kam wieder hoch und paddelte los. Effie schrie, und Martin fluchte, weil das Boot schaukelte. Ivordog erreichte das Ufer und beobachtete in aller Seelenruhe, wie Martin das Boot vertäute.

»Dieser Hund muss noch Manieren lernen«, brummte Martin.

»Jetzt machen Sie aber mal halblang«, protestierte Effie. »Er hat keine Ahnung, was für Benimmregeln auf einem Fluss gelten, schließlich hat er sein Leben in der Stadt verbracht.«

Der Anlegesteg gehörte zum Garten des Restaurants, und von den Tischen im Freien war nur einer belegt. Martin bestellte eine Flasche Wein und Wasser für Ivordog.

»Hier müssen Sie Fisch nehmen, alles andere ist nicht der Rede wert.«

Effie bestellte Muscheln, Martin Austern.

»Thebes sagt, Muscheln haben eine Kalorie pro Stück, und wenn man das Glück hat, eine schlechte zu erwischen, darf man alle Kalorien abziehen, die man an dem Tag gegessen hat.«

»Wie originell.« Martin lehnte sich zurück. »Thebes ist Ihre Freundin mit dem Baby, oder?«

»Ja, und mit einem miserablen Geschmack, was Männer betrifft. Die Muscheln sind übrigens phantastisch.«

»Und die Austern« – Martin schlürfte eine davon – »sind großartig.«
»Ich habe nie verstanden, dass die Dinger ein Aphrodisiakum sein sollen.« Effie blickte voller Abscheu auf seinen Teller. »Etwas Lebendiges zu essen würde mir nicht im Traum einfallen. Austern sehen wirklich grausig aus.«
»Aber sie gleiten wunderbar durch die Kehle und schmecken nach Meer. Eine echte Erfahrung, hier, probieren Sie eine.«
»Nein, vielen Dank, ich komme ohne aus ...«
»Na los« – er bot ihr eine Auster an –, »seien Sie kein Angsthase.«
Effie nahm die Herausforderung an. Sie schluckte und verzog entsetzt das Gesicht.
»Ich hatte recht, absolut abscheulich. Die Dinger sind einfach nur kalt, salzig und glibberig, igitt.«
»Banause.« Demonstrativ schlürfte Martin eine weitere Auster.
»Behandeln Sie mich nicht so von oben herab.«
»Das hatte ich nicht vor.« Er wirkte verletzt. »Und es tut mir leid, dass Sie einen falschen Eindruck hatten. Es muss wohl am Altersunterschied liegen, Sie sind es ja bestimmt – andersrum gewohnt.«
Aus dieser seltsamen Bemerkung wurde Effie nicht schlau.
»Entschuldigen Sie, wie ist das gemeint?«
»Nun, Sie haben doch selbst zugegeben, dass Sie gern mit jungen Männern ausgehen, und ich könnte mir vorstellen, dass Ihre jungen Freunde manchmal denken, dass Sie sie von oben herab behandeln ...«

»Zwei Punkte.« Effie zählte sie an den Fingern ab. »Erstens, so wie Sie das sagen, klingt es irgendwie abstoßend, dass ich gern mit jungen Männern zusammen bin, und zweitens, ich bin sechsundfünfzig, aber Sie reden mit mir, als würden Sie der Generation meines Vaters angehören. Sind Sie denn alt genug, um mein Vater zu sein?« Effies Frage war nicht ganz ernst gemeint, aber Martin machte ein trauriges Gesicht, als er antwortete.

»Nicht ganz. Siebzig werde ich erst in ein paar Jahren. Aber für Sie bin ich wohl zu alt«, fügte er mit leiser Stimme hinzu.

Verblüfft wandte sich Effie wieder ihren Muscheln zu, ohne weiter darauf einzugehen. Dann wurden Rochen in Butter und eine weitere Flasche Chablis serviert.

»Und was steht als Nächstes an, nach dem Flirt mit dem Gaststättengewerbe?«, fragte Martin schließlich.

»Woher wollen Sie wissen, dass ich nicht den Rest meines Lebens dem Aufbau eines Coffeeshop-Imperiums widme?«

»Weil Sie den Umgang mit der breiten Öffentlichkeit nicht beherrschen?«

»Ein kleiner Giftzwerg, dessen Mutter von Erziehung keinen Schimmer hat …«, verteidigte sich Effie. »So oder so, ich gebe zu, dass ich nicht genau weiß, wie es weitergeht. Fest steht, dass ich nach Brasilien fahre, und dann? Die Welt retten, Fallschirmspringen … keine Ahnung.«

»Wenn ich auch nur an Ihr Leben denke, bin ich schon erschöpft«, seufzte Martin.

»Und was ist mit Ihrem Leben?«, wollte Effie wissen. »Werden Sie wirklich die Welt umsegeln, oder schmie-

den Sie nur große Pläne und tuckern bis in alle Ewigkeit diesen Fluss hinauf und hinunter?«
Martin zuckte zusammen.
»Das hat gesessen – Sie haben recht, das könnte mir leicht passieren, aber mein Sohn hat mich jetzt auf einen Termin festgenagelt, genauer gesagt, auf einen Monat, wahrscheinlich Oktober oder November …«
»Ach so. Das ist ja ein richtig handfester Plan.«
Martin quittierte Effies Sarkasmus mit einem Stirnrunzeln.
»Im Grunde hängt alles davon ab, wann sein Boot fertig ist.«
Effie gefiel das Gespräch. Der Wein war ihr zu Kopf gestiegen, und Martin brachte sie zum Lachen – aber sie durfte nicht vergessen, dass sie eine Mission zu erfüllen hatte. Sie beugte sich vor, und die Worte flossen ihr von den Lippen, ohne dass sich ihr Gehirn einschaltete.
»Warum, Martin? Warum wollen Sie, dass wir den Coffeeshop aufgeben? Haben Sie etwas gegen uns persönlich, oder sind Sie nur an dem Anwesen interessiert? Warum?« Allmählich wurde Effie wütend. Sie hörte, dass ihre Stimme lauter wurde und es nur so aus ihr hervorsprudelte. »Die Überschwemmung, das Federvich, der Haufen Scheiße, wie konnten Sie nur? Warum?« Sie wusste kaum, ob das, was sie sagte, irgendeinen Sinn ergab, aber falls sie gehofft hatte, den Falschen zu beschuldigen, konnte sie die Wahrheit von Martins Gesichtsausdruck ablesen. Er war leichenblass geworden und hatte die Lippen zornig zu einer schmalen Linie zusammengepresst. Er stand auf, und einen ver-

rückten Augenblick lang fürchtete Effie, er würde sie schlagen. Ivordog gesellte sich sofort zu Martin.

»Ich werde jetzt bezahlen«, erklärte Martin unwirsch. »Passen Sie auf, dass mir der Dummkopf nicht nachrennt, drinnen sind Hunde nicht gern gesehen.«

Effie fingerte nach ihrem Geldbeutel, der in ihrer Jeanstasche steckte.

»Kann ich …?«

Aber Martin war schon weg. Die Sonne war nicht mehr zu sehen, aber es war noch hell. Effie, die Ivordog am Halsband hielt, beobachtete eine Entenfamilie, die flussabwärts schwamm – die Küken, die gegen die Strömung kämpften, stießen aneinander wie Autoscooter. Die Kopfschmerzen stellten sich wieder ein, und sie spürte einen nagenden Schmerz im Magen. Da dämmerte ihr, dass sie vielleicht mehr getrunken hatte, als gut war.

»Kommen Sie, wir machen einen Spaziergang«, entschied Martin, der jetzt zurückgekehrt war.

»Das ist doch nicht nötig«, widersprach Effie, die plötzlich nur noch nach Hause wollte.

»O doch, ich denke schon.«

Er führte Effie quer über eine schmale Straße zu einem Reitweg und über eine Wiese, auf der Butterblumen und Wiesenkerbel blühten. Bald spürte Effie, dass die Wirkung des Weins nachließ, aber jeder Schritt, den sie tat, verstärkte ihre Kopfschmerzen.

»Wissen Sie, ich wollte doch nur wissen, warum …«, begann sie.

»Das haben Sie schon oft genug betont«, gab er zurück. »Warten Sie einfach, bis wir oben sind, ja?«

Der Weg führte sachte bergan, und auf der Kuppe des Hügels angelangt, blieb Martin stehen.

»Das ist einer der wenigen Plätze in der Gegend, wo man nur das Land sieht und keine Straßen, höchstens einen Feldweg.« Er drehte sich um, umfasste Effies Gesicht mit den Händen und küsste sie sanft und kurz auf den Mund.

Die Vögel sangen um die Wette, eine Lerche trällerte über ihren Köpfen. Effie wusste nicht recht, wie ihr geschah. Der Kuss fühlte sich gut an, kam aber so unvermittelt, dass sie in ihrem Gespräch mit Martin, das doch nun fortgesetzt werden musste, den Faden verlor.

»Wofür war das?«

»Dafür, dass du ein guter Mensch bist, und ich finde, du bist ziemlich mutig, und ich wollte dich küssen, bevor ich all deine Fragen beantworte.«

»Du weißt nicht, wie wütend ich bin.« Sie hörte ihre eigene Stimme wie aus weiter Ferne. »Du bist schuld, dass so viel drunter und drüber gegangen ist, das tut wirklich weh, ich weiß nicht, warum, aber wenn ich dich sehe … wird mir schlecht.« Sie wollte noch mehr sagen, aber mit ihrem Magen stimmte etwas nicht. Die Landschaft rundum zitterte bedenklich, und in ihrem Mund sammelte sich urplötzlich sehr viel Speichel.

Als ihr alles hochkam, was sie die letzte Woche, vielleicht auch den letzten Monat, gegessen hatte, hörte sie noch verschwommen Martins amüsierte Bemerkung: »Ich habe noch keine Frau getroffen, die ihre Gefühle für mich so prompt ausgedrückt hat.«

Als sich Effie nicht mehr erbrechen musste, tat ihr Magen umso mehr weh. Sie sank auf die Knie und nahm eine

Embryohaltung ein. Ivordog kam herbei, um zu sehen, welches neue Spiel sich sein Frauchen ausgedacht hatte, und fing dann an, lautstark die Pfütze aufzulecken.

»Hau ab, Hund«, stöhnte Effie und begann unter Tränen, sich erneut zu übergeben. Martin war sofort bei ihr, hielt sie an den Schultern fest und strich ihr über den Kopf. Er roch sauber und frisch.

»Das ist guter Chablis, den du da über Bord wirfst«, sagte er.

»Ich bin nicht betrunken«, keuchte sie.

»Ist schon gut, Süße, nicht reden.« Martin streichelte sie und zog dabei ihr T-Shirt nach oben. »Du hast vollkommen recht«, erklärte er mit veränderter Stimme. »Es ist nicht der Alkohol, sondern eine verdammte Allergie. Kannst du dich aufsetzen?«

Mühsam richtete sich Effie auf, lehnte sich an ihn und betrachtete ihren entblößten Bauch, der mit roten Flecken übersät war.

»Schöne Brüste übrigens«, bemerkte er mit einem Lächeln. »Auf deinen Händen sieht man den Ausschlag auch.«

Als Effie sich kratzen wollte, hielt er ihre Hände fest.

»So ein Mist.« Er sah sie anklagend an. »Du hast nicht erwähnt, dass du gegen Austern allergisch bist.«

Effie hatte das Gefühl, dem Tod nahe zu sein, besaß aber noch die Kraft, sich zu empören.

»Ich habe dir doch gesagt, dass ich sie noch nie gegessen … ooohhh …« Sie krümmte sich und ubergab sich noch einmal.

»Mein Gott, ich habe dich vergiftet. Kannst du gehen?«

Effie legte sich wieder hin.
»Sterbe ich jetzt?«
»Im Moment noch nicht.« Sein Lächeln entging ihr nicht. »Und ich werde dich ganz bestimmt nicht hier sterben lassen.«
»Alles in Ordnung?« Ein älterer Wanderer mit Spazierstock und einem großen Rucksack kam heran.
»Ja, ich habe nur gerade meine Rendezvous-Partnerin vergiftet.« Martin legte den Arm um Effie und half ihr wieder auf.
»Austern«, murmelte sie. »Anscheinend reagiere ich darauf allergisch.«
»Kann ich helfen?«
»Vielen Dank, aber ich muss sie nur nach Hause schaffen.« Martin hielt Effie fest. »Kannst du jetzt aufstehen?«
»Ich hätte nur eine Frage«, sagte der Mann, der immer noch neben ihnen stand. »Führt dieser Pfad zum Klippenweg? Ich suche den Steinkreis.« Offenbar war er zum Plaudern aufgelegt. »Jedes Jahr trifft sich an Sonnwend eine Gruppe von uns zu einem Mitternachtspicknick an einem spirituellen …«
»Was machen Sie?« Martin starrte den Mann an, der ungerührt weiterquasselte.
»Letztes Jahr waren wir in Dorset, kennen Sie Whitchurch Canonicorum?«
»Halten Sie den Mund!«, schrie Martin den Mann an. »Was reden Sie da von Sonnwend? Sonnwend hatten wir vor drei Tagen.«
Der Mann lächelte herablassend.
»Das ist ein Irrtum, leider kommt es häufig vor, dass

der einundzwanzigste und der vierundzwanzigste Juni verwechselt werden. Am einundzwanzigsten ist nur der längste Tag, aber heute ist Sonnwend. Ich habe meinen Kindern immer erzählt, dass an diesem Tag die Elfen …«

»Zum Teufel noch mal, so ein verdammter Mist! Komm, Effie, wir müssen uns beeilen.« Martin zog Effie auf die Füße.

»Ich bin also auf dem richtigen Weg?«, rief der Wanderer.

»Ja, immer geradeaus.« Martin stützte sie. »Komm, Effie, gib dir Mühe.«

Ihr Kopf tat weh, und ihr war so schummrig, dass sich bei der leisesten Bewegung alles drehte.

»Warum haben wir es plötzlich so eilig?«, stöhnte sie. »Das verstehe ich nicht.«

»Ich möchte nur zurück«, sagte Martin mit zusammengebissenen Zähnen. »Wir *müssen* zurück.«

»Ich werde also sterben«, heulte sie. »An Austernvergiftung kann man sterben.«

»Du nicht. Das lasse ich nicht zu.«

Als Effie auf halbem Weg zum dritten Mal zusammenbrach, nahm Martin sie auf die Arme.

»Meine Güte«, keuchte er. »So schnell lade ich dich nicht mehr zum Essen ein. Für so etwas bin ich zu alt.«

Ihr ganzer Körper juckte und kribbelte, und sie spürte, dass sogar ihre Augenlider anschwollen.

»Ich sehe bestimmt aus wie eine Erdbeere«, sagte sie.

»Du hast auf jeden Fall schon attraktiver ausgesehen«, stimmte Martin ihr zu, als sie beim Boot anlangten und er ihr behutsam hineinhalf.

»Du benutzt doch den Motor, oder? Ich möchte nicht ertrinken.«
»Mir hast du erzählt, dass du lieber ertrinkst, als zu kotzen.«
»Ich kann auf beides verzichten«, wimmerte sie. »Ich möchte sterben«, sagte sie zitternd. »Du kannst mich hier liegen und sterben lassen.«
»Sei nicht so melodramatisch. Leg dich dorthin«, befahl er. »Und wenn du brechen musst, dann über den Rand und nicht ins Boot.« Er zog seinen Pullover aus und zog ihn ihr behutsam über den Kopf.
»Nicht«, protestierte sie. »Du wirst frieren.«
»Halt den Mund und sei brav. Hier, Dummkopf, mach dich nützlich.« Er ließ den Hund neben ihr Sitz machen. »Halt dein Frauchen warm und pass auf, dass sie sich nicht kratzt.«
Während der Fahrt würgte Effie, am ganzen Körper zitternd, immer wieder Galle in den Fluss und wünschte sich nur noch, im klaren Wasser unterzugehen und alles zu vergessen.
Sie hörte, wie Martin vor sich hin schimpfte.
»Wie konnte ich nur so saublöd sein!«
»Nicht … deine … Schuld«, brachte Effie heraus, bevor sie sich erneut übergab. »Wir wussten ja nicht, dass ich keine Austern vertrage.«
»Sonnwend, der längste Tag, verdammter Mist.«
Sie hatte keine Ahnung, wovon er sprach.
Es war schon dunkel, als sie den Kai in Weston Burrows erreichten. Martin trug sie halb den Hafendamm entlang zum Coffeeshop und stützte sie, während er Sturm läutete.

»Wo zum Teufel ist Scilla?«, fragte er wütend. »Wo steckt sie?«
»Ausgegangen«, murmelte Effie.
»Gott sei Dank.« Martin atmete auf. »Bist du sicher, dass sie nicht zu Hause ist?«, hakte er nach.
»Sie ist weg.« Effie hätte ihm sagen können, wo Scilla war, aber sie brauchte ihre ganze Kraft, um nicht auf die Straße zu spucken. »Schlüssel.« Sie klopfte auf ihre Hosentasche.
Im Haus bekam Effie noch mit, dass Martin in alle Zimmer sah und Scilla beim Namen rief, nachdem er ihr die Treppe hinaufgeholfen hatte. Sie machten am Badezimmer Zwischenstation, damit Effie in die Toilette brechen konnte. Später überlegte sie sich peinlich berührt, dass Martin sie anscheinend ausgezogen und ins Bett gesteckt hatte, denn sie erinnerte sich, wie gut sie sich gefühlt hatte, als die kühlen Baumwolllaken ihren brennenden, juckenden Körper bedeckten. Sie war unendlich dankbar, als sie ihre schmerzenden Augen schließen konnte. Irgendwann bemerkte sie, dass Martin nicht mehr im Zimmer war, und rief nach ihm.
»Ist ja gut, Süße, ich bin da.« Er hielt sie in den Armen. Sie hörte das Klappern von Emaille. »Hier ist eine Schüssel, falls du sie brauchst.«
Gehorsam beugte sie sich darüber und brach.
»Du musst sie nicht benutzen, nur weil ich dich auf ihre Existenz hinweise«, sagte er amüsiert, als er sie sanft wieder in die Kissen schob. »Brauchst du noch irgendetwas?«
»Nur einen Gnadenschuss.«

»Wäre schade um die Kugel. Du überlebst das schon.« Sie hätte gern gesagt: »Geh nicht weg, lass mich nicht allein«, wusste danach aber nicht recht, ob sie es laut ausgesprochen hatte oder nicht. Dieses Problem war ihr letzter zusammenhängender Gedanke für die nächsten sechs Stunden.

Ivordog rollte sich auf dem Boden neben Effies Bett ein, und Martin nahm ein Buch von dem Stapel auf dem Tisch und ließ sich auf dem Sessel am Kamin nieder. Nach wenigen Minuten war ihm das Buch aus der Hand geglitten, und er schlief so fest, dass er die Schlafzimmertür nicht zufallen hörte, als unten die Vordertür geöffnet wurde.

Für ihre Versöhnung mit Max hatte sich Thebes einen hübschen kleinen Gasthof mit Blumenampeln am Eingang und dunklen Holzbalken innen vorgestellt. Aber obwohl die Sommerferien noch nicht angefangen hatten, waren die Preise praktisch unbezahlbar, und sie mussten sich mit einem Zimmer in einem Pub begnügen, das stark an ein Motel aus den fünfziger Jahren erinnerte. Die Tapete blätterte von den Wänden, und an der Rezeption roch es nach ranzigem Fett und Zigarettenrauch.

Als Thebes die Reisetasche für sich und Morgan packte, versuchte sie, nicht an ihre schönen Dessous zu denken, die in London im Schrank hingen.

»Jetzt ruft der kleine Mistkerl an, weil er eine Nummer möchte, und du rennst herum, enthaarst dir die Beine, wäschst dir die Haare und kaufst Seidenunterwäsche.« Effie hatte sich keine Mühe gegeben, ihre Abscheu und

Enttäuschung zu verbergen, als sie am Abend zuvor Thebes beim Nägellackieren zusah.

»Ich hätte nie gedacht, dass ich ihn hier unten sehe«, jammerte Thebes. »Und er ist kein kleiner Mistkerl, du kennst ihn doch nicht einmal …«

»Ich würde eher sagen, ich könnte seinen Lebenslauf für ihn schreiben.«

»Tut mir leid, dass wir nicht auf Morgan aufpassen können«, sagte Scilla mit besorgter Miene.

»Ich möchte ihn sowieso mitnehmen. Ich finde, Max sollte seinen einzigen Sohn kennenlernen …«

»Wie kommst du eigentlich bei seiner Vorgeschichte auf die Idee, dass Morgan sein einziger Sohn ist?«, gab Effie zu bedenken. »Wahrscheinlich hat er ein paar hundert außereheliche Söhne im ganzen Land verteilt.«

Aber niemandem gelang es, Thebes' Begeisterung zu dämpfen.

Max kam über zwei Stunden später als verabredet, sagte ihr aber erst Bescheid, als sie schon in dem Pub angekommen war. Statt aufs Zimmer zu gehen, machte Thebes einen Rundgang durchs Dorf, kaufte Sekt und ein Picknick für später und setzte sich dann mit einer Zeitung ins Auto, war aber zu aufgeregt, um zu lesen.

»Du hast zugenommen.« Max schob seine Hand zwischen ihre Schenkel, als er endlich auftauchte.

»Ich habe kürzlich dein Baby zur Welt gebracht.«

»Ach ja« – er zog rasch die Hand zurück –, »stimmt.«

Thebes öffnete die Beifahrertür und nahm Morgan mit seinem Autositz heraus.

»Und hier ist er.«

»Ach, Scheiße«, rief Max ärgerlich, »wozu hast du das da mitgebracht?«
Sie wollte sagen, *weil er dein Sohn ist und du ihn kennenlernen solltest,* aber sie standen noch auf dem Parkplatz, und es konnte ohne weiteres sein, dass Max sich umdrehte und wegfuhr.
»Ich stille ihn, er musste also mitkommen. Er macht keinen Ärger.« Sie fühlte sich, als würde sie Verrat an ihrem Kind begehen.
Max sah zu, als sie die Tasche mit den Babysachen und das Schlafkörbchen auslud, und machte keine Anstalten, ihr zu helfen, als sie zu dem Gasthof gingen.
Wie zu erwarten, war das Zimmer heiß und stickig, die Bettwäsche aus Nylon, und das Muster des Teppichs ließ einen schwindlig werden.
»Sehr erotisch.« Max sah sich um.
»Hochsaison«, verteidigte sich Thebes. »Das Beste, was ich kriegen konnte.«
Sie schnallte Morgan ab, und Max riskierte einen Blick.
»Sieht aus, als wäre alles dran.«
»Das kann man sagen. Ist er nicht schön? Er heißt übrigens Morgan.«
Max machte eine abwehrende Geste.
»So genau will ich das nicht wissen.«
»Möchtest du ihn nicht halten?«
»Warum sollte ich?«
»Warum nicht?«
»Ach, zum Teufel … in Ordnung.« Thebes freute sich über den plötzlichen Meinungswandel.
Er nahm Morgan recht geschickt auf den Arm.

»Hallo, du«, begrüßte er ihn unwirsch und gab ihn schnell wieder seiner Mutter zurück.

»Ich stille ihn, dann schläft er ein.« Thebes knöpfte ihre Bluse auf. »In der Babytasche sind Gläser und eine Flasche Sekt.«

»Du hast dich wohl auf Dauer auf dem Land eingerichtet?«, fragte Max und öffnete die Flasche.

»Lieber Himmel, nein. Ich bleibe nur hier, bis Tess und Sam aus Amerika wiederkommen.«

Morgan schmatzte und ließ los. Thebes legte ihn an ihre Schulter und rieb ihm den Rücken.

»Es hat also Haare.« Max stand am Fenster und sah ihr zu. »Babys an sich sind schlimm genug, aber wenn sie glatzköpfig sind ...« Er schauderte.

»Er ist schön – er ist perfekt.« Thebes legte Morgan in sein Körbchen und hoffte inständig, dass er nicht schrie.

»Das ist ein Baby, Thebes, wie jedes andere«, gab Max zurück. »Es wird größer werden, sich teure Turnschuhe und Saxophonunterricht wünschen, und dann wird es jedes Mädchen flachlegen wollen, das an seiner Schlafzimmertür vorbeikommt – ich weiß Bescheid, das kannst du mir glauben.«

»Das weiß ich selbst, schließlich habe ich die Zwillinge.«

Max grinste, plötzlich weniger nervös. »Gehen wir jetzt ins Bett oder was?«

Als hätte Morgan begriffen, dass er seiner Mutter heute Nachmittag einen Gefallen tun musste, schloss er die Augen, während ihm die Milch noch aus dem Mundwinkel tropfte, und sein Atem wurde tief und regelmäßig. Behutsam stellte Thebes das Körbchen außer Sichtweite.

Max beobachtete sie amüsiert.

»Ich glaube kaum, dass es fürs Leben geschädigt wird, wenn es aufwacht und uns vögeln sieht.«

»Könntest du aufhören, ihn *es* zu nennen«, schnauzte Thebes ihn an.

»Nein, ich höre nicht auf, Thebes.« Max, der jetzt auf dem Bett saß, sprach jedes Wort überdeutlich aus. »Und du weißt auch, warum. Jetzt komm ins Bett, und dann hoffen wir, dass wir kein Feuer auslösen.« Er klopfte auf die Laken und grinste. »Reibung ist immer gefährlich bei Nylonbettwäsche.«

»Wie konnte nur jemand einen Farbton wie dieses Pink erfinden.« Thebes setzte sich neben ihn. Sie war nervös, ihr Körper war nach der Geburt nicht gerade in Hochform, und plötzlich war sie schüchtern, aber schon lag Max auf ihr, und sie entledigten sich ihrer Kleider.

Es war, dachte Thebes, wie nach Hause kommen: der vertraute Körper, der den ihren so gut kannte, der sie dahinschmelzen ließ und sie in eine andere Sphäre versetzen konnte.

Jetzt vergaß sie die Schönheitsfehler, die die Entbindung hinterlassen hatte, und gab sich ganz dieser berauschenden Erregung hin. Sie fürchtete, dass sie so kurz nach der Geburt keinen Orgasmus bekommen konnte, und je mehr sie sich sorgte, in umso weitere Ferne rückte der Höhepunkt.

»Nur langsam«, flüsterte ihr Max ins Ohr. Sein Blick war verschleiert, und er bewegte sich kraftvoll. Dann

schwieg er, und unter seinen harten Stößen kam sie mit ihm.
»Du hast mich also vermisst«, sagte Max, als er danach auf ihr lag, sein erhitztes Gesicht nah an ihrem.
»Ein bisschen«, gab sie widerwillig zu. Er ließ sich zur Seite rollen, und der Schweiß glänzte auf ihrer Haut.
»Nichts geht über einen Austausch von Körperflüssigkeiten.« Max lehnte sich an die Kissen, und Thebes kuschelte sich an ihn und sog seinen angenehmen Geruch ein, während er ihren Bauch abtastete.
»Hast du noch ein Baby da drinnen?«
»Verpiss dich.« Sie stieß seine Hand weg.
»Du hast also hier in der Gegend noch keinen Liebhaber?«
»Nein, die Männer stehen anscheinend nicht auf Frauen kurz nach der Geburt.«
Spaßeshalber taten sie oft so, als sei Thebes so sexsüchtig, dass sie mit jedem ins Bett sprang.
»Sex ist nur eine Körperfunktion«, hatte sie gesagt, als sie sich kennenlernten. »Ich finde, Sex ist im Grunde wie Kacken.«
Da hatte sie ein bisschen auf den Putz gehauen, aber Max fand diese Einstellung großartig, und obwohl er nach vier gemeinsamen Jahren wusste, dass Thebes ihm absolut treu war, frönte er immer noch gern der Phantasie, sie sei eine Nymphomanin.
Thebes beugte sich über ihn, um ihn zu küssen, als sich Morgan meldete. Sie hoffte inständig, dass er wieder einschlief, aber ihr Sohn hatte offenbar entschieden, dass seine Eltern genug Spaß gehabt hatten, und er öff-

nete seinen kleinen Mund und brüllte, was das Zeug hielt.

»Mein Gott, ich hatte das Geräusch schon fast vergessen.« Max steckte den Kopf unter das Kissen. »Aber ich werde mich wohl wieder dran gewöhnen müssen.«

Seine Stimme war gedämpft, und Thebes wagte kaum zu hoffen, dass sie sich nicht verhört hatte.

Sie nahm Morgan hoch, legte ihn an und kletterte wieder ins Bett.

»Daran gewöhnen?«, fragte sie mit gespielter Gelassenheit. »Bist du sicher?«

Max tauchte wieder auf.

»Sicher weshalb?«

Thebes übte sich in Geduld. Typisch Max, dass er eine Erklärung von solcher Tragweite herunterspielte. Er sollte aber ruhig die Worte, die sie hören wollte, ganz deutlich aussprechen.

»Dass du dich an Babygeschrei gewöhnen musst.«

»Ach so. Ja, das werde ich wohl. Die verdammte Sally ...« Thebes wandte sich ihm halb zu, um sein Versprechen mit einem Kuss zu besiegeln. »Hat wieder einmal ihren Kopf durchgesetzt. Sie wollte schon immer noch eins, und rat mal, was los ist«, jetzt feixte Max, »... diesmal ist es definitiv ein Junge. Sie hat irgendeinen Test machen lassen.« Er räkelte sich und verschränkte die Hände hinter dem Kopf. »Meine Kaulquappen landen anscheinend jedes Mal einen Treffer. Ich weiß nicht, wie ich das anstelle.«

Thebes saß da und starrte auf einen Fleck auf der Tapete an der Wand gegenüber. Er schien zu wachsen und verschwamm ihr vor den tränennassen Augen. Noch nie im Leben hatte sie sich so miserabel, so elend und so verlassen gefühlt.

Endlich fiel Max auf, dass seine Bettgespielin totenstill geworden war, und er richtete sich halb auf.

»Hey, was ist los mit dir?«

Eine Weile später war sie dankbar dafür, dass in diesem Augenblick seine arrogante Gleichgültigkeit so offen zutage trat, denn die Wut, die sie packte, ermöglichte ihr, von ihrem Gehirn Gebrauch zu machen. Sie würde nicht zulassen, dass er ihren Schmerz auch nur ahnte.

»Sally ist bestimmt glücklich.« Dass sie so viel Selbstbeherrschung aufbrachte, hätte sie nie für möglich gehalten.

»O ja, sie ist im siebten Himmel, aber sie muss ja auch nicht die Schulgebühren bezahlen.«

»Bildung gibt es bei uns auch kostenlos.« Thebes hatte keine Ahnung, warum sie das sagte. Ihr Hirn und ihr Mund arbeiteten im Einklang, ohne dass sie etwas dazutun musste. »Es gibt sehr gute staatliche Schulen …«

»Bei meinen Kindern gehe ich auf keinen Fall ein Risiko ein. Ich werde dafür sorgen, dass sie eine anständige Ausbildung bekommen und so bald wie möglich auf eigenen Beinen stehen.« Max nahm seine Armbanduhr vom Nachttisch. »So ein Mist, ich habe versprochen, da zu sein, bevor die Kinder ins Bett gehen.«

»Du hast doch gesagt, dass wir eine ganze Nacht miteinander verbringen könnten.« Thebes hasste sich dafür, dass sie fragte.

»Ach, tatsächlich? Leider klappt das nicht. Sally denkt, dass ich mich auf dem Weg hierher mit einem Kunden treffe. Aber sie würde mir wohl kaum abkaufen, dass ich eine Nacht mit ihm verbringe. Du kannst aber ruhig bleiben. Du hast das Zimmer doch für eine Nacht genommen?«

Er drückte Thebes einen flüchtigen Kuss auf die Lippen. »Wenn du die Landidylle überhast und nach London ins wirkliche Leben zurückkehrst, ruf mich an, dann sehen wir uns.«

Morgan war an der Brust eingeschlafen, aber Thebes wagte es nicht, den Blick zu senken, damit ihr nicht die Tränen aus den Augen tropften.

»Du meinst also, dass wir einfach so weitermachen wie bisher?« Sie musste sichergehen, dass sie richtig gehört hatte.

Max zuckte die Achseln – im Süden Londons gab es kaum jemanden, der sich so schnell anziehen konnte wie er.

»Warum nicht? Wenn ich dich nicht mehr zur Erholung hätte, dann müsste ich mir eine andere suchen.« Er legte seine Armbanduhr um. »Natürlich nur, solange du die Pille nimmst, wir wollen doch nicht noch mal eine Panne riskieren?«

Thebes dachte, damit wäre der Tiefpunkt erreicht, aber Max holte zu einem weiteren Schlag aus. Er zog etwas aus der Jackentasche und reichte es Thebes. Es war ein Firmenscheck über zehntausend Pfund.

»Ach, eine Abfindung?«, sagte sie mit halbwegs ruhiger Stimme.

»Jetzt spiel nicht die verletzte Geliebte, Schätzchen.« Max drohte ihr mit dem Finger. »Dafür kenne ich dich zu gut. Das ist für das Zimmer« – er sah sich skeptisch um –, »und ich schätze, für den Rest hast du auch Verwendung, aber bitte nimm zur Kenntnis«, sagte er mit einem bedeutungsvollen Blick, »dass ich damit in keiner Weise die Vaterschaft anerkenne.« Er grinste sie an. »Ich habe dich als Handelsmesse unter der Rubrik Geschäftsausgaben verbucht.«

Thebes spielte kurz mit der Idee, das Geld abzulehnen, aber das erschien ihr dann doch tollkühn. Nach ihrer Erfahrung zeigten solche noblen Gesten in der Regel keine große Wirkung, und sie hätte damit nur sich selbst und ihrem kleinen Sohn geschadet. Nein, sie würde das Geld nehmen und das Weite suchen – und zwar diesmal im Ernst.

Sie sah Morgan an, der fest schlief, eine Hand ruhte auf ihrer Brust, als wolle er sich versichern, dass seine Mutter immer für ihn da sein würde.

Max, der sich auf die Tür zubewegte, konnte offenbar ihre Gedanken lesen. »An deiner Stelle würde ich mein Angebot annehmen, Thebes, du bekommst nichts Besseres. Du und ich, wir verstehen einander. Wir sind aus demselben Holz geschnitzt.« Er warf ihr eine Kusshand zu.

Das war der Tropfen, der das Fass zum Überlaufen brachte.

»Nein, da täuschst du dich, Max.« Ihre Stimme, laut und klar, veranlasste Max, in der Tür stehen zu bleiben. Thebes setzte sich automatisch aufrecht hin und drückte Morgan fester an sich. »Offensichtlich sind wir keineswegs aus demselben Holz geschnitzt. Ich bin ganz Herz, und du … du bist nichts als dein Schwanz.« Max starrte sie an, als müsste er den Sinn ihrer Worte erst

enträtseln. »Also, leb wohl, Max, und«, fügte sie höflich hinzu, »vielen Dank für die Einladung.«
Als cr fort war, stellte Thebes überrascht fest, dass sie keine Tränen mehr zu vergießen und noch dazu einen Bärenhunger hatte. Mit Morgan neben ihr im Bett packte sie ihr Picknick aus, lehnte sich gegen die Kissen und schaltete den Fernseher am Fußende des Betts an. Vielleicht würde sie doch noch den Rest der Nacht hier verbringen.

Kapitel zwölf

Überrascht stellte Scilla fest, dass Winsomes kleines Cottage am anderen Ende des Dorfs nicht gerade ein Schrein der New-Age-Bewegung, sondern eher ein in Beige gehaltener Ikea-Tempel war. Auch ertönten keinerlei Walgesänge.

»Willkommen in meiner bescheidenen Hütte.« Winsome hatte sich angewöhnt, Scilla immer zur Begrüßung auf die Wange zu küssen. »Ein Glas Wein?« Sie führte Scilla in die Küche und schenkte aus einer bereits halbleeren Flasche ein. »Bitte bedien dich«, sagte sie und bot Scilla einen Teller mit Salzgebäck an. »Wo sind denn deine Freundinnen heute Abend?«

»Thebes trifft sich mit diesem grauenhaften verheirateten Mann«, Scilla seufzte unwillkürlich, »und Effie ist mit Martin Hepple essen gegangen.«

Winsome lachte leise. »Wir Frauen sind doch so dumm.« Sie goss den Rest der Flasche in ihr Glas und öffnete eine zweite. Mit der vollen Flasche und ihrem Glas in der Hand ging sie zur Tür. »Komm, wir setzen uns ins Wohnzimmer. Mein Computer läuft schon. Ich dachte mir nämlich, wenn wir die Speisekarte für die Kunstgalerie fertig haben, könnten wir gleich einen Briefkopf für unsere neue Firma entwerfen – was meinst du?«

Scilla verstand nicht ganz, was Winsome auf dem Flur noch alles erzählte. An der Tür zum größten Raum des Hauses trat Winsome zurück und ließ Scilla den Vortritt.

Als sich Scilla in dem kleinen Wohnzimmer umsah, stockte ihr der Atem – sie befand sich in einem Heiligenschrein.

Der Raum war über und über mit Bildern von ihrem Vater und Elizabeth angefüllt. An den Wänden hingen vergrößerte Fotos, und auf allen freien Flächen standen gerahmte Schnappschüsse. Über dem Kamin prangte eine große Kopie des Gemäldes ihres Vaters, das sich im Haus am Kai befunden hatte, umgeben von Skizzen des Werks im Entstehungsprozess.

»Du hast also das Porträt gemalt?« Scilla glaubte ihre eigene Stimme zu hören, war aber nicht sicher, ob sie die Worte laut ausgesprochen hatte.

Scilla spürte förmlich, dass sich Winsomes Blick in ihren Rücken bohrte, als sie auf einen Sekretär zuging, auf dem reihenweise Bilderrahmen standen.

Das erste Foto, das ihr ins Auge fiel, zeigte ihren Vater und Elizabeth beim Picknick auf einer Klippe. Die beiden, die dem Fotografen mit Bierflaschen zuprosteten, sahen aus, als würden sie zusammengehören. Scilla versuchte, den Ort zu erkennen. Sie brauchte einen Bezugspunkt, damit sie sich diesen Tag genau vorstellen konnte. Der Wind blies ihrem Vater, der vergnügt lächelte, das graue Haar aus dem Gesicht. Waren er und Elizabeth allein unterwegs gewesen und hatten die Kamera mit Selbstauslöser betätigt, oder hatten sie einen Wanderer gebeten, das Bild zu machen? War es ein intimes Picknick gewesen oder eines im Freundeskreis – mit Freunden, die Scilla nie kennengelernt hatte? Sie betrachtete die Fotos nacheinander, wie um sie sich einzuprägen. Elizabeth und ihr Vater wirkten glücklich. Hier war ihr Vater in einem anderen Lebensabschnitt zu sehen, in einem Leben, von dem sie, Scilla, nichts gewusst hatte. Was hatten er und Elizabeth miteinander unternommen? Hatte sie ihn zum Lachen gebracht? So wie früher Scillas Mutter? Seltsamerweise dachte Scilla nun über die Beziehung ihrer Eltern nach, versuchte angestrengt, sich ähnliche Fotos eines glücklichen Paars ins Gedächtnis zu rufen, aber hier, in diesem Zimmer, verschwammen ihr die Erinnerungsbilder vor den Augen.

Sie griff nach einem alten abgegriffenen Lederrahmen aus der hintersten Bilderreihe. Sie betrachtete das alte Schwarzweißfoto. Es zeigte ebenfalls Elizabeth und Scillas Vater – sie standen Arm in Arm, tauschten einen Blick und lachten. Aber auf diesem Bild waren sie jung, mit glatten, faltenlosen Gesichtern; Elizabeth war hübsch, Harry gutaussehend und hochgewachsen. Offenbar waren sie im Begriff, sich zu küssen – als warteten sie ungeduldig darauf, dass das Foto gemacht wurde, damit sie wieder unter sich sein konnten. Scilla kannte viele ähnliche Fotos, auf denen ihr Vater glücklich und verliebt aussah, auf denen er im selben Alter und ähnlich gekleidet war, und immer hatte er auf diesen Bildern ihre Mutter im Arm gehalten.

Winsome schaute ihr über die Schulter, ihr Atem streifte Scillas Wange.

»Sie waren nämlich verliebt. Verzweifelt, leidenschaftlich verliebt«, wisperte Winsome. »Aber dann«, ihre Stimme wurde nervös, »kam deine Mutter und hat alles zerstört.« Die Worte wurden ihr ins Ohr gehaucht, so leise, dass Scilla nicht wusste, ob sie sie recht verstanden hatte.

Jetzt trat Winsome an den Computer.

»Wir beide haben mehr gemeinsam, als du ahnst.« Ihr Tonfall war jetzt schroff. Sie ließ sich nieder und wies auf den Stuhl neben sich.

»Setz dich«, befahl sie, und Scilla, völlig durcheinander, wie sie war, tat ihr den Gefallen.

Als Winsome den Computer hochfahren ließ, erschien ein weiteres Foto von Elizabeth und Harry auf dem Bildschirm.

»Ich habe auch eine Schwester verloren.« Winsome, die nach ihrem Glas griff und es leerte, war offenbar zum Plaudern aufgelegt. »Meine jüngere Schwester ist auch bei einem Unfall gestorben, und zwar im selben Alter wie deine.« Sie schenkte sich nach. »Ist es nicht seltsam, wie parallel unsere Leben verlaufen sind? Außer dass ich nie verheiratet war. Aber in jeder Familie muss es eine unverheiratete Schwester geben, nicht wahr?« Lachend drückte sie die Tasten. »Hier, ich habe ein Logo für unsere neue Firma entworfen …«

»Winsome, es ist doch nicht nötig, dass wir eine neue Firma gründen.« Scilla, die nun wieder klarer denken konnte, wäre am liebsten hinausgegangen. Sie sah genauer hin. »Und das Tamariskenlogo passt nicht mehr zum Coffeeshop, er heißt jetzt *The Quays.*«

Winsome hatte ihren Wein ausgetrunken, stellte das Glas ab und sah Scilla an.

»Komm schon«, sagte sie mit freudlosem Lachen, »wir wissen doch beide, dass du nicht für immer hierbleiben wirst.«

»Winsome, tut mir leid, ich fürchte, du hast da etwas missverstanden.« Scilla stand auf. Sie musste versuchen, das Gespräch unter Kontrolle zu bekommen. »Ich bin fest entschlossen, das *Quays* weiterzuführen, und ich werde zu diesem Zweck jeden Sommer während der Saison hier sein.« Was sie sagte, hatte sie weder geplant noch richtig durchdacht, die Entscheidung war in dem Moment, als sie sie aussprach, gefallen. »Natürlich können wir nächstes Jahr, wenn Effie nicht hier ist, darüber sprechen, dass du für mich arbeitest …«

»Ich soll für dich arbeiten?« Winsome stand jetzt auch auf, ihr Gesicht war wutverzerrt, und ihre Augen glitzerten. »Ich glaube, du verstehst mich nicht ganz, Scilla. Du und ich, wir sind Partnerinnen.«

»Nein, Winsome.« Scilla sah, dass sie erneut ihr Glas leerte. »Tut mir leid, aber das *Quays* gehört mir, mein Vater hat es mir hinterlassen …«

»Aber er wollte, dass ich es bekomme. Er hat immer gesagt, dass ich das Haus erben soll.« Winsome war laut geworden und so nahe herangetreten, dass Scilla ihren Atem spürte, der nach Wein roch.

»Tut mir leid, dass du dich so aufregst, Winsome.« Scilla machte einen Schritt rückwärts. Sie musste hier raus, nur weg von dieser verstörten Frau.

»Wer glaubst du eigentlich, dass du bist?« Winsome war etwas ruhiger geworden. »Oder genauer gesagt, wer glaubst du eigentlich, dass ich bin?« Ihre schmalen

Lippen lächelten. »Du bist noch nicht dahintergekommen?«
Scilla hatte den Raum schon halb durchquert und steuerte auf die Tür zu, als Winsome lachte und mit unverkennbarem Triumph sagte: »Ich bin deine Schwester, liebste Scilla, deine älteste Schwester – die erstgeborene, die Erbin unseres Vaters. Die *Tamariske* gehört mir, weil er sie mir hinterlassen hat – um all die Jahre wiedergutzumachen, die er für dich da war und nicht für mich.«
Scilla war bereits auf dem Gang und versuchte, die Eingangstür zu öffnen. Sie wollte nur noch weg von dieser Frau, die ihr so boshafte Lügen auftischte.
»Du nimmst dir, was dir nicht gehört, Scilla«, rief Winsome, als Scilla die Haustür hinter sich zuschlug.
Draußen auf der dunklen Straße wusste Scilla nicht recht weiter. Für einen Augenblick hatte sie die Orientierung verloren. Wohin wollte sie? Welche Richtung sollte sie einschlagen, was als Nächstes tun, wo befand sie sich überhaupt? Warum war sie hier? Ohne auf die Zeit zu achten, ging sie drauflos. Sie hörte das Klacken ihrer Secondhand-Schuhe auf dem Pflaster, und ihre Zehen taten weh, als sie weiter ausschritt. Vorbei am Co-op wanderte Scilla weiter durch die Gassen des Dorfs. Sie hatte das Gefühl, wenn sie stehen blieb, müsste sie sich eingestehen, wie hilflos sie sich fühlte.

Thebes war eingeschlafen, ohne das Licht auszumachen, als Morgan kurz vor Mitternacht aufwachte und zu schreien begann. So einen Lärm hatte er in seinem kurzen Leben noch nie veranstaltet. Thebes' sonst so höflicher, anspruchsloser Sohn ließ sich nicht beruhigen, weder durch Stillen noch durch Herumtragen in verschiedenen Positionen. Sein Gesicht war rot angelaufen, und seine Beine zog er verzweifelt bis ans Kinn hoch. Thebes fühlte sich so hilflos und verlassen, dass ihr die Tränen übers Gesicht liefen und auf Morgans Köpfchen tropften. Nebenan hämmerte jemand lautstark an die Wand, und Thebes wurde plötzlich bewusst, wie heruntergekommen die Pension war.

Sie hatte gehofft, dass an diesem Nachmittag, in diesem Zimmer eine Versöhnung stattfinden würde, aber jetzt erkannte sie, dass es genau die richtige Umgebung war, um von einem schäbigen Menschen abgewiesen zu werden, der nie wirklich etwas für sie empfunden hatte und an den sie vier Jahre ihres Lebens verschwendet hatte. Dieses ekelhafte Zimmer erschien ihr wie der Inbegriff ihrer eigenen Dummheit und ihrer irrigen Hoffnungen, und jetzt war es Zeit zu gehen. Und es war Zeit, diese Last abzuschütteln und mit ihrem Leben weiterzumachen.

Thebes legte Morgan in seinen Korb und begann fieberhaft, ihre Sachen einzusammeln, ohne auf das Schreien und das zunehmend wütende Pochen von nebenan zu achten. Als wäre sie auf der Flucht, schlich sie die Treppe hinunter. Der Mann an der Rezeption wandte kaum den Blick vom Fernseher, als Thebes den Zimmerschlüssel auf die Theke legte.

Sie ging auf den dunklen Parkplatz hinaus, der ihr so öde erschien, dass sie am liebsten umgekehrt wäre.

Sobald Thebes den Motor anließ, hörte Morgan in seinem Sitz auf zu schreien. Obwohl es schon spät war, rief sie im Haus am Kai an, um Bescheid zu sagen, wo sie war, aber ihre Freundinnen waren weder übers Festnetz noch über ihre Handys zu erreichen. Wahrscheinlich lagen sie beide schon im Bett.

Als Thebes auf die verlassene Landstraße bog, stellte sie beschämt fest, dass ihre gewohnte Zuversicht sie völlig im Stich ließ. Sie wünschte, sie wäre nicht allein unterwegs, denn die Vorstellung, mitten in der Nacht dreißig Meilen mit einem kleinen hilflosen Baby im Auto zu fahren, machte ihr plötzlich solche Angst, dass ihr die Knie zitterten. Sie warf einen Blick auf Morgan, der neben ihr auf dem Beifahrersitz schlummerte, holte tief Luft und gab Gas.

Scilla war durch jede Gasse und jede Straße von Weston Burrows gelaufen, als sie schließlich in das Haus am Kai zurückkehrte. Sie war Paaren begegnet, die einen Abendspaziergang machten, Hundebesitzern, Jugendlichen aus dem Dorf, die sich im Bushäuschen trafen, und jungen Pärchen, die an Straßenecken knutschten. Zur Sperrstunde hatte sie beobachtet, wie die Nachtschwärmer aus dem Pub strömten und wie im *Fish-and-chips*-Shop kurz vor Schluss Hochbetrieb herrschte. All das hatte sie kaum bewusst wahrgenommen, denn Winsomes Worte waren ihr nicht aus dem Sinn gegangen. Auf ihrer Wanderung beruhigte sie sich nach und nach, und allmählich konnte sie wieder logisch denken. Alles, was Winsome gesagt hatte, war durchaus möglich. Oder war es nur das unzusammenhängende Gefasel einer einsamen betrunkenen Frau gewesen? Wenn es die Wahrheit war, was bedeutete es für sie, Scilla, und für das *Quays*? Ob es wohl irgendeinen Beweis für die Geschichte gab? In ihrem Kopf ging es so drunter und drüber, dass sie erst sah, wie spät es schon war, als sie sich in der Küche eine Tasse Tee machte.

Sie wusste nicht recht, was für ein Geräusch es war, das sie veranlasste, ans Fenster zu treten und in den Garten hinunterzublicken, der wie von einer Lichterkette erleuchtet war. Es dauerte eine ganze Weile, bis sie erkannte, dass die hübsche Beleuchtung durch Windlichter zustande kam, die in Glasgefäßen an der Tamariske hingen.

Später war Scilla nicht die Einzige, die bezweifelte, ob es eine kluge Entscheidung war, nach unten und durch den Coffeeshop in den Garten zu laufen, ohne darüber nachzudenken, was oder wen sie dort antreffen würde. Zu ihrer Verteidigung würde sie anführen, dass sie sich unterwegs mit einem Küchenmesser bewaffnete.

»Ich wusste, dass du kommst«, sagte Winsome, die Scilla mit einem Windlicht in der Hand entgegentrat. Im flackernden Kerzenschein wirkte ihr Gesicht glatt, von ihrer früheren Wut war nichts mehr zu spüren, und sie lächelte fröhlich, als hätten sie sich so freundschaftlich getrennt wie sonst.

»In solchen Zeiten ist die Familie ungeheuer wichtig«, sagte sie, und ihre Stimme war ein Singsang. »Schwestern sollten immer zusammenhalten, deshalb bist du in dieser besonderen Nacht eigens wegen meiner kleinen

Myrtle gekommen.« Sie wies auf den erleuchteten Baum.
Entsetzt bemerkte Scilla, dass nicht alle Teelichter durch Laternen geschützt waren, manche standen auch recht wackelig auf den Zweigen.
»Ich finde, wir sollten die Kerzen ausblasen, was meinst du? Teilweise sehen sie ziemlich gefährlich aus.« Sie trat vorsichtig an den Baum heran und beobachtete besorgt, wie die Teelichter in der Brise flackerten.
»Nein«, rief Winsome, die Laterne wild schwenkend, streckte die Hand nach Scilla aus, um sie aufzuhalten, und sah das Messer in ihrer Hand. Winsome nahm es ihr ab und warf es auf die Wiese.
Scilla, der es peinlich war, dass Winsome sie mit dem Messer ertappt hatte, wollte eine Erklärung abgeben.
»Ich dachte, du seist ein Einbrecher.«
»Ein Einbrecher?«, höhnte Winsome. »In meinem eigenen Garten? Wohl kaum.«
Dann lächelte sie. »Wir gehören zusammen, nicht wahr? Du, ich und unser lieber Vater. Er hat immer die Sonnwendnacht mit mir gefeiert, weil er wusste, dass in dieser Nacht die Tamariske« – sie berührte einen der Zweige, und die Kerzen flackerten – »einem alle Menschen zurückbringt, die man geliebt hat und die gestorben sind.«
»Ich finde wirklich, wir sollten ein paar von diesen Kerzen auspusten.« Scilla versuchte, nicht daran zu denken, wie trocken das hohe Gras unter dem Baum war.
»Und jetzt, meine liebe Schwester, bist auch du in der Sonnwendnacht hier«, sagte Winsome, ohne auf Scilla einzugehen. »So soll es sein. Heute ist Myrtles Ge-

burtstag, ihre Nacht – unsere Nacht. Wir können alle zusammen sein, du, ich, Vater, Myrtle und natürlich Carol, auch sie kommt heute Nacht zurück.«
Winsomes Stimme klang nun sehr melodisch, ihr Blick war in die Ferne gerichtet. Die Szene ging Scilla zu Herzen. Offensichtlich war diese Frau zutiefst unglücklich. Oder war sie geistig verwirrt? Allmählich bekam es Scilla mit der Angst zu tun. Sie bemühte sich, ganz ruhig zu sprechen.
»Ich weiß nicht, wie es sich wirklich verhält, Winsome. Ganz gleich wie es ist, du hast meinen Vater gerngehabt, und ich bin sicher, dass er dich auch gerngehabt hat ...« Sie lächelte freundlich, während sie den Rückzug antrat, aber Winsome packte sie am Arm. Ihre Kraft versetzte Scilla in Erstaunen.
»Gerngehabt?« Winsome sah sie ungläubig an. »Mich gerngehabt? Er hat mich *geliebt*. Ich war seine Lieblingstochter. Und er hat Myrtle geliebt.« Mit einer ausladenden Geste wies sie auf den Baum und stieß gegen einen Ast. Diesmal fiel eines der Teelichter herunter und landete im hohen Gras. »Myrtle ist mein kleines Mädchen, und sie lebt jetzt hier.« Winsome sank auf die Knie, bedeckte das Gesicht mit den Händen und schluchzte laut.
Scilla zögerte. Diese Frau war offensichtlich völlig außer sich. Ob sie sie einfach allein lassen konnte? Als sich Scilla endlich entschied zu gehen, war Winsome bereits aufgestanden und versperrte ihr den Weg zurück zum Haus.
»Er hat mir dieses Haus gekauft.« Winsome schwenkte die Laterne vor Scilla hin und her, so dass ihr die

Hitze ins Gesicht schlug. »Unser Vater wusste, dass ich hier bei Myrtle bleiben muss.« Sie deutete mit der Laterne auf den Baum. »Sie ist nämlich hier zu Hause. Wer soll sich sonst um die arme Kleine kümmern? Du kannst es nicht, dich kennt sie nicht, sie braucht ihre Mutter.«

Im flackernden Licht sah Scilla, dass Winsome die Tränen übers Gesicht liefen.

»Winsome, ich weiß nicht, wer Myrtle ist. Erzähl mir von ihr. Du musst es mir sagen!«

»Sie ist mein Baby«, schrie Winsome. »Sie ist hier!« Sie beschrieb mit beiden Armen einen Kreis, wobei die Laterne alarmierend schwankte. »Myrtle ist immer hier bei mir.«

Scilla griff nach Winsome, um ihr die Laterne abzunehmen, aber Winsome, die wohl nicht begriff, was Scilla wollte, warf sich rückwärts gegen den Baum, so dass einige Teelichter herunterfielen.

Scilla lief hin, um zu sehen, ob sie ausgegangen waren, aber Winsome stürzte sich auf sie und brachte sie zu Fall.

»Du darfst nicht zu meiner Myrtle gehen«, brüllte sie. »Du hast mir alles genommen, du hast alles, aber Myrtle bekommst du nicht.«

Im Fallen sah Scilla, wie die Laterne ins Gras rollte und sich das Paraffin darin entzündete. Flammen züngelten auf, und die unteren rosa blühenden Zweige der Tamariske fingen Feuer. Scilla, von Winsome festgehalten, spürte bereits die Hitze der brennenden Äste. Sie schrie, aber weil sie auf dem Bauch lag, wurde ihre Stimme durch den Erdboden gedämpft.

Sie konnte nicht sagen, wie lange sie so verharrten, aber schließlich hörte sie das Schreien eines Babys.
»Verdammter Mist«, sagte eine vertraute Stimme.
»Feuer, Hilfe, Feuer, Hilfe!«, schrie Thebes, so laut sie konnte.
Da ließ Winsome von Scilla ab und stand auf.
»Myrtle, du hast mir Myrtle gebracht!«, heulte sie.
»Was, zum Teufel, machen Sie da, lassen Sie mich los, das ist mein Baby …«
Später dachte Scilla, dass sie Thebes' animalischen Schrei und das Brüllen des Babys nie mehr vergessen würde. »Das ist Morgan, das ist mein Sohn …«
Scilla rappelte sich auf. Jetzt brannte die Tamariske lichterloh, und im Feuerschein sah sie, dass Winsome versuchte, Thebes den Autokindersitz mit dem Baby zu entreißen.
»Myrtle, Myrtle«, schluchzte sie immerfort.
»Lassen Sie mich, Hilfe, haltet sie auf! Morgan, Morgan!«
Thebes und Winsome näherten sich immer mehr dem brennenden Baum.
Scilla war im Begriff, zu ihnen zu eilen, als sich ein Mann zwischen die beiden Frauen warf.
»Winsome«, brüllte Martin Hepple, den Lärm übertönend, griff in einer fließenden Bewegung nach dem Babysitz, reichte ihn Scilla, befreite Thebes aus Winsomes Klauen und stieß sie weg. »Winsome, komm hierher!«
Er griff nach ihr, aber sie wich zum Baum zurück.
Scilla, die Morgan festhielt, glaubte später, gerochen zu haben, wie Winsomes langes Haar Feuer fing, ehe sie die Flammen aufzüngeln sah und die Schmerzens-

schreie hörte. Im selben Augenblick zog Martin Winsome von dem Baum weg und warf ihr seine Jacke über den Kopf.

Schluchzend nahm Thebes Morgan an sich und gab Scilla ihr Handy.

Scilla war wie betäubt, als hätte die schreckliche Szene vor ihren Augen nichts mit ihr zu tun, aber als sie die Nummer der Feuerwehr tippte, wollten ihre Finger nicht aufhören zu zittern.

Kapitel dreizehn

Effie wurde durch das Feuerwehrauto wach. Es war weniger der Lärm, der sie weckte, als das unaufhörlich blinkende blaue Licht, das in ihr Zimmer fiel. Im Halbschlaf dachte sie, mit ihren Augen sei etwas nicht in Ordnung, ein weiteres Symptom der Austernvergiftung. Sie lehnte sich gegen die Kissen und stellte fest, dass ihr Kopf und ihr Magen schmerzten und ihre Augen brannten, aber der Brechreiz blieb aus, solange sie nur nicht an Fisch dachte. Vorsichtig stand sie auf und erinnerte sich, dass Martin hier gewesen war, ehe sie eingeschlafen war. Ihr wurde schwindlig, als sie zum Fenster ging und den Vorhang zurückzog. Unten auf der Straße sah sie das Feuerwehrauto, daneben einen Polizei- und einen Krankenwagen. Da kamen zwei Sanitäter mit einer Trage aus dem Haus, neben ihnen ging Martin und hielt einen Tropf in die Höhe. Alle verschwanden im Krankenwagen. Scilla? Thebes? Was war geschehen? Voller Panik zog Effie ihren Morgenmantel über und rannte die Treppe hinunter. Zutiefst erleichtert traf sie Scilla und Thebes, die Morgan stillte, in der Küche an. Wie blass die beiden waren, als sie sie begrüßten, fiel Effie auf, noch bevor sie die Polizistin bemerkte, die mit ihrem Notizblock am Ende des Tisches saß. Auch der Rauchgeruch wurde ihr erst jetzt bewusst.

Thebes und Scilla begannen mit ihrem Bericht, und die Polizistin schrieb mit, während draußen weitere Polizisten und ein Gerichtsmediziner den Garten absuchten und schließlich in den frühen Morgenstunden unter der Tamariske das Skelett eines weiblichen Säuglings exhumierten. Erst dann, es dämmerte bereits, gingen die drei Frauen ins Bett.

Martin Hepple erschien am folgenden Tag um die Mittagszeit. Scilla ging an die Tür und führte ihn in die Küche im ersten Stock, wo Effie am Tisch saß und voller Abscheu eine Scheibe trockenen Toast betrachtete.

»Du solltest Ahornsirup darauf streichen«, empfahl Martin. »Du brauchst Zucker.«

Dass er in diesem Moment über etwas so Triviales nachdachte, weckte in Effie den Wunsch, ihn wüst zu beschimpfen, aber sie fühlte sich zu schwach. Doch als sie ihn ansah, bemerkte sie, dass er ebenso blass und übernächtigt aussah wie sie alle.

Aus dem oberen Stockwerk hörte man, wie Morgan schrie und seine Mutter ihn beruhigte.

»Geht es ihnen gut?«, fragte Martin.

Scilla nickte.

»Ja, ich denke schon. Thebes ist großartig, ich könnte nicht so ruhig bleiben. Sie muss eine Heidenangst gehabt haben, als Winsome versuchte, ihr Morgan wegzunehmen ...«

»Sie hätte ihm nichts getan, da bin ich ganz sicher ...«

»Du bist dir sicher, ach ja?«, fiel ihm Effie aggressiv ins Wort.

»Ich möchte nicht darüber nachdenken.« Scilla schau-

derte und fuhr sich mit den Händen übers Gesicht. »Ist Winsome … ich meine, hat sie …?«
Martin verstand, was Scilla wissen wollte.
»Sie hat schlimme Verbrennungen am Kopf und an einem Arm, aber sie wird es überleben«, entgegnete er grimmig. »Körperlich jedenfalls«, fügte er hinzu. »Geistig und emotional wohl nicht ohne weiteres.«
»Die Frau gehört weggesperrt«, entgegnete Effie schroff.
»Ja.« Martin nickte und machte ein trauriges Gesicht. »Ja, das ist eine Möglichkeit. Jedenfalls braucht sie die entsprechende Betreuung. Ich vermute, dass sie so schnell nicht wieder zurückkommt.« Er ging in der Küche auf und ab. »Bestimmt ist euch inzwischen klargeworden, dass es Winsome war, die versucht hat, euch zu vertreiben …«
»Ich fürchte, wir haben ursprünglich dich verdächtigt«, gab Scilla betreten zu.
Martin warf Effie einen Blick zu und lächelte fast unmerklich. »Das ist mir nicht verborgen geblieben.«
»Die Sache ist die, du hast dich immer nach dem Coffeeshop erkundigt, und du warst immer in der Nähe, wenn etwas passiert ist.« Scilla stand auf, um Kaffee zu machen. Wie selbstverständlich öffnete sie eine große quadratische Dose, schnitt den Kuchen darin auf und legte die Stücke auf ein paar Teller. Effie, die am Tisch saß, staunte nur darüber, wie Scilla mit sicherem Instinkt Menschen in der Krise etwas zu essen vorsetzte.
»Ich habe versucht, euch ebenso zu schützen wie Winsome.« Martin, der aus dem Fenster sah, hatte den beiden Frauen den Rücken zugekehrt.

»Warum wolltest du eine Frau wie Winsome schützen?«, empörte sich Effie, die sich nicht mehr bremsen konnte. »Du kennst sie doch nicht einmal, oder …?« Sie wurde unsicher. »Oder kennst du sie etwa?«, hakte sie entschiedener nach, damit er sich endlich umdrehte. »Warum hast ausgerechnet du versucht, Winsome zu schützen? Warum musstest du sie schützen?«

»Weil ich wusste, dass sie eine kleine Tochter hatte«, erwiderte Martin leise. »Ich habe Myrtle nämlich entbunden, als ich vor über vierzig Jahren hier Assistenzarzt war.«

»Und das Baby?« Effie wusste die Antwort bereits.

»Ja.« Martin nickte. »Es ist gestorben, als es fünf Tage alt war. Es gab noch nicht einmal eine Geburtsurkunde.« Erst jetzt drehte er sich um und sah Scilla und Effie an. »Myrtle lag seit 1964 unter dem Baum begraben.«

»Aber warum hier? Warum wurde sie in diesem Garten begraben?«, fragte Effie.

»Weil das Haus damals Winsome gehört hat. Das Baby kam hier zur Welt, in einem der oberen Zimmer.«

Effie sah Scilla an, aber ihr Gesicht war leer und ausdruckslos, offenbar war sie in Gedanken versunken.

»Damit wir uns richtig verstehen«, Effie stützte sich auf die Ellbogen, »du hast ein Baby entbunden und deine Karriere riskiert, indem du den Tod des Kindes und die anschließende illegale Beerdigung verheimlicht hast. Ehrlich gesagt, glaube ich das einfach nicht.«

Martin lehnte an der Spüle. Er hatte das Sonnenlicht, das durchs Fenster hereinströmte, hinter sich, so dass sein Gesicht im Schatten blieb.

»Ich habe das Baby entbunden, und zwei Tage später bin ich nach London gefahren und habe dort im Krankenhaus angefangen«, erwiderte er ruhig. »Ich wusste nicht, dass das Baby gestorben war und dass Winsome den Behörden diese Tatsache verschwiegen hat. Wie sie das angestellt hat, ist mir auch unklar. Ich wusste lediglich, dass das Baby unter der Tamariske begraben war, als Elizabeth hier einzog und Winsome ins Dorf zurückkehrte.«

»Hättest du nicht …«, begann Scilla nachdenklich, »ich meine, als du es herausgefunden hast, hättest du doch etwas unternehmen können …?«

»Und was zum Beispiel?«

»Zur Polizei gehen, würde ich sagen.« Effie stand auf. »Man kann schließlich Babys nicht einfach irgendwo in Privatgärten begraben.«

»Und welchen Sinn hätte es, bitte schön, Winsome dafür ins Gefängnis zu stecken, dass sie vor zweiundvierzig Jahren ein Baby illegal begraben hat?«, entgegnete er. Effie fand es beunruhigend, wie viel Abscheu in seinem Blick lag, als er sie ansah. »Warum sollten wir eine traumatisierte, unglückliche Frau der Bürokratie unseres gefühllosen Rechtssystems aussetzen, wenn es nicht sein muss? Das lag alles lange zurück. Alles war tot und begraben.«

»Aber Winsome ist geisteskrank«, entgegnete Effie mit harter Stimme. »Und du bist Arzt. Warum hast du ihr nicht geholfen?«

»Sie hat hier einen ausgezeichneten Arzt, sie nimmt die geeigneten Medikamente, und Elizabeth Sturner hat sich um sie gekümmert, aber dann hast du, Scilla«, er warf Scilla einen Blick zu, »das Haus übernommen, und obwohl du es damals natürlich nicht wusstest, war Myrtle inbegriffen. Wenn du das Haus an einen von uns verkauft hättest, dann hätte Winsome immer Zugang zum Grab ihres Babys gehabt.«

»Was letzte Nacht passiert ist«, rief Effie, die nun die Beherrschung verlor, »ist also anscheinend Scillas Schuld? Winsome ist verrückt und offensichtlich eine Gefahr für andere, und das hat alles Scilla zu verantworten?« Effie hörte selbst, dass ihre Worte grausam klangen, dennoch traf sie die Verachtung in Martins Augen tief.

»Wie großzügig und verständnisvoll du bist«, sagte er leise. »Natürlich ist Scilla für all das nicht verantwortlich, ich habe nur versucht zu erklären, warum Winsome sich so verhalten hat, wie sie es getan hat. Und«, er kam Effie zuvor, als wüsste er genau, was sie antworten wollte, »ich will damit weder Winsome noch mich selbst entschuldigen.«

»Ich kann mir nicht vorstellen, dass sich mein gesetzestreuer Vater damit abgefunden hätte, wenn er gewusst hätte, dass hier ein Baby beerdigt war«, erklärte Scilla. »Ich denke, er hatte das Gefühl, seine Tochter unterstützen zu müssen.«

Sie klang so verzweifelt, dass Effie ihre Freundin spontan in die Arme nahm. Martin sah die beiden verdutzt an.

»Was geschieht jetzt?«, fragte Effie. »Mit Myrtle, meine ich, was wird mit ihr geschehen?«

»Bitte«, sagte Scilla, die sich an Effie lehnte, »mach keine Person aus diesem Baby, denn wenn du das tust, dann ist sie meine Nichte … O Gott, ich halte das nicht aus.« Sie riss sich los, eilte hinaus und lief die Treppe hinauf in ihr Schlafzimmer.

»Ich komme nicht mehr mit.« Martin runzelte die Stirn und sprach langsam, als würde er versuchen, sich auf all das einen Reim zu machen. »Scilla meint, dass Myrtle ihre Nichte gewesen wäre? Das würde bedeuten, Winsome ist ihre Schwester, habe ich das recht verstanden?«

»Es hat sich herausgestellt, dass Scillas Vater und Elizabeth vor vielen Jahren ein Liebespaar waren, und Winsome aus dieser Verbindung hervorgegangen ist. Scilla ist vollkommen durcheinander …«

»Zum Teufel noch einmal«, sagte Martin ärgerlich und stürmte zur Küchentür. »Jetzt reicht's.«

»Ich glaube, man kann es Scilla nachsehen, dass sie ein bisschen verletzt ist, oder?« Effie folgte ihm und sah ihm nach, wie er zwei Stufen auf einmal nehmend die Treppe hinunterlief. »Und offen gesagt«, rief sie ihm voller Zorn nach, »bist du mit dafür verantwortlich, dass Scilla so unglücklich ist. Du hast uns etwas vorgemacht, indem du diese Irre gedeckt hast.« Ihre Stimme schwoll ebenso an wie ihre Wut, denn ihr fiel noch etwas anderes ein: »Ich wette, du hast es arrangiert, dass deine Bekannte mich bittet, ihr Buch zu illustrieren, nur damit du dich besser fühlst wegen der Scheißprobleme, die du uns aufgehalst hast. Ich wollte deine Mildtätigkeit nicht, und weißt du was«, schrie sie, »du brauchst mir keine Austern zu geben, damit mir schlecht wird, das schaffst du auch so!«

Martin, der inzwischen an der Haustür war, drehte sich

um. Sein Gesicht war bleich, seine Miene entschlossen. »Und weißt du, was das wirklich Traurige daran ist?«, sagte sie jetzt mit ruhigerer Stimme. »Ich hatte gerade angefangen, dich zu mögen.«

Jetzt, nachdem alles vorbei war, sah Scilla die Ereignisse der vergangenen Nacht wie durch einen Schleier. Ganz deutlich waren ihr nur noch das Entsetzen, das sie empfunden hatte, als Winsome sich neben dem brennenden Baum auf sie stürzte, und die noch größere Angst, dass Winsome Morgan etwas antun könnte. Nie vergessen würde sie auch Thebes' Schrei, aber sie erinnerte sich nur noch verschwommen daran, wie Martin in den Garten gelaufen kam und sich zwischen sie geworfen hatte. Die Feuerwehr, der Krankenwagen, die Polizei waren scheinbar alle gleichzeitig eingetroffen, und plötzlich war der Garten voller Menschen gewesen. Scilla und Thebes hatten sich aneinandergeklammert und den wimmernden Morgan an sich gedrückt.
Als sie später mit der Polizistin in der Küche saßen, wurde Scilla bewusst, dass ihre Achtung vor Thebes gewachsen war. Ihre Freundin war nach dem traumatischen Treffen mit Max heimgekehrt, hatte mit der geistesgestörten Winsome um ihr Kind kämpfen müssen, und doch war sie nach den schrecklichen Vorgängen ruhig gewesen, hatte sich um Scilla gekümmert, ihr Tee gekocht und ihr den Arm um die zitternden Schultern gelegt Und all das mit einer Hand, denn mit der anderen hielt sie Morgan fest, als würde sie nie wieder wagen, ihn abzulegen. Als Effie im Morgenmantel in die

Küche kam, fanden Scilla und Thebes es heilsam, ihr zu erzählen, was passiert war.
Danach hatte Scilla sich hingelegt, aber keinen Schlaf gefunden, deshalb waren ihre Lider schwer, und ihr Gehirn arbeitete langsam. Jetzt hatte sie sich in ihr Schlafzimmer zurückgezogen und Effie mit Martin allein in der Küche gelassen, weil sie den Gedanken an Winsome und die kleine Myrtle nicht ertrug, und die Vorstellung, mit ihnen verwandt zu sein, noch weniger. Sie fühlte sich wie in einer Burg, die soeben von feindlichen Truppen erobert worden war. Sie setzte sich auf ihr Bett und versuchte, regelmäßig zu atmen und einen klaren Kopf zu bekommen. Was sollte sie jetzt tun? Warum hatte sich Robert noch nicht gemeldet? Sie hatte versucht, ihn anzurufen, aber er war den ganzen Tag nicht im Büro gewesen, und sein Handy war abgeschaltet. Scilla konnte nichts tun, außer Nachrichten auf den Anrufbeantwortern zu hinterlassen und mit Roberts Sekretärin zu sprechen, die ihr versprochen hatte, ihm so bald wie möglich Bescheid zu sagen.
Vor ihr lag ein endloser Tag, und nachdem Robert nicht zu erreichen war, erkannte sie, dass sie ihn angerufen hatte, weil sie ihn brauchte – hier an ihrer Seite. Robert, der solide, phantasielose Robert, der sie besser kannte als jeder andere und der die tragischen Ereignisse in einem nüchternen Licht betrachten würde.
Aber er war nicht da. Und er rief sie nicht an, und sie wusste nicht, was sie mit dem Tag anfangen sollte. Scilla ging in ihrem Zimmer auf und ab, vermied es aber, aus dem Fenster zu sehen – im hellen Sonnenlicht glich

der schwarze Stumpf der Tamariske mitten im Garten einem Mahnmal für das Kind, das darunter begraben gewesen war.
Scilla hatte David Parker angerufen, aber auch er war nicht im Büro, in Familienangelegenheiten unterwegs, hieß es. Scilla, die sich zutiefst einsam fühlte, ging hinunter in den leeren Coffeeshop.
Zwei Touristen spähten durch die Scheibe herein, aber Scilla deutete auf das Schild an der Tür – geschlossen. Sie ging in die Küche und begann, den Geschirrspüler auszuräumen, überlegte es sich aber dann anders. Am liebsten wollte sie backen, das war jetzt ihr dringendstes Bedürfnis, also suchte sie die Zutaten zusammen und begann, Lebkuchenmänner zu machen – ihre Hände erledigten die vertrauten Abläufe wie von selbst.
Das erste Blech war schon im Backofen, als Effie den Kopf zur Tür hereinsteckte. Sie sah schon wieder besser aus, und Ivordog folgte ihr auf den Fersen.
»Thebes fährt nach Thoroford, möchtest du dich vielleicht anschließen?«
Scilla schüttelte den Kopf.
»Nein danke. Ich brauche nichts …«
»Der Ausflug ist wohl eher therapeutischer Natur.« Effie lächelte matt. »Ich gehe jetzt mit Ivordog spazieren, du könntest mitkommen.«
Scilla runzelte die Stirn.
»Bist du sicher, dass du schon rausgehen solltest? Geht es dir schon wieder gut genug?«
»Ja, ich muss an die frische Luft, und dir würde es bestimmt auch guttun, ein bisschen rauszukommen. Bitte

komm mit.« Scilla schüttelte den Kopf. »Fährst du dann mit Thebes?«
»Ich würde lieber hierbleiben und backen.«
»Thebes und ich wollen dich nicht allein lassen.«
»Aber mir geht es gut, ehrlich.«
»Du hast noch weniger geschlafen als wir.«
»Mach dir keine Sorgen um mich. Ich werde mich gleich hinsetzen und eine neue Speisekarte zusammenstellen. Die Polizei ist im Garten fertig, wir könnten also morgen wieder öffnen …«
Die beiden tauschten einen gleichermaßen hoffnungslosen und unentschlossenen Blick.
»Es wäre doch ein bisschen seltsam, einfach wieder zu öffnen, als wäre nichts passiert.«
»Warum soll ich mich nicht mit der Speisekarte beschäftigen? Es muss erledigt werden, und ich mache es gern. Vielleicht lenkt es mich ab.«
Effie nahm Ivordog an die Leine, blickte dabei aber zu Scilla auf. »Scilla, du bist wirklich erstaunlich.« Sie warf ihr eine Kusshand zu. »Bis später.«
Scilla saß mit mehreren Kochbüchern an einem der hinteren Tische, als ein energisches Klopfen am Schaufenster sie aufschrecken ließ.
Martin Hepple stand vor der Tür, so dass sie nicht gleich bemerkte, dass er nicht allein war.
»Ich habe jemanden mitgebracht, mit dem du sprechen solltest.« Als sie die Tür öffnete, trat er zurück und ließ Elizabeth Sturner den Vortritt.
Die beiden Frauen begrüßten sich zögernd, und im ersten Moment sah es so aus, als würden sie sich umarmen, doch dann wich Scilla zurück.

»Kommen Sie herein«, sagte sie höflich. »Möchte jemand eine Tasse Kaffee?«
»Ich nicht.« Martin war bereits an der Tür zum Treppenhaus. »Ich muss mit Effie sprechen.«
»Sie ist mit dem Hund unterwegs.«
Martin seufzte.
»Dann komme ich später wieder. Ich lasse sie so nicht davonkommen.« Er sah Scilla an, und seine Miene wurde milder. »Elizabeth kann dir die *richtigen* Antworten auf all deine Fragen geben. Tut mir leid, ich wusste nicht Bescheid.« Dann wandte er sich Elizabeth zu und fragte freundlich: »Kommst du zurecht?«
Sie nickte.
»Ja, vielen Dank.«
Elizabeths Gesicht war sonnengebräunt, aber ihre Miene besorgt. Sie war eindeutig auf der Hut. Sie machte sich am Verschluss ihrer Handtasche zu schaffen, während Scilla hinter Martin die Tür abschloss.
»Bitte, setzen Sie sich doch.« Scilla deutete auf einen Stuhl. »Was hatte er nicht gewusst?«
»Es war ihm nicht klar gewesen, dass es zu einem solchen Missverständnis gekommen war«, sagte Elizabeth mit leiser Stimme. »Offenbar sind Ihnen einige Unwahrheiten aufgetischt worden, und die möchte ich jetzt richtigstellen.« Sie wirkte nervös, als rechne sie damit, dass Scilla sie aus dem Coffeeshop warf.
»Möchten Sie einen Kaffee?«, war das Einzige, was Scilla erwidern konnte.
»Später vielleicht. Bitte lassen Sie mich zuerst reden.«
Scilla setzte sich, während Elizabeth offenbar ihre ganze Kraft und ihren ganzen Mut zusammennahm.

»Was passiert ist, tut mir schrecklich leid, Scilla«, begann sie. »Ich bin erst vor ein paar Tagen zurückgekommen, und ich hatte vor, Sie diese Woche anzurufen. Dem Himmel sei Dank, dass Martin mich aufgesucht hat. Ich fühle mich so, so verantwortlich für alles, und jetzt sehe ich natürlich, dass ich in der Gegend hätte bleiben sollen, um darauf zu achten, dass es Winsome gutgeht. Aber wir hatten besprochen, dass Sie kommen und die Teestube übernehmen, und das schien sie zu verstehen und zu akzeptieren. Außerdem hätte mir klar sein müssen, dass ich um diese Jahreszeit unbedingt hier sein muss. Ich dachte wirklich, dass es ihr wesentlich besser ginge.« Elizabeth sah Scilla an. »Das dachten wir alle.«

»Wenn Sie alle sagen …?«, hakte Scilla vorsichtig nach.

»Martin und ich und David Parker. Wie Sie wissen, haben wir alle versucht, dieses Haus zu kaufen. Wir wollten, dass Winsome Zugang zu ihrer kleinen Myrtle …«

»David Parker? Der Immobilienmakler? Er hat Bescheid gewusst?«

»Ja, er ist Winsomes Cousin.«

Scilla versuchte zu begreifen, was sie da hörte.

»Für mich sieht das wie eine Verschwörung aus.« Da kam ihr ein Gedanke. »Was ist mit Geoff Hoyland? Er hat ebenfalls ein Angebot gemacht, ist er etwa auch mit Winsome verwandt?«

Zum ersten Mal lächelte Elizabeth.

»Nein, nein. Er hatte seine eigenen niederen Beweggründe.« Wieder ernst geworden, beugte sie sich vor. »Man kann es wohl als eine kleine Verschwörung bezeichnen, aber ich bin diejenige, die sich für so vieles entschuldigen muss.« Elizabeth setzte sich wieder aufrecht hin und holte tief Luft.

»Ich wusste nämlich, dass Ihr lieber Vater gehofft hatte, Sie würden hierherziehen. Er hat dieses Haus für Sie gekauft, und nur für Sie. Von Myrtle hat er nichts gewusst. Das heißt«, korrigierte sie sich, »er wusste, dass Winsome ein Baby hatte, das Myrtle hieß und starb, als es noch ganz klein war, aber er hatte keine Ahnung, dass das Kind hier begraben war. Das versichere ich Ihnen. Er wusste, wie wichtig die Tamariske für Winsome war, aber nicht, warum.«

»Aber er muss es gewusst haben, er war ihr Vater, Myrtle war Ihr Enkelkind – euer gemeinsames …« Scilla hatte das Gefühl, als würde sie durch Schlamm waten, auf der Jagd nach etwas, das immer knapp außer Reichweite war.

»Scilla«, Elizabeth nahm Scillas Hand. »Martin hat mich geholt, damit ich die Verhältnisse richtigstelle. Bitte, hören Sie mir zu, ich bin hier, um Ihnen die Wahrheit zu sagen.« Elizabeth verstummte und stützte kurz die Stirn auf die Hand. »Um Ihnen die ganze Geschichte zu erzählen«, fügte sie hinzu.

Scilla saß da und wartete gebannt, während Elizabeth tief Luft holte.

»Wie Sie wissen, waren Ihre Mutter und ich Krankenschwestern am Krankenhaus in Exeter, und Ihr Vater war einer der gutaussehenden jungen Seeleute, die in derselben Straße stationiert waren. Wir waren eine Clique, junge Männer und Frauen, die oft gemeinsam etwas unternahmen, und wir kamen gern hierher.« Mit einer Handbewegung wies sie auf den Raum. »In diese hübsche kleine Pension. Die meisten Krankenschwestern verliebten sich in Ihren Vater, und er ließ nichts anbrennen.« Elizabeth verzog den Mund zu einem heimlichen Lächeln, ihre Augen blickten in die Ferne. »Ich war an der Reihe, kurz bevor er sich richtig verliebte, und zwar in Ihre Mutter. Es war Krieg, unsichere Zeiten, also heirateten die beiden Hals über Kopf, und obwohl ich Harry liebte, waren wir drei so gut befreundet, dass ich mich für sie freuen musste. Aber ich hielt es für besser, mich an ein anderes Krankenhaus versetzen zu lassen …«

Elizabeths Lippen zitterten, und ihre klaren blauen Augen füllten sich mit Tränen. Scilla konnte ihr ansehen, wie erschöpft sie war.

»Ich glaube, jetzt können wir beide einen Kaffee vertragen.«

Ohne eine Antwort abzuwarten, ging Scilla in die Küche. Der Kaffee war fast fertig, als Elizabeth ihr zurief: »Sie haben das Café sehr schön renoviert, meine Liebe, so klar und modern. Genau das war hier nötig – eine richtige Generalüberholung. Ihr Vater wäre sehr stolz auf Sie.«

Als Scilla mit dem Tablett an den Tisch trat, begann Elizabeth sofort wieder zu sprechen. Jetzt klang ihre Stimme sehr eindringlich.

»Ich habe Ihrem Vater und Ihrer Mutter nichts von dem Baby erzählt, erst als meine Tochter sechs Wochen alt war und ich wusste, dass ich sie nicht behalten konnte. Heute würde man das wohl postnatale Depression nennen, aber ich war einfach überzeugt, eine miserable

Mutter zu sein. Das Baby schrie die ganze Zeit, und ich fürchtete, dass ich irgendetwas Schreckliches tun würde. Also bat ich Ihre Eltern, das Baby zu adoptieren. Ich wusste, dass Irene Schwierigkeiten hatte, schwanger zu werden, aber dennoch finde ich, dass Ihre Mutter damit vollkommen selbstlos gehandelt hat, als sie sich einverstanden erklärte, das Kind ihres Ehemannes und ihrer besten Freundin zu adoptieren. Natürlich habe ich mein Baby dann sehr vermisst.« Wieder traten Elizabeth die Tränen in die Augen. »Ich hatte etwas verloren, das ich mehr liebte als alles andere, aber es gab kein Zurück mehr. Sie sehen also, ich verstehe Winsome, und ich wollte und will sie immer noch schützen. Ich weiß, wie es ist, ein Baby zu verlieren.«

Beide schwiegen, und Scilla sah vor ihrem geistigen Auge alle Babys, die sie durch Fehlgeburt verloren hatte.

»Natürlich war nach der offiziellen Adoption unsere Freundschaft zu Ende«, fuhr Elizabeth fort. »Irene hielt es für das Beste, dass ich den Kontakt abbreche, sogar nachdem Sie zur Welt gekommen waren, aber an Weihnachten hat sie mir immer Fotos geschickt …«

»Tut mir leid«, warf Scilla ein, in deren Kopf sich alles drehte – was Elizabeth sagte, war einfach nicht zu begreifen. »Ich verstehe das nicht, meine Eltern haben Winsome nicht adoptiert, unmöglich. Ich habe sie nie im Leben gesehen, bevor ich hierherkam.«

Für einen Augenblick sah Elizabeth Sturner genauso ratlos aus wie Scilla.

»Winsome?«, fragte sie. »Winsome habe ich erst im Krankenhaus nach dem Tod ihres Babys kennengelernt. Sie hatte einen Zusammenbruch, und ich habe sie gepflegt.« Elizabeth beugte sich vor und legte ihre Hand auf Scillas. »Meine liebe Scilla«, sagte sie freundlich, »Winsome ist nicht das Baby, von dem ich spreche. Es ist Carol, ich spreche von Ihrer Schwester Carol.«

Effie war am Fluss entlanggewandert und hatte dann den Klippenpfad nach Haggard's Point eingeschlagen. Ivordog, dessen Schwanz zwischen den Ginsterbüschen hervorlugte, lief vergnügt vor seinem Frauchen her. Effie griff nach einem Stock und strich damit über das lange Gras. Ivordog blieb stehen und sah sie erwartungsvoll an. Würde sie den Stock für ihn werfen? In Gedanken versunken, spielte sie weiter damit, und Ivordog sprang schließlich durch das nasse Unterholz davon.

Effie ging nun langsamer. Seit dem vergangenen Abend hatte sie kaum etwas gegessen, und ihr leerer Magen schmerzte. Auch das Herz tat ihr weh, wie sie nun bemerkte. Sie fühlte sich von Martin Hepple verraten und betrogen, obwohl ihre Vernunft sagte, dass sie dafür keinen Grund hatte. Er schuldete ihr nichts. Martin hatte sich nur deshalb mit ihr, Effie, abgegeben, damit er Winsome im Auge behalten konnte. Und eigentlich sollte ihr das überhaupt nichts ausmachen.

Effie vergewisserte sich, dass Ivordog in Rufweite war, und schlug den oberen Pfad an der Klippe entlang ein. Haggard's Point lag vor ihr, und tief unten wurde das Wrack des Fischerboots von den Wellen der Flut umspült. Einen Moment blieb sie in die Betrachtung des

Wracks versunken stehen und erinnerte sich an ihren ersten Ausflug mit Martin.
Als sie weiterging, machte sie sich über die Zukunft Gedanken. Ob Scilla tatsächlich *The Quays* wieder öffnen würde, als wäre nichts passiert? Die Vorstellung, früher als geplant nach London zurückzukehren, fand sie deprimierend. Die Interimszeit zwischen zwei Veränderungen in ihrem Leben hatte ihr behagt. Hier fühlte sie sich wie in einer Hängematte – gut aufgehoben, geborgen, ohne Entscheidungen treffen zu müssen. Nach Hause zu gehen würde bedeuten, dass sie sich Gedanken darüber machen musste, ihr Haus zu verkaufen oder einen Flug nach Brasilien zu buchen – eine konkrete Aktion, um sich zu beweisen, dass sie nicht stagnierte. Sie trat nach einigen Steinen, die auf dem Weg lagen. So bald wollte sie hier nicht weg, sie war noch nicht so weit, sie war ein hoffnungsloser Fall, und, wie sich herausgestellt hatte, besaß sie keine Begabung fürs Wellenmachen.
Am höchsten Punkt von Haggard's Point angelangt, ging Effie weiter zu der alten Hütte. Hier gefiel es ihr. Die Sonne, die sich den ganzen Nachmittag nicht gezeigt hatte, trat für kurze Zeit zwischen den grauen Wolken hervor, und sie stand, wie Effie nun sah, schon sehr tief. Offenbar war es bereits später Nachmittag, und es war erstaunlich kalt geworden. Sie trat den Rückweg an und rief nach Ivordog, der allerdings nicht sofort auftauchte. Als sie dem schmalen Klippenpfad folgte und immer wieder nach ihrem Hund rief, begann es wieder zu regnen, und ihre Jacke konnte den Wind nicht mehr abhalten. Jeden Augenblick rechnete sie da-

mit, dass Ivordog auf sie zugesprungen kam und sie freudig, aber auch etwas zerknirscht über seinen Ungehorsam begrüßte. Aber sie sah keine Spur von ihm, und nun bekam sie es mit der Angst zu tun. Wo steckte er? Jetzt ging sie den Weg noch einmal ab. Inzwischen regnete es in Strömen, und das kreisende Licht des Leuchtturms in der Ferne strahlte umso heller, je dunkler der Himmel wurde.

Völlig außer Atem lief Effie im Kreis, geriet in Panik, rief nach ihrem Hund, aber es kam keine Antwort.

Endlich hörte sie ihn. Es war eher ein Winseln als ein Bellen, aber sie wusste, dass es Ivordog war, der offenbar irgendwo unterhalb des Weges war. Vom Rand der Klippe aus sah sie im Halbdunkel nur, dass die Felswand fast senkrecht abfiel und sich die Wellen weiß schäumend tief unten an den Felsen brachen. Mit tränenüberströmtem Gesicht rief sie noch einmal. Ivordog antwortete, aber es kam von einer Stelle links von ihr, wo die Klippe abgebröckelt war, so dass kleine Plattformen, nur durch die Wurzeln des Ginsters gehalten, waagerecht über den Abgrund ragten. Da entdeckte sie Ivordog, der auf einem Felsvorsprung lag.

Schritt für Schritt tastete sie sich zu ihm vor, ohne nach unten zu sehen. Erst als sie die Hand nach ihm ausstrecken konnte, bemerkte sie, dass sie praktisch seit fünf Minuten die Luft anhielt. Als sie auf dem Vorsprung stand, zitterten ihr die Beine – angesichts des ungeheuren Wagnisses, das sie auf sich genommen hatte, wurde ihr schwindlig. Ivordog hob den Kopf und schnupperte an ihrer Hand. Effie hörte, wie sein wedelnder

Schwanz die Ginsterbüsche streifte. Jetzt war es so dunkel, dass sie nur noch seine Umrisse sah, aber sie streichelte ihn und tastete ihn dabei systematisch nach Knochenbrüchen ab. Wie schwer seine Verletzungen waren, konnte sie nicht beurteilen, aber sie war froh, dass sie ihn offenbar gehindert hatten, die Klippe wieder hinaufzuklettern, was zweifellos schlimme Folgen gehabt hätte. Während sie in ihrer Tasche nach dem Handy suchte, hatte sie deutlich vor Augen, dass es in der Küche neben dem Toaster lag. Immer wieder ließ Ivordog einen kläglichen Schrei vernehmen, und sein ganzer Körper zuckte krampfartig. Offenbar stand er nicht nur unter Schock, sondern hatte auch Schmerzen, und Effie konnte ihm überhaupt nicht helfen. Sie zog ihre Jacke aus und deckte ihn damit zu. Nun fuhr der Wind durch ihr Sweatshirt, und sie war nach wenigen Minuten völlig durchnässt.

Wann würden Scilla und Thebes bemerken, dass sie nicht nach Hause kam? Wann würden sie und Ivordog gerettet werden? Würden sie überhaupt irgendwann gerettet werden? Jetzt fürchtete sie ernsthaft um ihr Leben und das ihres Hundes.

»Wir könnten jetzt einen Hubschrauber gebrauchen, der zufällig vorbeikommt«, sagte sie in die Dämmerung hinein, um eine menschliche Stimme zu hören und sich klarzumachen, dass sie noch lebte. Ivordog leckte ihre Hand, und ihr fiel auf, dass seine Schnauze heiß und seine Nase warm und trocken war.

Der Felsvorsprung wirkte einigermaßen solide, aber Effie hörte Steine fallen, während der Regen gegen die Steilwand prasselte. Sie kuschelte sich an Ivordog, suchte gemeinsam mit ihm Schutz unter ihrer Jacke, streichelte das seidige Fell auf seinem Kopf und versuchte, nicht daran zu denken, wie brüchig die Küste von Devon war.

»Thee-eeee!« Thebes hörte die vertraute Stimme, ehe sie auf der Hauptstraße von Thoroford die kleine Delphine auf sich zustürmen sah. Sie schloss das Kind in die Arme, aber Delphine befreite sich rasch wieder und spähte in den Buggy. »Humpty ist größer geworden«, stellte sie stirnrunzelnd fest. »Er ist ohne mich gewachsen.«

»So viel größer kann er nicht sein, mein Schatz, du hast ihn doch erst vor zwei Tagen gesehen.«

»Dad ist schlecht aufgelegt, seit du weg bist. Du hast ihn allein gelassen.«

Seit einer Stunde schob Thebes den Kinderwagen ziellos durch Thoroford, denn sie hatte hier nichts zu erledigen. Als Morgan von seinem Nachmittagsschlaf erwachte, war sie dem plötzlichen Drang gefolgt, das *Quays* hinter sich zu lassen.

»Delphine, du darfst nicht einfach so weglaufen«, rief Jonty aufgebracht, als er die Straße heraufkam.

»Hallo, Thee.« Er warf ihr einen misstrauischen Blick zu, ehe er sich über den Buggy beugte, um Morgan zu begrüßen. »Hallo, du schönes Baby.« Thebes sah sein blondes Haar und die kleine kahle Stelle am Hinterkopf, die ihr plötzlich höchst liebenswert erschien.

»Alles in Ordnung?« Jonty richtete sich auf und musterte sie stirnrunzelnd. »Du bist blass. Du hast es gestern wohl ein bisschen übertrieben? Tut mir leid«, entschuldigte er sich sofort. »Entschuldige, das war grob und überflüssig …«

»Wie es aussieht, haben wir gestern Abend im Coffeeshop ein ziemliches Drama erlebt.« Thebes hatte gedacht, dass sie ganz locker darüber reden und die Ereignisse ein bisschen herunterspielen konnte. Denn sie bemühte sich schon den ganzen Tag darum, die angstvollen Erinnerungen zu verdrängen.

Auf der Rückfahrt aus dem Süden Devons hatte sie sich gefragt, ob es vernünftig war, mitten in der Nacht allein auf leeren Landstraßen unterwegs zu sein, und die Lichter von Weston Burrows waren ihr noch nie so einladend erschienen. Als sie durch das dunkle Haus geschlichen und gerade am Fuß der Treppe angelangt war, fiel ihr auf, dass der Durchgang zum Coffeeshop offen stand und ein seltsamer Lichtschein an der Wand flackerte. Sie hätte wissen können, dass es ein Feuer war, dennoch war sie durch das Café in den Garten hinausgegangen und hatte sich und ihr kostbares Baby einem Risiko ausgesetzt – diese Entscheidung und das, was als Nächstes geschah, würde sie sich nie verzeihen.

Hier, mitten auf der Hauptstraße von Thoroford, wo sich die Urlauber drängten, lieferte Thebes nun für Jonty eine Zusammenfassung der Ereignisse, milderte aber ihre Darstellung ab, damit Delphine keine Angst bekam. Während Thebes sprach, begann ihre Stimme zu zittern, und die Tränen liefen ihr über die Wangen.

Jonty, der mit wachsendem Entsetzen zuhörte, umklammerte einen Griff des Buggys so fest, dass seine Knöchel weiß hervortraten.

»Komm.« Er legte Thebes den Arm um die zitternden Schultern. »Wir besorgen dir jetzt eine Tasse Tee.«

»Kannst du nicht wiederkommen und bei uns wohnen?« Offenbar unbeeindruckt von Thebes' Tränen, hüpfte Delphine neben dem Kinderwagen her. »Ich passe auch auf Humpty auf, dann musst du nicht mehr weinen.«

Jonty sagte dazu nichts.

Es begann zu regnen, und sie suchten Zuflucht in einer Teestube mit Spielzimmer.

»So ist Delphine beschäftigt, und wir können reden«, meinte Jonty.

»Tut mir leid, ich hatte es nicht darauf angelegt, vor dir zusammenzubrechen.« Der Tee, den Thebes trank, wirkte so stärkend wie die erste Tasse nach einer Geburt.

»Thebes«, Jonty beugte sich vor, »du kannst jederzeit vor mir zusammenbrechen, das weißt du. Jetzt erzähl mir richtig, was letzte Nacht passiert ist.«

Das tat sie, und er hörte zu. Unterdessen stillte sie Morgan diskret, und Delphine tauchte aus dem Spielzimmer auf, um einen großen Teller gebackene Bohnen zu verdrücken. Und die ganze Zeit über erwähnten sie Max mit keinem Sterbenswörtchen.

»Heute Nachmittag bin ich nach Thoroford gekommen«, beendete Thebes ihren Bericht, »weil mir einfach die Decke auf den Kopf gefallen ist. Ich wollte nicht im Haus bleiben.« Sie sah auf die Uhr. »Mein Gott, fast sieben, ich muss langsam zurück.«

Jonty war im Begriff zu antworten, und eine Sekunde lang dachte Thebes, er würde vorschlagen, sie solle wieder zu ihm ins Cottage ziehen, und sie wollte rasch etwas sagen, damit er nicht dachte, sie hätte darauf angespielt.

»Darf ich morgen kommen und Ivordog besuchen?«, schaltete sich Delphine ein, die gerade auf Thebes' Schoß kletterte, um Morgans Kopf zu küssen, und Thebes wünschte sich nichts sehnlicher, als tatsächlich mit Jonty nach Hause zu fahren.

Auf der Heimfahrt durch den strömenden Regen erklärte sie Morgan laut und deutlich, wie sehr sie es aus vielen Gründen bedauerte, dass sie in dem Moment, als Max anrief, der Familie Bell den Rücken gekehrt hatte.

Im Haus am Kai trat sie gerade mit dem schreienden Morgan, dem Buggy und den Einkäufen beladen durch die Haustür, als Martin Hepple eintraf. Er nahm ihr Buggy und Einkäufe ab, und sie gingen zusammen in die Küche im ersten Stock hinauf. Weder Effie noch Scilla waren da.

Martin schaute auch im Wohnzimmer nach und rief die Treppe hinauf nach Effie.

Dann trat er in die Küche. »Wo ist sie?«, fragte er und sah sich um, als könnte sie plötzlich aus dem Kühlschrank oder einem Küchenschrank hervortreten. »Hat sie ein Handy, auf dem wir sie anrufen können?«

Thebes hielt ein Mobiltelefon in die Höhe, das auf dem Büfett gelegen hatte.

»Ja und nein. Das ist ihres.«

»So ein Mist. Könntest du in den Schlafzimmern nachsehen? Scilla war heute Nachmittag noch hier. Sie könnte wissen, wo Effie ist. Gib mir so lange das Baby.«

Ohne auf Thebes' Zustimmung zu warten, nahm Martin ihr Morgan mit geschickter Hand ab. »Bitte, geh und sieh nach, ob sie oben sind«, bat er.

Oben war keine Spur von ihren beiden Freundinnen, also kehrte Thebes in die Küche zurück.

»Effie war schon zu einem Spaziergang aufgebrochen, als ich gefahren bin.« Sie warf einen Blick auf den leeren Hundekorb, nahm Martin Morgan wieder ab und begann ihn zu stillen. »Wahrscheinlich ist sie noch unterwegs.«

»Wann war das?«

»Ich weiß nicht, so gegen zwei ungefähr.«

»Willst du damit sagen, dass du Effie nicht mehr gesehen hast, seit sie am frühen Nachmittag spazieren gegangen ist? Und jetzt ist es«, er sah auf die Uhr, »fast halb acht?« Er konnte es nicht fassen.

»Sie macht oft lange Wanderungen.« Thebes fand, dass sich Martin unnötig aufregte.

»Nicht wenn sie am Tag zuvor fast an einer Auster gestorben wäre. Oder«, er sah zum Fenster hinaus, »wenn es schüttet wie aus Kübeln.«

»Vielleicht ist sie längst zurück und anschließend noch einmal mit Scilla weggegangen.«

Martin, der im Zimmer auf und ab ging, antwortete nicht, das einzige Geräusch war das Schmatzen des Babys. Randvoll mit der Milch seiner Mutter, blickte Morgan auf und lächelte Martin an, der mit einem müden Lächeln reagierte.

»Typisch Mann«, sagte er, »jetzt grinst er, wo er hat, was er will.« Er setzte sich neben Thebes. »Es ist fast acht Uhr, es regnet immer noch, und mir wird allmählich mulmig zumute.«

Da fiel die Haustür ins Schloss. Martin erhob sich sofort, als Scilla in die Küche trat. Sie war klitschnass, ihr Haar klebte am Kopf, ihre Augen waren rot und ihr Gesicht blass.

»Ach, Martin«, sagte sie mit müder Stimme, als sie ihre Regenjacke auszog und in die Spüle warf. »Danke für diesen Nachmittag. Elizabeth …«

»Hast du Effie gesehen?«, fiel ihr Martin ins Wort. »Sie ist nicht da, der Hund auch nicht. Und es ist reichlich spät.«

Thebes sah, dass es Scilla einige Anstrengung kostete, ihre Gedanken auf Effie zu richten.

»Aber sie ist doch schon stundenlang unterwegs«, meinte Scilla wie betäubt.

»Wo warst du denn?«, erkundigte sich Thebes.

»Ich habe mich ins Bushäuschen gesetzt.« Scilla lächelte matt. »Keine Ahnung, warum ausgerechnet dort. Ich musste einfach nachdenken.« Sie rieb sich die Augen. »Effie ist vor dir aus dem Haus gegangen, Thebes. Ist sie noch nicht wieder da? Wo könnte sie nur sein?«

»Das würde ich auch gern wissen.« Martin machte ein grimmiges Gesicht. »Wir müssen sie finden, es wird dunkel, es regnet in Strömen, der Wind frischt auf, und ich glaube, es könnte ein Sturm aufziehen.«

»Außerdem ging es ihr nicht gut.« Scilla war nun ernsthaft besorgt. »Glaubst du, es ist ihr etwas zugestoßen?«

»Wo geht sie denn normalerweise mit dem Hund?«, wollte Martin wissen.

»Am Fluss entlang, aber sie mag auch die Klippen«, erwiderte Thebes.

Martin zuckte zusammen.
»Das ist etwas zu allgemein. Die Klippen erstrecken sich meilenweit zu beiden Seiten des Dorfes.«
»Wir müssen sie suchen.« Scilla griff nach ihrer Regenjacke. »Ich habe ihr gesagt, dass sie lieber hierbleiben soll.«
»Geh bitte am Fluss entlang, aber wirf auch einen Blick in die Pubs auf dem Weg. Ich übernehme die Klippen. Ich habe eine Taschenlampe im Wagen.«
Martin war bereits halb zur Tür hinaus. »Thebes, du wartest hier am Telefon. Wir rufen an, sobald wir sie finden, ja?« Er sah Scilla an, die ihm zunickte. »Wir nehmen uns eine Stunde Zeit, und dann …« Er vollendete den Satz nicht.
Thebes blieb allein zurück, und zum zweiten Mal innerhalb von vierundzwanzig Stunden hatte sie Angst – diesmal um Effie.

In der vergangenen Stunde war nur mehr ein leichter Regen gefallen, der nach und nach jede Schicht von Effies Kleidung durchdrang. Solchermaßen durchnässt, war sie anscheinend eingedöst, denn ihr wurde schlagartig bewusst, dass der Wind jetzt in ihren Ohren heulte und ein heftigerer Regen in Rinnsalen die Klippe hinunterströmte und dabei kleine Steine und Erde mit sich riss. Ihre Füße waren eingeschlafen, und sie bewegte sie vorsichtig, wobei sie entsetzt bemerkte, wie schmal der Felsvorsprung war, auf dem sie hockte. Sie streichelte Ivordogs Kopf, aber er rührte sich nicht. Auch hatte er aufgehört zu zittern, und sein Körper unter ihrer Jacke fühlte sich schwer und unnachgiebig an. Ivordog atmete nicht mehr. Mit zitternden Händen versuchte Effie, ihn aufzumuntern, sie sprach mit ihm, streichelte ihn, schüttelte ihn behutsam, aber er lag nur schwer und reglos da. Der Regen fiel erbarmungslos, und über den Leichnam ihres Hundes gebeugt, begann Effie zu weinen. Neun Jahre lang war er ihr Freund und ständiger Begleiter gewesen, und sie hatte ihm seine Treue gelohnt, indem sie ihn in Regen und Kälte an der Steilwand einer Klippe sterben ließ. Inzwischen war es richtig dunkel geworden, und die Lampe des Leuchtturms erhellte die Klippe in rhythmischen Intervallen. Ob Scilla und Thebes sie wohl inzwischen vermissten? Sie konnte sich nicht vorstellen, wer sie retten sollte. Wer würde auf die Idee kommen, dass sie hier war? Effie konnte ihre Todesangst nicht mehr verdrängen.

Sie konzentrierte sich auf Ivordog, erinnerte sich an seine Zuneigung, seine unerschütterliche Treue, sein Schnarchen, das Klimpern seiner Hundemarke am Futternapf, wenn er fraß, seine Liebe zu Vögeln und seine Überzeugung, dass es ihm eines Tages gelingen würde, einen zu fangen. Ihr fiel wieder ein, wie er als Welpe mit tapsigen Pfoten in der Küche umhergeschlittert war und von draußen in seinem weichen Maul feuchtes Laub hereingeschleppt hatte. Nie wieder würde sie nach Hause kommen und als Willkommensgeschenk ein Geschirrtuch oder einen Schuh erhalten. Nie wieder – Ivordog gab es nicht mehr.

Wie gelähmt vor Trauer und Erschöpfung, bemerkte Effie plötzlich ein Geräusch, das weder vom Meer noch vom Regen herrührte. Es war eine Stimme, die rief,

aber der Wind trug sie weg, und Effie meinte, dass es sich um eine Sinnestäuschung handelte. Da hörte sie die Stimme wieder, und diesmal wollte sie auch rufen, aber ihre Kehle war wie zugeschnürt. Sie versuchte es noch einmal mit höchster Anstrengung, und sie wusste, dass sie aufstehen sollte, um gehört zu werden, aber sie war zu steif, zu durchgefroren und viel zu ängstlich.
Dann hörte sie ganz deutlich eine Stimme, die ihren Namen rief, und sie wusste auch, wer da rief.
»Martin, Martin«, schrie sie, »ich bin hier.«
Dann hörte sie Schritte, Steine, die sich lösten, und lautes Fluchen. Dann war Martin plötzlich da, schloss sie fest in die Arme, und sie schluchzte, den Kopf an seiner Brust geborgen.
»Ist schon gut, Liebling, ist schon gut. Ich bin da, ich habe dich …«
»Ivordog«, sie ertrug es nicht, den Kopf von Martins Schulter zu lösen, so warm und tröstlich fühlte sie sich an. Er streckte die Hand aus und berührte den Hund.
»Mein armer, armer Liebling.«
»Er ist von der Klippe gefallen. Ich habe nicht auf ihn aufgepasst, und er hat doch immer auf mich aufgepasst.«
Martin hielt die schluchzende Effie fest, dann legte er ihr sanft den Finger unters Kinn und sah ihr ins Gesicht, das von Tränen und Regen nass war.
»Es ist gut, Süße«, sagte er. »Von jetzt an passe ich auf dich auf.«

Kapitel vierzehn

Delphine las laut vor, und obwohl die Geschichte über Miffy eigentlich für Morgan bestimmt war, schien er nicht zuzuhören, weil er zu sehr mit Thebes' Brust beschäftigt war.

»Könntest du meiner Tochter dieses grässliche Buch wegnehmen?«, murmelte Jonty, der sich das Kissen über den Kopf gezogen hatte.

Es war ein Samstagmorgen Anfang September, Jonty lag noch im Bett, Thebes neben ihm war sittsam in ein Nachthemd gehüllt, und zwischen ihnen auf der Bettdecke hatte es sich Delphine gemütlich gemacht.

Zwar sah es ganz nach einem weiteren heißen Tag aus, aber seit einer Woche war an der Atmosphäre im Dorf deutlich zu spüren, dass die Saison zu Ende ging. Auf dem Fluss drängten sich nicht mehr so viele Boote und Surfer, und die Geschäfte und Restaurants am Kai richteten sich allmählich auf die ruhigere Herbstsaison ein.

Es war der letzte Samstag der Schulferien, und im ganzen Dorf wurde der Verkehr bereits von Autos blockiert, die in den schmalen Gassen vor den Ferienwohnungen parkten. Sie wurden mit einer feuchten, sandigen Fracht beladen: Eimer voller Muscheln und Seetang – Schätze, die ihren Glanz verloren, sobald sie

die Küste hinter sich ließen, Windschutzzelte, Luftmatratzen, Andenken ins Auto gestopft rund um Kinder, die das letzte Eis der Ferien essen.
Morgen würde auch die Familie Bell ihre Sachen packen und zurück nach London fahren. Jonty wurde am Montag wieder im Büro erwartet, und Delphine und Elvira mussten zur Schule. Auch Thebes würde morgen abreisen. Ende der Woche wollte sie Tess und Sam vom Flughafen abholen.
Delphine berichtete weiterhin von Miffys Abenteuern, während Thebes ihren Gedanken nachhing. Es war genau ein Jahr her, seit sie, Effie und Scilla sich geeinigt hatten, Wellen zu schlagen. Sie sah Morgan an, mit vier Monaten ein richtiger kleiner Wonneproppen, ihre eigene liebe Welle.
In den letzten Monaten, fand Thebes, war sie ein ganzes Stück vorangekommen, aber unmittelbar nach jenem grauenhaften Tag und der entsetzlichen Nacht hatte Thebes ernsthaft darüber nachgedacht, mit Morgan in London unterzutauchen. Sie wollte nicht in Scillas Haus bleiben und ständig daran erinnert werden, in welcher Gefahr ihr kostbares Baby geschwebt hatte. Außerdem wollte sie sich unbeobachtet von ihren Freundinnen in ihrem Liebeskummer suhlen.
Vor allem Effie hatte sehr wenig Mitgefühl gezeigt.
»Jetzt weißt du klipp und klar Bescheid«, hatte sie Thebes erklärt. »Auch du müsstest allmählich kapieren, was los ist.«
»Lass mich doch wenigstens ein bisschen um ihn trauern, okay?«
»Du trauerst um Max, seit du ihn kennst«, hatte Effie

ihr entgegengehalten. »Sogar als du mit ihm zusammen warst, hast du dich gequält, weil du ihn nicht ganz haben konntest. Der Kummer um Max ist zur Gewohnheit geworden. Hör auf damit und beschäftige dich mit all den Dingen, die dir sonst noch Spaß machen.«

Und nach und nach hatte der Zwang, an Max zu denken, tatsächlich nachgelassen, und all die ungebetenen Erinnerungen stellten sich seltener ein. Thebes begriff zum ersten Mal, wie viele Jahre sie damit verschwendet hatte, auf etwas zu warten und zu hoffen, was niemals eintreten würde – eine Tatsache, die für jeden offenkundig war, nur nicht für sie.

»Die Jahre waren ja nicht vollkommen verloren«, meinte die hedonistische Effie, »denn es gab genügend Anlässe, wo du es genossen hast, mit ihm zusammen zu sein. Du hast nur nie genug von ihm bekommen.«

Auch als Thebes darüber sprach, dass Morgan seinen Vater kennenlernen sollte, zeigte sich Effie vollkommen unsentimental.

»Ein höchst zweifelhaftes Argument, das weißt du so gut wie ich, Thee. Wir haben beide unsere Kinder ohne Vater aufgezogen, und ich glaube, Morgan ist ohne einen Vater, der seinen Schwanz mehr liebt als alles auf der Welt, besser dran.«

Effie nahm nie ein Blatt vor den Mund.

Es heißt, dass es nur eine große Leidenschaft im Leben gibt, und Thebes wusste, dass sie die ihre erlebt hatte und dass sie nun endgültig vorbei war. Was sie allerdings überraschte, war, wie frei sie sich dadurch fühlte.

Jetzt betrachtete sie Jontys sonnengebräunte Hände, die immer noch das Kissen festhielten, das er sich über den Kopf gezogen hatte, und dachte, was für vertrauenerweckende, normale Hände er hatte. Dass sie und ihr Baby an diesem sonnigen Morgen im Cottage der Bells waren, grenzte für sie an ein Wunder.

An dem Tag, als sie sich in Thoroford begegneten, war Jonty sehr besorgt und fürsorglich gewesen, doch an den nächsten Wochenenden, die er in Weston Burrows verbrachte, hatte er Thebes nicht besucht, und sie hatte vermutet, dass er ihr aus dem Weg ging. Wenn sie sich zufällig auf der Straße oder am Strand trafen, erschien ihr seine Höflichkeit als Zeichen, dass sie ihm nichts bedeutete, und sie war traurig, weil sie einen lieben Freund verloren hatte.

Jonty und Thebes hatten es einzig und allein Delphines Hartnäckigkeit zu verdanken, dass sie schließlich ihre höfliche Distanz durchbrachen. Als Mitte Juli die Schulferien begannen, war Delphine fast täglich im Haus am Kai aufgetaucht, und Jonty hatte Thebes nicht mehr aus dem Weg gehen können.

Anfang August wurde Jonty unerwartet für zwei Tage in London gebraucht, und Delphine hatte darum gebeten, dass Thebes einziehen sollte.

»Ich möchte, dass Thebes und Humpty auf mich aufpassen. Warum können sie nicht kommen?«

Thebes hatte vorsichtig ihre Dienste angeboten, aber Jonty reagierte zurückhaltend.

»Nein, ich kann dich nicht noch einmal bitten. Ich kann Delphine doch mitnehmen.«

Das kleine Mädchen hatte mit dem Fuß aufgestampft und einen Schmollmund gezogen. »Ich will nicht nach London. Ich fahre nicht mit.«

Es war für beide ein peinlicher Augenblick gewesen.
»Bitte, lass mich einspringen.« Überrascht hatte Thebes festgestellt, wie sehr sie es sich wünschte. »Ich verspreche, dass ich gleich wieder ausziehe, wenn du zurückkommst.« Sie lächelte matt, und Jonty hatte plötzlich die Hände ausgestreckt, als wollte er ihre Schultern berühren, aber dann hatte er sich abrupt abgewandt.
»Du Einfaltspinsel«, hatte er gemurrt. »Ich will nicht, dass du gehst, ich wollte es vorher auch nicht.«
Dann war Thebes eingezogen, und jetzt, fünf Wochen später, war sie immer noch da. Nach wie vor hatte sie ihre Sachen im Gästezimmer, obwohl alle Anzeichen dafür sprachen, dass aus der herzlichen Freundschaft mit Jonty mehr und immer mehr werden könnte.
Eines Abends vor einigen Wochen hatte Morgan Fieber bekommen – eine dieser jähen Fieberattacken, die Mütter in Angst und Schrecken versetzten. Die ganze Nacht hatte Morgan gejammert und geweint, und dann – noch schlimmer – war er verstummt, sein kleiner Körper wurde schlaff, und sein Atem ging flach. Jonty blieb die ganze Nacht mit Thebes auf, und am Morgen hatte er ihre Erleichterung geteilt, als ihr kleiner Sohn, typisch für Babys, fröhlich aufwachte, als hätte ihm nie etwas gefehlt.
Diese lange Nacht, die sie flüsternd über das Baby wachend auf dem Sofa verbrachten, hatte eine körperliche Annäherung sehr erleichtert.
»Danke«, sagte sie am folgenden Abend beim Essen. »Danke für deine Unterstützung letzte Nacht.«
Jonty hatte ihr mit seinem Weinglas zugeprostet.

»Du weißt doch, dass ich mich für euch beide verantwortlich fühle.«
»Ich möchte nicht, dass …«, sie verhaspelte sich, »ich meine, *du* hast wirklich … ich möchte nicht, dass du denkst, ich wäre nur hier, weil es mit Max aus ist und ich sonst nichts habe.«
Die Erschöpfung und der Wein waren ihnen zu Kopf gestiegen, und an diesem Abend war Jonty in Thebes' Zimmer gekommen und hatte sie in die Arme geschlossen.
»Das *Warum* ist mir inzwischen egal«, hatte er gemurmelt, »und so leid es mir tut, ich habe einfach das Gefühl, dass du und Morgan, dass ihr jetzt zu meiner Familie gehört.«
»Das würde ich auch gern«, hatte Thebes gerufen, das Gesicht an seinen Hals gedrückt. »Ich habe Delphine so lieb, und ich möchte dich wirklich als Freund haben.« Sie war nicht einmal sicher, ob sie das laut aussprach, so benebelt fühlte sie sich.
Sie legten sich zusammen auf Thebes' Bett und schliefen ein, aber irgendwann mitten in der Nacht begann jeder vorsichtig den Körper des anderen zu erkunden. Jonty war schüchtern, und Thebes war bange zumute. Sie sprachen leise miteinander, während sie Zärtlichkeiten austauschten, und Thebes genoss es, dass sie sich ohne Hast liebten – es war ganz anders als der Sex mit Max, der immer zielgerichtet und heftig gewesen war. Und schnell. Mit Max gab es kein Bettgeflüster – er widmete sich konzentriert und schweigend der Kunst der Erotik.
Thebes und Jonty hatten noch einige solcher Liebes-

nächte erlebt – Jonty war immer frühmorgens wieder in sein Bett geschlüpft, bevor Delphine aufwachte und die beiden ertappte. Aber jetzt, unter den Argusaugen eines Teenagers – Elvira verbrachte die letzten Ferientage bei ihnen –, hatten sie sich stillschweigend geeinigt, dass jeder in seinem Bett blieb. Was nicht ausschloss, dass sie so wie jetzt beieinander waren.

Sie kosteten das angenehme Gefühl aus, es nicht eilig zu haben. Wenn sie auf Dauer zusammenbleiben wollten, so stand für beide fest, dass sie es ganz langsam und behutsam angehen sollten – denn ihre Beziehung würde für viele junge Menschen Folgen haben.

Delphine hatte inzwischen die Geschichte von Miffy zu Ende gelesen, und weil keine anderen Bücher in Reichweite waren, fing sie wieder von vorn an. Das war zu viel für Jonty. Er kam unter seinem Kissen hervor und nahm seiner Tochter das Buch aus der Hand.

»Das reicht«, erklärte er mit Nachdruck, »wir wissen jetzt mehr über Miffy, als uns lieb ist.«

»Ich kann es sowieso auswendig«, hielt ihm Delphine entgegen.

»Schön, aber Morgan will es nicht noch einmal hören.«

»Vielleicht schon, das weißt du nicht, weil er es ja nicht sagen kann, oder?« Delphine, bereit, sich auf eine Diskussion einzulassen, lehnte sich in die Kissen, aber in diesem Moment kam Elvira herein.

»Dad, in London ist eine Party.« Sie fuchtelte mit ihrem Handy herum. »Können wir nicht schon heute Nachmittag zurückfahren?«

»Dir auch guten Morgen, Elvira«, erwiderte ihr Vater höflich.

»Ja, gut, egal. Also können wir?«
»Ich möchte an den Strand gehen so wie gestern«, quengelte Delphine. »Heute ist unser letzter Tag.«
»Du hast die ganzen Ferien am Strand verbracht, Delphine«, entgegnete Elvira und wandte sich an ihren Vater. »Komm schon, Dad, eine Nacht macht für euch doch keinen Unterschied, für mich aber schon.«
Während die Familie Bell die Tagesplanung besprach, nahm Thebes Morgan von der Brust, winkelte die Knie an und legte ihn auf ihren Schoß. »Tess und Sam werden dich nicht wiedererkennen, groß und stark, wie du bist«, flüsterte sie ihm zu, und ihr Baby lächelte sie an, wobei ihm Milch aus dem Mundwinkel lief.
Da fiel die Haustür ins Schloss, und Finn rief die Treppe herauf.
»Hallo?«
»Wir sind hier«, antwortete Elvira, und Delphine kletterte aus dem Bett, um ihren großen Bruder zu begrüßen.
Wie Elvira war auch Finn erst vor ein paar Tagen von seinem Sommer in Frankreich zurückgekehrt. Er hatte außerdem angekündigt, dass er seine Wohnung aufgeben, seine Freundin in Thoroford verlassen und sich im Herbst wieder an der Uni einschreiben wollte.
Jonty freute sich, fragte aber, wie es Finns Freundin mit der Entscheidung ging.
»Ach, sie nimmt es gelassen, sie wollte sowieso eine Ausbildung als Tattoo-Künstlerin machen.«
Jonty hatte nichts dazu gesagt, aber Thebes vermutete, dass er in mehr als einer Hinsicht über die Pläne seines Sohns erleichtert war.

Finn stand nun in der Tür und schwang Delphine durch die Luft, so dass sie vor Vergnügen quiekte.
»Wir gehen an den Strand. Kommt ihr auch?«
»Spielen wir Brennball?«, schlug Delphine, immer noch mit dem Kopf nach unten baumelnd, vor. »Elvira spielt gern Brennball.«
»Ich möchte zurück nach London«, brummte Elvira, fügte sich aber allmählich in das Unvermeidliche. »Ich verstehe nicht, warum ihr mich nicht einfach in den Zug setzen könnt. Ich könnte bei einer Freundin übernachten …«
»Wir essen alle im *The Ship* zu Mittag, wenn wir hier zusammengepackt haben«, fiel ihr Jonty ins Wort. Dann sah er Finn an. »Sei so nett und mach uns Tee.«
»Wer? Ich?«
»Lass dich auf das Abenteuer ein, Finn«, sagte Jonty stirnrunzelnd. »Sieh mal, ob du die Küche findest – es müsste der Raum mit dem Wasserkocher sein!«
»Ist schon gut, Dad, sehr witzig.« Finn polterte davon.
»Und wir müssen in den Geschenkeladen.« Delphine hockte sich neben Thebes auf die Bettkante und kitzelte Morgans Hand, so dass er lächelte. »Ich habe noch Geld übrig. Dafür kann ich Toffees kaufen. Kommst du mit, Thee? Bitte!«
Wieder begann ein Samstag in der Familie Bell, und Thebes war rundum glücklich, dass sie wenigstens für den Augenblick dazugehörte.

Effie hatte den Lehrerinnenberuf zwar schon vor sieben Monaten an den Nagel gehängt, aber am Samstagmorgen wachte sie immer noch mit dem köstlichen

Gefühl auf, nicht zur Schule zu müssen. Nicht einmal die Tatsache, dass am Samstag im Coffeeshop Hochbetrieb herrschte, konnte ihre Vorfreude auf das Wochenende trüben.
An diesem Morgen drehte sie sich im Halbschlaf um und tastete vergeblich nach Ivordog. Er war jetzt schon zwei Monate tot, doch war ihr immer noch gegenwärtig, wie Ivordog sich jeden Morgen Stück für Stück Richtung Kopfkissen vorgearbeitet und ihr zum Aufwachen seinen Hundefutteratem ins Ohr gepustet hatte.
Effie kuschelte sich ein, lauschte der sonoren Männerstimme, die unter der Dusche sang, und musste an Eric denken. Ob er wohl tatsächlich, wie er ihr unaufhörlich versichert hatte, die englische Heimat vor allem als Land der miserablen Duschen in Erinnerung behalten würde?
Durchs Fenster sah Effie die Baumwipfel im Garten. Das Laub war noch grün, aber schon ein wenig trocken und schrumpelig, was den nahenden Herbst ankündigte. Der Stumpf der verbrannten Tamariske war von Effies Bett aus nicht zu sehen.
Diese grauenhafte Woche im Juni war für Effie nur noch ein Wirrwarr aus Erinnerungen. Sie dachte an Scilla, die sich fanatisch in die Arbeit gestürzt und *The Quays* weitergeführt hatte, als wäre nichts geschehen. Sie hatte sich hartnäckig beschäftigt, um nur nicht nachdenken zu müssen. Effie hatte beherzt versucht mitzuhalten. Auch andere Szenen hatten sich in ihr Gedächtnis eingegraben: die offizielle Beisetzung von Winsomes Baby und später die Suche nach dem rechten Fleck für ihren geliebten Ivordog.

Sie hatten ihn bei der alten Hütte am Haggard's Point begraben. Martin hob ein tiefes Loch aus und blieb bei Effie, während sie von ihrem Gefährten Abschied nahm. Er war sehr lieb gewesen, und plötzlich – noch jetzt wurde ihr heiß vor Scham, wenn sie daran dachte – hatte sie sich von Martin so abhängig gefühlt, wie Ivordog es von ihr gewesen war. Nach jenem denkwürdigen Abend auf der Klippe hatte sich Effie sehr verletzlich gefühlt und so tiefe Dankbarkeit für Martin Hepple empfunden, dass ihre Wut über seine Beteiligung an der Verschwörung merkwürdigerweise in eine verzweifelte Leidenschaft für ihren heroischen Retter umgeschlagen war.
Und darauf war der wohl demütigendste Abend ihres Lebens gefolgt. Hin und wieder holte Effie die Erinnerung daran heraus und machte sich deutlich, welch eine Reise sie in den letzten Wochen zurückgelegt hatte. Jetzt schloss sie die Augen und ballte die Fäuste, als sie sich erinnerte, wie Martin auf sie herabgesehen hatte.
»Ich bin keine Wärmflasche für dein Bett, Effie«, hatte er sie so wütend angefahren, dass sie geradezu Angst vor ihm bekam.
Er hatte sie zu sich nach Hause zum Essen eingeladen – »Keine Austern in irgendeiner Form«, hatte er ihr versichert –, und als sie im Garten bei Kaffee saßen, hatte Effie die Atmosphäre stiller Zweisamkeit falsch interpretiert. Als sie versuchshalber die Hand nach ihm ausstreckte, schrak er zurück, als hätte sie ihn mit heißem Wasser verbrüht.
»Tut mir leid«, stotterte sie. »Ich dachte … mein Gott, tut mir leid, das habe ich falsch verstanden …«

Es war ein vernichtender Augenblick für eine Frau, die sich so viel auf ihr erotisches Selbstbewusstsein einbildete.
»Effie«, Martins Stimme war sofort sanft geworden, und dass er sich so zerknirscht zeigte, hatte es nur noch schlimmer gemacht.
»Du willst mich nicht, Schätzchen, ich gehe auf die siebzig zu. Ich kann nicht dafür sorgen, dass du dich jung fühlst …«
»Was soll das denn heißen?« Diese Unterstellung verblüffte sie vollends.
»Ist das nicht der Grund, warum du mit jungen Männern schläfst? Damit du dich jung fühlst?« Martin verzog missbilligend den Mund. Effie wollte den Vorwurf zurückweisen, doch Martin ließ sich nicht aus dem Konzept bringen. »Oder liegt es daran, dass du junge Männer *kontrollieren* kannst – du gehst mit ihnen aus, du legst die Spielregeln fest, und du spielst mit ihnen, wenn *du* es willst?«
Effie hatte hastig nach ihren Schuhen und ihrer Jacke gegriffen, um sich dieser unverdienten Moralpredigt zu entziehen, aber Martin war noch nicht fertig. Jetzt wurde seine Stimme müde, als sei er ihrer Dummheit überdrüssig. »Du bist siebenundfünfzig, Effie, du bist kein Hippiemädchen mehr. Eigentlich ist es doch an der Zeit, dass du diese Rolle ablegst und erwachsen wirst, findest du nicht?«
Martins Worte dröhnten in ihrem Kopf und löschten alles aus, so dass sie nur noch eins wollte – weg von ihm. Er sah, dass sie nach ihrem Autoschlüssel griff.
»Ich fahre dich heim«, erbot er sich.

»Auf keinen Fall. Danke für das Essen.«
Seine Hand schloss sich wie eine Schraubzwinge um die ihre.
»Ich habe gesagt, dass ich dich heimfahre. Ich weiß, dass du wütend bist – die Wahrheit versetzt Menschen oft in Rage –, und ich möchte nicht, dass du über die Landstraße rast und unsere Wildtiere totfährst.«
Ganz kurz sah Effie in das verabscheuungswürdige Gesicht des Mannes, den sie vor wenigen Minuten hatte verführen wollen.
»Ich fahre selbst, vielen Dank – du … du arroganter Scheißkerl.«
Sie hasste sich, dass sie so tief herabsank, ihn zu beschimpfen – obwohl er offenbar nur eine sehr geringe Meinung von ihr hatte –, aber sie hatte sich erst wieder unter Kontrolle, als sie am Steuer saß und den Motor anließ.
Martin hatte ihr durch das Autofenster noch etwas mit auf den Weg gegeben. »Nur damit wir uns recht verstehen«, sagte er freundlich, »ich würde dich wirklich gern durchvögeln.«
Von diesem Augenblick an war Effie nur noch darauf bedacht, Martin Hepple aus dem Weg zu gehen.
Die Stimme unter der Dusche stimmte neuerlich ein völlig entstelltes Lied an, und Effie hoffte, dass Scilla schon auf war und sich nicht nebenan über die unmusikalische Darbietung ärgerte.
Als Eric vor ein paar Wochen in Weston Burrows aufgetaucht war, hatte Effie ihn begeistert begrüßt – ein wenig Abwechslung hatte sie bitter nötig. Nach vier Monaten als Kellnerin war sie ziemlich sicher, dass sie

die Gastronomie von der Liste ihrer Zukunftsperspektiven streichen konnte. An manchen Tagen hatte sie das Gefühl, wenn sie noch eine weitere Bestellung von einem sonnengebräunten Touri annehmen musste, könnte sie in Versuchung geraten, auf die Eiermayonnaise seines Sandwichs zu spucken. Durch Erics Ankunft wurde sie aber wieder die Alte – und selbstverständlich war der Sex ganz hervorragend.

»Warum bist du eigentlich hergekommen?«, fragte sie ihn nach ein paar Tagen.

»Warum nicht? Ich wollte Cornwall sehen.«

»Eric, wir sind hier in Devon und nicht in Cornwall.«

»Egal.« Er zuckte die Achseln, und irgendwie war ihr seine lässige Art ziemlich auf die Nerven gegangen.

Abrupt verstummte der Sänger unter der Dusche, und Effie hörte die Schritte nackter Füße auf dem dünnen Teppich des Flurs. Dann öffnete sich ihre Zimmertür, Martin Hepple trat splitterfasernackt ein und rieb seine Haare mit einem Handtuch trocken.

Effie betrachtete seinen Körper voller Vergnügen.

»Ich hoffe, Scilla hat dich nicht so erwischt.«

»Nein, sie ist unten und bäckt Scones, riechst du das nicht?«

»Ivordog hat ihre Scones geliebt, er wusste immer, wenn es welche gab.«

Mittlerweile konnte sie einigermaßen unbeschwert über ihren Hund sprechen.

Martin setzte sich auf die Bettkante.

»Eines Tages, das verspreche ich dir, holen wir uns einen Welpen und nennen ihn Ivoranotherdog.«

Effie setzte sich auf.

»Oh, Martin, ist das ein Heiratsantrag?«, wisperte sie lächelnd.
»Ist es nicht, das versichere ich dir.« Er grinste sie an und zwickte sie zärtlich in die Brustwarze. »Ich habe nicht vor, noch einmal zu heiraten.«
»Mir fällt ein Stein vom Herzen.« Effie lehnte sich in die Kissen zurück, so dass auch ihre andere Brust für Martins Zwecke entblößt war. »Ich würde es nicht aushalten, wenn mir noch mal ein Ehemann davonläuft, dann wäre mein Selbstbewusstsein völlig vernichtet.«
Martin schlüpfte neben ihr ins Bett, und ihre Zärtlichkeiten waren mehr Spiel als Ernst. Wie Martin betonte, war zweimal an einem Morgen für einen Mann seines Alters des Guten zu viel.
»Das Duschen hättest du dir sparen können«, stellte Effie fest, als sie sich voneinander lösten. Er antwortete nicht, sondern hielt sie fest, so dass sie sich an ihn schmiegen musste – jetzt war sie nicht mehr diejenige, die in einer Beziehung allein den Ton angab.
Aber, stellte sie überrascht fest, es machte Spaß, mit einem erwachsenen Mann zu schlafen. Sie fühlte sich kein bisschen älter, glaubte auch nicht, in der Falle zu sitzen, und noch weniger meinte sie, immer alles in der Hand haben zu müssen. Es war, als würde sie aus einer lauten Disko in einen friedlichen Kräutergarten hinaustreten, und dennoch war keine graue Strickjacke in Sicht.
Martins gleichmäßiger Atem verriet ihr, dass er eingeschlafen war. Auch diese Eigenheit hatte sie an ihm kennengelernt – seine Fähigkeit, nach einem Minutenschlaf erfrischt wieder aufzuwachen.

»Das habe ich mir vor langer Zeit als Assistenzarzt im Krankenhaus angeeignet«, hatte er ihr verraten.
Effie kuschelte sich enger an Martin und ließ sich durch den Kopf gehen, wo sie im September vor einem Jahr gewesen war und was sie seither, und insbesondere in den letzten Monaten, erlebt hatte.
Thebes hatte recht behalten, letztes Jahr hatte sich alles um die Planung von Plänen gedreht. Effie hatte es ihrer älteren Tochter zu verdanken, dass sie sich eingestanden hatte, selbst die Wellen schlagen zu müssen. Aber dann hatte sie sich sofort allerlei belanglose Gründe einfallen lassen, warum sie sich unterwegs nicht änderte, wo doch der wichtigste Grund in ihrer Angst vor dem Unbekannten lag. Aber jetzt hatte sie das Gefühl, dass sich in ihrem Leben wirklich etwas änderte, wie ihre Tochter Violet es sich für sie gewünscht hatte.
Sie hatte sich nicht träumen lassen, dass ihre Reise darauf hinauslief, jetzt einräumen zu können, dass sie nicht länger die junge abenteuerlustige Frau war wie noch vor zwanzig oder dreißig Jahren. Sie gab zu, dass sie keineswegs der Freigeist war, als den sie sich gern darstellte, und dass sie sich durch die Ereignisse in der Welt bedroht fühlte. Mehr noch, sie war mit zunehmendem Alter tatsächlich intoleranter geworden. Seltsamerweise fühlte sie sich sogar freier, nachdem sie sich eingestanden hatte, dass sie alt wurde. Sie fand sich damit ab, dass das Alter uns alle irgendwie zu Feiglingen macht und dass es so ganz in Ordnung ist. Das Geheimnis des mittleren Alters lag darin, die eigene Welle realistisch zu gestalten.
Nach einer Woche mit Eric in Devon hatte sie sich ir-

gendwann derart über seine ungehobelten Manieren geärgert, dass ihr plötzlich aufging, wie unbefriedigend das schnelle Glück im Zusammensein mit einem jungen Mann war. Es war dasselbe Gefühl, das sie befiel, wenn sie Schokolade gegessen und dazu eine Boulevardzeitung gelesen hatte.

Als die Strahlen der Morgensonne ihr Kopfkissen streiften, erschien ihr plötzlich alles hell und klar. Sie räkelte sich vergnügt und stupste Martin an. Er stöhnte und schloss sie fester in die Arme.

»Hör zu, ich habe eine endgültige Entscheidung getroffen.« Sie küsste ihn aufs Ohr und zog ein wenig daran, damit er aufmerksam wurde. Es funktionierte, er schlug die Augen auf. »Dann raus mit der Sprache, was hast du beschlossen?«

»Ich habe mich entschieden, dass ich Ende des Monats nach Brasilien fahre. Ich werde alle Orte besuchen, an denen mein Großvater und mein Vater gelebt haben. Vielleicht schreibe ich sogar ein Buch darüber. Heute Abend kaufe ich mir ein Ticket.«

»Enfin.« Martin hob theatralisch die Arme. »Effie Washington hat sich festgelegt. Ich hatte schon langsam die Hoffnung aufgegeben.«

Aus irgendeinem Grund, den sie selbst nicht verstand, hatte Effie nichts mehr dagegen einzuwenden, dass Martin sie bevormundete. Sie legte ihre Überlegungen etwas genauer dar. »Meine Mutter spielt eifrig Whist und braucht mich nicht. Nancy ist nach Jahren endlich mit ihrem Freund zusammengezogen, Violet rettet Flüchtlinge, der Hund ist tot, und ich will nicht wieder nach London ziehen.«

»Weißt du was«, Martin ließ sich von Effies Begeisterung anstecken, »ich komme und hole dich ab, wenn ich über den Atlantik gesegelt bin und mein Rennen gewonnen habe.«
»Auf eine Mitfahrgelegenheit in einer Puddingschüssel kann ich verzichten, vielen Dank.« Sie gab ihm einen Klaps auf den Arm, und er protestierte ausgiebig gegen ihre Bezeichnung für sein kostbares Boot, während Effie in Gedanken schon ihre Reise plante.
»Komm«, er scheuchte sie schließlich aus dem Bett, »du musst Sandwiches belegen, und ich nehme mir meine Seekarten vor. Aber eines sage ich dir«, fügte er ernst hinzu. »Wir treffen uns in Südamerika. Ich möchte nämlich mit dir nach Peru fahren, und ich verspreche dir, dass wir nach Hause fliegen. Komm heute Abend zu mir, dann besorgen wir uns Tickets über das Internet. Wir beide werden diesen Plan zementieren.«
Das versprach der beste Samstag zu werden, den Effie in letzter Zeit erlebt hatte. Jetzt ging es nicht mehr darum, Pläne zu planen, sondern sie würden einen richtigen Plan schmieden – eine echte Welle, auf der man schwimmen konnte.
Das war der Samstag, auf den Effie gewartet hatte.

Scilla hörte Martin tatsächlich unter der Dusche singen, aber es war ihre Blase, die sie schließlich zwang aufzustehen. Und nachdem sie einmal auf war, bestand kein Grund, sich wieder hinzulegen. Wie immer brauchte sie nur zwanzig Minuten zum Ankleiden, dann stand sie in der Küche. An diesem Morgen gab es eine Menge zu erledigen. Scilla setzte nur rasch Wasser auf, dann begann sie zu arbeiten und stellte systematisch Töpfe und Zutaten bereit. Rezepte brauchte sie nicht, aber auch nach so vielen Monaten warf sie noch einen Blick auf die Checkliste an dem Pinnbrett mit den für die Speisekartengerichte benötigten Zutaten.

Nach der Eröffnung hatte Scilla jeden Tag eine neue Spezialität präsentiert, inzwischen hatte sie gelernt, mit ihren Mitteln zu haushalten, und änderte nur noch zweimal wöchentlich das Angebot. Das hieß aber nicht, dass sie nicht ganze Abende am Herd verbrachte und fröhlich experimentierte. In ihrer Küche fand Scilla immer Trost.

Sie war sehr stolz auf sich, dass sie nach den traumatischen Ereignissen geblieben war – die Tage nach Sonnwend erschienen ihr im Rückblick wie ein Traum. Natürlich hätte sie weglaufen können, aber dass sie es nicht getan hatte, lag einerseits daran, dass nur Lille als Ziel ihrer Flucht in Frage kam und ihr Stolz dies nicht zuließ, und andererseits lag es – was sie selbst erstaunte – an Elizabeth Sturner.

Das Drama der Sonnwendnacht war für eine Weile von Elizabeths Enthüllungen über Carol verdrängt worden. Scilla erinnerte sich kaum noch, wie sie sich an jenem Nachmittag von der Mutter ihrer Schwester hatte losreißen können. Sie wusste noch, dass Elizabeth irgendwann gegangen war und der Coffeeshop ihr danach leer und irgendwie bedrohlich erschienen war. Dann folgte ein Filmriss, und sie fand sich schließlich im Bushäuschen wieder, wo sie angestrengt versuchte zu verstehen, was sie gehört hatte.

Sie hatten den Coffeeshop erst nach ein paar Tagen

wieder geöffnet, weil es Effie und ihr nicht richtig erschienen war, einfach weiterzumachen, als wäre nichts geschehen. Die umgegrabene Erde unter der Tamariske erinnerte sie unaufhörlich an das, was dort begraben gewesen war, und die beiden Freundinnen hatten das eigentlich unerklärliche Gefühl, dass eine gewisse Trauerzeit um die kleine Myrtle angebracht war.

Für Scilla waren diese Tage erzwungener Untätigkeit sehr schwierig gewesen. Weil sie sich nicht mit ihrer Hände Arbeit ablenken konnte, folgte sie dem Zickzackkurs ihrer Gedanken, versuchte, sich auf alles einen Reim zu machen, ließ ihre Kindheit noch einmal Revue passieren und fügte die Puzzleteilchen neu zusammen.

War Carol etwa deshalb mehr Aufmerksamkeit von ihrem Vater zuteilgeworden, weil sie eine andere Mutter hatte? War Scilla eine Enttäuschung für ihren Vater gewesen, weil sie nicht Elizabeths Tochter war? Waren ihre Eltern miteinander unglücklich gewesen? Sie hing Erinnerungen an ihre Kindheit nach und versuchte, die Zeichen neu zu deuten. Hatte Carol womöglich gewusst, wer ihre wahre Mutter war? Hatte nur Scilla von allem nichts geahnt? Dieser Gedanke setzte sich bei Scilla fest, er nagte an ihr und machte sie wütend. Es gab Tage, da wachte sie mit einem namenlosen Zorn auf, der sie umso mehr quälte, weil sie keine Rache an ihrem Vater üben konnte. Hatte ihr Vater Carol und Elizabeth geliebt und es bei Scilla und Irene nur ausgehalten? Sie hatte nicht gewusst, dass sie zu so ohnmächtiger Eifersucht fähig war. Es war Elizabeth, die Scillas Wunden heilte, ihre Fragen beantwortete und die wirren Gedanken ordnete, die Scilla durch den Kopf schwirrten.

»Dein Vater hat deine Mutter und dich über alles geliebt. Ihr wart eine Familie, nichts, was nach Irenes Tod zwischen mir und deinem Vater war, ändert etwas daran und vermindert auch nur im Geringsten die Liebe, die er für euch empfand. Er hat dir nichts von uns erzählt, weil es nichts zu erzählen gab. Wir waren *Freunde,* Freunde, die sich umeinander gekümmert und die letzten Lebensjahre mit Humor aufgeheitert haben. Von dem Haus hat er dir nichts gesagt, weil er es für dich bewahren wollte, bis du es brauchst. Er hatte den Eindruck, dass deine seelische Energie durch dein Pflichtgefühl gegen deine Familie erdrückt wurde. Deshalb hat er gewartet, bis du findest, es sei an der Zeit, etwas für dich zu tun. Du weißt, wie dein Vater war, meine Liebe – ein Mann, der keine großen Worte machte und schlecht Gefühle zeigen konnte. Aber das bedeutet nicht, dass er keine hatte.«

Eines Tages war Elizabeth erschienen und hatte sie angefleht: »Bitte, verzeih ihm. Bitte, verzeih uns allen diese Geheimniskrämerei. Wir tun doch immer das, was wir im Augenblick für das Beste halten.«

Allmählich begriff Scilla, warum ihr Vater im Herbst seines Lebens mit Elizabeth zusammen sein wollte. Sie war sanft, besaß aber auch den Mut und den Kampfgeist, der ihm an seiner älteren Tochter so gefallen hatte. Und Scilla akzeptierte das jetzt frei von Eifersucht, weil die beiden Frauen in den vergangenen Monaten ein tiefes Gefühl der Verbundenheit aufgebaut hatten und Scilla sich jetzt nicht mehr so allein fühlte. Jede

Familie hat Geheimnisse, und je länger sie daran festhält, umso weniger erdrückend erscheinen sie uns. Nach und nach war Elizabeth ein Teil von Scillas Familie geworden, und Scilla war sehr dankbar dafür.

Myrtles Beerdigung hatte Scilla dazu gebracht, mehr an die Zukunft und weniger an die Vergangenheit zu denken.

Martin Hepple hatte den Gottesdienst in der Dorfkirche arrangiert, und Elizabeth Sturner und David Parker hatten teilgenommen. Die sechs Trauernden standen in der Kirche um den kleinen Sarg herum, und Scilla hatte es allen angesehen, wie bedrückt sie waren. Dass die Mutter des Kindes in einer psychiatrischen Klinik unter starken Beruhigungsmitteln stand und zu krank war, um teilzunehmen, ließ die Zeremonie nur umso tragischer erscheinen. Myrtle wurde auf dem Friedhof beigesetzt, weil Thebes fand, dass Babys nicht verbrannt werden sollten, und irgendwie hatten alle das Gefühl, dass Thebes als Mutter eines Neugeborenen das am besten beurteilen konnte. Dennoch kam es ihnen merkwürdig vor, sich auf dem Friedhof zu versammeln, während draußen auf der Straße die Urlauber im Vorbeigehen plauderten. Als Scilla aber sah, wie der kleine weiße Sarg ins Grab hinuntergelassen wurde und sie wieder einmal die Plattitüden einer christlichen Beerdigung hörte, wurde ihr schlagartig bewusst, dass die Vergangenheit im Grunde keine Rolle spielte. Wenn ihre Eltern schmerzliche Konflikte erlebt hatten, dann war es doch nicht Scillas Aufgabe, diese Konflikte auf sich zu nehmen und zu konservieren. Änderte das, was sie jetzt wusste, irgendetwas an ihrer Kindheit oder ihrer Vergangenheit? Sie hatte eine glückliche Kindheit erlebt, und dass sie damals die Wahrheit nicht gekannt hatte, änderte nichts daran. Nichts konnte einem die Vergangenheit nehmen, und im Augenblick wachten sie und Crispin und Robert über die Zukunft der Familie.

An diesem Samstag schaltete Scilla das Radio an, während sie Brotteig knetete. Ein zweites Blech Scones war ins Backrohr gewandert, und die Butter für die Schokoladenbrownies – immer sehr beliebt – schmolz. Mit einem Lächeln packte Scilla an, was bis zehn Uhr noch getan werden musste. Heute würde Effie den Laden schmeißen, nur unterstützt von einem jungen Mädchen aus dem Dorf, das in den Ferien hier bediente. Scilla würde zum Flughafen fahren und Robert abholen. Nächste Woche kam Crispin nach Hause, und Effie hatte sich bereit erklärt, für ein paar Tage die Regie im Coffeeshop zu übernehmen.

Scilla wollte lieber nicht darüber nachdenken, dass Robert sich möglicherweise nur überreden ließ, seinen vierzehntägigen Urlaub hier in Weston Burrows zu verbringen, weil sein Sohn auch für ein paar Tage hier sein würde.

Robert. In diesem Sommer hatte Scilla viel über Robert nachgedacht. Der körperliche und emotionale Abstand zwischen ihnen war unglaublich gewachsen, was sich an den Tagen nach Sonnwend besonders klar gezeigt hatte. Wie um ihn zu bestrafen, weil er nicht da gewesen war, als sie versucht hatte, ihn zu erreichen, spielte Scilla das Drama herunter, als sie schließlich mit ihm sprach. Der Gerechtigkeit halber – und Scilla legte Wert darauf, fair zu sein – musste gesagt werden, dass Robert sich entschlossen hatte, in das nächste Flugzeug zu steigen und zu kommen, aber Scilla hatte es ihm ausgeredet. Sie wollte es ohne ihn schaffen. Und dank der Unterstützung und Ermutigung durch ihre Freundinnen und Elizabeth Sturner besaß sie nun ein Selbstvertrauen wie nie zuvor. Was nicht tötet, härtet ab, dachte sie und freute sich über ihr neu gewonnenes Selbstwertgefühl. Doch im Lauf der Geschichte hatte sie auch Züge an sich entdeckt, für die sie sich zutiefst schämte. Sie war zu stolz gewesen, um zuzulassen, dass Robert sah, wie sie scheiterte, zu stolz, ihm ihre Verletzlichkeit einzugestehen. Sie erkannte, dass dieser Stolz die Beziehung zu ihrem Mann störte. In ihrem Kampf um Emanzipation war ihr völlig entgangen, dass sie längst gewonnen hatte. Sie war noch mitten in einer Schlacht, in der Robert sich schon geschlagen gegeben hatte, als er nach Lille zog und sie nach Devon. Jetzt wollte Scilla klare Verhältnisse schaffen.

Ausgerechnet David Parker hatte sie darauf aufmerksam gemacht, dass sie eine längst erschöpfte Kontroverse austrug.

»Schon dadurch, dass er allein in Lille lebt, gesteht er dir dein Recht zu, selbst etwas auf die Beine zu stellen. Manchmal brauchen Männer eben länger, um zurechtzukommen.«

Die Freundschaft zwischen David und Scilla hatte nicht gelitten, sie war gern mit ihm zusammen, und sie hatten ganze Nachmittage damit zugebracht, durch die Grafschaft zu fahren und einheimische Spezialitäten zu beschaffen. Er hatte sie auch zum Schuhekaufen nach

Exeter begleitet. Effie war nach wie vor überzeugt, er sei schwul, und Scilla hatte sich vorgenommen, ihn eines Tages zu fragen. Dass David an der Verschwörung beteiligt gewesen war, machte Scilla ihm nicht zum Vorwurf. Schließlich hatte er nichts Schlimmeres getan als Elizabeth und Martin, und immerhin war Winsome seine Cousine.

»Ich wusste nicht, dass sie wieder in Devon war, bis ich sie nach der Hausbesichtigung getroffen habe. Erst dann erfuhr ich, dass Myrtle unter der Tamariske lag.« Er wirkte zerknirscht. »Ich dachte mir zwar meinen Teil, aber sie gehört nun mal zur Familie.«

Die Scones im Ofen verbreiteten einen warmen süßen Duft, die Suppe war gemacht, und der Teig für die Quiche stand bereit, die leider das beliebteste Gericht auf der Speisekarte war. Quiche zu machen, fand Scilla öde, und wenn sie wieder ein Lokal eröffnete, würde sie Quiche grundsätzlich aus ihrer Küche verbannen. *Wenn,* nicht falls.

Die Scilla, die letzten Februar in Weston Burrows angefangen hatte, war ein ganz anderer Mensch gewesen als die, die nächsten Monat wieder gehen würde. Wahrscheinlich würde es ein endgültiger Abschied sein, weil Geoff Hoyland diesmal ein Angebot für das Haus vorgelegt hatte, das ein vernünftiger Mensch nicht ablehnen konnte. Natürlich würde sie es mit Robert besprechen, aber sie hatte das Gefühl, dass das Haus am Kai für sie seine Rolle ebenso erfüllt hatte wie für ihren Vater.

Sie hegte keine sentimentalen Gefühle für das Haus, außer dass es der Ort war, an dem sie wortwörtlich die Feuerprobe in ihrem Metier überstanden hatte.

Für die Zukunft hatte sie viele Pläne und Ideen, und wenn sie Robert vom Flughafen abholte, würde er feststellen, dass seine Frau zwar ein eigenes Leben führte, es aber wirklich mit ihm teilen wollte. Inzwischen hatte sie erkannt, dass sie nicht das einzige Opfer ihrer Ehe gewesen war, wie sie es sich eingeredet hatte, und das würde sie Robert sagen. Viele Jahre lang hatte sie sich stillschweigend damit abgefunden, wie sie und Robert miteinander umgingen. Sie hatte sich unentbehrlich gemacht, er hatte sich gern gefügt, und die Märtyrerrolle, in die sie dann geschlüpft war, hatte sie sich selbst aufgehalst. Dass sie nach dem Tod ihres Vaters so gewaltsam und – wie sie es jetzt sah – aggressiv ausgebrochen war, zeigte zwar, wie unterdrückt sie sich gefühlt hatte, aber jetzt wusste sie, dass sie sich für diesen Part entschieden hatte. Sie hätte die Verhältnisse jederzeit ändern können. All das musste sie Robert sagen. Dieser Samstag sollte also ein Neuanfang werden. Ob sie das zu optimistisch beurteilte? Das fand sie nicht, weil sie zum ersten Mal seit vielen Jahren glaubte, dass Veränderungen machbar sind. Hurra.

Mit dem Kochen war sie nun fast fertig, und sie lauschte, ob Effie schon nach unten kam, um das Regiment zu übernehmen, aber offenbar waren ihre Freundin und Martin wieder ins Bett gegangen. Mehr als eine halbe Stunde konnte Scilla ihnen nicht geben, bevor sie nach Exeter fuhr. Sie wollte zeitig aufbrechen, denn ein Samstag so wichtig wie der heutige verdiente ein Paar neue Schuhe.

Es war Samstagabend, und abgesehen von ein paar Spaziergängern mit Hunden lag der Strand verlassen da. Der warme Septembertag hatte sich am Spätnachmittag deutlich abgekühlt, und es waren Wolken aufgezogen. Jetzt war es grau und ungemütlich. Weil heute Thebes' letzter Abend in Devon war, hatten sich die drei hier getroffen, um Abschied zu nehmen. Schon dachten alle mehr an die Zukunft als an die Gegenwart – als gehöre dieser Ort bereits ins Reich der Erinnerung. Scilla hatte eine Flasche Champagner mitgebracht, und obwohl es am Strand recht kalt war, würden sie bleiben, bis sie die Flasche geleert hatten, ein wenig reden, dann wieder schweigen. Der Wind hatte seit einer Weile aufgefrischt, und die Flut brandete mit hohen Wellen ans Ufer. Effie verteilte den Rest der Flasche auf die drei Gläser, und die Frauen blickten hinaus aufs Meer, hoben ihr Glas, und jede prostete wortlos ihrer eigenen Welle zu.

Nina George

Die Mondspielerin

Roman

Schluss mit mir! Das ist Mariannes sehnlichster Wunsch, als sie sich in Paris vom Pont Neuf in die Seine stürzt. Doch das Schicksal will es anders – sie wird gerettet. Die sechzigjährige Deutsche, die kein Wort Französisch spricht, flüchtet vor ihrem lieblosen Ehemann bis in ein kleines Fischerdorf in der Bretagne. Dort will sie eigentlich ihrem Leben im Meer ein Ende setzen, doch es scheint an jedem Tag etwas dazwischenzukommen …

»Für Bretagne-Fans, Frauen- und Menschenmöger sowie Lebensgenießer ein Muss.« *Welt Online*

Knaur Taschenbuch Verlag

Die Mondspielerin

Roman